Eiszeit in Bozen

Burkhard Rüth, Jahrgang 1965, ist als Unternehmensberater und betriebswirtschaftlicher Fachautor tätig und kennt deshalb das Umfeld, in dem seine Südtirol Krimis spielen, aus eigener Erfahrung. Er lebt bei Bonn, seine Wahlheimat ist jedoch Südtirol, sodass die meisten Schauplätze absolut realitätsnah dargestellt werden.

Dieses Buch ist ein Roman. Handlungen und Personen sind frei erfunden. Ähnlichkeiten mit lebenden oder verstorbenen Personen sind rein zufällig.

BURKHARD RÜTH

Eiszeit in Bozen

KRIMINALROMAN

Der zweite Fall
des Commissario Vincenzo Bellini

emons:

Bibliografische Information der Deutschen Nationalbibliothek
Die Deutsche Nationalbibliothek verzeichnet diese Publikation in der Deutschen Nationalbibliografie; detaillierte bibliografische Daten sind im Internet über http://dnb.d-nb.de abrufbar.

FSC
www.fsc.org
MIX
Papier aus verantwortungsvollen Quellen
FSC® C083411

Umschlagmotiv: istockphoto.com/anzeletti
Umschlaggestaltung: Tobias Doetsch
Druck und Bindung: booksfactory.de, Szczecin
Printed in Poland 2021
Erstausgabe 2012
ISBN 978-3-95451-037-5
Originalausgabe

Aus seinen Kammern kommt der
Sturm und von Norden her die Kälte.
Vom Odem Gottes kommt Eis,
und die weiten Wasser liegen erstarrt.
Die Wolken beschwert er mit Wasser,
und aus der Wolke bricht sein Blitz.
Er kehrt die Wolken, wohin er will,
dass sie alles tun, was er ihnen gebietet auf
dem Erdkreis: zur Züchtigung für ein Land
oder zum Segen lässt er sie kommen.

Das Buch Hiob, 37,9–13

Ich widme mein zweites Buch Christian,
einem meiner engsten Freunde.
Letztendlich haben mich sein Zureden
und seine freundschaftlichen Ratschläge
an einem von diversen Bierchen begleiteten Abend
davon überzeugt, meine Ideen für einen Regionalkrimi,
der in Südtirol angesiedelt ist, in die Tat umzusetzen.

Prolog

Vor mehr als dreißig Millionen Jahren driftete die afrikanische Kontinentalplatte nach Norden, auf vollem Konfrontationskurs mit der großen eurasischen Platte, über die sie sich mit gewaltigen Kräften schob. Dabei verschwand zum größten Teil das Tethysmeer, jener Urozean, der zwischen dem heutigen Mitteleuropa, Nordafrika und Indien lag, und hinterließ mächtige Kalkablagerungen. Durch den Druck der Plattenkollision begannen sich die Alpen aufzufalten. Phasen der Ruhe und der aktiven Gebirgsbildung wechselten einander ab. Die beiden letzten Faltungen vor zwanzig und sechs Millionen Jahren hoben die Alpen zu der uns bekannten Form an. Sogar die majestätischen, eisbedeckten Flanken des 3.798 Meter hohen Großglockners sowie das Stilfser Joch in Südtirol, der höchste befahrbare Gebirgspass dieses riesigen europäischen Gebirges, bestehen aus ozeanischen Böden.

Auch wenn der tektonische Antrieb schon lange erlahmt ist, unterliegen die Alpen trotzdem einem permanenten Veränderungsprozess, bedingt durch Erosion, Wasser, Stürme, Niederschläge und die sich immerzu verändernden Gletscher mit ihren enormen Kräften. Grundvoraussetzung für die Entstehung dieser »Ferner« oder »Kees«, wie sie je nach Region auch genannt werden, ist Schnee.

Jede Schneeflocke ist ein unverwechselbares Individuum, keine gleicht der anderen. Lediglich eines haben sie gemeinsam: Ihre Eiskristalle sind sechseckig. Erst, wenn sich Hunderte davon aneinandergeheftet haben, ist eine Schneeflocke entstanden, die für ihren Weg von der Wolke zum Boden bis zu fünf Stunden braucht.

Schnee überlebt in tiefen Lagen meistens nur wenige Stunden oder Tage. Im Gebirge hingegen kommen im Laufe eines Winters im dauernden Wechsel von Niederschlägen, Tauwetter und Verwehungen Dutzende Meter von Schnee zusammen. In extremen Jahren erreicht die Schneeschicht absolute Höhen von mehr als zehn Metern. Und dieser Schnee ist die Nahrung der mächtigen Gletscher.

Damit ein neuer Gletscher entstehen kann, muss so viel Neuschnee fallen, dass die oberen Schneeschichten die unteren durch ihr Gewicht zusammenpressen, dann beginnt die faszinierende Metamorphose von Schnee zu Gletschereis. Über Tausende von Jahren haben die Gletscher in den Alpen eine Mächtigkeit von bis zu vierhundert Metern entwickelt. Wände aus vierhundert Metern reinem Eis, das in unwirklichen, kalten Grün- und Blautönen schimmern kann.

Jeder Gletscher ist unentwegt talwärts in Bewegung, unaufhaltsam rutscht er nach unten. Je steiler der Hang ist, auf dem sich der Gletscher bewegt, desto höher ist seine Geschwindigkeit. In den Alpen kann ein Gletscher in einem Jahr hundertfünfzig Meter zurücklegen, im Himalaya das Zehnfache, in Grönland sogar bis zu dreißig Kilometer.

Viele Gletscher sind von gefährlichen Spalten durchsetzt. Doch es gibt Wege, Pfade, die sich durch das Eis schlängeln, bis tief hinein in den Gletscher.

Inmitten des ewigen Eises verlieren Zeit und Raum an Bedeutung. Kein Geräusch, nicht einmal Licht dringt hinab in die Abgründe des Eises. Dort ist nichts. Nichts als Eis.

1

Bozen, Sonntag, 26. September

Was für ein erhebender Anblick! Diese wohltuende Wärme! Ein herrlicher Kontrast zu dieser endlosen, zermürbenden Tristesse um ihn herum. Das ganze Jahr Regen, es hörte gar nicht mehr auf. Diese widerliche Kälte, die unaufhaltsam bis in den letzten Winkel des Körpers kroch und ihn lähmte. Das hatte mit Klimaerwärmung nichts zu tun, im Gegenteil, man könnte meinen, eine neue Eiszeit zöge herauf.

Lange hatte er davon geträumt, sich aber nie getraut. Interessanterweise wurde es viel leichter, wenn man es einmal getan hatte. Die erste Überwindung, das war die größte Hürde. Wenn man sich noch ausmalte, was alles passieren könnte, sich vorstellte, man würde gefasst. Das war vorbei. Er hatte längst erkannt, wie simpel es war.

Er konnte gar nicht sagen, was ihn eigentlich dazu trieb. Es war keineswegs der Wunsch, zu zerstören oder zu verletzen. Auch nicht der Kick, gejagt zu werden. Wahrscheinlich war es nichts als Faszination. Eine Faszination, die er seit seiner Kindheit kannte. Wenn sie mit der Jugendgruppe ein Lagerfeuer machten, wenn der Nachbar in seinem Garten Abfall verbrannte oder wenn zu Ostern der riesige Holzhaufen auf dem Dorfanger in Flammen aufging, dann war er jedes Mal wie hypnotisiert. Das Feuer zog ihn auf geheimnisvolle Weise an, manchmal hatte er sogar den Eindruck, es würde mit ihm sprechen, allein mit ihm!

Nur ein Narr konnte glauben, Flammen wären etwas Totes. Nichts war lebendiger! Feuer hatte einen unbändigen Hunger. Wurde er nicht gestillt, dann verendete es qualvoll. Nie hatte er das mitansehen können. Und er begriff auch die Einfältigkeit und Gleichgültigkeit seiner Mitmenschen nicht, die nicht begreifen wollten, dass es sie ohne die Entdeckung des Feuers gar nicht gäbe.

Endlich hatte er den Pfad eingeschlagen, der für ihn vorherbestimmt war. Er schaute voller Ehrfurcht in die meterhohen Flammen. Am liebsten wäre er hineingesprungen, aber er wusste, dass

Feuer in seiner unersättlichen Gier nicht zwischen Freund und Feind unterscheiden konnte.

In der Ferne – Sirenen! Diese Ignoranten. Schon wieder marschierten sie mit ihrer Artillerie auf, um dem Feuer den Garaus zu machen. Er hatte keine Möglichkeit, es zu verhindern. Das Einzige, was er tun konnte, war, den Flammen immer wieder neue Nahrung zu geben, das Feuer zu füttern, um sein Vertrauen zu gewinnen.

Er lief in Richtung Wald. Wehmütig blickte er noch einmal zurück. Er hatte den Eindruck, als reckten sich die Flammen nach ihm. Sie riefen voller Angst: *Bleib bei uns! – Lass uns nicht im Stich!* Er fühlte sich wie ein feiger Verräter.

***

Ortler, Forni-Gletscher

Der Wind hatte sich zu einem richtigen Sturm ausgewachsen. Das leichte Schneetreiben, das just in dem Moment, als sie den Gipfel des Monte Cevedale verließen, eingesetzt hatte, war inzwischen ein undurchdringliches Schneegestöber. Sie hatten höchstens dreißig Meter Sicht. Als Vincenzo heute Morgen beim Aufbruch von der Branca-Hütte auf das Thermometer geschaut hatte, zeigte es minus elf Grad, und das Wetter war sonnig und fast windstill. Jetzt aber, während ihm eisige Schneekristalle wie winzige Splitter ins Gesicht peitschten, schätzte er die Temperatur auf unter minus zwanzig Grad. Gott sei Dank hatte er seinen Windstopper angezogen. Der hielt ihm selbst diesen Kältesturm halbwegs vom Leib.

Vincenzo war mit Hans Valentin, seinem Bergführerfreund aus Sand in Taufers, am Samstagmittag in Bozen losgefahren. An dem großen Parkplatz am Ende der Straße ins Forni-Tal hatten sie den Wagen abgestellt und den bequemen Weg zur Hütte eingeschlagen. Der Wetterbericht hatte ab Samstagmittag ein Zwischenhoch versprochen, ehe es im Laufe des Sonntags umschlagen sollte. Damit war der Sonntag der einzige Tag für ihren vorläufig letzten gemeinsamen Gipfel, denn in drei Wochen würde Hans zu seiner Expedition nach Neuseeland aufbrechen. Zuvor hatten immer wieder Schlechtwettereinbrüche ihren langgehegten Plan, den Cevedale über den riesigen Forni-Gletscher zu besteigen, zunichtegemacht. Hans hatte die Ortlergruppe ausgewählt, um seinen Freund endlich einmal über einen der ganz großen Gletscher zu führen. Die technischen Anforderungen waren eher gering, die Hauptgefahr ging von unter dem Schnee verborgenen Spalten aus. Aber Hans kannte jeden Winkel dieses Gletschers.

Bis zum Gipfel hatte sie strahlender Sonnenschein begleitet. Weil Schnee und Eis die Sonne reflektierten, konnten sie sogar im T-Shirt gehen. Nachdem sie über den schmalen Grat den höchsten Punkt erreicht hatten, bot sich ihnen ein atemberaubender Rundblick: vom Palon de la Mare und der Punta San Matteo, dem südlichen Gipfel des Ortler, bis zur Brenta, zur Bernina und zu weiteren prominenten Bergriesen. Sie nahmen sich die Zeit für eine ausgiebige Gipfeljause, zumal sie dort oben ganz allein waren. Normalerweise lockte der Cevedale im Frühherbst noch zahlreiche Bergsteiger an, aber der angekündigte Wettersturz hatte die meisten Gipfelstürmer abgeschreckt.

Dann ging es plötzlich ganz schnell. Von einer Sekunde auf die nächste frischte der Wind auf, von der Königspitze her zogen dunkle Wolken auf. Noch während sie ihre Rucksäcke packten, hüllten tief hängende Wolkenfetzen den Gipfel ein, und kaum eine Stunde später tobte ein bedrohlicher Schneesturm. Vincenzo wusste, dass er sich allein hoffnungslos verlaufen hätte.

»Bist du dir sicher, dass wir in dem Inferno den Weg zur Hütte nicht verpassen?« Er musste gegen die brüllenden Windböen anschreien, damit Hans Valentin ihn verstehen konnte.

»Mach dir keine Sorgen, Vincenzo, das ist noch harmlos. Erst heute Nacht wird es richtig heftig, aber dann liegst du längst in deinem behaglichen Bett. Davon abgesehen kenne ich mich hier aus. Sonst hätte ich so eine Tour bei dieser Wettervorhersage nicht mit dir gemacht. Achte bitte darauf, dass du das Seil gut unter Spannung hältst. Ich kenne nicht jede Gletscherspalte.«

»Selbst wenn wir es bis zum Parkplatz schaffen, wie sollen wir wegkommen? Er liegt auf über zweitausend Meter, da ist garantiert schon alles eingeschneit. Wir haben bald zwanzig Grad unter null.«

Hans Valentin lachte. Das war typisch Vincenzo. Er neigte zur Dramatik, was allerdings auch dem Umstand geschuldet war, dass ihn die unbändigen Kräfte der Natur von jeher faszinierten. »Vincenzo, es ist kaum kälter als minus fünf Grad, es kommt dir nur wegen des Sturms so eisig vor. Am Parkplatz haben wir höchstens Schneeregen, vor Mitternacht schneit es da nicht. Du kennst die Berge halt nur bei schönem Wetter.«

Hans behielt recht. Immer wieder riss die Wolkendecke für kurze Zeit auf, und der Schneefall ließ nach, bevor ein neuer Schauer Vincenzo vergessen ließ, dass nicht einmal Oktober war. Sie erreichten den Parkplatz mühelos nach drei Stunden. Dass Vincenzo noch keine Winterreifen auf seinem Alfa hatte aufziehen lassen, war unproblematisch, denn bei nasskalten drei Grad regnete es lediglich.

2

Bozen, Montag, 27. September

Fröstelnd blickte Vincenzo durch sein Bürofenster der Questura in Bozen auf die regennasse Largo Giovanni Palatucci. Als er heute Morgen um sieben Uhr in seiner Sarntheiner Wohnung aufgestanden war, hatte er seinen Augen kaum getraut. Wie von Hans auf der Rückfahrt vorausgesagt, waren alle Berge ringsum in ein weißes Kleid gehüllt, soweit sich das hinter den tief hängenden Wolkenmassen überhaupt erkennen ließ. Sarnthein lag zwar nur tausend Meter hoch, doch auch hier mischten sich dicke, nasse Schneeflocken unter den Dauerregen, und es war stockfinster. Trotz seiner bis zum Boden reichenden Panoramafenster musste er beim Frühstück das Licht einschalten.

Hans hatte ihm erklärt, dass es solche frühen Kälteeinbrüche in Zukunft häufiger geben würde, und es kämen wieder viel strengere Winter. Das hänge mit dem Golfstrom, mit ungewöhnlichen Blockadewetterlagen und mit rasch voranschreitenden Veränderungen in der Barents-Kara-See, einem Teil des arktischen Ozeans, zusammen. Der eigentliche Grund für all das sei paradoxerweise der vom Menschen verursachte Treibhauseffekt, der nun insgesamt die Durchschnittstemperatur auf der Erde erhöhe.

Vincenzo war umweltbewusst, er kannte die Gefahren des Klimawandels. Aber von dem, was sein Freund ihm erzählte, verstand er kaum ein Wort, obwohl Hans anschaulich erklären konnte. Die traurige Aussicht auf permanente Kälte schlug ihm jedenfalls aufs Gemüt. Was wurde dann aus seinen Bergwanderungen? Bräuchte er für jeden kleinen Gipfel einen Bergführer? Musste er in Sarnthein demnächst das ganze Jahr heizen? Er war so in seine Überlegungen vertieft, dass er das Klopfen an seiner Tür nicht wahrnahm.

Ohne eine Antwort abzuwarten, betrat Ispettore Giuseppe Marzoli Vincenzos Büro. Er setzte sich sogleich an den Besprechungstisch und musste voller Enttäuschung feststellen, dass die Etagere mit seinen heißgeliebten Cantuccini, die er erst am Freitag vollständig abgeräumt hatte, nicht frisch aufgefüllt war. »Haben Sie es schon gehört, Commissario?«

Marzolis Stimme riss Vincenzo aus seinen Gedanken. Er löste den Blick von den Pfützen und drehte sich langsam zu seinem Kollegen um. »Was soll ich gehört haben?«

»Der Feuerteufel hat zugeschlagen, gestern, in der Via Miramonti.«

Vincenzo verdrehte die Augen. »Nicht schon wieder. Was hat er sich denn diesmal ausgesucht?«

»Ein großes Gartenhaus. Mit viel Kaminholz drum herum. Die Hausbewohner haben Rauch gerochen und die Flammen in ihrem Garten gesehen. Sie haben sofort die Feuerwehr gerufen.«

Angefangen hatte es im Mai. Nichts weiter als eine brennende Tonne für Papierabfälle. Sie hatten es für einen Dummejungenstreich gehalten, ihnen wäre nicht in den Sinn gekommen, dass dies der Auftakt zu einer ganzen Serie von Brandstiftungen werden sollte. Das gestrige Feuer war der zehnte Anschlag. Nie wurde jemand verletzt, der finanzielle Schaden hielt sich zunächst in Grenzen. Mal brannte ein Holzstapel, mal eine Papiertonne, allzu intensiv wurde nicht ermittelt. Aber allmählich wurde er oder sie mutiger. Zuletzt hatte ein ganzer Lkw gebrannt, der Holztüren geladen hatte. Ein Gartenhaus passte zu diesem Entwicklungstrend.

»Wie immer gibt es reichlich Spuren, nehme ich an?«

Der Ispettore blickte verstohlen auf die Etagere. »Ja, Commissario, alles, was Sie wollen. Rückstände, Fingerabdrücke, Brandbeschleuniger. Ein Schlaraffenland für die Spurensicherung. Was uns nicht weiterbringt. Er findet sich nicht in unserer Kundenkartei.«

»Verrückt. Offenbar ein Spinner, der ein bisschen Gott spielen will. Hinterlässt für uns nutzlose Spuren, schlägt beliebig zu, hat keine bestimmte Brandmethode, keine speziellen Ziele, kein bevorzugtes Viertel. Keinerlei Muster, das ihn für uns berechenbar machen würde. Wie sollen wir den bloß je zu fassen kriegen?«

»Ich befürchte, Commissario, wir müssen darauf hoffen, dass ihn bei einem seiner Anschläge jemand sieht, dass ein Augenzeuge eine zuverlässige Täterbeschreibung geben kann.«

Vinzenco entging der traurige Blick seines Kollegen nicht, der immer noch keineswegs auf ihn, sondern auf die leere Etagere gerichtet war. Grinsend ging er zu seinem Schreibtisch, öffnete die unterste Schublade, die ausschließlich einem beachtlichen Vorrat an Cantuccini vorbehalten war, und füllte die Etagere bis zum Rand. »Inzwischen kenne ich Sie, Ispettore. Sobald Sie mein Büro betreten, gilt Ihr erster Gedanke nicht unserem Fall, sondern meinen ohne Frage überaus delikaten Cantuccini. Oder liege ich falsch?«

Marzoli grinste verlegen, was ihn nicht davon abhielt, sofort zuzugreifen. »Ich könnte mich da reinlegen, Commissario. Wissen Sie, seit ein paar Monaten hält mich meine Barbara auf Diät. Keinen Nachschlag mehr, erst recht nichts Süßes. Sie meint, ich wäre auseinandergegangen wie ein Hefekuchen. Finden Sie das auch?«

Eine gefährliche Situation.

»Ich möchte nicht zwischen die Fronten geraten, deshalb sage ich lieber gar nichts dazu. Mein Vorschlag: Schlagen Sie hemmungslos zu, also wie gewohnt. Erzählen Sie es zu Hause nicht. Ich verspreche Ihnen, Sie nicht zu verraten, wenn Sie mir dafür gelegentlich ein paar übrig lassen. Ich gehe derweil mal zu Reiterer. Vielleicht gibt es neue Spuren, die uns weiterbringen.«

Der Leiter der Spurensicherung saß an seinem Schreibtisch und hielt eine Espressotasse in die Höhe, die er verliebt ansah.

»Ciao, Signor Reiterer. Machen Sie Ihrer Tasse gerade einen Heiratsantrag?«

An der Tasse vorbei blickte Reiterer zu Vincenzo. »Reden Sie nicht so dummes Zeug, Commissario. Setzen Sie sich lieber und sehen Sie sich das an!«

Vincenzo nahm auf der anderen Seite des Schreibtisches Platz. Als er aufblickte, fuchtelte Reiterer schon mit der Tasse direkt vor seinen Augen herum.

»Sie behaupten doch, Sie verstünden etwas von feiner Lebensart, Bellini. Dann werden Sie mit Ihrem fachmännischen Blick gewiss erkennen, was das ist.«

Vincenzo hielt eine weiße Espressotasse in den Händen, die auf einer ovalen Untertasse stand. Der auffallend große, fast protzig wirkende Henkel der Tasse schloss passgenau mit dem Oval der Untertasse ab. »Nun, ich sehe eher ein avantgardistisches Kunstwerk als eine Tasse, Signor Reiterer. Wie sieht das eigentlich aus, wenn ich die Tasse auf die andere Seite drehe?« Vincenzo schob sie unter den entsetzten Blicken des Leiters der Spurensicherung im Zeitlupentempo so lange herum, bis ihr lang gezogener Henkel asymmetrisch mit der abgerundeten Seite der Untertasse abschloss. »Merkwürdig.«

»Bellini, Sie sind ein Banause, ist Ihnen das klar? Sie halten eine Originaltasse von Rosenthal in Ihren Patschhändchen. Aus der Coffee-Cult-Scoop-Serie. Drehen Sie die Tasse in die vorgesehene Position, Sie Kulturbarbar! Schätzen Sie!«

Vincenzo befolgte Reiterers unmissverständlichen Befehl und stellte die Harmonie der Formen zwischen Tasse und Untertasse wieder her. Keinesfalls wollte er den Leiter der Spurensicherung in seinem Kunstverständnis erschüttern. »Was soll ich schätzen?«

Reiterer verdrehte die Augen. »Was diese Pretiosen gekostet haben! Ich habe sie mir gleich im Sechserset gekauft.«

Vincenzo trank liebend gerne Espresso, mit den dazugehörigen Tassen kannte er sich allerdings überhaupt nicht aus. Er wagte einen Schuss ins Blaue. »Fünf Euro pro Tasse?«

Reiterer schien aufrichtig entsetzt. »Wollen Sie mich auf den Arm nehmen? Fünf lächerliche Euro? Für so ein Artefakt? Eine solche Meisterleistung klassisch-moderner Designkunst? Ich hoffe, dass ich mich verhört habe. Siebenundzwanzig Euro! Siebenundzwanzig!« Reiterer betonte jede Silbe dieser exorbitanten Summe einzeln. »Pro Set, wohlgemerkt. Konzilianterweise will ich Ihnen diesen Fauxpas nachsehen. Holen Sie sich einen Espresso aus meiner Maschine und testen Sie das einzigartige Trinkgefühl. Die Bohnen sind übrigens von Izzo, hundert Prozent Arabica Gold, versteht sich. Nichts anderes hat dieses Kunstwerk verdient. Folglich müssen Sie das zelebrieren. Danach haben Sie in Ihrem unterentwickelten Kunstverständnis einen Quantensprung vollzogen. Passen Sie bloß auf meine formvollendete Tasse auf, wehe, die fällt runter! Dann sind Ihre nächsten Gehälter verplant.«

Schmunzelnd füllte der Commissario seine Tasse. Reiterers schräger Humor, seine Schrulligkeit waren sein Markenzeichen. Sein Erscheinungsbild passte perfekt dazu. Er war Anfang fünfzig, groß, eher hager, hatte kurze graue Haare. Mit seinen blauen, ein wenig vorstehenden Augen sah er aus, als würde er sich ständig selbst persiflieren. Seine Fähigkeit zur Selbstironie war der Grund, warum sich kaum ein Kollege in der Questura von Reiterers Scherzen beleidigt fühlte. Als Vincenzo sich setzte und dabei die Tasse mit etlichen bewundernden Blicken würdigte, konnte er endlich sein eigentliches Anliegen zur Sprache bringen, den letzten Anschlag des Feuerteufels.

Mit dem Hinweis, dass er all das schon Marzoli erzählt habe, nahm Reiterer unter lautem Schlürfen und mit geschlossenen Augen einen kleinen Schluck Espresso. Vorsichtig stellte er die Tasse in der vorgegebenen Position ab. »Das Übliche, Commissario. Stümperhaftes Vorgehen, Fingerabdrücke, zweifelsohne ein Dilettant. Kommen wir zur Brandursache. Entsprechend meiner außergewöhnlichen Fähigkeiten, ohne die diese Questura schon längst dichtgemacht worden wäre, habe ich mich eines Analyseverfahrens bedient, das in Italien niemand außer mir beherrscht. Ich habe eine Gaschromatografie mit einer Massenspektroskopie kombiniert. Das Ergebnis meiner genialen Expertise ist gleichermaßen seltsam, verblüffend, einzigartig, faszinierend und was Ihnen sonst noch einfällt: C zwei H sechs O.«

Vincenzo starrte Reiterer an. »C was?«

»Wäre Zeit für die eine oder andere Fortbildung, Bellini, nicht wahr? C zwei H sechs O, oder laienhaft ausgedrückt: Alkohol, Spiritus, Weingeist, Ethanol.«

»Das ist alles?«

»Jawohl. Problemlos zu besorgen, kinderleicht in der Anwendung, billig wie beim Grillen.«

Reiterers breites Grinsen machte Vincenzo deutlich, dass er das heutige Wortgefecht verloren hatte. Wenigstens einen kleinen Seitenhieb musste er dem Leiter der Spurensicherung aber zum Abschied noch versetzen. »Vielen Dank, Signore, das bringt mich ungemein weiter, großartig.« Vincenzo grinste über das ganze Gesicht, deutete ein Klatschen an. »Eine abschließende Frage habe ich aber noch. Wir haben uns eine Ewigkeit nicht mehr gesehen, mein lieber Reiterer. Kann es sein, dass Sie, nun, dass Sie etwas … etwas fülliger geworden sind?«

Ein Volltreffer, wie Reiterers wütendes Funkeln zeigte. »Dieses dämliche Ding! Haben Sie eine Ahnung, was ein anständiger Crosstrainer kostet? Fünftausend Euro habe ich dafür hingeblättert. Fünftausend! Ein Profigerät von Life Fitness. Kaum zwei Jahre genutzt, schon ist es hin. Seit vier Wochen warte ich auf diesen arroganten Kundendienst.«

Vincenzo empfahl Reiterer übergangsweise die eine oder andere Bergtour, aber der Experte für Espressotassen winkte ab. »Vergessen Sie's. Unter zwanzig Grad friere ich, ab einundzwanzig Grad schwitze ich. Außerdem kann ich Mücken, Fliegen und was sonst noch draußen rumfliegt oder -kriecht auf den Tod nicht ausstehen.«

***

Forensische Psychiatrie

Mit hängenden Schultern schlich Eusebio Zabatino durch die verlassene Abteilung mit ihren nüchternen, kalten Gängen. Nicht einmal ein paar Bilder lockerten die abstoßende, feindliche Atmosphäre auf. Jeder Schritt hallte gespenstisch durch das triste Einheitsgrau. Putz bröckelte von den Wänden. Sie nutzten diesen Bereich nur noch für »Sonderfälle«, wie sein Chef es nannte. Die meisten Fachbereiche waren längst in die Räume der neuen Psychiatrie umgezogen. Es war nur noch eine Frage der Zeit, bis dieses Gruselkabinett, das den perfekten Rahmen für Horrorfilme im Stil von »Freitag, der 13.« geboten hätte, unwiderruflich geschlossen wurde.

Die Umgebung entsprach Eusebio Zabatinos seelischem Zustand. Er war ein desillusionierter Mensch. Als er vor langer Zeit Medizin studiert hatte, war er noch voller Ziele gewesen, hatte Ideale. Er wollte kranken Menschen helfen, gesund zu werden, am liebsten als niedergelassener Arzt. Geld war für ihn zweitrangig. Im Laufe des Studiums musste er erkennen, dass er für diesen Beruf nicht geschaffen war. Er war zu weich, zu sensibel. Das körperliche Leid anderer Menschen belastete ihn, verfolgte ihn manchmal bis in seine Träume.

Einer seiner Professoren hatte ihm ein außergewöhnliches Einfühlungsvermögen bescheinigt und ihm geraten, sich in Richtung Psychologie oder Psychiatrie zu orientieren. Auch das erschien ihm als gute Möglichkeit, seine Ideale zu verfolgen. Oftmals waren seelische Erkrankungen viel schmerzhafter als die äußerlich sichtbaren oder im Blutbild nachweisbaren. Er beendete sein Studium mit guten Noten, war davon überzeugt, dass ihm nun die Welt offenstünde. Zweifelsohne musste er nur mit dem Finger schnippen, schon hatte er eine interessante Position an einer renommierten Klinik.

Er irrte sich. Zwei Jahre lang schrieb er vergeblich Bewerbungen, und mit jeder Absage sank sein Selbstwertgefühl. Wurde er tatsächlich zu einem Vorstellungsgespräch eingeladen, ließ ihn sein mangelndes Selbstbewusstsein scheitern. Als er die Hoffnung bereits aufgegeben hatte, kam unverhofft ein ehemaliger Kommilitone auf ihn zu und erzählte ihm, dass in der Forensischen Psychiatrie jemand befristet zur Aushilfe gesucht werde. Alles andere als ein Traumjob, aber immerhin ein Anfang. Er bekam die Stelle, ein Jahr später eine Festanstellung, machte schließlich den Facharzt für Psychiatrie. Wenn er geglaubt hatte, das sei endlich sein Sprungbrett für Höheres, hatte er sich erneut geirrt.

Sein ganzes Leben war er in derselben Abteilung geblieben und niemals aufgestiegen. Noch immer war er Assistenzarzt. Seine Patienten waren allesamt Kriminelle, genau die Klientel, mit der er eigentlich nichts zu tun haben wollte. Helfen wollte er solchen Leuten schon gar nicht. Egal, ob krank oder nicht, seiner Meinung nach gehörten Verbrecher in den Knast. Er fand es einfach nicht richtig, Menschen zu helfen, die anderen Leid zufügten. Das war ungerecht.

Der ganze Frust, all die Jahre des Scheiterns, hatten aus einem optimistischen, fröhlichen jungen Mann eine verhärmte Existenz gemacht. Längst hatte er aufgehört, auf sich zu achten. Das ergraute Haar fiel ihm in ungepflegten Locken ins Gesicht, das von nicht minder grauen Bartstoppeln übersät war. Er war mager, wog nur gut sechzig Kilo bei einer Größe von einem Meter fünfundachtzig. Schon lange hatte er keinen Appetit mehr, Essen war ein notwendiges Übel. Weil er sich zurückgezogen hatte, war er einsam geworden, eine zunehmende Menschenscheu war die Folge, alles andere als zuträglich für seinen Beruf. Er hatte nie geheiratet, keine seiner Freundinnen hatte es länger als ein halbes Jahr mit ihm ausgehalten. Sie ergriffen die Flucht vor seiner negativen Aura, seiner Missmutigkeit, die jeden Menschen vertrieb, der ihn längere Zeit um sich hatte. Seine letzte Beziehung lag nun fast vier Jahre zurück. Er ließ sich auf nichts mehr ein, weil er den Gedanken nicht ertragen konnte, dass er sowieso versagen würde. Freunde hatte er auch nicht. Nicht einmal Bekannte. Und seine Kollegen machten einen großen Bogen um ihn. Seit dem Tod seiner Eltern hatte er außer seinen Patienten keinerlei soziale Kontakte mehr.

Patienten? Nein, es war lediglich ein Patient.

Seine Miene hellte sich ein wenig auf. Er freute sich auf sein fast tägliches kleines Highlight, das ihn stets für kurze Zeit aus seiner Tristesse befreite. Er zog seine Codekarte für den Hochsicherheitstrakt durch den Scanner neben der Tür. Seit ungefähr einem Jahr hatte er diese »Sonderaufgabe«. Ein besonders schwerer Fall, ein Mörder ohne erkennbare Anzeichen von Reue, der längst die Grenzen zum Wahnsinn überschritten hatte. So zumindest hatte sein Chef, der dem Mann eine paranoide Schizophrenie diagnostiziert hatte, ihn beschrieben. Weil Signor Eusebio Zabatino über ein so außergewöhnliches Einfühlungsvermögen verfüge, wäre es für ihn zweifellos eine besondere Herausforderung, sich, entbunden von allen anderen Aufgaben, ganz und gar diesem Patienten zu widmen. Keine versteckte Degradierung, im Gegenteil: »Ihre große Chance, Zabatino! Holen Sie den Kerl aus seiner schizophrenen Welt zurück. Vielleicht ist sogar eine Beförderung drin.«

Sein Chef war ein zynisches Arschloch. Er hasste ihn.

Und er war ein Dilettant. »Der Kerl«, wie der Chef ihn nannte, war nicht schizophren. Das war Zabatino schon nach wenigen Sitzungen klar geworden. Dieser Mann wusste genau, was er tat und wovon er sprach. Er war auch nicht wahnsinnig. Er gehörte nicht in die Psychiatrie, schon gar nicht in einen Hochsicherheitstrakt. Nichts deutete darauf hin, dass sein Chef ausnahmsweise richtig liegen könnte. Sein Patient hörte weder Stimmen noch stellte er sich als das große Genie dar, das nicht einmal Gott über sich hatte. Zerknirscht hatte er Zabatino erzählt, wie es zu den Morden gekommen war. Er bereute sie aus tiefster Seele.

Einem Eusebio Zabatino konnte er nichts vormachen. Er erkannte mit all seiner Erfahrung und Empathie, dass er einen Menschen vor sich hatte, der tief bereute, der seine Verbrechen nur zu gerne ungeschehen machen würde. Ein solcher Mann war nicht krank, er musste nicht behandelt werden. Neuroleptika gab er ihm deshalb schon lange nicht mehr.

Anfangs hatte ihm bei der Vorstellung, allein auf sich gestellt einen Mörder therapieren zu müssen, geradezu gegraut. Er hatte Angst gehabt, hatte seinen Patienten, den er noch gar nicht kannte, bereits gehasst. Schon allein für seine Taten. Aber allmählich erkannte er, dass hinter diesem Mörder ein Mensch steckte, der keineswegs eine Gefahr für die Allgemeinheit darstellte. Er bedauerte seine Verfehlungen, hatte jedoch keine Lust, das Idioten wie Zabatinos Chef auf die Nase zu binden. Zu ihm, Eusebio Zabatino, hatte er schon nach kurzer Zeit Vertrauen gefasst.

Zabatino war angetan von der Vernunft seines Patienten. Er wich keiner Frage aus, war in allen Punkten offen, ehrlich, kooperativ. Zabatino freute sich zunehmend auf seine Visiten. Sie philosophierten oft miteinander, sein Patient zeigte reges Interesse und Anteilnahme an der Person seines Psychiaters, an seinem Werdegang. Jedes einzelne Detail wollte er wissen: Familie, Freunde, Wohnumfeld, Hobbys, was er am liebsten aß und trank ... Niemals meckerte der Mann, er beschwerte sich nicht und aggressiv wurde er schon gar nicht. Wenn Zabatino es recht bedachte, war sein Patient der Einzige, dem er sich anvertrauen konnte. Manchmal fragte er sich, wer bei Lichte besehen eigentlich wen therapierte. Das war wahrhaftig verrückt.

Zabatino gab den vierstelligen Code für die schwere Stahltür zur Zelle seines Patienten ein. Er blickte in ein strahlendes Gesicht.

»Mensch, Eusebio, ich dachte schon, du kommst heute gar nicht mehr! Du bist mein einziger Kontakt zur Außenwelt. Dazu ein besonders liebenswerter. Ein echter Freund. Ohne dich wäre ich restlos aufgeschmissen. Danke übrigens für die leckere Erdbeertorte, die war echt klasse. Hätte nicht gedacht, dass ein alleinlebender Single so gut backen kann. Setz dich. Willst du mich zuerst ein bisschen therapieren, oder können wir gleich über interessantere Dinge reden?«

Zabatino fühlte sich leicht und unbeschwert. All sein Frust, seine Enttäuschung fielen von ihm ab, wenn auch nur für diese kurzen Augenblicke. Er setzte sich. »Bei dir gibt es nichts mehr zu therapieren. Ich werde mich persönlich dafür einsetzen, dass du so schnell wie möglich rauskommst. Obwohl ich mir damit selbst keinen Gefallen tue. Du warst mein einziger Lichtblick in dieser vergessenen, heruntergekommenen Abteilung. Ohne dich wird mein Leben noch trostloser.«

3

Ultental, St. Pankraz, Dienstag, 28. September

»Sie wollen das Haus tatsächlich für einen ganzen Monat buchen?«

»In der Tat, Signora, ich brauche für mein Projekt absolute Ruhe. Ein Hof im Ultental ist dafür perfekt geeignet.«

»Aha, was ist das denn für ein Projekt, wenn ich fragen darf, Herr, Herr …?« Was für ein komischer Kauz.

Mehr als vierzig Jahre lang hatte Maria Hofer mit ihrem Mann den Hof bewirtschaftet. Eine kleine Landwirtschaft, an die hundert Kühe auf den umliegenden Almen. Irgendwann waren die Kinder aus dem Haus. Keines, nicht einmal ihr Ältester, zeigte Interesse, den elterlichen Betrieb zu übernehmen. So war das mit dieser Generation. Anstatt die Familientradition fortzuführen, zog es sie in die Städte. Sie wollten studieren, tolle Jobs, Geld, Karriere, Autos.

Vor sechs Jahren war ihr Mann nach einem Schlaganfall gestorben, und plötzlich war sie alleine mit ihrem Hof. Keines ihrer Kinder lebte in Südtirol. Sie konnte den Hof unmöglich allein bewirtschaften, von der Viehzucht ganz zu schweigen. Daher verkaufte sie alle Tiere, baute den Hof zu Ferienwohnungen, den alten Stall zu einem größeren Ferienhaus um. Sie schloss sich örtlichen Werbegemeinschaften an, ließ sich beim Tourismusbüro registrieren. Bald kamen genug Gäste, um sich über Wasser zu halten.

Dieser Gast allerdings war eine neue Erfahrung. Er stand vor ihr, hochgewachsen, breite Schultern, ein Gesicht wie gemeißelt, tiefe, männliche Stimme, und erzählte ihr, dass er gedenke, das Haus für einen Monat zu buchen. Mitten im Herbst, auf fast tausendvierhundert Meter Höhe. Er war ein Typ, der in Hochglanzbroschüren, in ein Pariser Modehaus oder gar nach Hollywood gepasst hätte. Aber nicht auf einen abgelegenen Hof im Ultental.

»Stadler, Frau Hofer, Alois Stadler. Aus München. Ich bin Schriftsteller. Ich schreibe Bücher und Bildbände über die Alpen. Dieses Jahr ist Südtirol an der Reihe. Es wird mehr als einen Band geben. Schließlich hat Ihre Heimat viel zu bieten. Die traumhafte Natur, eine vielfältige Kultur, ein traditionsreiches Brauchtum. Dazu die leidvolle Geschichte dieses Landes. Ich habe also viel zu tun, muss hier gründlich recherchieren. Insofern würde ich nicht ausschließen, dass ich Ihr Haus sogar länger benötige. Selbstverständlich werde ich eine adäquate Vorauszahlung leisten.«

Das war interessant. Jemand, der Reisebücher schrieb. Das passte auch zu ihm. Und es eröffnete interessante Perspektiven. Nicht allein finanziell, weil das Haus viel teurer war als die kleineren Wohnungen und nach frühen Wintereinbrüchen im Herbst nur selten vermietet werden konnte. Sein Projekt wäre auch eine erstklassige Werbung für ihren Ferienbetrieb. Sie musste ihn dazu bringen, dass er in seinen Büchern ihren Hof erwähnte. Idealerweise mit Fotos und schwärmerischen Hinweisen auf die herrliche Lage, die herzliche Gastfreundschaft … Genau darauf kam es an.

»Das klingt spannend, Herr Stadler. Kommen Sie doch rein, Sie holen sich ja den Tod, wenn Sie noch länger in Ihrem dünnen Hemd im Schneetreiben rumstehen. Ich mache Ihnen einen schönen heißen Tee, und dann besprechen wir alles. Sie können das Haus gerne haben. Wenn Sie es für so lange Zeit und in der Nebensaison buchen, komme ich Ihnen im Preis natürlich entgegen. Um diese Zeit ist es schon recht ruhig, aber Sie können sich nicht vorstellen, was im Sommer los ist. Mein Hof ist inzwischen ein echter Geheimtipp, wissen Sie.«

4

Bozen, Donnerstag, 30. September

Vor Vincenzo saß eine aufgelöste Frau Mitte vierzig. Sie war klein, sehr schlank, auf eine spröde Art hübsch und elegant gekleidet. Ihre Art wirkte äußerst energisch und lebhaft, aber auch unruhig, rastlos. Doch trotz ihrer Anspannung strahlte sie Selbstbewusstsein aus. Sie wartete schon seit sieben Uhr morgens in der Questura auf einen Beamten, der ihre Anzeige aufnehmen konnte. Sie hieß Elisabeth Oberrautner und seit dem Vorabend vermisste sie ihren Mann Michael.

Vincenzos Abteilung war eigentlich nicht für verschwundene Ehemänner zuständig, aber da er die Signora nicht länger als nötig in dem unattraktiven Flur der Questura herumsitzen lassen wollte und im Moment nicht viel zu tun hatte, nahm er sie mit in sein Büro. Er fand schnell heraus, dass Michael die ganze Nacht nicht nach Hause gekommen war und versuchte, sie zu beruhigen. »Frau Oberrautner, haben Sie schon bei Freunden und Bekannten nachgefragt? Wäre es denkbar, dass Ihr Mann irgendwo versackt ist, dass er alkoholbedingt nicht mehr in der Lage war, Ihnen Bescheid zu sagen, oder es vergessen hat?«

Sie schüttelte energisch den Kopf. »Niemals! Erstens trinkt Michael höchst selten, zweitens würde er niemals wegbleiben, ohne mir Bescheid zu sagen. Meinen Sie, sonst würde ich hier sitzen?«

Vincenzo hob beschwichtigend die Hände. »Schon gut, wohin wollte Ihr Mann denn? Ist Ihnen gestern Abend irgendwas aufgefallen? War etwas Besonderes? Hatten Sie vielleicht einen Streit?«

Ihre Antwort kam prompt. »Er hat einen Anruf bekommen. Das war gegen sieben. Michael sagte, es sei was Geschäftliches, deshalb müsse er noch mal weg. Das kam mir übrigens keineswegs seltsam vor. Michael hat immer irgendwelche verrückten Ideen. Ehe Sie fragen: Als er um Mitternacht nicht zurück war und ich ihn über sein Handy nicht erreicht habe, habe ich in die Anruferliste geschaut. Es war ein Anruf mit Rufnummernunterdrückung. Wir haben nicht gestritten, wir streiten ohnehin kaum. Hören Sie, Commissario, ich phantasiere nicht. Ich kenne meinen Michael. Ich weiß, dass etwas passiert ist. Sitzen Sie doch nicht länger untätig herum! Unternehmen Sie was!«

Dass ein erwachsener Mann ohne Vorankündigung über Nacht nicht nach Hause kam, war nichts Außergewöhnliches. Ein Umtrunk mit Freunden, man vergaß die Zeit, übernachtete bei den Freunden. Sicherlich würde Michael Oberrautner spätestens mittags reumütig heimkehren. »Bitte versuchen Sie ruhig zu bleiben, Frau Oberrautner. Es ist nicht ungewöhnlich, dass ein Ehemann mal eine Nacht lang nicht nach Hause kommt. In der Mehrzahl der Fälle kehrt der Vermisste von selbst zurück, und die Erklärung ist zumeist verblüffend banal. Wahrscheinlich hat Ihr Mann mit seinem Kontakt bis in die Nacht hinein zusammengesessen und debattiert. Vielleicht hat er sogar versucht, Sie anzurufen, aber er befand sich in einem Funkloch. Es gibt Dutzende möglicher Gründe, allesamt harmlos. Bitte gehen Sie nach Hause. Vielleicht wartet Ihr Mann schon auf Sie und fragt sich seinerseits, wo Sie bleiben. Wenn nicht, telefonieren Sie mit den Leuten, bei denen Ihr Mann theoretisch sein könnte. Sollte das bis heute Abend ergebnislos bleiben, kommen Sie wieder in die Questura. Dann nehmen wir eine Vermisstenanzeige auf. Gegebenenfalls benachrichtigen wir die Presse. Haben Sie ein Foto von Ihrem Mann dabei?«

Daran hatte Frau Oberrautner gedacht. Das Foto zeigte ihren Mann in Shorts an einem Strand. Michael war ein gut aussehender, allem Anschein nach sehr sportlicher Mann, groß, dunkelhaarig, durchaus charismatisch. Er war Schriftsteller, schrieb Phantasieromane, die sich jedoch nicht allzu gut verkauften. Das kinderlose Ehepaar Oberrautner lebte vor allem vom Gehalt der Frau, die als Empfangschefin in einem Vier-Sterne-Hotel arbeitete.

Allerdings kam Vincenzo dieser Michael Oberrautner bekannt vor. Nachdem Elisabeth Oberrautner gegangen war, loggte er sich, einer Eingebung folgend, in die Verbrecherkartei ein. Sein Instinkt trog ihn nicht, er fand ihn auf Anhieb. Michael Oberrautner war achtundvierzig, vorbestraft wegen diverser Drogenvergehen, versuchter Erpressung, Nötigung und eines Gewaltdeliktes. Er war zeitweise in psychiatrischer Behandlung gewesen, weil er sich von der Polizei und dem italienischen Rechtssystem verfolgt fühlte. Es war anzunehmen, dass der erfolglose Schriftsteller nicht nach Hause gekommen war, weil er wieder »ein Ding« plante. Sie würden ihn tatsächlich suchen müssen, allerdings unter anderen Vorzeichen. Dazu gehörte auch eine Vermisstenmeldung in der *Dolomiten*, dem Tagblatt der Südtiroler.

Der Name Oberrautner sollte Vincenzo noch häufiger begegnen, als er in diesem Moment ahnen konnte.

5

Sarnthein, Wochenende, 2./3. Oktober

Am Mittwoch hatte es endlich aufgehört zu regnen. Von einem Tag zum nächsten verschwand die Kälte, es wurde spätsommerlich warm. Nachdem Vincenzo mittags seine Eltern in ihrer Trattoria besucht hatte, um mit ihnen zu essen, fühlte er sich wie neugeboren.

Unglaublich, was für einen Einfluss Wetter auf den Gemütszustand hatte. Solange die Sonne schien, war man heiter und unbeschwert. Kaum war es länger als einen Tag trüb, nass und kalt, verfiel man in einen trägen, missmutigen Zustand und hatte zu nichts Lust. Auf dem Rückweg in die Questura hatte er so laut vor sich hin gepfiffen, dass sich die Leute nach ihm umdrehten.

Wie sehr hatte er sich auf seine Bergrunde gefreut! Er fuhr schon um drei Uhr nach Hause, zog seine Laufsachen an und war keine Stunde später am Auener Joch. Eine Idylle. Kristallklare Luft, eine atemberaubende Fernsicht auf den verschneiten Ortler, rundherum die herbstlich verfärbte Heide, die einen betörenden Duft verströmte. Am liebsten hätte er laut herausgeschrien, wie wunderbar die Welt war.

Bis Freitag war die Fahndung nach Michael Oberrautner erfolglos geblieben, der, entsprechend der Einschätzung seiner Frau, tatsächlich nicht zurückgekommen war. Dafür gab es den Durchbruch bei der Brandserie. Sie hatten den Feuerteufel gefasst, und er war in allen Punkten geständig. Er war jung, noch keine dreißig, äußerlich fast so klein und zart wie ein Kind, ein glattes, bartloses Gesicht, auffallend schmale Schultern. Sein einziges Motiv war Faszination, er war dem Feuer verfallen. Es war purer Zufall, dass sie ihn diesmal erwischt hatten: Einem aufmerksamen Anwohner war der gehetzt um sich blickende Fremde aufgefallen, und er war ihm unbemerkt gefolgt. Als er sah, wie der Unbekannte eine Flüssigkeit gegen die Wände eines Bretterverschlags spritzte, rief er sofort die Polizei. Sie ertappten den Brandstifter in flagranti.

Doch damit nicht genug: Vincenzos Freundin Gianna dal Monte, eine Mailänder Rechtsanwältin, die er im Sommer wegen einiger haariger Gerichtsprozesse an vielen Wochenenden kaum zu Gesicht bekommen hatte, war früher als sonst in Bozen eingetroffen. Vincenzo hatte sie in den »Braunwirt« eingeladen, zu einem Mehr-Gänge-Menü mit sündhaft teuren Weinen. Schließlich gab es genug zu feiern: das erste gemeinsame Wochenende seit langer Zeit, die kurzzeitige Rückkehr des Sommers, das Ende der Brandserie. Später in seiner Wohnung durfte er erleben, wie Giannas Temperament durch Sonne und Wärme erwachte. Sie war wenig zimperlich, wenn es darum ging, im Bett ihre Wünsche zu äußern. Diesmal schaffte sie es, ihn glatt zu überfordern. Nach mehr als vier Stunden konnte er nicht mehr. Erschöpft schlief er ein.

Am Samstagmorgen frühstückten sie ausgiebig, und danach brachen sie zum ersten Mal gemeinsam zu seiner Bergrunde auf. Nachmittags standen sie am Auener Joch, blickten schweigend um sich. Nie zuvor hatte Gianna solche Ausblicke erlebt. Während sie in stiller Ehrfurcht nach Westen auf die gewaltige Ortlergruppe schaute, beugte sich Vincenzo vor der Holzbank an dem großen Wegweiser über seinen Rucksack. Es war nicht etwa der Tagesrucksack, sondern der große Tourenrucksack, fünfzehn Kilogramm Gepäck, so viel wie bei Hüttenwanderungen. Er wollte seiner Freundin an diesem Logenplatz etwas Besonderes bieten, um ihr seine geliebte Heimat schmackhafter zu machen. Vincenzo förderte Brot, Südtiroler Speck, diverse Käsesorten, Prosecco, Brunello, Wasser und eine Thermoskanne zutage, breitete eine weiße Tischdecke über die Bank und deckte sie mit Sektkelchen, Rotweingläsern und echtem Porzellangeschirr.

Das Klirren des Geschirrs riss Gianna aus ihrer Bewunderung. Sie drehte sich um, und ihr Blick fiel auf die komplett gedeckte Tafel, die sie mit offenem Mund anstarrte. »Mein Gott, Schatz, hast du das alles hier hochgeschleppt?«

Vincenzo ging auf sie zu, nahm sie in den Arm und küsste sie. »Ja, meine Süße, für dich. Ich möchte, dass du selbst erlebst, wie herrlich es ist, mitten in den Bergen zu picknicken. Das Auener Joch ist ein traumhafter Aussichtsplatz, mühelos zu erreichen. Trotzdem begegnen mir hier nicht viele Menschen. Es gibt in Südtirol viele solcher Plätze, glaub mir.«

Gianna lächelte ihren Rucksackträger liebevoll an. »Mein schöner Kommissar, du lässt wirklich nichts unversucht, mich in deine Berge zu locken. Immerhin sind deine Methoden im Laufe der Zeit um einiges subtiler geworden.«

Vincenzo und Gianna hatten vieles gemeinsam. Sie liebten sich von Herzen, planten eine gemeinsame Zukunft. Hinsichtlich der Frage, wie diese Zukunft aussehen sollte, herrschte indes Uneinigkeit, denn eines stand von Anfang an zwischen ihnen: Vincenzo war tief verwurzelt in seiner Südtiroler Heimat, Gianna lebte in Mailand und arbeitete als Rechtsanwältin in der Kanzlei ihrer Eltern. Er ging so oft in die Berge, wie es seine Zeit zuließ, fuhr Ski oder setzte sich entspannt mit einem Glas Lagrein auf eine Bank und schaute in die Natur. Sie mochte Mailand, liebte generell Städte. Er träumte von einer eigenen Familie mit mindestens zwei Kindern, am liebsten auf einem großen Hof im Sarntal. Sie war ehrgeizig, eine steile Karriere als Rechtsanwältin war ihr oberstes Lebensziel. Sie konnte sich weder vorstellen, ihre Karriere gegen eine Rolle als Mutter einzutauschen, noch dachte sie daran, Mailand zu verlassen, um ein Dasein als Provinzanwältin zu fristen.

Grinsend reichte Vincenzo seiner Freundin einen Sektkelch. »Prost, meine geliebte Gianna, auf uns und auf gute Entscheidungen in der Zukunft!«

Sie wusste, dass dieser romantische Vorstoß ihres schönen Kommissars, wie sie ihn gerne liebevoll nannte, nichts an ihrem schwerwiegenden Problem ändern würde. Aber sie fühlte sich geschmeichelt, weil er sie mit solcher Inbrunst zu ködern versuchte. Und wie er so vor ihr stand und sie aus seinen sanften, fast schwarzen Augen anlächelte, strahlte er eine große Souveränität aus. Die Berge waren seine Welt. Hier war er zu Hause, nichts konnte ihn erschüttern. Dieses Selbstbewusstsein liebte sie bei Männern.

Sie betrachtete seinen drahtigen Oberkörper, der durch sein nass geschwitztes Funktionsshirt zu sehen war. Sie blickte sich um. Nichts, kein Mensch weit und breit. Entschlossen nahm sie ihm das Glas aus der Hand, sah ihm in die Augen und griff ihm an den Gürtel. »Mein geliebter Vincenzo, du hast recht, deine Heimat ist ungemein anregend. Aber nicht so wie du. Ich befürchte, der Brunello muss warten.«

Vincenzo wollte protestieren, weil das Joch zwar wenig frequentiert, aber von allen Seiten gut einsehbar war. In diesem Moment spürte er bereits Giannas Hand zwischen seinen Beinen und ihre Zunge in seinem Mund.

Die Welt um sie herum versank, und als die beiden aus ihrem Kokon wieder auftauchten, war für das Picknick keine Zeit mehr, denn die Bergketten im Osten wurden von der untergehenden Sonne bereits tiefrot gefärbt. Eilig raffte Vincenzo alles zusammen, schweigend und glücklich stiegen sie über Almen und Bergwälder schnell nach Sarnthein ab.

Auf Vincenzos Balkon breiteten sie die kulinarischen Köstlichkeiten erneut aus. Nach den leidenschaftlichen Stunden am Auener Joch und den Anstrengungen der Tour waren sie auf eine äußerst entspannte Weise ausgelaugt. Nachdem sie das gesamte Picknick aufgegessen hatten, begleitet von zahlreichen Gläsern veritablen Weines, schwenkte Gianna den abschließenden Grappa in ihrem Glas. »Mein schöner Kommissar, das war ein wunderschöner Tag. Es ist wirklich traumhaft hier. Ich würde nächstes Jahr sogar eine Hüttentour mit dir machen. Und ich bin davon überzeugt, dass wir das mit dem Wohnort schon geregelt kriegen. Denn ich liebe dich!«

Den Sonntag verbrachten sie im Bett. Nach dem Exzess des Vorabends bestand ihr Frühstück lediglich aus einem großen Kaffee. Abends brachte Vincenzo seine Gianna zum Bahnhof und verabschiedete sie mit einem langen, intensiven Kuss. Ciao zu sagen fiel ihnen beiden unendlich schwer, denn an diesem Wochenende war eine neue Dimension der Intimität zwischen ihnen entstanden. Als der Zug langsam den Bahnhof verließ, winkten sie sich ein letztes Mal zu.

***

St. Pankraz

Der Herr Stadler aus München war ein geschäftiger Mann, Trägheit zählte nicht zu seinen Charaktereigenschaften. Die ganze Woche über hatte er das Ferienhaus in der Morgendämmerung verlassen, bewaffnet mit einem großen, schweren Rucksack. Da war bestimmt seine Fotoausrüstung drin, die musste ein Vermögen gekostet haben. Wenn er zurückkam, war es meistens schon dunkel. Wahrscheinlich wollte er die wenigen schönen Tage nutzen, um möglichst viele Fotos von der Gegend zu machen.

Maria Hofer war eine Frühaufsteherin. Mit der jahrzehntelangen Führung des Hofes war ihr dieser Lebensrhythmus in Fleisch und Blut übergegangen. Ihre erste Tasse Kaffee trank sie am Küchenfenster, im Schutze des Vorhangs, um zu beobachten, wann Herr Stadler das Haus mit dem gut ausgeleuchteten Außenbereich verließ, und am Abend hielt sie Ausschau danach, wann er zurückkam. Sie fand schnell heraus, dass er nicht nur ein geschäftiger, sondern auch ordentlicher, reinlicher Mann war. Wenn er ging, war seine Wanderkleidung picobello sauber, seine Bergschuhe frisch geputzt. Kam er zurück, sah er aus, als hätte er sich im Schlamm gewälzt. Das brachte sicherlich sein Beruf als Autor von Trekkingliteratur mit sich.

Am Sonntag hatte sie in der Frühe vergeblich auf Herrn Stadler gewartet. Auch einem Schriftsteller schien dieser Tag heilig zu sein. Als sie es sich nachmittags vor ihrem Haus gemütlich gemacht hatte, um noch einmal die wärmenden Strahlen der Sonne zu genießen, trat plötzlich Alois Stadler aus dem Haus. Von wegen heiliger Sonntag! Er trug wieder diesen mörderischen Rucksack, und diesmal baumelten an den Seiten zusätzlich diverse Seile. Von anderen Gästen wusste Maria Hofer, dass diese Dinge zur Kletterausrüstung eines Bergsteigers gehörten. Was wollte ein Schriftsteller mit Kletterseilen? Sie konnte ihre Neugier nicht zügeln. Bevor ihr Gast sein Auto erreicht hatte, sprach sie ihn an.

»Hallo, Herr Stadler, herrliches Wetter heute, was?«

»Frau Hofer! Ich habe Sie gar nicht bemerkt. Ja, das letzte Aufbäumen des Sommers. Das will ich unbedingt nutzen, um möglichst viele Fotos zu machen.«

Sie wies mit dem Zeigefinger auf die Seile. »Dafür brauchen Sie das da?«

Alois Stadler zog lächelnd an den Seilen. »Ein Bildband muss alle Facetten einer Landschaft abbilden. Bei Ihnen in Südtirol gehören Felsen und Schnee dazu. Heute gehe ich auf den Schönboden, um den Sonnenuntergang zu fotografieren. Wenn der Wetterbericht sich nicht irrt, wird es da oben in den nächsten Tagen reichlich Neuschnee geben, dann komme ich nicht mehr rauf. Die Seile nehme ich zur Sicherheit mit. Wenn ich absteige, wird es fast dunkel sein.

Ich kenne das Gelände nicht. Jetzt muss ich aber wirklich los. Auf Wiedersehen, Frau Hofer.«

Während er sich noch verabschiedete, stieg er auch schon in seinen Wagen. Offenbar war ihm nicht nach Small Talk zumute.

Nachdenklich blickte Maria Hofer ihm nach, als er langsam vom Hof fuhr.

6

Bozen, Montag, 4. Oktober

In Gedanken war Vincenzo noch bei seinem glücklichen Wochenende, als er geistesabwesend das Protokoll zur Verhaftung des Feuerteufels tippte. Vice-Questore Dottore Alessandro Baroncini bestand darauf, gelöste Fälle schnell abzuschließen, und dazu gehörte leider ein Protokoll. Als er endlich fertig war, widmete er sich der »Dolomiten – Tagblatt der Südtiroler«, die er jeden Tag von Paolo Verdi, dem herzensguten Kollegen vom Empfang, auf den Schreibtisch gelegt bekam. Verdi hatte ihm den Leitartikel empfohlen. »Viel Spaß beim Lesen, Vincenzo. Der Fasciani lobt Euch über den grünen Klee. Das ist Labsal fürs Ego.«

Vincenzo erinnerte sich gut an Fernando Fasciani. Der Journalist hatte bei seinem ersten Mordfall eine wichtige Rolle gespielt. Zwar war er ein Sensationsreporter wie aus dem Bilderbuch, trotzdem hatte er ein Gewissen. Solch einen Verbündeten konnte ein Commissario in Bozen gut brauchen.

Als Vincenzo die Zeitung aufschlug, grinste ihm sein eigenes Konterfei entgegen. Unter seinem Foto befand sich ein Artikel zur Verhaftung des Brandstifters.

Feuerteufel endlich gefasst

Bozen – Der Brandstifter, der Bozen seit mehr als einem halben Jahr in Atem gehalten hat, ist gefasst. Mindestens zehn Brände gehen auf sein Konto. Die »Dolomiten« hat darüber berichtet. Mit jeder neuen Brandstiftung wurde er dreister, seine Ziele größer und riskanter. Es war nur noch eine Frage der Zeit, wann das erste Wohnhaus oder gar ein Kindergarten in Flammen aufging. Viele Bozener Bürger trieb diese Angst um.

Damit ist es jetzt vorbei. Vincenzo Bellini, ermittelnder Beamter der Questura Bozen, informierte unsere Zeitung über die Details der Verhaftung. Demzufolge gelang es der Polizei am Freitag, den Täter, Filippo G., zu überraschen, als er gerade einen Bretterverschlag in Gries-Quirein in Brand setzte. Ein Übergreifen der Flammen auf das nahe gelegene Wohnhaus konnte verhindert werden. Den entscheidenden Hinweis verdankten

die Ermittler einem Anwohner, der den Täter beobachtet hatte. Die Polizei rückte mit zwei Mannschaftswagen an und umstellte den Brandstifter, der keine Chance hatte zu entkommen. Dem schnellen, geordneten Zugriff unserer Polizei ist es zu verdanken, dass die Menschen in Bozen wieder ruhig schlafen können.
Fernando Fasciani

Vincenzo schüttelte den Kopf. Typisch Fasciani. Er konnte partout nicht sachlich bleiben. Wahrscheinlich durfte er es auch nicht. *Schneller, geordneter Zugriff unserer Polizei*. Von wegen! Der Einsatz war nämlich alles andere als geordnet verlaufen.

Nachdem der Anruf des Augenzeugen in der Questura eingegangen war, rannten ein paar Kollegen zu den Fahrzeugen und fuhren nach Gries, ohne jeglichen Plan. Als sie das lodernde Feuer sahen, vergaßen sie sogar, die Sirenen abzustellen, und hätten vor Hektik beinahe einen Unfall verursacht. Den Brandstifter widerstandslos festzunehmen, war ihnen nur gelungen, weil dieser den Blick nicht von seinem Werk lösen konnte. Er hatte gar nicht gemerkt, wie ihm Handschellen angelegt wurden.

Es war Vincenzo natürlich erheblich lieber, sein Foto über einem *schnellen, geordneten Zugriff* zu sehen als im Zusammenhang mit einer *stümperhaften Zufallsaktion*. Hauptsache, der Fall war abgeschlossen, das Protokoll fertig.

Da es gerade nichts Wichtiges zu tun gab, beschloss Vincenzo, endlich Ordnung in seinem chaotischen, von Papierstapeln überwucherten Büro zu schaffen. Mittags würde er zu seinen Eltern in die Trattoria gehen, sich bekochen lassen und dann auf direktem Wege nach Hause fahren. Er wollte unbedingt die letzten sommerlichen Tage nutzen, denn zum Wochenende kündigte der Wetterbericht einen jahreszeitlichen Umschwung an, der Herbst war da. Das bedeutete winterliches Wetter in den Hochlagen, und für ihn hieß das: zum letzten Mal in diesem Jahr die Bergrunde laufen, in Erinnerungen an das vergangene Wochenende schwelgen, mit einer Flasche Forst-Bier auf dem Balkon sitzen und am Telefon mit Gianna plaudern.

Sie hatte sich am Sonntagabend nicht mehr gemeldet. Wahrscheinlich war sie nach der für sie recht anstrengenden Tour und den langen gemeinsamen Nächten sofort ins Bett gegangen, als sie zu Hause ankam. Gianna besaß eine beneidenswerte Fähigkeit: Wo immer sie war, jederzeit konnte sie sich hinlegen und schlief sofort ein. Nichts konnte sie daran hindern, selbst am Mailänder Hauptbahnhof war sie schon in seinen Armen eingenickt, als sie auf einen verspäteten Zug gewartet hatten.

***

Ein Gletscher

Die Herbstsonne schien milchig auf die weite Schneefläche, auf der an einigen Stellen blankes Gletschereis zu sehen war. Der böige Südwestwind trieb Schneeverwehungen vor sich her. Gleich filigranen Luftgeistern wirbelten und tänzelten sie vor der Sonne, deren Strahlen die feinen Eiskristalle wie Diamanten aufblitzen ließen. Weit und breit keine Menschenseele, lediglich das leise Pfeifen des Windes störte die ansonsten vollkommene Stille. Durch die tanzenden Eisschleier hindurch konnte man das obere Ende des Gletschers erahnen, hinter dem sich die steile Nordflanke eines Grates erhob. Im Übergang vom Eis zum Fels hatten die Schneemassen sowie die Neigung des Gletschers im Laufe vieler Jahrhunderte riesige Spalten entstehen lassen. Einige waren mehrere Meter breit. Canyons aus Eis, die bis zu sechzig Meter in die Tiefe reichten.

Es gab auch eine schmalere Querspalte, kaum breiter als ein Meter. Man konnte vom Gletscher aus nicht erkennen, dass sie sich unten am Boden verbreiterte, während sie sich hangaufwärts oben schloss. Am Fuß der Spalte konnte man ungefähr fünfzig Meter weiter bergab gehen bis zu einer kleinen Biegung, wo sich der Canyon erneut verjüngte und der Zugang zu einigen Gängen ins Eis sichtbar wurde. Die meisten Pfade endeten nach wenigen Metern. Doch einer von ihnen reichte tief in den Gletscher hinein. Er verzweigte sich, führte durch eine Halle aus Frost. Blau schimmerte das Eis, es war, als ließe es einen Hauch von Licht ins Dunkel. Am Eingang und in der Halle selbst lagen weit verstreut rostende Metallrohre und Reste kleiner Holzbehausungen, die den Eindruck erweckten, jemand habe vor langer Zeit hier gelebt. Über eine breite, tiefe Eisspalte führte ein modernder Holzsteg. Ansonsten gab es nichts außer Kälte. Man konnte keine Tageszeit und schon gar nicht die Jahreszeit erahnen. Die einzigen Geräusche stammten vom fernen Rauschen eines Gletscherbaches und vom Eis selbst, das permanent arbeitete. Es knirschte, ächzte, quietschte, mal von der einen Seite, mal von der anderen, dann war es für einen Moment still bis auf das leise Plätschern des Wassers. Die Kälte, das schwache bläuliche Licht, die merkwürdige Geräuschkulisse erzeugten eine unheimliche Atmosphäre. Unwirklich, fremd, bedrohlich. Nicht einmal die erfahrensten Bergführer fanden jemals den Weg in diese Parallelwelt aus Eis.

***

Bozen

Vincenzo war um halb eins in der Trattoria. Zum Schluss hatte er, weil er Aufräumen hasste und Hunger hatte, alles, was wichtig aussah, in einigen Stapeln ohne jegliches Ordnungsprinzip zusammengefasst. Er verstaute sie überall dort, wo die Aktenschränke noch ein freies Plätzchen boten. Jedes Papier, das ihm unwichtig vorkam, wanderte in den Aktenvernichter. Er war selbst erstaunt, wie viele unwichtige Dokumente es gab.

Jetzt saß er mit seinen Eltern zusammen auf der Terrasse der Trattoria und aß Spaghetti Aglio e Olio. Auf den Rotwein verzichtete er entgegen seiner sonstigen Gepflogenheiten. Schließlich wollte er sich auf seiner Bergstrecke verausgaben. Was seinen Vater Piero nicht davon abhielt, den Fontalloro genießerisch in seinem Glas zu schwenken. »Schade, mein Sohn, dass du dir das entgehen lässt. Ein reinrassiger Sangiovese aus dem Herzen der Toskana. Bist du etwa unter die Abstinenzler gegangen?«

»Quatsch, Papa, du weißt doch, dass ich vor dem Sport grundsätzlich keinen Alkohol trinke. Das ist gefährlich.«

»Ach, Junge, du und dein Sport. Ich finde, manchmal übertreibst du es damit. Ich meine, welcher Mensch läuft freiwillig irgendwelche Steilhänge rauf? Das ist bestimmt nicht gesund. Außerdem kann ich mir nicht vorstellen, dass ein Gläschen eines solch edlen Tröpfchens schädlich sein soll.«

Antonia, die ihrem Mann kopfschüttelnd zugehört hatte, giftete ihn von der Seite her an: »Was soll das? Freu dich lieber, dass dein

Sohn so vernünftig ist. Hör auf, ihn zum Trinken zu animieren. Schlimm genug, dass es einen in der Familie gibt, der keinem Wein aus dem Weg gehen kann!«

Es folgte das Unvermeidliche. Piero war ein ausgeglichener Gemütsmensch, der versuchte, jede Auseinandersetzung zu vermeiden. Viel lieber gab er selbst den Schlichter für andere. Doch er hatte eine Schwachstelle: seine unbändige Lust, gut zu essen und zu trinken. Genuss hatte für ihn nichts mit exzessiven Rauschzuständen zu tun, im Gegenteil, trieb man es zu weit, dann konnte man nicht mehr bewusst genießen. Aber mittags zwei, drei Gläschen, abends noch einmal, vielleicht auch vier oder fünf, das hatte nichts mit zügellosem Trinken zu tun. Es war ihm unbegreiflich, warum es nicht jeder Mensch so hielt.

Er wollte sich seinen Wein jedenfalls von niemandem madigmachen lassen, auch nicht von seiner Frau. »Antonia, lass diese Seitenhiebe. Du weißt, dass das für mich Lebensgefühl bedeutet. Was unserem Geschäft im Übrigen keineswegs schadet. Unsere Weinkarte ist die beste und umfangreichste von ganz Bozen. Wie viele Gäste kommen allein deshalb!« Doch seine Mutter wollte nicht klein beigeben.

Um drei Uhr hatte Vincenzo die zahlreichen Tunnel auf dem Weg nach Sarnthein hinter sich. Um diese Uhrzeit war noch nicht viel Verkehr, und wenn man nicht gerade einen Monstertruck vor sich hatte, kam man schnell voran. Er dachte über seine Eltern nach. Diese kleinen Dispute waren typisch für sie, denn Antonia hatte ihr Temperament selten im Griff. Meistens prallte sie damit an Pieros Gelassenheit ab, aber wehe, er ärgerte sich. Vincenzo war nichts anderes übrig geblieben, als seine Spaghetti aufzuessen und die Streithähne allein zu lassen. Er wusste, dass sie sich schnell beruhigen würden, spätestens dann, wenn die ersten Gäste eintrafen.

Nach einer Bergrunde in Rekordzeit, etlichen Liegestützen und Klimmzügen sowie einer ausgiebigen Dusche saß Vincenzo mit seinem ersten Forst-Bier auf dem Balkon. Er wählte Giannas Nummer. Nach dem siebten Klingeln sprang der Anrufbeantworter an. Er legte auf, versuchte es in der Kanzlei. Auch dort hörte er lediglich eine Bandansage, die ihm mitteilte, er riefe außerhalb der Bürozeiten an. Und ihr Handy war ausgeschaltet. Merkwürdig. Es war nicht Giannas Art, sich so lange nicht zu melden. Normalerweise rief sie nach einem gemeinsamen Wochenende immer an und wenn auch nur, um zu sagen, dass sie gut angekommen war.

Bei seinem dritten Forst war es nach neun. Erneut versuchte er es in ihrer Wohnung – vergeblich. Allmählich machte er sich ernsthafte Sorgen. Andererseits, was sollte passiert sein? Er hatte sie in Bozen höchstpersönlich in den Zug gesetzt, der Mailänder Bahnhof war belebt, sie nahm stets ein Taxi nach Hause. Hätte sie einen Unfall gehabt, hätte man ihn längst benachrichtigt.

Ruhig bleiben. Er beschloss, seine Nervosität mit einem abschließenden Muskateller zu bekämpfen, dann wagte er einen weiteren Versuch. Wieder der Anrufbeantworter.

Diesmal hinterließ er eine Nachricht: *Gianna, wo steckst du? Ich versuche es seit Stunden. Ruf auf jeden Fall an, wenn du zurückkommst, ich mache mir Gedanken um dich. Egal wann, ich lege den Hörer neben das Bett. Ciao.*

7

Bozen, Dienstag, 5. Oktober

Der Muskateller hatte ihm nicht geschmeckt. Seine quälenden Sorgen war er auf diese Weise nicht losgeworden. Warum meldete sich Gianna bloß nicht? Zigmal hatte er inzwischen angerufen, sogar mitten in der Nacht und am frühen Morgen – nichts. Hatte er was falsch gemacht oder sie beleidigt, ohne dass er es mitbekommen hatte? War sie eingeschnappt, ließ ihn deswegen schmoren? Nein, das war nicht ihre Art. Sie hätte ihrem Ärger sofort Luft gemacht.

Er hatte ein merkwürdig bedrücktes Gefühl, ganz so, als spürte er eine unterschwellige Bedrohung. Etwas Unheilvolles lag in der Luft. Als er schlaftrunken seine Wohnung verließ, sah er, wie sich Wolken um die Berggipfel legten. Ein eisiger Wind blies ihm entgegen. Es war nichts weiter als der Wetterumschwung, der seit Tagen angekündigt war, aber ihm kam es vor wie eine an ihn persönlich adressierte Warnung. *»Nimm dich in Acht, Vincenzo! Nichts wird mehr so sein, wie es war!«* Bei diesem Gedanken spürte er ein unangenehmes Frösteln und bekam eine Gänsehaut.

Jetzt saß er in seinem Büro in Bozen, und alles kam ihm seltsam unwirklich vor, die Questura, sein Schreibtisch, selbst seine Kollegen. Entschlossen griff er zum Hörer und rief in der Mailänder Kanzlei an. Giannas Eltern müssten sich doch auch Sorgen machen.

»*Buongiorno*, Signora, Vincenzo Bellini am Apparat. Ist meine Freundin im Büro?«

»Bedaure, sie ist gestern und heute nicht erschienen. Ich verbinde Sie mit Dottore dal Monte.«

Augenblicke später vernahm er die Stimme von Alfredo dal Monte, Giannas Vater, der die Kanzlei leitete: »Hallo Vincenzo, tut mir leid, dass ich dich nicht längst angerufen habe. Du hast dir sicherlich große Sorgen gemacht?«

»Alfredo, um Gottes willen, was ist denn passiert?«

»Nichts Schlimmes, Vincenzo. Gianna hat gestern Morgen in der Kanzlei angerufen. Ihr habt anscheinend am Wochenende exzessiv gefeiert, und sie hat sich die ganze Nacht übergeben. Sie will vorläufig zu Hause bleiben, das Bett höchstens verlassen, wenn der nächste Schub kommt. Wenn es nicht besser wird, geht sie morgen zum Arzt. Mach dir keine Gedanken, Gianna will bloß ihre Ruhe. Deshalb hat sie ihr Telefon ganz leise gestellt. Mein Gott, wie schlimm ihre Stimme klang, so fertig habe ich mein Kind noch nie erlebt. Deshalb hat sie mich gebeten, dir Bescheid zu sagen, aber ich hatte gestern so viel um die Ohren, dass ich das total vergessen habe, ich Idiot!«

Vincenzo schloss für einen Moment die Augen. Er fühlte Dankbarkeit und eine tiefe Erleichterung. »Gott sei Dank. Ich bin fast umgekommen vor Sorgen! Mach dir keine Vorwürfe, Alfredo. Das kann jedem passieren. Ich warte dann, bis sie sich bei mir meldet. Ciao, grüß Nadia von mir.«

Vincenzo legte auf, holte sich einen Caffè Doppio und aß dazu ein paar Cantuccini. Was war er für ein Idiot. Warum machte er sich bei jeder Kleinigkeit immer gleich solche Sorgen? Hinter einer mickrigen Erkältung witterte er sofort die Schweinegrippe, einen Muskelkater nach einer extremen Sporteinheit wertete er als Anzeichen von Gicht. Kaum erreichte er seine Freundin einen Tag nicht, vermutete er ein Unglück dahinter. Was war wirklich passiert? Nichts weiter als eine harmlose Magenverstimmung.

Es stimmte schon: In ihrem Glücksrausch hatten sie beide wahre Massen an köstlichem Essen in sich hineingestopft und reichlich getrunken. Er war verblüfft gewesen, als er Montagmorgen die leeren Weinflaschen im Flur gezählt hatte. Er selbst vertrug zwar eine Menge, aber Gianna nicht. Kein Wunder, dass es ihr hundeelend ging.

Er lehnte sich mit dem Espresso zurück, lächelte in sich hinein, spürte eine tiefe Entspannung. Voller Liebe dachte er an Gianna. Wie gerne wäre er bei ihr, um sie zu trösten, in den Arm zu nehmen, sich um sie zu kümmern. Nichts war los. Spätestens am Abend würden sie miteinander telefonieren und sich überlegen, was sie am Wochenende in Mailand unternehmen könnten. Dann würden sie beide über seine übertriebenen Ängste und Sorgen lachen.

Es waren fünf Minuten, die Vincenzo von dieser Erleichterung erfüllt war. Fünf Minuten, in denen der Verstand den Instinkt dominierte, die er sicher war, dass seine Phantasie ihm einen Streich gespielt hatte. Dann bahnten sich ohne objektiven Grund erneut Ungewissheit, Angst und ein unerklärliches Gefühl von Bedrohung ihren Weg. Selbst wenn es Gianna schlecht ging: Warum rief sie dann ihren Vater an, aber nicht ihn? Außerdem war sie sehr pflichtbewusst. Sogar mit Fieber war sie schon in die Kanzlei gegangen. Und auf einmal blieb sie wegen einer harmlosen Magenverstimmung im Bett?

Er schlug sich mit der flachen Hand gegen die Stirn und beschwor sich: *Hör auf damit, du Spinner. Mach dich nicht verrückt. Es ist alles in Ordnung, Alfredo hat persönlich mit ihr gesprochen. Sie hat gesagt, sie will ihre Ruhe. Woher weißt du denn, wie schlecht es ihr geht? Lass es sein und konzentriere dich auf deine Arbeit!*

Zäh wie Kaugummi verstrichen die Stunden am Schreibtisch. Mittags aß er bei seinen Eltern, denen nicht verborgen blieb, dass ihren Sohn etwas bedrückte. Lustlos stocherte er in seinem Bauerngröstl, einer Südtiroler Spezialität mit Rindfleisch und Kartoffeln, aß kaum etwas. Nachmittags zwang er sich, Marzoli auf einen Kaffee einzuladen, in der Hoffnung, sein liebenswürdiger Kollege könnte ihn auf andere Gedanken bringen. Vergeblich, Marzolis humorvolle Schilderungen der Streiche seiner kleinen Tochter konnten Vincenzo nicht ablenken, immer wieder blickte er nervös auf die Uhr.

Auf dem Weg nach Hause fasste er einen Plan. Falls Gianna nicht von sich aus anrief, würde er es den ganzen Abend probieren. Hatte er sie bis Mittwochmorgen nicht erreicht, würde er Alfredo eindringlich bitten, zu Gianna zu fahren. Er sollte seinen Schlüssel mitnehmen und damit die Wohnung betreten, wenn sie nicht aufmachte. Vielleicht lag sie hilflos da, zu schwach, um das Telefon zu erreichen? Er spürte, wie ihm Tränen in die Augen stiegen. Warum wusste er schon jetzt, dass Alfredo niemanden antreffen würde?

***

Forensische Psychiatrie

Er hatte sich das Käppi tief ins Gesicht gezogen. Bloß niemandem begegnen. Andererseits: Wer sollte ihm über den Weg laufen? Niemand außer ihm betrat dieses Labyrinth aus vergessenen Gängen, jeder, der nicht wie er gezwungen war, sich dieser beklemmenden Szenerie auszusetzen, machte einen großen Bogen darum. Die vergitterten Fenster waren dreckverkrustet, sie ließen keinen Blick nach draußen mehr zu und umgekehrt kaum Licht herein. Den ganzen Tag brannten die vereinzelten Neonröhren, die noch intakt waren. Fast die Hälfte blieb inzwischen dunkel, ausgetauscht wurden sie schon lange nicht mehr. Einige flackerten wild, machten dazu unheimliche Geräusche, ein sicheres Zeichen dafür, dass auch sie bald den Dienst verweigern würden.

Er schüttelte den Kopf. Wie war es in einem demokratischen Staat möglich, einen Menschen solchen Arbeitsbedingungen auszusetzen? Warum hatte er sich das all die Jahre gefallen lassen? War er tatsächlich so einsam und verbittert, dass er sich das antun musste? War das, was für jeden normalen Menschen ein Höllentrip war, für ihn ein Schutzraum? Schutz vor Kollegen, die ihm zeigten, was für ein Versager er war, und sei es nur durch ein spöttisches Lächeln? Stundenlang durfte er hier allein sein, mit sich und mit seinem Patienten, dem er mehr vertraute als jedem anderen. Spätestens seit dem Tod seiner Eltern hatte es in seinem Leben niemanden mehr gegeben. Keiner mochte ihn, alle verachteten ihn. Konnte man innerlich dermaßen verkümmern, dass man selbst so einen Horror als Trost empfand?

Für einen Augenblick konzentrierte er sich darauf, dem Widerhall seiner Schritte zu lauschen. Befände sich jemand in einem der Seitengänge, würde er dessen Schritte hören. Aber er hätte nicht sagen können, woher sie kamen. Hier klang es stets, als ertönte das Echo von allen Seiten. Gruselig. Und das mitten in Südtirol.

Endlich hatte er sein Ziel erreicht. Er gab den Nummerncode ein und betrat die Zelle, die ein Jahr lang so etwas wie Heimat für ihn gewesen war.

8

Bozen, Mittwoch, 6. Oktober

Francesca Bartoli brauchte klare Ziele, detaillierte Zeitpläne, Disziplin, stete Ordnung. Zweimal in der Woche, dienstags und freitags, putzte sie ihre Wohnung, in der sie seit acht Jahren lebte. Jahraus, jahrein nach demselben Schema: Staub saugen, Fliesenboden wischen, Bad und Toilette reinigen. Jeden zweiten Freitag bearbeitete sie die Möbel mit dem Staubwedel, die Fenster waren alle vier Wochen dran. Mit sich selbst ging sie genauso sorgsam um. Ihre braunen Haare waren kurz geschnitten, das Gesicht schmal und frei von jeglichem Make-up, dazu eine makellos glatte, reine Haut. Sie hatte nicht ein Gramm Fett zu viel. Bei ihrer Kleidung achtete sie auf Qualität, aber sie musste unauffällig sein, dezent. Sie trug prinzipiell keine Röcke oder Blusen mit tiefem Ausschnitt. Für Frauen, die ihre Reize offen zur Schau stellten, hatte sie kein Verständnis.

Donnerstags kaufte sie fürs Wochenende ein, im Supermarkt, der jede Woche wechselnde Sonderangebote hatte. Zu diesem Anlass nahm sie das Auto, einen Opel Corsa ecoFLEX, der sonst oft tagelang in der Garage stand. Trotzdem fuhr sie ihn alle drei Wochen nach dem Einkaufen durch die Waschanlage. Sie hatte sich bewusst für ein verbrauchsarmes Fahrzeug entschieden, sie fand es nicht sinnvoll, Geld in steigende Benzinpreise zu investieren. Ihr war es wichtiger, möglichst viel zu sparen, um auf unvorhergesehene Ereignisse vorbereitet zu sein.

Am Sonntag besuchte sie um zwölf Uhr ihre Eltern und aß mit ihnen zu Mittag. Sie war meist um sechzehn Uhr wieder daheim. Sie brauchte diese klaren, kalkulierbaren Abläufe und Zeitpläne. Wurde sie gezwungen, davon abzuweichen, etwa, weil der Donnerstag ein Feiertag war, wurde sie schon Tage vorher nervös und innerlich unruhig. Sie wusste nicht, warum sie so war, sah aber keinen Grund, sich zu hinterfragen. Seit sie von zu Hause ausgezogen war, lief es nach diesem Muster. Sie lebte allein, hatte keinen Freund, wusste nicht, ob sie überhaupt bereit war, sich auf eine Beziehung einzulassen.

Seit acht Jahren arbeitete sie als Buchhalterin bei einem Steuerberater. Sie betrat die Kanzlei jeden Tag pünktlich um acht Uhr dreißig. In der ganzen Zeit hatte sie keinen Tag gefehlt. Dienstag und Donnerstag stand sie um sieben Uhr zwanzig auf, duschte, frühstückte eine Tasse Kaffee und zwei Scheiben Mehrkornbrot mit Honig. Die exakt neunhundertachtzig Meter bis zur Kanzlei ging sie zu Fuß – bei jedem Wetter. Montags, mittwochs und freitags stand sie schon um sechs Uhr auf. An diesen Tagen joggte sie, noch vor dem Frühstück, eine festgelegte Strecke an der Talfer entlang. Zwei Minuten brauchte sie bis zum Fluss, dann lief sie achtundzwanzig Minuten flussaufwärts, drehte um und war exakt eine Stunde nach dem Aufbruch wieder in ihrer Wohnung. Die Strecke war 10,6 Kilometer lang.

Sie sah auf ihre Stoppuhr. Heute war sie zu ihrer Überraschung ein wenig schneller als sonst. Nach der Hälfte der Strecke an der Talfer, also nach sechzehn Minuten Laufzeit, führte eine kleine Brücke über den Fluss. Diese nutzte sie zur Orientierung, um ihren Zeitplan einzuhalten. Es irritierte sie, dass sie bereits nach weniger als fünfzehn Minuten an der Brücke war. Kurz überlegte sie, ob sie langsamer laufen sollte, entschloss sich aber mit einer für sie ungewöhnlichen Spontaneität, das Tempo anzuziehen, über den üblichen Wendepunkt hinauszulaufen und erst nach weiteren zwei Minuten umzukehren. Sie spürte, wie ihre Schritte automatisch länger wurden, ihr Atem sich beschleunigte. Sie schaute auf ihren Pulsmesser: hundertachtzig. Das war zu viel, doch diesmal trieb sie nicht ihr Zwang zur Disziplin, sondern der Ehrgeiz, ihre Leistungsgrenzen zu erforschen. Nur dieses eine Mal!

Nach siebenundzwanzig Minuten und achtzehn Sekunden erreichte sie keuchend ihren üblichen Wendepunkt. Sie war annähernd zehn Prozent schneller als sonst. Trotz der Erschöpfung registrierte sie ein Gefühl von Stolz, sogar Befreiung. Sie lief weiter. Die Talfer verjüngte sich ein wenig, war an beiden Ufern von immer dichterem Gestrüpp bewachsen. Seit der Brücke war Francesca Bartoli niemandem mehr begegnet. Erneut der Blick auf die Stoppuhr: neunundzwanzig Minuten, elf Sekunden. Sie verlangsamte ihre Schritte, blickte angestrengt nach vorne. Sie brauchte eine Orientierungshilfe, irgendetwas Markantes, das sich als Markstein nutzen ließ. Keinesfalls konnte sie ohne Fixpunkt umkehren. Wie sollte sie zukünftig ihre Zeiten vergleichen, wenn sie diese Strecke wieder laufen wollte?

Sie war kurz davor aufzugeben. Alles sah gleich aus: Bäume, Sträucher, ein paar Steine, nichts Auffälliges. Dann sah sie es: Vielleicht hundertfünfzig Meter vor ihr hatte sich etwas Helles, Längliches im Gestrüpp verfangen. Das schien ein Baumstamm zu sein. Wiederum spontan entschied sie sich, ab sofort mittwochs die längere Strecke zu laufen, bis zu dem Baumstamm, so lange, bis die Strömung ihn fortgespült hatte.

Noch fünfzig Meter. Voller Vorfreude lief sie auf ihren neuen Wendepunkt zu.

Francesca Bartoli ahnte nicht, dass sie heute das erste Mal in acht Jahren nicht um acht Uhr dreißig in der Kanzlei ihres Arbeitgebers erscheinen würde.

***

Vincenzo hatte wieder schlecht geschlafen. Am Abend hatte er stundenlang versucht, Gianna zu erreichen. Auch bei ihrer besten Freundin probierte er es, aber sie hatte Gianna seit mehr als einer Woche weder gesehen noch gesprochen. Schon um sechs Uhr morgens saß er am Esstisch. Das Einzige, was er zu sich nehmen konnte, war ein Kaffee, an Essen war nicht zu denken. Bei dieser Vorstellung wurde ihm übel. Bevor er seine Wohnung verließ, rief er bei dal Monte zu Hause an, um den schlaftrunkenen Alfredo zu bitten, auf dem Weg in die Kanzlei bei seiner Tochter vorbeizufahren. Alfredo, der seine eigene Besorgnis nicht länger verdrängen konnte, versprach, in einer Stunde aufzubrechen und Vincenzo aus Giannas Wohnung anzurufen.

Seit sieben Uhr saß Vincenzo an seinem Schreibtisch. Außer Baroncini und der Bereitschaft war sonst noch niemand in der Questura. Nervös starrte er abwechselnd auf seine Uhr und das Telefon. Gerade, als er aufstehen wollte, um sich den nächsten Espresso zu holen, durchbrach ein Klingeln die Stille in seinem Büro. Wie Hammerschläge donnerte jedes Läuten in seinem Kopf. Er sank auf seinen Drehstuhl, schloss die Augen, nahm ab.

»Ciao Vincenzo, Alfredo am Apparat. Du, ich bin bei Gianna, und sie ist tatsächlich nicht in ihrer Wohnung. Komisch, oder?« Dem ansonsten eher abgeklärten Rechtsanwalt war eine gewisse Nervosität anzumerken.

Auch Vincenzos Unruhe wuchs. Es passte einfach nicht zu Gianna, sich tagelang nicht zu melden und dann zu verschwinden, ohne jemandem Bescheid zu sagen. Er dachte angestrengt nach. Hatte er am Sonntag vielleicht doch irgendetwas gesagt, was sie dermaßen beleidigt hatte, dass sie jetzt so reagierte? Nein, das war nicht ihre Art.

»Alfredo, denk bitte genau nach. Hat sie am Montag sonst noch etwas gesagt? Ob sie in dieser Woche irgendwohin will? Oder kann es sein, dass sie zu einem eurer Klienten in die Toskana gefahren ist und du das vergessen hast?«

»Darauf bin ich auch schon gekommen. Ich habe in unserem Terminplaner nachgesehen, da steht nichts. Im Moment bereitet sie eine Klage für einen Klienten aus Mailand vor. Sie hat auch nur gesagt, dass sie krank ist, sonst nichts. War irgendwas zwischen euch? Hattet ihr Streit?«

»Nein, Alfredo, im Gegenteil, wir hatten ein wirklich traumhaftes Wochenende.« Vincenzo zwang sich, die Situation zu analysieren, methodisch, logisch, kriminalistisch. Die Wohnung war leer. Was ließ das für Schlussfolgerungen zu? Dass sie allen Ernstes durchgebrannt war? Ohne jeden Grund? Ausgerechnet Gianna? Unmöglich. Dass ihr auf der Rückfahrt nach Mailand etwas zugestoßen war? Unwahrscheinlich. Das war drei Tage her, sie wüssten es längst. Außerdem hatte Gianna ihren Vater angerufen, um sich für ein paar Tage zu entschuldigen. Es musste eine simple Erklärung für ihr Verhalten geben.

»Alfredo, wir wissen beide, wie zuverlässig Gianna ist. Ich glaube, dass ihr euch verpasst habt. Bestimmt sitzt sie gerade in ihrem Auto. Sie will vermutlich möglichst früh in die Kanzlei, um ihre Rückstände abzuarbeiten.«

»Ihr Fiat steht vor der Tür, Vincenzo. Es ist nicht so, dass mir dieser Gedanke nicht auch als Erstes gekommen wäre. Außerdem sehe ich kein Frühstücksgeschirr, die Spülmaschine ist leer. Ich kenne meine Tochter. Ohne ein ausgiebiges Frühstück verlässt sie ihre Wohnung nicht.« Beide waren ratlos, sie schwiegen sekundenlang.

Bis es Vincenzo wie Schuppen von den Augen fiel. Natürlich stand nirgendwo Frühstücksgeschirr. Sie hatte eine heftige Magenverstimmung hinter sich. Wer dachte da an Essen? In diesem Zustand setzte sie sich auch nicht ans Steuer. Sie hatte sich ein Taxi gerufen. Er wollte Alfredo seine befreienden Überlegungen gerade mitteilen, doch er kam nicht dazu.

Ein energisches Klopfen, die Bürotür schwang auf, dann stand die zierliche Gestalt von Sabine Mauracher, einer Polizeianwärterin, die erst von wenigen Wochen in die Questura gekommen war, vor Vincenzos Schreibtisch. »Einen Moment bitte, Alfredo, bleib dran.« Vincenzo ließ den Hörer sinken und sah Mauracher fragend an.

»Hallo, Commissario Bellini, vor ein paar Minuten ist ein Anruf in der Zentrale eingegangen. Eine Joggerin hat eine Leiche entdeckt, die in der Talfer rumschwimmt. Ich soll Ihnen Bescheid sagen!« Die freundlichen hellbraunen Augen der jungen Frau waren ein interessanter Kontrast zu ihrer forschen Art.

»Ich muss auflegen, Alfredo. Es scheint etwas passiert zu sein. Ich rufe dich nachher in der Kanzlei an. Falls Gianna in der Zwischenzeit auftaucht, schick mir eine SMS, okay?«

Er legte auf und wandte sich der jungen Polizistin zu. »Danke. Irre ich mich, oder möchten Sie, dass ich Sie zu diesem Einsatz mitnehme, damit Sie von Anfang an praktische Erfahrungen sammeln können? Learning by doing, sozusagen.«

Sabine Maurachers Antwort beschränkte sich auf ein Lächeln und einen koketten Augenaufschlag. Vincenzo mochte sie.

Vincenzo informierte Ispettore Marzoli, Dottoressa Paci aus der Gerichtsmedizin und Anton Reiterer, den Leiter der Spurensicherung, über den Leichenfund und bestellte sie ebenfalls zum Fundort. Minuten später saß er in einem Einsatzwagen, Sabine Mauracher neben sich. Sie war so klein und zierlich, dass sie im Beifahrersitz förmlich versank. Innerlich grinsend stellte Vincenzo sich vor, sie wäre, statt vorne zu sitzen, hinten auf einem Kindersitz angeschnallt, denn ihre Statur ließ sie weitaus jünger wirken als ihre zweiundzwanzig Jahre. Die Sommersprossen und ihr brünetter Pagenschnitt verstärkten diesen Eindruck noch. Sie kaute Kaugummi und wirkte angesichts ihres ersten Einsatzes erstaunlich unaufgeregt.

»Sagen Sie mal, Sabine, sind Sie eigentlich gar nicht nervös? Ich meine, immerhin werden Sie gleich Ihre erste Leiche sehen.«

»Ein bisschen schon. Aber ich finde das vor allem spannend. Was meinen Sie, Commissario? Haben wir es mit Mord zu tun?« Sie blickte ihren Vorgesetzten erwartungsvoll an.

Vincenzo erinnerte sich daran, wie er selbst sich bei seinem ersten Einsatz gefühlt hatte. Etwa in Maurachers Alter hatte ihn der zuständige Commissario zu einem Hof im Passeiertal mitgenommen, wo eine Frau ihren Mann erhängt aufgefunden hatte. Vincenzo hatte innerlich gebetet, dass es kein Mord sein möge. Beim Anblick des Erhängten, der sich, wie sich rasch herausstellte, aufgrund finanzieller Probleme selbst getötet hatte, war ihm schlecht geworden.

Nun erwiderte er: »Darüber mache ich mir vorher keine Gedanken. Es kann alles ein. Mord, ein Unfall, Herzversagen. Wobei Mord in Südtirol ja nun wahrlich nicht zum Alltag gehört.«

»Aber letztes Jahr haben Sie doch höchstpersönlich einen Serienmörder gestellt. Die Zeitungen waren voll davon. Warum sollte es jetzt kein Mord sein?«

»Das war in der Tat ein spektakulärer Fall. Ein Irrer, allerdings hochintelligent und ziemlich charismatisch. Aber eine Ausnahme. So etwas wird es hier wohl in hundert Jahren nicht mehr geben. Stellen Sie sich darauf ein, dass Sie es eher mit Schlägereien und Diebstählen zu tun bekommen. Wenn Sie sich für Schwerverbrecher interessieren, sollten Sie sich nach Ihrer Ausbildung lieber in eine Großstadt bewerben. Was haben Sie denn für berufliche Ziele?«

Mauracher musste nicht lange nachdenken. »Auf keinen Fall will ich so einen langweiligen Bürojob. Ich will ermitteln, Verbrecher zur Strecke bringen. Geld ist mir nicht so wichtig. Außerdem möchte ich in Südtirol bleiben, ich liebe diese Gegend. Und ich bin mir sicher, dass mir auch hier richtig böse Jungs begegnen werden.«

Vincenzo konnte sich nicht vorstellen, dass so ein zartes Geschöpf in der Lage sein könnte, einen Schwerverbrecher zu stellen. Er hatte zudem keine Vorstellung, was einen jungen Menschen mit solchen Ambitionen in Südtirol hielt. Vielleicht die Familie? Die Berge waren es wohl nicht, denn dafür war sie seiner Meinung nach nicht geschaffen. Sie hatte eine viel zu schwache Konstitution für harte Bergtouren, wie hätte das zierliche Persönchen denn einen schweren Rucksack tragen sollen? Er kam nicht mehr dazu nachzufragen, denn sie hatten ihr Ziel erreicht.

Sie mussten den Wagen ein Stück entfernt abstellen und den Rest des Weges zu Fuß gehen. Das Gelände war zu unwegsam für ein Auto.

Der Commissario sah eine Frau auf einem Stein sitzen, offenbar Signora Bartoli, die den Toten gefunden und die Polizei alarmiert hatte. Er blinzelte gegen die aufsteigende Sonne. Tatsächlich, da lag etwas Größeres am Uferrand der Talfer. Gefolgt von Sabine Mauracher ging Vincenzo auf die Joggerin zu.

Für einen Augenblick überkam Vincenzo ein mulmiges Gefühl. Gianna war verschwunden und zur selben Zeit wurde eine Leiche gefunden – vielleicht war das kein Zufall? Wäre es möglich … Nein, wie hätte Gianna denn aus einem Zug, der nach Mailand fuhr, in die Talfer gekommen sein sollen? Er schob den abstrusen Gedanken rasch beiseite und widmete seine Aufmerksamkeit der Frau und ihrem Fund.

Er konnte die unbekleidete Leiche sehen, die auf dem Bauch liegend rhythmisch in den sanften Wellen der Talfer schaukelte. Der Kopf und Teile des Rückens wurden von dem Buschwerk bedeckt, in dem sich der leblose Körper verfangen hatte. Einzig die unbehaarten Beine waren vollständig zu sehen. Ob es sich bei der Leiche um einen Mann oder eine Frau handelte, konnte er nicht erkennen. Soweit es sich auf den ersten Blick sagen ließ, wies der oder die Tote im Rückenbereich keine Verletzungen auf.

Vincenzo betrachtete die nähere Umgebung der Leiche, sah aber keinerlei sichtbare Spuren, keine Fußabdrücke, keine Kleidungsstücke, keine Werkzeuge oder Waffen. Er wendete sich der Joggerin zu, die kerzengerade auf ihrem Stein saß und ihn abwartend ansah.

In wenigen Sätzen fasste Francesca Bartoli ruhig und nüchtern zusammen, was sich ereignet hatte. Sie hatte nichts angefasst, war sich darüber im Klaren, dass sie damit wichtige Spuren zerstören könnte. Nachdem sie ihren vermeintlichen Wendepunkt als Leiche identifizieren musste, hatte sie sofort die Notrufnummer gewählt. Vincenzo war erstaunt, wie gelassen die Frau in dieser Situation blieb.

Plötzlich zupfte Sabine Mauracher Vincenzo am Ärmel. »Commissario, sehen Sie nur, am Fuß des Toten. Da ist doch was!«

Vincenzo sah genau hin. Mauracher hatte recht. Da befand sich irgendetwas. Aber es ließ sich nicht erkennen, worum es sich handelte. Die Wellenbewegungen des Wassers und das Glitzern der Sonne ließen das nicht zu. Mauracher schickte sich an, sich zu dem Toten hinunterzubeugen, doch Vincenzo hielt sie zurück. »Nein, Sabine, lassen Sie das. Das ist gleich Aufgabe der Spurensicherung. Das können die besser als wir. Heute Nachmittag wissen wir, was es ist.«

In diesem Moment ertönten hinter ihnen Stimmen, die Kollegen trafen ein. Reiterer begrüßte Vincenzo gewohnt freundlich. »Mensch, Bellini, schon wieder eine Leiche. Sie ziehen die aber auch an wie Fliegen die … Na, Sie wissen schon. Was haben wir denn da? Ah, ein Wasseropfer! Immerhin, das ist für Sie ein Novum. Ich darf davon ausgehen, dass Sie nichts angefasst haben?«

Vincenzo schüttelte den Kopf. Es gab keine Situation, in der Reiterer seinen schrägen Humor verlor. Gleichzeitig war er in seinem Job ein Perfektionist, absolut zuverlässig, fachlich stets auf der Höhe und vor allem deshalb bei den meisten Kollegen sehr geschätzt.

Der Commissario gab zurück: »Ich will Ihren Untersuchungen ja nicht vorgreifen, Signor Reiterer, aber so clean, wie dieser Fundort ist, könnte ich mir vorstellen, dass der Mensch nicht hier gestorben ist. Und einen natürlichen Tod kann man sich angesichts des Fehlens jeglicher Kleidung schwer vorstellen. Wer badet schon im Spätherbst nackt in der Talfer?«

Reiterer deutete ein Klatschen an. »Es gelingt Ihnen immer wieder, mich zu überraschen, Bellini. Ihre Kombinationsgabe, alle Achtung! Dennoch, und nehmen Sie das nicht persönlich, wenn der Tote da nicht erst seit heute hier liegt, dann hätten allein die vielen Unwetter der letzten Tage die meisten Spuren längst zunichtegemacht. Fahren Sie getrost in die Questura, ab hier übernehmen wir. Sie können ruhig mitfahren, Ispettore.«

In der Questura angekommen, ging Vincenzo zunächst in sein Büro, um Alfredo anzurufen. Er wollte unbedingt wissen, ob Gianna inzwischen in der Kanzlei erschienen war. Das war nicht der Fall, sie war weiterhin wie vom Erdboden verschluckt. Nachdenklich saß er an seinem Schreibtisch.

Hatte er doch etwas Falsches zu ihr gesagt? Euphorisiert von ihrem herrlichen Tag am Auener Joch hatte er abends Unmengen Wein und Grappa getrunken, so viel, dass er am Sonntagmorgen sogar einen kleinen Filmriss hatte. Das war ungewöhnlich für ihn. Manchmal neigte man dazu, im Rausch Dinge zu sagen, die man sonst tunlichst für sich behielt. Andererseits hätte ihm Gianna das spätestens nach dem Aufwachen um die Ohren gehauen. Stattdessen hatte sie sich sofort bei ihm angekuschelt und ihm die schönsten Komplimente ins Ohr gehaucht. Nein, das konnte nicht der Grund für ihr Verschwinden sein. Er konnte nur abwarten.

Um sich von seiner Angst um Gianna abzulenken, musste er alle Energien auf die Ermittlung um den Talfertoten richten, von dem er inzwischen wusste, dass es sich um einen Mann handelte. Der nächste Schritt war, zu Baroncini zu gehen und das weitere Vorgehen mit ihm abzusprechen.

Auf dem Weg ins oberste Stockwerk kam ihm Paolo Verdi entgegen, er wedelte mit einem großen Umschlag. »Ich wollte gerade zu dir, Vincenzo. Das ist am Empfang für dich abgegeben worden.«

Vincenzo blickte irritiert auf den weißen DIN-A5-Umschlag, auf dem keine Adresse stand. »Von wem ist das?«

»Keine Ahnung. Ein Junge hat ihn für dich abgegeben. Ehe ich was sagen konnte, war er verschwunden.«

»Merkwürdige Sache. Zeig her … Nein, bitte leg ihn auf meinen Schreibtisch. Ich muss zu Baroncini, ich bin spät dran. Ich sehe mir das nachher an.«

Baroncini wartete in der Tat bereits ungeduldig zusammen mit Ispettore Giuseppe Marzoli, der ihm schweigend gegenübersaß. »Mensch, Bellini, wo bleiben Sie denn so lange? Habe ich nicht ausdrücklich gesagt, dass Sie sofort zu mir kommen sollen, wenn Sie zurück sind?«

»Entschuldigen Sie, Vice-Questore, ich wollte noch einen dringenden Anruf erledigen.«

Baroncini war kein Mann, der fadenscheinige Ausreden duldete. »Bellini, wir haben einen Toten. Der ist mit Sicherheit nicht freiwillig nackt in die Talfer gesprungen. Welches Telefonat sollte da wichtiger sein?«

Vincenzo druckste verlegen herum. Er wollte seinen Vorgesetzten nicht mit privaten Problemen behelligen.

»Seine Freundin ist verschwunden.«

Baroncini richtete sich auf. »Was sagen Sie da, Ispettore?« Marzoli sah seinen Kollegen schuldbewusst an. Irgendjemand musste es schließlich aussprechen.

Vincenzo seufzte. »Es stimmt, wir vermissen Gianna seit ein paar Tagen. Ich habe gerade mit meinem Schwiegervater in spe gesprochen und erfahren, dass sie auch heute nicht in die Kanzlei gekommen ist. Aber bitte verzeihen Sie, das ist tatsächlich mein privates Problem. Sie müssen sich damit wirklich nicht beschäftigen.« Er bedachte Marzoli mit einem vorwurfsvollen Blick, unter dem sich der Ispettore regelrecht wegduckte.

Baroncini rieb nachdenklich seinen gepflegten, kurzen Bart, sah zu Marzoli, der den Kopf beschämt gesenkt hielt, und blickte dann Vincenzo direkt in die Augen. »Commissario Bellini, ich möchte, dass Sie eines wissen: Ich erwarte von meinen Mitarbeitern Engagement, Zuverlässigkeit und Disziplin. Vor allem, wenn es um die Aufklärung eines möglichen Kapitalverbrechens geht. Aber ich bin auch ein Mensch, ich habe selbst eine Familie. Ich möchte, dass Sie sich mir anvertrauen, wenn Sie in persönlichen Schwierigkeiten stecken. Ungeachtet der Umstände, die ich nicht kenne, glaube ich, dass Ihre Freundin wieder auftauchen und sich alles von selbst aufklären wird. Das sagt mir meine Erfahrung. Dass Ihnen das in diesem Moment wenig hilft, verstehe ich.« Er räusperte sich. »Nun, dann wenden wir uns jetzt den Ermittlungen zu. Es gilt, einen Todesfall aufzuklären. War es ein Unfall? Oder wieder ein Mord? Was Letzteres für eine Touristenregion bedeutet, wissen Sie selbst. Machen Sie Paci und Reiterer Druck! Ich will das so schnell wie möglich vom Tisch haben. Informieren Sie mich sofort, wenn Sie etwas in Erfahrung bringen konnten. Und Bellini! Wenn Ihre Gianna auftaucht, sagen Sie mir das bitte auch.«

Nachdem Spurensicherung und Gerichtsmedizin ihre Arbeit beendet hatten und die Leiche abtransportiert war, fuhr Vincenzo nochmals an die Talfer. An einem Tatort konnte er sich das mögliche Geschehen am besten vorstellen, wenn er allein war.

Nachdem er eine Weile dort, wo die Leiche gefunden worden war, am Flussufer gestanden hatte, ging er die gesamte Laufstrecke von Francesca Bartoli ab. Niemand begegnete ihm. Als er wieder in seinem Alfa saß, war er sich fast sicher, dass sie es nicht mit einem natürlichen Tod zu tun hatten. Allein die Tatsache, dass nirgendwo Kleidungsstücke zu finden waren, sprach dagegen, dass der Mann freiwillig in den Fluss gegangen war. Natürlich wäre es immer noch möglich, dass ihn in dem kalten Gebirgswasser ein Herzinfarkt ereilt hatte oder dass er auf einen Stein gestürzt war. Die Strömung war angesichts der Wassermassen, die seit Tagen regelmäßig vom Himmel kamen, durchaus stark genug, einen erwachsenen Menschen mitzureißen.

Alles deutete aber darauf hin, dass Südtirol bald wieder im Zusammenhang mit einem Kapitalverbrechen in den Medien erscheinen würde. Er war sehr gespannt, was ihm morgen Paci und Reiterer erzählen konnten.

Auf der Heimfahrt nach Sarnthein dachte er wieder an Gianna. Wären sie erst kurze Zeit zusammen, würde er sie nicht schon so gut kennen, dann würde er sich wohl weniger Sorgen machen. Er erinnerte sich an einen Schulkameraden, dessen Vater manchmal einfach tagelang verschwand. Mitunter reichte ein harmloser Streit mit der Mutter. Und dann stand er einfach wieder vor der Tür, so, als wäre nichts gewesen. Solche Typen gab es.

Aber so war Gianna nicht. Sie war charakterstark, durchsetzungsfähig, wehrhaft. Niemals würde sie einfach abhauen, nur weil ihr etwas nicht passte. Drei Tage war sie nun verschollen. Morgen musste er irgendetwas unternehmen. Giannas Freundinnen abtelefonieren, sich in Mailand am Bahnhof umsehen, dort Pendler, Schaffner, Bahnmitarbeiter befragen. Zu blöd, dass ausgerechnet jetzt eine Leiche aufgetaucht war. Für private Recherchen blieb wenig Zeit.

Zu Hause angekommen, zog Vincenzo seine Laufschuhe an. Er brauchte einen Endorphinschub, um sich von seinen Sorgen abzulenken.

Als er vor die Tür trat, blies ihm wieder dieser eiskalte Wind ins Gesicht und ihn überkam das beunruhigende Gefühl, eine persönliche Warnung zu erhalten. Was für ein Blödsinn! Es gab keine Wettererscheinungen, die Menschen warnten. Er atmete tief durch, zog sich die Mütze tiefer ins Gesicht, dann lief er los. Nicht gemächlich über die lang gezogenen Serpentinen der kleinen Straße, die bis zur

Sarner Skihütte führte, sondern dem Wanderweg folgend die steile Wiese hinauf. Wenn er gezwungen war, sich auf seine Atmung zu konzentrieren, ließen sich diese unangenehmen Gedanken vielleicht besiegen.

Nach wenigen Minuten war ihm, als hätte er Bleigewichte an den Füßen. An dem kleinen Jesuskreuz kurz vor dem Wald konnte er nicht mehr. Er blieb stehen und blickte frustriert über die Burg Reinegg zum Villanderberg, der sich allmählich in Wolken hüllte. Normalerweise liebte er diesen Anblick, in diesem Augenblick empfand er nichts. Es hatte keinen Zweck. Er konnte nicht laufen. Ihm fehlte jeglicher Antrieb.

Er fror in seinen dünnen Sportsachen, kraftlos trottete er zurück. Ohne zu duschen, holte er sich sofort eine Flasche Forst aus dem Kühlschrank. Als das Telefon um neun Uhr klingelte, stand vor ihm auf dem kleinen Küchentisch bereits eine Batterie von fünf leeren Bierflaschen. Mindestens zehn Mal hatte er versucht, Gianna zu erreichen. Erfolglos. Er starrte den Hörer an. Das Geräusch erreichte ihn aus einer merkwürdigen dimensionslosen Ferne. Erst beim siebten Klingeln registrierte er, dass es sein Telefon war. »Ja?«

»Ich bin es, Giuseppe Marzoli. Ich wollte mich erkundigen, wie es Ihnen geht. Ist Gianna inzwischen aufgetaucht?«

Es war rührend, wie besorgt und mitfühlend sein Kollege war. Oder war es nur das schlechte Gewissen, weil er ihm heute bei Baroncini in den Rücken gefallen war? Obwohl er Marzoli eigentlich dankbar sein musste, beendete er unwirsch das Gespräch.

Schon nach wenigen Sekunden verachtete er sich für diese unbeherrschte Reaktion. Er ging zum Kühlschrank, aber da war kein Bier mehr. Er entkorkte einen Lagrein. Dazu gehörte ein anständiger Grappa.

9

Bozen, Donnerstag, 7. Oktober

Die Dunkelheit draußen kam ihm vor wie ein Vorbote der Apokalypse. Vincenzo konnte sich nicht erinnern, jemals eine derartig kompakte schwarze Wolkenwand gesehen zu haben. Im Laufe der Nacht hatte es angefangen, wie aus Eimern zu schütten. Nachdem er noch die ganze Flasche Wein geleert hatte, war er ins Bett gegangen, in der Hoffnung, dank der alkoholischen Betäubung ein wenig Schlaf zu finden. Doch die Methode erwies sich als wirkungslos. Er lag die ganze Nacht wach und lauschte dem Geräusch des Regens. Wirre Gedanken rasten ihm durch den Kopf, die sich alle um Gianna drehten.

Wegen des Leichenfundes war er entgegen seiner üblichen Gepflogenheit bereits um sieben Uhr im Büro, noch benebelt von seinem abendlichen Trinkmarathon und der durchwachten Nacht. Bei einem möglichen Mordfall waren die ersten Tage die wichtigsten. Vincenzo konnte zwar nichts essen, aber er brauchte Kaffee und hatte sich vorsorglich eine ganze Thermoskanne mitgenommen.

Draußen prasselte der Regen auf die Largo Giovanni Palatucci. Was für Wassermassen! Obwohl es stockfinster war, schaltete er das Licht zunächst nicht ein. Er starrte auf die gegenüberliegende Wand, lauschte dem gleichförmigen, monotonen Geräusch des Regens, nahm gelegentlich einen Schluck Kaffee. Zwanzig Minuten saß er einfach nur so da, umgetrieben von seinen wachsenden Sorgen.

Schließlich machte er Licht, holte die noch dünne Akte mit der Beschriftung *Talferleiche* hervor und warf sie auf den Schreibtisch. Dabei fiel ihm der weiße Briefumschlag auf, der dort lag. Wo kam denn der her? Er leerte seine zweite Tasse Kaffee in einem Zug, endlich fiel es ihm ein: Das Kuvert hatte ihm Paolo Verdi gestern gezeigt. Er nahm den Brief in die Hand, wendete ihn, kein Absender. Er öffnete ihn. Ein handschriftliches Schreiben.

Verehrter Commissario Bellini,
schon lange verfolge ich Ihren Werdegang. Je länger ich Sie beobachte, desto größer wird meine Bewunderung für Sie und Ihre außergewöhnlichen Talente. Sie besitzen kriminalistisches Gespür, einen ausgeprägten Instinkt, Sie sind mutig und geradlinig. Eigenschaften, die Sie von der Mehrheit Ihrer Kollegen unterscheiden. Sie haben Menschenkenntnis. Obwohl – in diesem Punkt bin ich noch ein wenig unschlüssig in meiner Beurteilung. Wir werden sehen …
Ich habe beschlossen, meiner Bewunderung für Sie Ausdruck zu verleihen, indem ich Sie zu einem Spiel einlade, bei dem Sie all Ihre Fähigkeiten unter Beweis stellen können, ja, müssen! Ich bin davon überzeugt, es wird Ihnen viel Spaß machen, denn unser Spiel ist sehr anspruchsvoll. Ist es nicht so, dass Sie es lieben, bis an Ihre Grenzen zu gehen? Wenn Sie einmal den dritten Schwierigkeitsgrad geklettert sind, reicht Ihnen das dann auch bei der nächsten Tour, oder wollen Sie nicht vielmehr wissen, ob Sie den vierten schaffen oder gar den fünften?
Das, lieber Commissario, ist einer der Gründe, warum wir uns gut verstehen werden. Uns beiden ist gemeinsam, dass wir immerzu die eigenen Grenzen ausloten wollen. Es hat mich betrübt, all die Wochen und Monate mit ansehen zu müssen, wie Sie in der Questura dahinsiechten. Keiner der Fälle wurde Ihren Fähigkeiten gerecht. Eine unbedeutende Messerstecherei, ein harmloser Raubüberfall, ein entlaufener Ehemann und jetzt ein Feuerteufel. Was rede ich, Feuerteufel! Aus Ihrer Sicht doch nur ein nichtiges Teufelchen.
Wie miserabel musst du dich in der ganzen Zeit gefühlt haben, lieber Vincenzo? Oh, bitte entschuldige diese Vertraulichkeit, sie ist Ausdruck meiner Bewunderung und der Freude darüber, in dir einen Seelenverwandten gefunden zu haben. Ich bin gespannt, wie dir unser Spiel gefällt. Das Einzige, was vielleicht nicht in deinem Sinne sein wird, ist die Tatsache, dass ich die Regeln festlege. Aber einer muss es schließlich tun, sonst entsteht ein heilloses Durcheinander. Ich werde mich bald wieder bei dir melden, mein teurer Freund, und dir ausführlich erklären, worum es geht.
Eins darf ich dir schon an dieser Stelle verraten: Das faszinierende Spiel erfordert einen Einsatz von beiden Seiten, sonst macht es keinen Spaß. Nun habe ich dieses Spiel, das dir viele Glücksmomente bescheren wird, erfunden. Ich werte das als meinen Einsatz. Es geht also nur noch um dich. Mach dir darüber keine Gedanken, mein Lieber, du hast deinen Einsatz

nämlich längst geleistet. Das wusstest du nicht? Siehst du, ich habe ja gesagt, dass es spannend wird.
Mehr sage ich an dieser Stelle nicht. Wie heißt es so treffend? Vorfreude ist die schönste Freude. Die will ich dir nicht verderben. Sei bereit, mein Freund, bald ist es so weit. Belaste dich bis dahin nicht mit Grübeleien, sie würden zu nichts führen.
Aber achte auf meine Zeichen!
Jemand, der es gut mit dir meint.
P.S.: Ich habe eine große Bitte an dich, Vincenzo: Erzähl vorläufig niemandem von unserem Spiel! Weißt du, ein bisschen Geheimniskrämerei gehört zu den Regeln. Dein erster Zug besteht darin zu schweigen. Ich hoffe, du kannst das. Ansonsten käme eine andere Regel zum Tragen. Ich befürchte, die würde dir nicht zum Vorteil gereichen und dich vorschnell zum Verlierer machen. Das wäre schade, weil wir viel Spaß haben können. Bist du neugierig, mein Freund?

Vincenzo starrte auf das Blatt Papier in seiner Hand. Was sollte das sein? Erlaubte sich da jemand einen dummen Scherz mit ihm? Was für ein Spiel? Er sollte einen Einsatz geleistet haben? Es musste sich um einen Spaßvogel mit einem besonders schrägen Humor handeln.

Nachdenklich rieb er sich das Kinn. Erst jetzt bemerkte er die dichten Bartstoppeln. Anscheinend hatte er seit Tagen nicht mehr daran gedacht, sich zu rasieren.

Eine merkwürdige Unruhe erfasste ihn. Gianna verschwunden, dann ein Toter, jetzt dieser abstruse Brief. War es möglich, dass zwischen diesen Ereignissen ein Zusammenhang bestand? Seine Verwirrung, die Stille in seinem Büro, das monotone Trommeln des Regens draußen versetzten Vincenzo in einen Zustand surrealen Empfindens. Er legte den Brief vor sich auf den Schreibtisch, schloss die Augen, legte die Hände vors Gesicht und atmete tief durch.

Konzentrier Dich! Du hast einen möglichen Mordfall aufzuklären. Für Giannas Verschwinden gibt es bestimmt eine ganz einfache Erklärung. Der Brief muss Zufall sein, ein verrückter Scherz, nichts weiter. Es gibt keinen Zusammenhang. Natürlich nicht. Deine lebhafte Phantasie spielt dir einen Streich.

Vincenzo stand auf, nahm den Brief und ging ins Erdgeschoss zu

Paolo Verdi. »Paolo, du hast mir gestern diesen Brief auf meinen Schreibtisch gelegt. Erzähl mir bitte ganz genau, was passiert ist.«

Verdi blickte den Commissario über den Rand seiner Nickelbrille an. »Wieso? Ist es was Unangenehmes?«

»Weiß ich noch nicht. Ich halte es eher für einen Scherz. Trotzdem, ich will das wissen. Erzähl!«

Verdi dachte einen Augenblick nach. »Wie ich dir schon gesagt habe, gestern kam gegen elf Uhr ein Junge zu mir, vielleicht dreizehn oder vierzehn. Ich kannte ihn nicht. Er hat nur gesagt, dass er einen Umschlag für den verehrten Commissario Bellini abgeben soll. Ehe ich etwas erwidern konnte, war er schon wieder weg. Sonst hätte ich natürlich gefragt, von wem der Brief kommt. Mehr war nicht. Was steht denn drin?«

»Ach, ist nicht so wichtig. Hat er wirklich *verehrter Commissario* gesagt?«

»Ja, ich fand das für so einen jungen Burschen auch ziemlich hochgestochen. Hat das was zu bedeuten?«

Vincenzo schüttelte den Kopf. »Glaube ich nicht. Ich vergesse das ganz einfach fürs Erste, ich habe jetzt einfach keine Zeit, mich auch noch darum zu kümmern. Danke, Paolo. Grüß deine Marcella von mir!«

***

St. Pankraz

»Sie machen einen ausgezeichneten Kaffee, Frau Hofer. Würden Sie mir Ihr Geheimnis verraten?«

Tagelang hatte Maria Hofer ihren Gast beobachtet, der zunehmend ihre Neugier entfachte. Als er am Vorabend zurückgekommen war, wieder im Dunkeln, hatte sie sich ein Herz gefasst, ihn angesprochen und zum Frühstück eingeladen. Sie war sicher, dass er dankend ablehnen würde. Doch seit einer Stunde saß er ihr gegenüber, plauderte mit ihr und lobte ihren Kaffee. Er war groß, über einen Meter neunzig, hatte volles dunkles Haar, blaue Augen und ein Lächeln, das sie dahinschmelzen ließ.

Sie war bestimmt zwanzig Jahre älter als er. Seit dem Tod ihres Mannes hatte es keinen Mann mehr in ihrem Leben gegeben. Sicherlich, für ihr Alter – sie war fünfundsechzig – sah sie noch gut aus, schlank, dichtes braunes Haar, ein üppiger, straffer Busen. Auf den Höfen in der Nachbarschaft gab es genügend Männer, die jede erdenkliche Gelegenheit nutzten, ihr Avancen zu machen. Die Anziehung beruhte indes selten auf Gegenseitigkeit.

Dieser Typ allerdings hatte etwas an sich, was sie auf eine ihr bislang unbekannte Weise erregte. Vielleicht lag es an seiner tiefen, männlichen Stimme, die zugleich auffallend sanft war. Dass er durchtrainiert war, sah man auf den ersten Blick. Doch ihr Interesse an Männern wurde nie von Äußerlichkeiten geweckt. Insofern spielte es keine Rolle, dass er aussah wie einem Hochglanzmagazin entstiegen. Seine Wirkung hatte mit seiner Art zu tun. Sie musste unbedingt mehr über ihn erfahren.

»Vielen Dank, Herr Stadler. Das ist ein Rezept eines Gastes aus Freiburg. Wichtig sind frisch gemahlene Bohnen. Sie streuen ein wenig zerbröselte Zartbitterschokolade in Ihre Tasse und übergießen sie mit dem heißen Kaffee. Umrühren, bis die Schokolade geschmolzen ist, dann ein wenig Sahne und eine kleine Prise Muskat oben drauf. Das ist alles.«

Er nahm einen weiteren Schluck, beließ ihn lange im Mund, schien die Aromen zu bestimmen wie bei einem edlen Wein. »Sensationell. Das ist eindeutig der beste Kaffee, den ich je getrunken habe. Das Rezept merke ich mir. Wissen Sie was? Das wird eine von den kleinen Geschichten, eine dieser Besonderheiten, die ich für mein Buch brauche.«

Maria Hofer kam sich vor wie in einem Traum. Nicht genug, dass sie mit dem faszinierendsten Mann, der ihr je begegnet war, an einem Tisch saß. Jetzt deutete er tatsächlich an, dass er ihren Hof in seinem Buch erwähnen würde. Genau das hatte sie insgeheim gehofft, als er ihr von seinen Plänen erzählte. Niemals hätte sie sich getraut, ihn von sich aus darauf anzusprechen. »Sie machen mich ganz verlegen, Herr Stadler. Es ist doch bloß ein Kaffee. Welcher Leser interessiert sich schon für einen einsamen Hof im Ultental?«

Empört schaute er sie an. »Frau Hofer, ich bitte Sie! Stellen Sie Ihr Licht nicht so unter den Scheffel! Ihr Hof ist ein Paradies in einer begnadeten Lage. Meine Leser sind keine Actionfreaks. Sie sind Naturliebhaber, Sonnenanbeter, Kulturfreunde wie Sie und ich. Wenn ich, unterlegt mit entsprechendem Bildmaterial, erzähle, was für eine gastfreundliche, charmante Vermieterin ihren Gästen diesen ganz besonderen Kaffee kredenzt, werden die Leute nicht nur mein Buch in Scharen kaufen, sondern sofort ihren nächsten Urlaub bei Ihnen buchen. Apropos Bilder. Ich würde gerne direkt ein paar Fotos schießen, von Ihrem Hof und von Ihnen. Wäre Ihnen das recht?«

Eine prickelnde Atmosphäre, ein Mann wie aus einem kitschigen Film, Worte, die runtergingen wie Öl. Was immer Maria Hofer in ihrem Leben erlebt haben mochte, das war einer ihrer schönsten Momente.

***

Gerichtsmedizin

Mittags hatte Dottoressa Claudia Paci angerufen, weil es ungeachtet der ausstehenden Obduktion des Toten aus der Talfer einiges zu berichten gab.

Vincenzo musste an Maurachers coolen Auftritt beim Anblick der Flussleiche denken. Anstatt den Blick abzuwenden, was jeder normale Neuling getan hätte, wollte sie sich den Toten gleich genauer ansehen, um das Ding an seinem Fuß zu identifizieren. Er fragte sich, ob sie bei einem Besuch in der Gerichtsmedizin auch so ungerührt bleiben würde.

Auf dem Weg zu Paci holte er Marzoli ab. Er nutzte die Zeit, um sich bei seinem Kollegen für sein abweisendes Verhalten am Abend zuvor zu entschuldigen. Als Geste der Wiedergutmachung schenkte er ihm gleich zwei Tüten seiner Cantuccini. Das Glänzen in Marzolis Augen war für Vincenzo das erste Mal seit Tagen, dass er einen Hauch von Freude empfand.

Kaum standen sie Claudia Paci gegenüber, öffnete Marzoli die erste Tüte. Er hielt sie Vincenzo, Sabine Mauracher und der Ärztin entgegen, deren rote Lockenpracht ihr Gesicht umrahmte wie ein Bühnenvorhang, aber alle lehnten ab. Giuseppe Marzoli war kein Mensch, der sich verstellen oder seine Gefühle unterdrücken konnte. Die Erleichterung darüber, dass ihm niemand seine Cantuccini wegessen wollte, war in seinem Gesicht deutlich abzulesen.

»Wir wissen noch nicht, um wen es sich bei dem Toten handelt.

Jedenfalls nicht um Michael Oberrautner. Unsere Leiche ist fast unbehaart, ziemlich dünn und unsportlich, genau das Gegenteil von dem entlaufenen Ehemann. Der Tote war nackt, trug nichts bei sich. Aber es gibt eine Reihe Auffälligkeiten. Fangen wir mit der Todesursache an.« Paci zog das weiße Laken zurück, mit der die Leiche bedeckt war.

Der Zustand des Opfers war fürchterlich, das Gesicht nur noch eine breiige, blutige Masse. Marzoli stand mit offenem Mund da, brachte kein Wort heraus. Seine Hände umfassten krampfhaft die Cantuccinitüten.

Für Paci hingegen war der Anblick offensichtlich nichts Besonderes, sie plauderte munter weiter: »Auch ohne Obduktion sage ich, der Mann ist nicht ertrunken. Schauen Sie sich diese unnatürliche Kopfhaltung an!« Sie bewegte den Kopf des Toten mit beiden Händen hin und her. »Sehen Sie? Das geht viel zu leicht. Das ist mir schon an der Talfer aufgefallen. Da sind mit Sicherheit alle Bänder gerissen.«

Vincenzo brauchte all seine Beherrschung, um sich nicht augenblicklich zu übergeben. »Was soll das heißen, Dottoressa?«

Triumphierend blickte sie den Commissario durch ihre Lockenpracht hindurch an. »Genickbruch, würde ich sagen. Wie aus dem medizinischen Lehrbuch. Da waren eine Menge Kraft und Gewalt im Spiel. So locker, wie der Kopf sitzt, denke ich, dass da alles zerstört ist, was man zerstören kann. Ich glaube nicht, dass so eine Verletzung von einem Sturz in die Talfer stammen kann.«

Vorsichtig legte die Gerichtsmedizinerin den Kopf des Toten ab, sodass sein Gesicht frei lag. »Diese massiven Gesichtsverletzungen erst recht nicht. Ich vermute, der Mörder hat seinem Opfer, nachdem er ihm das Genick gebrochen hat, mit einem stumpfen Gegenstand das Gesicht zertrümmert. Vielleicht mit einem großen Stein, davon gibt es an der Talfer wahrlich genug.«

Vincenzo spürte ein flaues Gefühl in der Magengegend, das weder mit dem Alkohol noch mit seiner Appetitlosigkeit zu tun hatte. Außerdem wurden in ihm Erinnerungen wach. Erinnerungen, die für immer in den Tiefen seines Unterbewusstseins vergraben sein sollten. »Wieder so ein extrem gewalttätiger Mord, mitten in Südtirol. Wenn das Zufall ist, dann dürfte nach den Gesetzen der Wahrscheinlichkeit in den nächsten fünfzig Jahren kein Verbrechen mehr passieren. Wie erklären Sie sich den Genickbruch? Ich kann mir nicht vorstellen, dass das mit bloßen Händen geht.«

Paci, die permanent in Bewegung war, so als könnte sie nicht stillhalten, versuchte, mit der linken Hand ein Haarbüschel hinter dem Ohr festzuklemmen. Ein hoffnungsloses Unterfangen. »Das stimmt. Es ist eine enorme Kraft nötig, um der Halswirbelsäule derartig massive Verletzungen zuzufügen. Genickbrüche sind ohnehin selten, entstehen vornehmlich bei schweren Stürzen im Gebirge oder bei Autounfällen. Ich kann, abgesehen von den Gesichtsverletzungen, die nicht zu dem Genickbruch geführt haben, keine weiteren Gewalteinwirkungen am Kopf feststellen. Das heißt, dass niemand mit einer Stange oder dergleichen auf ihn eingeschlagen hat. Das kommt mir vor wie in einem Kung-Fu-Film, so als hätte jemand zugepackt und den Kopf mit voller Wucht regelrecht herumgerissen, wahrscheinlich zwei- oder dreimal. Anders kann ich mir diese Verletzungen nicht erklären, so abwegig das auch klingt.«

Wenn es sich so zugetragen hatte, wie es Paci beschrieb, hatten sie es mit einem Täter zu tun, der über enorme Kräfte verfügte. Erschreckend. »Haben Sie weitere unappetitliche Details, Dottoressa?«

Paci nickte. »Auffällig ist der Zustand des Leichnams. Die Totenstarre hat sich bereits vollständig gelöst. Der Körper ist aufgedunsen, die Haut zeigt grünliche Verfärbungen. Wenn ich Witterung und Wassertemperatur berücksichtige, ist klar, dass er nicht erst seit gestern in der Talfer lag. Vorbehaltlich der Obduktion und des Zustandes der inneren Organe würde ich sagen: mindestens eine Woche.«

Vincenzo löste sich von dem abstoßenden Anblick und sah Marzoli fragend an. »Sie müssen sich das mal vorstellen. Sie brechen jemandem mit roher Gewalt das Genick. Was meinen Sie, wie das knackt? Dann ziehen Sie Ihr Opfer in aller Seelenruhe aus, zerschmettern sein Gesicht bis zur Unkenntlichkeit, um es schließlich an einer Stelle in die Talfer zu werfen, bei der Sie davon ausgehen können, dass es Tage dauert, bis die Leiche gefunden wird. Kommt Ihnen das nicht bekannt vor?«

Es dauerte einen Moment, bis der sanftmütige Marzoli antworten konnte. Bei Bellinis anschaulicher Beschreibung war ihm speiübel geworden. Vincenzo registrierte voll Mitgefühl, wie alle Farbe aus dem Gesicht seines Kollegen wich, ahnte aber, dass er selbst nicht anders aussah. »Sie … Sie denken an … an …?«

Vincenzo nickte. Vor gut einem Jahr hatten sie es mit einem Serienmörder zu tun gehabt, dessen Skrupellosigkeit und Brutalität alles überstieg, was sie bisher erlebt hatten. Als »Das Monster von Bozen« hatte er für wochenlange Schlagzeilen gesorgt. »Das würde zu ihm passen, Commissario, aber er sitzt seit seiner Verhaftung in der Geschlossenen. Wäre er geflohen, wüssten wir es längst.«

»Sie haben recht. Wir sollten ihm trotzdem einen Besuch abstatten.«

Vincenzos Blick erfasste Sabine Mauracher. Sie stand in lässiger Haltung vor dem Operationstisch, kaute Kaugummi, blickte fasziniert auf die Leiche. Sie schien damit überhaupt kein Problem zu haben. »Sabine, wollen Sie cool wirken oder macht Ihnen das wirklich nichts aus?« Vincenzo konnte sich partout nicht vorstellen, dass ein junger Mensch, ein Mädchen, bei einem solchen Anblick so ungerührt bleiben konnte.

»Nein, was soll mir das ausmachen? Leichen werden mir in meiner Berufslaufbahn noch häufiger begegnen. Es wäre ziemlich blöd, wenn ich gleich kotzen müsste, oder?«

Vincenzo blickte sie entgeistert an. Sie konterte mit einem Lächeln.

Er wandte sich an Paci: »Hat er andere Verletzungen? Gibt es Anzeichen für einen Kampf?«

Die Pathologin schüttelte den Kopf, wobei ihre Locken in alle Richtungen gleichzeitig wirbelten. »Nein, das Opfer dürfte seinen Mörder gekannt haben oder hatte zumindest keinen Grund, ihm zu misstrauen. Es gibt keinerlei Abwehr- oder Verteidigungsspuren. Das muss alles ganz schnell gegangen sein. Denkbar wäre ein Überfall aus dem Hinterhalt, aber selbst dann stelle ich es mir schwierig vor, jemandem das Genick zu brechen, ohne dass das Opfer versucht, sich zu wehren. Wie gesagt, da gehört eine große Portion Kraft und Kaltblütigkeit dazu. Und man muss wissen, wie man zupacken muss.«

Sie hielt einen Moment inne, um einige ihrer Locken hinter das rechte Ohr zu legen. Allein die kurze Kopfbewegung, als sie ansetzte, um weiterzuerzählen, genügte, um die Strähnen wieder in ihre

Ausgangsposition zurückfallen zu lassen. »Mir ist noch etwas Merkwürdiges aufgefallen. Das Opfer trug um seinen rechten Fuß eine Halskette – für Damen, wohlgemerkt. Der Anhänger besteht aus zwei Initialen. Erstens ist das ungewöhnlich für einen Mann. Zweitens, warum sollte der Mörder ihn entkleiden und entstellen, um zu verhindern, dass er schnell identifiziert wird, aber eine Kette nicht abnehmen, die eindeutige Hinweise auf die Identität des Toten liefern kann?«

Vincenzo war verblüfft. Alles Mögliche hatte er erwartet, nachdem Mauracher das Ding am Fuß des Toten entdeckt hatte, aber eine Damenhalskette nicht. Er griff nach dem Beweismittelbeutel, in dem sich das Schmuckstück befand, und betrachtete es. Sein Blick erfasste die Initialen, aber es dauerte einige Sekunden, bis er begriff.

Schweiß brach ihm aus, er begann zu zittern. Sein flacher Puls schlug schnell. Jegliche Farbe wich aus seinem Gesicht.

Paci sah ihn erschrocken an. »Was ist denn mit Ihnen los, Commissario? Geht es Ihnen nicht gut?«

Marzoli fasste seinen Kollegen am Arm und schüttelte ihn. »Commissario! Ist Ihnen schlecht? Sagen Sie doch was!«

Vincenzo hörte die beiden kaum, er war wie in einer anderen Welt. Mit offenem Mund starrte er von Marzoli zu Paci, dann wieder auf das Ding in seiner Hand. Es handelte sich um eine feingliedrige Silberkette mit einem silbernen Anhänger, der aus zwei Initialen bestand. Die erste, ein großes G, war mit einem kleinen Silberring an der Kette befestigt. Die zweite war gegenüber dem G schräg nach unten versetzt und mit ihm an dessen rechter Seite verbunden. Es war ein großes V.

Achte auf meine Zeichen!

Vincenzo wurde schwindelig, er ließ den Beutel auf den Bauch des Leichnams fallen und sackte, das Gesicht in den Händen vergraben, zu Boden.

Paci trat zu ihm, fühlte ihm den Puls. Beruhigt stellte sie fest, dass es sich nicht um einen bedrohlichen Schock handelte. »Ispettore, würden Sie Signor Bellini bitte ein Glas Wasser holen? Vincenzo, erzählen Sie doch bitte, was Sie dermaßen umgehauen hat. Doch wohl kaum der Umstand, dass ein Mann eine Frauenkette trägt, oder?«

Vincenzo blickte an Paci hoch und sagte mit schwacher Stimme: »Die Initialen. Sehen Sie sich die Initialen an.«

Sie musterte die Kette. »Ein G, ein V, na und? Kennen Sie den Mann?«

Vincenzo schüttelte den Kopf. »Nein, ich kenne ihn nicht. Aber das G steht für Gianna, das V für Vincenzo. Ich habe ihr diese Kette erst vor ein paar Wochen geschenkt. Sie hat sie am letzten Wochenende getragen.«

10

Forensische Psychiatrie, Freitag, 8. Oktober

Das Echo ihrer Schritte hallte laut durch die Gänge. Sie mussten fast schreien, um einander zu verstehen. Der erste Termin von Vincenzo und Ispettore Marzoli an diesem Morgen war mit Dottore Crescente Albertazzi, dem Leiter der Forensischen Psychiatrie; sie wollten mit *dem Monster* sprechen. Sabine Mauracher sollte derweil versuchen herauszufinden, um wen es sich bei dem Toten aus der Talfer handeln könnte.

Seitdem Vincenzo am Vortag Giannas Kette in der Hand gehalten und im Bruchteil einer Sekunde realisiert hatte, was geschehen sein musste, übermannten ihn seine Gefühle immer wieder. Zunächst war er vollkommen leer gewesen, nicht einmal zu Tränen fähig. Das Unvorstellbare war eingetreten, die Katastrophe war da. Wortlos hatte er die Questura verlassen, um nach Hause zu fahren. Unterwegs wich seine Apathie einem heftigen Zorn. Jemand hatte Gianna entführt, das stand für Vincenzo fest. Ein Wahnsinniger, der ihm ein abstruses Spiel aufzwang. Wenigstens gab es eine hohe Wahrscheinlichkeit, dass sie noch lebte. Warum sonst Spiele und Zeichen?

Wenn das alles gegen ihn persönlich gerichtet war, fiel ihm nur einer ein, der ihn genügend hassen konnte. Das größenwahnsinnige »Monster von Bozen«. Der Mann, der ihn im letzten Jahr erbarmungslos verfolgt und um ein Haar in den Tod getrieben hatte. Doch dafür hätte er aus der Psychiatrie entkommen müssen, aus dem Hochsicherheitsbereich, in dem er seit Monaten der einzige Insasse war. Das jedoch wäre nicht unbemerkt geblieben.

War es ein anderer Psychopath, der sich an der Polizei als Institution rächen wollte? Einer, der sich ihn, Vincenzo, ausgesucht hatte, weil er im Zuge der Aufklärung dieses Serienmordes eine gewisse Prominenz in Bozen erlangt hatte? Fakt war, dass er es mit jemandem zu tun hatte, der keine Skrupel kannte. Sobald er an Gianna dachte, überfiel ihn Panik. Wo mochte sie sein? Wie ging es ihr? Hatte sie Todesangst, war sie verletzt? Wenn Vincenzo an ihren Entführer dachte, empfand er blanken Hass.

Jemand, der es gut mit dir meint.

Ein derartiger Zynismus, solche Menschenverachtung rief in Vincenzo Gewaltphantasien hervor, derer er sich niemals für fähig gehalten hätte. Ohne es zu merken, hatte er seinen Alfa im Hochtal vor Sarnthein auf weit über hundert beschleunigt. Verbotsschilder und durchgezogene Linien interessierten ihn bei seinen Überholmanövern nicht. Er nahm sie gar nicht wahr.

Plötzlich fielen ihm Giannas Eltern ein. Wie sollte er ihnen das beibringen? Ihre Tochter, ihr einziges Kind war spurlos verschwunden, war mit großer Sicherheit entführt worden. Und das höchstwahrscheinlich, weil ihr Freund Polizist war. Wie würden sie reagieren? Sie liebten Gianna, wie nur Eltern lieben können.

Wie ferngesteuert nahm Vincenzo den Fuß vom Gas. Er entschied sich, den Besuch in der Psychiatrie abzuwarten, ehe er die Familie dal Monte informierte.

»Hat er Kontakt zur Außenwelt? Kann er mit anderen Menschen kommunizieren, Dottore?« Albertazzi, der leitende Psychiater, hatte sich bereit erklärt, Vincenzo und Marzoli unverzüglich zu seinem Patienten zu führen. Vincenzo schätzte ihn auf Anfang fünfzig. Er war schlank, dynamisch, hatte volles dunkles Haar, einen ironischen Unterton in seiner Stimme. Er strahlte die Autorität und das Selbstbewusstsein eines Menschen aus, der nichts anderes kannte als den Erfolg.

»Wo denken Sie hin, Commissario? Es gibt nur einen Menschen, den er regelmäßig zu Gesicht bekommt: seinen Therapeuten, Eusebio Zabatino, meinen Mitarbeiter. Er ist selbst ein einsamer, frustrierter Kauz, dem ich nur einen einzigen hoffnungslosen Fall anvertraut habe. Aber vielleicht kann er gerade deshalb diesen Irren zurückholen. Ein so ungewöhnlicher Fall paranoider Schizophrenie ist mir nämlich noch nicht untergekommen. Aber Sie kennen ihn ja selbst.«

»Warum haben Sie ihn in diesem Gruselkabinett untergebracht? Warum nicht in der neuen Psychiatrie?«

Albertazzi lachte. »Gruselkabinett! So haben wir diese Räume vor dem Umzug auch genannt. Demnächst wird hier tatsächlich dichtgemacht. Aber solange es diesen Bau noch gibt, nutze ich ihn, um besonders schwierige, unberechenbare Fälle unterzubringen.

Ein derart gefährliches Subjekt sollte man isolieren. Deshalb habe ich mich persönlich dafür eingesetzt, dass wir die alte Psychiatrie möglichst lange behalten können.«

Sie betraten den Hochsicherheitstrakt. Vincenzo hätte nicht sagen können, wie viele verlassene Gänge bereits hinter ihnen lagen. Sein Kollege Marzoli fühlte sich sichtlich unbehaglich, häufig blickte er sich nach allen Seiten um, sprach kein Wort. Vincenzo konnte ihn verstehen, nahm die abweisende Atmosphäre aber selbst nicht so wahr. In ihm tobten andere, beängstigendere Gefühle.

»Wir sind da, meine Herren. Sie müssen nicht glauben, dass er eine Zwangsjacke trägt. In seiner Zelle kann er sich frei bewegen. Aber halten Sie Abstand. Ich bleibe im Hintergrund.«

Vincenzo bedeutete Marzoli, die Zelle mit gezogener Waffe von außen zu sichern. Albertazzi tippte den Sicherheitscode ein und öffnete die Tür. Unvermittelt stand sie Vincenzo wieder klar vor Augen, die Erinnerung an seinen ersten Mordfall, an die zahlreichen wehrlosen Opfer und ihren psychopathischen Mörder. Ihn fröstelte innerlich.

Er saß zusammengekauert auf seinem Bett, den Kopf auf der Brust. Ganz offensichtlich ein gebrochener Mann. Beinahe hätte Vincenzo so etwas wie Mitleid mit ihm empfunden, aber er sah immer wieder die leeren Augen der toten Opfer vor sich.

Langsam blickte der Mann auf. »Eusebio, wo warst du so lange? Ich habe …« Er verstummte, als er Vincenzo erblickte. Seine Augen wurden schmal. »Bellini? Was hat das zu bedeuten?«

Albertazzi trat vor, hob beschwichtigend die Hände. »Beruhigen Sie sich. Es geht lediglich um ein paar Fragen. Das hat nichts mit Ihnen zu tun.« Er wandte sich Vincenzo flüsternd zu: »Sie können mit ihm sprechen, Commissario. Er bekommt starke Medikamente, aber er versteht Sie.«

Daran hatte Vincenzo keinen Zweifel. Er ging einen Schritt auf den Serienmörder zu, sah ihm direkt in die Augen. »Signore, man hat in Bozen eine nackte männliche Leiche gefunden, die einen gewaltsamen Genickbruch erlitten hat. Außerdem wurde eine Frau entführt. Beides hängt zusammen, beides erinnert an Ihre Taten. Wir finden das merkwürdig. Haben Sie uns dazu irgendetwas zu sagen?«

Er sah Vincenzo eine Weile aus seiner gebeugten Haltung heraus an, dann ließ er den Kopf wieder sinken. »Bellini, ich vegetiere seit mehr als einem Jahr hier in dieser Zelle vor mich hin. Mein einziger menschlicher Kontakt ist mein Therapeut. Was, in Herrgottsnamen, sollte ich damit zu tun haben?«

Vincenzo wusste genau, wie dieses Gespräch verlaufen würde. Es ging ihm auch nicht darum, von dem Mann konkrete Aussagen zu erhalten, er wollte ihm vor allem in die Augen sehen, in ihn hineinschauen. Es gab keinerlei logische Erklärung für den Verdacht, ausgerechnet er könnte Gianna entführt haben. Aber wenn er doch irgendwie hinter der Sache steckte, konnte man das dann aus seinem Verhalten schließen?

Es erging Vincenzo wie damals – er schaffte es nicht, die Fassade des Mannes zu durchbrechen.

Das »Monster« hing auf seinem Bett, glotzte Vincenzo verächtlich an und sagte wegwerfend: »Sie können mich kreuzweise, Bellini. Machen Sie, dass Sie verschwinden. Wenn ich Ihre widerliche Visage betrachte, frage ich mich, ob es vielleicht gar nicht so schlecht ist, das Leben in einer Zelle zu verbringen. Dann bleibt mir ein solcher Anblick wenigstens erspart. Zabatino reicht mir völlig, mehr Menschen will ich gar nicht sehen. Hauptsache, ich werde von Abschaum wie Ihnen verschont.«

»Hören Sie, Signore …«

»Raus!«, schrie er aufgebracht. Seine Stimme bebte, sein Oberkörper hatte sich aufgerichtet, er spuckte vor Wut und begann jetzt, wüste Beschimpfungen zu brüllen.

Vincenzo zuckte die Achseln und nickte seinen beiden Begleitern zu. Sie verließen die Zelle, und Albertazzi schloss hinter ihnen ab.

»Seltsam«, bemerkte Vincenzo auf dem Rückweg, »ich habe ihn als kaltblütig und selbstbeherrscht in Erinnerung. Was würden Sie als Fachmann dazu sagen, Dottore: Verstellt er sich?«

»Diese Frage sollten Sie lieber Zabatino stellen. Der kennt seinen Patienten am besten. Aber eines ist klar: Er befindet sich seit mehr als einem Jahr in psychiatrischer Behandlung. Er bekommt bewusstseinsverändernde Medikamente. Er ist auf keinen Fall mehr der, den Sie kennen, Commissario.«

»Verstehe. Dann möchte ich als Nächstes bitte mit Zabatino sprechen.«

»Der liegt mit einer schweren Grippe im Bett.«

Vincenzos innere Unruhe loderte auf, erneut erfasste ihn panische Angst. Erst ein Mord, dann Giannas Entführung, und genau um diese Zeit liegt der einzige Mensch, der bestätigen könnte, dass das Monster Tag für Tag in seiner Zelle gesessen hatte, krank im Bett. »Grippe? Seit wann?«

»Er hat vor einer Woche angerufen, um sich zu entschuldigen. Eine Grippe dauert.« Mit einem abschätzigen Gesichtsausdruck ergänzte Albertazzi: »Bei Zabatino gerne mal besonders lang.«

»Woher wissen Sie, dass es Zabatino war, mit dem Sie gesprochen haben?«

Der Psychiater sah Vincenzo fragend an. »Woher ich das weiß? Wie gesagt, er hat sich entschuldigt und mir Bescheid gesagt, damit ich bis zu seiner Rückkehr seinen Patienten versorge. Wollen Sie seine Adresse?«

»Selbstverständlich. Haben Sie in dem Telefonat seine Stimme erkannt?« Vincenzo konnte sich gut an das schauspielerische Talent des Monsters erinnern.

Albertazzis Gesicht war inzwischen ein einziges Fragezeichen. »Hören Sie, Commissario, Zabatino war krank. Folglich klang seine Stimme entsprechend. Außerdem habe ich seine Privatnummer im Display erkannt. Er lebt alleine. Wenn Sie allen Ernstes unseren Patienten im Verdacht haben sollten, Commissario: Der hat nicht den Hauch einer Chance, hier rauszukommen. Das ist ein Hochsicherheitstrakt! Wissen Sie, was das bedeutet? Selbst wenn es ihm, auf welche Weise auch immer, gelungen wäre, seine Zelle zu verlassen, ohne dass ich das mitbekommen habe, wie hätte er wieder hereinkommen können? Und warum? Was hätte er davon?«

Vincenzo nickte. »Berechtigter Einwand. Ich wüsste trotzdem gerne, wie sein üblicher Tagesablauf ist. Wie oft wird er behandelt, wann kommt jemand zu ihm, läuft alles mit gleichbleibender Regelmäßigkeit ab?«

Es war offensichtlich, dass Albertazzi von dieser Flut an Fragen, die ihm sinnlos erschienen, genervt war. Aber er wusste, dass er sie beantworten musste. »Solange Zabatino weg ist, bringe ich ihm zweimal täglich sein Essen. Erst das Frühstück zusammen mit einem Lunchpaket für das Mittagessen, später das Abendessen. Wir haben keine weiteren Personalkapazitäten für diesen alten Schuppen, und mein Terminkalender ist voll. Zabatino ist der Einzige, der hier ganztags arbeitet, und der Einzige, der trotzdem nachts noch schlafen kann.«

»Um welche Uhrzeit gehen Sie zu ihm?«

»Sie wollen es aber genau wissen! Frühstück gegen halb neun, neun, Abendessen meistens gegen sieben.«

Vincenzo war verwundert. »Warum so spät? Wie ist es mit der Körperhygiene? Kann er ab und zu duschen?«

»Commissario! Wir haben seit Jahren absoluten Personalmangel. Kein Wunder, wenn uns laufend Gelder gestrichen werden. Ich kümmere mich bis zu Zabatinos Rückkehr um ihn. Ein paar Tage Essen bringen, Geschirr holen, mehr lässt mein Terminplan nicht zu. Waschen kann er sich am Becken in der Zelle, das muss solange genügen. Apropos Terminplan, ich hoffe, hiermit habe ich alle Fragen hinreichend beantwortet.«

Vincenzo war sich darüber im Klaren, dass er Albertazzis Geduld ausgereizt hatte. Abschließend ließ er sich noch Zabatinos Personalakte zeigen, aber da fand er nur pure Mittelmäßigkeit. Ein wenig ansprechendes Foto, das schon Jahre alt sein musste, ein Gesicht, wie es unauffälliger nicht sein konnte, ein Lebenslauf, in dem schlichtweg nicht Bedeutsames geschehen war. Ein erfolgloser Arzt, der auf dem Abstellgleis gelandet war, und der keineswegs dem Bild entsprach, das Vincenzo von einem Psychiater hatte. Er prägte sich die Daten ein.

Auf der Fahrt in die Questura ergriff Marzoli zum ersten Mal an diesem Tag das Wort. »Commissario, ich will ehrlich zu Ihnen sein. Ich befürchte auch, dass Ihre Freundin entführt worden ist. Aber mit der Vorstellung, *er* könnte was damit zu tun haben, verrennen Sie sich. Wir haben es offenbar wieder mit einem Verrückten zu tun, aber das scheint mir reiner Zufall. Vielleicht ist es dieser Michael Oberrautner – warum auch nicht? Er hasst die Polizei, und er ist zur selben Zeit verschwunden wie Ihre Freundin. Das passt doch zusammen! Glauben Sie mir, wenn wir das aufgeklärt haben – und das werden wir! –, haben wir die Wahrscheinlichkeit für Psychopathenmorde derart strapaziert, dass wir uns bis zur Pensionierung mit Handtaschendiebstählen rumschlagen dürfen.«

Vincenzo musste schmunzeln. Es war ein gutes Gefühl, einen

Kollegen zu haben, der es sogar in dieser Situation schaffte, ihn ein wenig aufzuheitern. »Oder mit Cantuccini-Diebstählen. Direkt aus meiner Schublade. Stellen Sie sich das vor, Ispettore!«

»Malen Sie nicht den Teufel an die Wand, Commissario!«, erwiderte Marzoli im Tonfall tiefer Empörung.

***

Alfredo dal Monte verlor die Fassung. »Was erzählst du da? Gianna soll entführt worden sein? Bist du wahnsinnig?«

Davor hatte sich Vincenzo gefürchtet. Warum sollten Giannas Eltern anders reagieren als er? Für sie alle war es eine Katastrophe. »Ich kann es noch nicht mit Bestimmtheit sagen, Alfredo. Wir haben noch keine Lösegeldforderung und auch keinen anderen Beweis, aber es ist die einzig logische Erklärung. Geh bitte zur nächsten Polizeidienststelle und melde Giannas Verschwinden, damit offizielle Maßnahmen eingeleitet werden können. Wir haben uns in der Questura aufgeteilt. Ich kümmere mich in erster Linie um Gianna, Marzoli um den Mord. Selbstredend arbeiten wir zusammen, weil wir vermuten, dass beides zusammenhängt. Wir haben die volle Rückendeckung von Baroncini.«

»Warum sollte jemand Gianna entführen? Wollen die Geld? Das können sie haben. Hörst du?«

Vincenzo hatte Alfredo weder von dem ominösen Brief noch von Giannas Halskette erzählt. Er wusste auch jetzt nicht, wie viel er Alfredo sagen durfte. Giannas Eltern hatten ein Recht, alles zu erfahren, was mit der Entführung zu tun hatte. Andererseits wollte Vincenzo sie nicht zusätzlich in Panik versetzen. Es war schlimm genug, dass er selbst befürchtete, jeden Moment durchzudrehen. »Wir müssen abwarten, bis sich jemand meldet, Alfredo. Wir sollten versuchen, einen klaren Kopf zu bewahren. Alles andere hilft uns nicht weiter. Gib eine Vermisstenanzeige auf, erläutere den Hintergrund. Sieh zu, dass du Nadia beruhigst. Die meisten Entführungen verlaufen glimpflich. Gianna wird bald wieder da sein, glaub mir.«

Vincenzo hatte es mit seiner demonstrativen Gelassenheit geschafft, Alfredo, den sonst so kühlen, strategisch denkenden Rechtsanwalt, halbwegs zu besänftigen. Aber er selbst war alles andere als gelassen. Er war in heller Aufregung, ihm war, als bräche die ganze Welt um ihn zusammen.

Er hatte keine Ahnung, wie er nun vorgehen sollte. Es gab nicht den kleinsten Hinweis auf Giannas Aufenthaltsort. Alles, was sie hatten, waren eine grausam zugerichtete Leiche eines Unbekannten mit Giannas Kette um den rechten Fuß, ein seltsamer Brief des mutmaßlichen Entführers, in dem er Vincenzo ein abstruses Spiel aufzwang, einen im Hochsicherheitstrakt eingesperrten psychopathischen Serienmörder und eine bislang ergebnislose Fahndung nach Michael Oberrautner.

Das Telefon läutete. Im Display erkannte Vincenzo die Nummer des Empfangs, Paolo Verdi. »Es ist wieder was für dich abgegeben worden, ein Paket diesmal. Holst du es dir oder soll ich es bringen?«

Vincenzo holte sich die Sendung am Empfang ab. Das Päckchen war nicht groß, ungefähr DIN-A5-Format. Es wog wenig, war nicht adressiert – eine weitere Nachricht des geheimnisvollen Spielers? Auf dem Rückweg ins Büro besorgte er sich eine große Kanne Kaffee. Er hatte die ganze Nacht kaum ein Auge zugetan, allmählich war er mit seiner Kraft am Ende. Vielleicht half wenigstens Koffein.

Vorsichtig öffnete er den braunen Pappumschlag. Zum Vorschein kamen ein Handy nebst Ladekabel und ein weißer Briefumschlag, den er mit zitternden Händen sofort öffnete. *... achte auf meine Zeichen ...*

Lieber Vincenzo,
ich freue mich, dir mitteilen zu können, dass unser Spiel begonnen hat. Ich hoffe, du hast meinen ersten Hinweis gefunden. Verstehst du ihn zu deuten? Bitte verzeih, dass du dir meinetwegen Sorgen machen musst. Doch ich befürchte, anders funktioniert das Spiel nicht. Keine Angst, ab jetzt läuft die Uhr rückwärts. In absehbarer Zeit ist es vorbei, es gibt einen Gewinner und einen Verlierer.
Zu den Regeln:
Ich bin der Spielführer. Meine Funktion besteht u.a. darin, dir Aufgaben zuzuteilen, die du im Rahmen der Spielregeln erfüllen musst. Gelingt es dir, gibt es Punkte für dich. Wenn nicht: Punkte für mich, eine Strafe für dich. Für diesen Zweck – und nur dafür! – ist das Handy bestimmt, das ich dir mitgeschickt habe. Es ist dein Spielstein, der ausschließlich dazu

dient, Anweisungen des Spielführers entgegenzunehmen. Missbrauchst du es für andere Zwecke: Punkt für mich, Strafe für dich.
Du hast vier Spielfiguren, die du nach Belieben setzen darfst: Baroncini, deine Kollegen Marzoli und Mauracher (sicherlich unheimlich aufregend für eine junge, unerfahrene Polizistin) und den Journalisten Fasciani. Letzterer ist in gewisser Weise auch eine meiner Figuren, denn er dient dazu, dem Spielführer über das Medium Zeitung bei Bedarf den Vollzug deiner Aufgaben zu melden. Außerdem hast du eine beliebige Anzahl an Jokern, die du zur Erfüllung einzelner Aufgaben einsetzen darfst. Allerdings darfst du jeden nur einmal benutzen. Deiner Kreativität sind keine Grenzen gesetzt!
Die Joker-Regel bedeutet nicht, dass ihr, du oder eine deiner Spielfiguren, Verstärkung anfordern dürft. Im Gegenteil: Die Spielregeln verbieten das ausdrücklich! Als Spielführer brauche ich Bewegungsfreiheit. Ein Joker wäre z.B. deine Mutter oder dein Vater. Solltest du dir entgegen der Regeln Verstärkung holen oder gleich mit einer ganzen Armee anrücken, ist das Spiel sofort beendet. Leider würdest du dann automatisch deinen Einsatz verlieren – ein untrügliches Gefühl sagt mir, dass du darüber sehr traurig wärst. Also halte dich an die Regeln! Bitte versteh das, mein lieber Vincenzo, wäre es anders, könnte ich mich, wie gesagt, als Spielführer nicht mehr frei bewegen und meinen Funktionen nicht mehr regelkonform gerecht werden.
<u>Aufgaben, Punkte, Strafen</u>: Das sind besonders interessante und spannende Aspekte des Spiels. Die Aufgaben sind anfangs recht banal, werden jedoch im Laufe des Spiels anspruchsvoller. Die letzte Aufgabe bedeutet übrigens im Vergleich zu den vorherigen einen echten Quantensprung, so viel darf ich schon an dieser Stelle verraten. Ob du die Gelegenheit haben wirst, diese Aufgabe tatsächlich zu meistern, hängt von deiner Quote ab. Denn sobald du mit mehr als fünf Punkten in Rückstand gerätst oder mehr als zwei Strafen kassierst, passiert das, was ich bereits oben erwähnt habe. Die Anzahl der erzielbaren Punkte hängt von der Schwierigkeit der einzelnen Aufgabe ab. Die Schwere der Strafe orientiert sich zwar ebenfalls am Anspruch der (von dir nicht oder unzureichend erfüllten) Aufgabe, dennoch zählt jede Strafe nur einfach.
Dein Einsatz … ist zugleich dein möglicher Gewinn. Die Regeln sehen nicht vor, dass du je nach Punktezahl unterschiedliche Gewinne erzielen kannst. Es geht um alles oder nichts. Du musst es zunächst schaffen, den höchsten Level zu erreichen – die letzte Aufgabe. Erfüllst du sie nicht zur

Zufriedenheit des Spielführers, verlierst du deinen Einsatz. Löst du auch die letzte Aufgabe, hast du gewonnen, dein Einsatz kommt zurück.
Du siehst, die Regeln des Spiels sind denkbar simpel. Trage fortan das Handy stets bei dir. Vergiss nicht, es regelmäßig aufzuladen. Du musst allzeit bereit sein. Die Spielzüge folgen keinem vorgegebenen Schema. Sie können jederzeit stattfinden – und überall. Noch eines verrate ich dir, aber nur, weil ich so fasziniert von dir bin, eigentlich darf ich das als Spielführer nämlich nicht. Dein Einsatz hat sozusagen eine Halbwertzeit. Wenn sich das Spiel zu lange hinzieht, kommen eisige Zeiten auf ihn zu, eine wahre Eiszeit. Insofern solltest du mit dem Lösen der Aufgaben nicht lange warten.
Freu dich! Ab jetzt gilt das Motto: Zug um Zug!
Dein einzig wahrer Freund

Fassungslos starrte Vincenzo auf das Blatt Papier. Das war der Inbegriff des Horrors. Sie waren ein Spielzeug in den Händen eines Sadisten. Der Mann hatte Gianna, daran bestand keinerlei Zweifel. Die Tatsache, dass er Vincenzos Kollegen und sogar Fasciani mit hineinzog, machte die Sache noch schlimmer. Was für eine Katastrophe! Das Einzige, was ihm Hoffnung machte, war seine Überzeugung, dass Gianna noch lebte. Vielleicht würde er in Kürze sogar mit ihr sprechen können?

Wie war das mit den *eisigen Zeiten* gemeint? Was für eine *Eiszeit* sollte das sein? War das wieder ein *Zeichen*? Er war tief in Gedanken versunken und merkte gar nicht, dass Marzoli und Mauracher vor seinem Schreibtisch standen. Erst als Marzoli sich vernehmlich räusperte, schreckte er auf.

»Was den Toten angeht, haben wir keine Neuigkeiten, Commissario. Wir haben großräumig Vermisstenanzeigen geprüft, Anwohner in der Nähe des Fundortes befragt, ohne Erfolg. Es handelt sich definitiv nicht um Oberrautner. Derzeit prüfen wir den Zahnstatus des Opfers. Parallel dazu versucht Paci, anhand einer Weichteilanalyse sein Gesicht zu rekonstruieren. Aber das dauert. Und das Ergebnis ist ungewiss, denn durch die Schläge ins Gesicht haben die Knochen Schaden genommen. Die Untersuchung der Kette auf Fingerabdrücke läuft noch.«

Wortlos hielt Vincenzo ihm den Brief entgegen. Marzoli begann zu lesen. Als er fertig war, stand sein Mund weit offen, er starrte Vincenzo entgeistert an. Anstatt etwas zu sagen, öffnete Vincenzo eine Schublade, holte den ersten Brief *des Spielführers* hervor, gab ihn Marzoli. Der Ispettore nahm den Brief wie in Zeitlupe entgegen und las.

Nachdem Marzoli auch den zweiten Brief mit offenkundigem Entsetzen gelesen hatte, ergriff Vincenzo das Wort. »Setzen Sie sich, Ispettore. Sie auch, Sabine, holen Sie sich einen von den Freischwingern.«

Marzoli ließ sich schwerfällig auf dem Stuhl mit der filigranen Lehne aus verchromtem Flachstahl nieder, der unter dem Gewicht des massigen Ispettore bedenklich quietschte. »Mein Gott, die haben tatsächlich Ihre Gianna. Das gibt es doch nicht. Ich habe das nicht ernsthaft für möglich gehalten.«

»Aber es ist so, und unsere Talferleiche hängt mit der Entführung zusammen. Fragt sich nur, wie.«

Inzwischen hatte Mauracher sich neben Marzoli gesetzt. Sie machte keinen Hehl aus ihrer Neugier. »Kann ich die beiden Briefe auch sehen?«

»Sie dürfen, Sabine, nein, Sie müssen.«

***

Sarnthein

Vincenzo saß vor dem bodentiefen Panoramafenster im Wohnzimmer und starrte in die Dunkelheit. Nachdem er seine Kollegen eingeweiht hatte, legten sie fest, welche Schritte in dieser Situation erste Anhaltspunkte liefern konnten: die Schreiben und das Handy auf Fingerabdrücke untersuchen lassen, Paci bitten, die Rekonstruktion des Gesichtes der Leiche vorrangig zu behandeln, mit Zabatino sprechen, Fasciani anrufen, Baroncini unterrichten.

Was Vincenzo Angst machte, war nicht nur, dass Giannas Schicksal in den Händen eines Irren lag, sondern auch die Vorstellung, dass seine Kollegen als *Spielsteine* in diesen Wahnsinn involviert waren. Was bedeutete das für die Art der *Aufgaben*, die vor ihm lagen? Hatten sie überhaupt eine Chance, den Mann zu fassen, bevor es richtig losging? Selbst wenn ihnen das gelang, wie sollten sie dann Gianna finden? Er hatte nicht einmal den kleinsten Hinweis, wo sie sein konnte. Der Entführer hatte ihn vollständig in der Hand. Das wusste er und genoss es. Er brauchte offenbar das Gefühl von Macht und totaler Kontrolle. *Das Monster von Bozen* passte hundertprozentig in dieses Profil. Aber der pathologische Serientäter kam als Täter mit absoluter Sicherheit nicht infrage.

Seit Gianna am Sonntagabend in den Zug gestiegen war, hatte Vincenzo nicht mehr mit ihr gesprochen. Wann und wo war sie ihrem Entführer begegnet? Hatte der Mann sie vielleicht gezwungen, ihren Vater anzurufen? Wie war ihm das gelungen? Würde sich seine selbstbewusste Freundin der Gewalt beugen? Und was hatte eine Leiche in der Talfer mit der Entführung einer Mailänderin zu tun?

Vincenzo wollte Giannas Eltern anrufen, aber er schaffte es nicht, den Hörer von der Gabel zu nehmen. Im Büro, in Gegenwart seiner Kollegen, war er abgelenkt, was ihm half, sich auf die Ermittlungen, die sachlichen, kriminalistischen Fragen zu konzentrieren. Sobald er in seinem Alfa saß, um nach Sarnthein zu fahren, vollzog sich ein Wandel in ihm. Sobald er die Fahrertür zugezogen hatte und Stille ihn umgab, überfiel ihn grenzenlose Panik. Ihm schossen wirre Gedanken durch den Kopf, die ihn fast wahnsinnig machten. *Gianna wird nicht wiederkommen. Gianna lebt nicht mehr. Was wird er von mir verlangen? Wird es jemals wieder einen sorgenfreien, unbelasteten Tag für mich geben?*

Kaum zu Hause angekommen, hatte er sich in den Keller geschleppt, die neue, fast volle Kiste Forst-Bier geholt und sie neben den Sessel gestellt. Ihm fiel nur ein Mittel ein, um das Gedankenkarussell in seinem Kopf wenigstens für ein paar Stunden auszuschalten: Alkohol. Er musste sich betäuben, die destruktiven Gedanken zum Verschwinden bringen. Morgen würde er vielleicht nach Mailand zu den Dal Montes fahren. Gianna war ihre Tochter. Sie mussten zusammenhalten.

Er zwang sich, die sechste Flasche zu öffnen. Das lauwarme Bier schmeckte ihm nicht, und es schien überhaupt nicht zu wirken. Er saß allein in seiner Wohnung, um ihn herum Dunkelheit und Stille. Wie tief konnte ein Mensch fallen? Er trank in kleinen Schlucken. Beim siebten Bier brandete aus weiter Ferne ein sanftes, zugleich bedrohliches, lang anhaltendes Donnergrollen auf. Wenig später ein erstes Wetterleuchten. Der Wind frischte auf, raschelte leise in den Bäumen vor Vincenzos Wohnung. Er konnte ihn durch das gekippte Fenster in seinem Gesicht spüren. Wenn der Wind ihn doch forttragen könnte, einfach nur weg von hier, am besten dorthin, wo sich Gianna befand. Unaufhörlich zuckten in weiter Ferne Blitze auf, gefolgt von leisem Donner. Der Wind trug einen frischen, würzigen Geruch durch das Fenster. Regen. Gleich würde es losgehen. Tagelanger Regen. Tristesse.

Mit der zehnten Flasche stellte sich allmählich die erhoffte Wirkung ein. Nie zuvor hatte er solche Mengen Bier in sich hineingeschüttet. Der Alkohol, das gleichmäßige Rauschen des Regens, das gedämpfte, bedrohliche Donnergrollen, all das schien ihn in eine andere Welt hineinzuziehen. Er hielt die Augen geschlossen, lauschte den gleichförmigen Geräuschen. Wie automatisch setzte er die Bierflasche an. Er hatte kein Zeitgefühl mehr. Wie spät war es? Zehn Uhr? Elf? Nach Mitternacht? Es spielte keine Rolle. Irgendwann ließ ihn der Alkohol in seinem Sessel in tiefen Schlaf fallen.

Auf einmal schien die Sonne. Es war warm. Er lag mit Gianna an einem wunderschönen Sandstrand, in einer kleinen Bucht. Das musste Südfrankreich sein. Sie lauschten der Brandung, schmeckten das Salz, weil der Wind vom Meer kam. Sie waren allein. Gianna lag in seinen Armen. Er beugte sich über sie, um sie zu küssen, strich sanft ihre langen Haare zurück. Das liebte sie. Seine Lippen berührten gerade ihren Mund, als das Handy in seinem Rucksack klingelte. *Nicht jetzt, bitte nicht jetzt.* Doch das Handy klingelte weiter. Ohne Rücksicht, hartnäckig, erbarmungslos. Er drehte sich um, wollte in den Rucksack greifen, um das verdammte Ding in die Wellen zu werfen. Plötzlich war der Rucksack weg. Ebenso der Strand, das Meer – und Gianna. Dafür saß er in der Dunkelheit, es regnete, ein kalter Windhauch zog über ihn hinweg. Und sein Handy bimmelte ohne Unterlass.

In der Dunkelheit leuchtete etwas auf. Mit einem Satz sprang Vincenzo aus seinem Sessel und rannte zum Wohnzimmertisch. Dabei stieß er die Stehlampe mit dem gläsernen Schirm um, die mit lautem Knall auf den Fliesen zerbarst. Er griff nach dem Handy. »Hallo?«

Aus dem Telefon kam nur ein gleichmäßiges Atmen. Es schien mit dem Rauschen des Regens zu verschmelzen. Vincenzo fühlte das Kribbeln einer Gänsehaut. »Reden Sie!«

Klick – der Anrufer hatte aufgelegt. Konsterniert starrte Vincenzo auf das Handy des *Spielführers*. Minutenlang. Draußen dämmerte allmählich der Morgen herauf. Erstes Vogelgezwitscher trotzte dem stärker werdenden Regen.

Es klingelte erneut. Reflexartig drückte Vincenzo die grüne Taste. »Was wollen Sie?«

Einige Sekunden Pause, dann ertönte eine leise Stimme aus dem Handy. »Das war nicht gut, Vincenzo. Gar nicht gut.«

In Vincenzos Schläfen fing es an zu pochen. Er hatte einen widerlichen Geschmack im Mund. Schlagartig setzten die Folgen seines Alkoholexzesses ein. »Wie meinen Sie das?«

»Vincenzo, bitte, lass uns nicht so anfangen.«

»Was?«

»Bitte erweise mir den nötigen Respekt. Hör auf, mich zu siezen. Wir beide sind aus demselben Holz geschnitzt.«

Stand er wirklich in seiner Wohnung in Sarnthein, war es seine Lampe, die da zerbrochen auf dem Boden lag? Forderte ihn dieser Verbrecher zu Vertraulichkeiten auf? Er versuchte, sich zu konzentrieren. »Ich verstehe. Was wollen Sie … was willst du von mir? Wer bist du?«

»Schon besser, mein teurer Freund. Hast du eine Vorstellung, wie oft es geklingelt hat, bis du abgenommen hast?«

»Geklingelt? Nein …«

»Zwanzig Mal, Vincenzo, zwanzig! Kannst du dir das vorstellen?« Gedämpft war die Stimme, sanft, melodisch, fremd. »Das geht nicht, Vincenzo. Die Spielregeln verlangen, dass du allzeit bereit bist. Betrachte dieses Handy als dein zweites Gehirn – es ist die Sicherheit für deinen Einsatz!«

»Was haben Sie mit Gianna gemacht?«, schrie Vincenzo in das Gerät.

Der Anrufer atmete tief durch. »Bitte«, kam es gedehnt aus dem Handy, aber immer noch leise und ohne jegliche Aggressivität. »Nicht in diesem Tonfall, Vincenzo. Respekt gegenüber dem Spielführer ist der Motor unseres Spiels. Mach das nie wieder. Ich schreibe mir dafür einen Punkt gut. Auf eine Strafe verzichte ich, weil es fair ist, dir eine einzige Entgleisung zu verzeihen. Aber nur die eine! Erzähl, hast du gut geschlafen?«

»Geschlafen? Wie … wie meinen Sie … meinst du das?«

»Für unser Spiel solltest du ausgeruht sein. Ich möchte nicht, dass es vorzeitig endet, weil du zu geschwächt bist, deine Aufgaben zu schaffen. Hör zu, was ich dir jetzt auftrage. Du wirst exakt um zehn Uhr an deinen Briefkasten gehen. Vorher wirst du das Haus nicht verlassen. Du findest dort den nächsten Umschlag. Er enthält deine erste Aufgabe. Sie ist harmlos. Damit solltest du nach Punkten ausgleichen können. Und um es unmissverständlich auszudrücken: Unterlasst jeglichen Versuch, den Briefkasten zu beobachten, Kameras, Webcams und ähnliches Zeugs aus eurem Fundus zu installieren. Selbstverständlich merke ich das. Du kannst dir selbst ausmalen, was das für deinen Einsatz bedeuten würde.« Der *Spielführer* legte auf.

Vincenzo stand wie angewurzelt vor seinem Wohnzimmertisch. Das fahle Licht der Morgendämmerung tauchte den Raum in ein diffuses Licht. Während der Regen mit bemerkenswerter Beständigkeit rauschte, nahm das Vogelgezwitscher zu. Im Raum selbst war es totenstill. Vincenzo kam es vor, als würde er vollständig von dieser Stimmung aufgesogen. Außerdem saß in seinem Kopf jemand mit einem Hammer und schlug mit brachialer Gewalt gegen seine Schädeldecke. Er war zu keinem klaren Gedanken fähig. Alles wurde überlagert von einem befremdlichen, surrealen Gefühl.

Mit roboterhaften Bewegungen schluckte er zwei Aspirin, ging ins Schlafzimmer und legte sich ins Bett. Er fiel in einen unruhigen, leichten Schlaf, der von Vogelgezwitscher, Regenrauschen und Alpträumen durchsetzt war.

11

Im Gletscher, Samstag, 9. Oktober

Der Gletscher war steil und von tiefen, heimtückischen Spalten durchzogen. Nach dem letzten Aufbäumen des Sommers war fast der ganze Neuschnee abgeschmolzen, aber nun schneite es seit letzter Nacht ununterbrochen. Ein markantes Frontgewitter hatte einen Sturm aus Nordwest mitgebracht, der den Schnee, den er vom Eispanzer wegwehte, an der Nordflanke des Gipfels meterhoch auftürmte. Als der Sturm vorüber war, wurde es fast windstill. Wie ein dichter Vorhang hingen die dunklen Wolken auf dem Gletscher in dreitausend Metern Höhe und wogten schwer über das Eis gegen die Felswände. Im Schneetreiben betrug die Sichtweite kaum mehr als fünfzig Meter, es war nicht zu erkennen, dass längst heller Tag war. Ein weißes Inferno in einer einsamen Bergwelt aus Stein und Eis.

Die Schneefallgrenze war auf tausendsiebenhundert Meter gefallen. Bis zum Abend sollte es in den höher gelegenen Tälern schneien. Wenn der Wetterbericht recht behielt, stand eine eisige Woche mit viel Neuschnee bevor. Deshalb hatten viele Hütten, die normalerweise bis weit in den Spätherbst hinein Bergsteiger aufnahmen, ihre Pforten vor dem Wochenende geschlossen. Damit begann eine Zeit der vollkommenen Stille, bis die ersten Skitourengeher kamen. Niemand verirrte sich mehr in diese kalte, wilde Einsamkeit.

Niemand? In der Morgendämmerung quälte sich ein kleiner Jeep durch den dichten Regen ein Tal hinauf. Obwohl die Scheibenwischer auf höchster Stufe liefen, bedeckte ein durchgängiger Wasserschleier die Windschutzscheibe. Der Geländewagen fuhr weit in das Tal hinein nach oben, bog hinter einer Hütte ab und nahm schließlich den steilen Anstieg in den Bergwald hinein, viel weiter, als es erlaubt war. Er passierte die Schneefallgrenze und hielt an der letzten Stelle an, die mit einem Geländewagen noch erreichbar war. Um ihn herum lag schwerer, nasser Schnee, der nur liegen blieb, weil es so heftig schneite.

Ein einsamer Bergsteiger stieg aus dem Jeep, begab sich zur Heckklappe und förderte einen großen Rucksack und Skier zutage. Nachdem er die Skier samt Stöcken am Rucksack fixiert hatte, ging er in südöstlicher Richtung auf dem zunächst nur wenig ansteigenden schmalen Pfad zielstrebig auf den Gletscher zu. Gleich zu Beginn kam er durch einen nachtdunklen Tunnel, in dem er seine Stirnlampe einschalten musste. Danach ging er trotz des immer tiefer werdenden Schnees und des mitunter ausgesetzten Pfades zügig und gleichmäßig weiter.

Als er nach kurzer Zeit an einen kleinen See kam, blieb er stehen, um in seine Skier zu steigen. Hier, auf über zweitausenddreihundert Metern Höhe, lagen bereits dreißig Zentimeter Neuschnee, und es hörte nicht auf zu schneien. Angesichts der eingeschränkten Sichtweite war es höchst gefährlich weiterzugehen, denn der Wanderweg würde bald enden, und es folgte steiles, wegloses Gelände. Dem Bergsteiger war es egal. Er setzte den Rucksack auf und stieg auf den Skiern schnell weiter bergan. Den Gletscher erreichte er nach einer halben Stunde. Ohne sich um die zahlreichen Spalten zu kümmern, die der Neuschnee heimtückisch verdeckte, überquerte er den Gletscher fast bis zum höchsten Punkt. Die Eisdecke hatte eine Neigung von fast fünfzig Grad, nur erfahrene Skitourengeher konnten sich in derart schwierigem Gelände sicher bewegen.

Der Bergsteiger schnallte die Skier ab, steckte sie in den weichen Schnee, blickte sich um. Die Landschaft wurde beherrscht von den Farben Weiß und Grau, die tiefhängenden Wolken verströmten einen gasigen Geruch. Der Mann war das einzige Lebewesen weit und breit in dieser kalten Einöde.

Plötzlich, von einer Sekunde auf die andere, war er verschwunden, abgetaucht in Schnee und Eis. Allein seine Skier verrieten noch, dass hier jemand gewesen war. Die Spuren im Schnee waren innerhalb weniger Minuten zugeweht.

Fast eine Stunde verging. Dann stand der Bergsteiger ebenso unvermittelt wieder neben seinen Skiern. Sein zuvor prall gefüllter Rucksack hing ihm jetzt schlaff am Rücken. Er schnallte die Skier an und raste in einem enormen Tempo über den Gletscher hinab. Inzwischen lag auch weiter unten so viel Schnee, dass er bis zum Einstiegstunnel durchfahren konnte. Rasch verstaute er Rucksack und Skier, schob mit einem Besen den Schnee vom Jeep und fuhr davon. Über etliche Steilkurven erreichte er das menschenleere Tal, das inzwischen ebenfalls weiß überzuckert war.

***

Sarnthein

Es war das Telefon, das ihn schließlich weckte. Sein Blick fiel auf den Wecker: zehn Uhr fünfzehn. Er hatte gerade nach dem Gerät gegriffen und im Display die Nummer seiner Eltern erkannt, als ihm das unheimliche nächtliche Telefonat wieder einfiel. *Exakt um zehn Uhr.*

Er ließ das Telefon fallen, sprang aus dem Bett und rannte zum Briefkasten. Auf dem Weg zurück in die Wohnung holte er den Brief aus dem unbeschrifteten Umschlag. Erneut eine handgeschriebene Nachricht an ihn. Der *Spielführer* hatte sie vermutlich persönlich bei ihm eingeworfen, während er selbst, nur wenige Meter entfernt und durch eine Tür getrennt, in seinem Bett lag. Was für ein beklemmendes Gefühl.

Einen wunderschönen guten Morgen, mein lieber Vincenzo,
ich hoffe, du hast genauso gut geschlafen wie ich. Mir geht es prächtig. Das ist ein Sauwetter, was? Da jagt man nicht mal einen Hund vor die Tür. Ist es nicht wunderbar, dass wir unser Spiel haben, das uns in dieser Herbsttristesse die Langeweile vertreibt? Ich bin ein bisschen aufgeregt, frage mich, ob du deine Aufgabe lösen und erste Punkte sammeln kannst. Das würde mich für dich freuen. Andererseits muss ich zugeben, dass ich ein klitzekleines bisschen sadistisch bin. Es würde mir durchaus Spaß machen, dich mit einer Strafe zu belegen, es ist für mich einer der Reize des Spiels. Aber ich denke, an dieser banalen Kleinigkeit wirst du nicht scheitern.
Der Job des Spielführers bedeutet nicht nur eine große Verantwortung, er ist auch recht kostspielig. Anfangs habe ich meine gesamten Ersparnisse eingebracht, doch allmählich neigen sich meine Reserven dem Ende zu. Leider gehört so etwas Profanes wie Geld zu unserem Spiel. Es wird bei diesem einen Mal bleiben. Ich habe so kalkuliert, dass ich bis zum Ende damit auskomme.

Bitte besorge 50.000 Euro in bar. Morgen hinterlegst du das Geld in einem unauffälligen Umschlag an einem Ort, den ich dir telefonisch durchgeben werde. Ich kann dir leider nicht genau sagen, wann das sein wird. Weißt du, ich habe im Moment viel um die Ohren. Halte dich einfach bereit. Es stört mich übrigens gar nicht, wenn du jemanden mitbringst, einen deiner Spielsteine oder einen anderen Kollegen. Ich finde, ein so außergewöhnliches Spiel hat Zuschauer verdient. Du solltest ihnen allerdings raten, sich aus unserem Spiel herauszuhalten. Das gilt selbstverständlich auch für die Zukunft. Ich sage es nochmals in aller Deutlichkeit: Jeglicher Versuch, mich zu observieren, mir zu folgen, mich zu überwachen, führt entsprechend der Spielregeln dazu, dass dein Einsatz verloren geht. Das wäre schade, zumal er doch originell und einzigartig ist. Bitte beleidige mich nicht, Vincenzo, indem du mich und meine Beobachtungsgabe unterschätzt. Geh davon aus, dass ich jeglichen Versuch einer Überwachung sofort mitbekomme. Diese Mindestfähigkeit ist für den Beruf des Spielführers eine unabdingbare Voraussetzung.
Leider muss ich Schluss machen, ich habe heute noch einiges zu erledigen. Für unser Spiel natürlich, mein geschätztes Vorbild.
Viel Glück!
Dein Freund und Spielpartner

Ein Alptraum. Düster, erbarmungslos, unwirklich. So etwas geschah im Film, aber doch nicht in der Realität! Dieser *Spielführer* hatte Gianna in seiner Gewalt und erpresste ihn damit. Keineswegs aus profanen, nachvollziehbaren Gründen wie Geldgier, sondern um … warum eigentlich? Was sollte das Ganze?

In seiner kurzen Laufbahn als Commissario in Bozen hatte er sich nur einen wirklichen Feind geschaffen, genau einen. Einen Mann, bei dem man sich solch einen psychopathischen Wahnsinn vorstellen konnte. Vincenzo erinnerte sich mit einem Gruseln an die letzten Worte des Täters, als er damals das Verhör beendete: *»Wissen Sie was? Ich werde wiederkommen. Wir beide sind noch nicht fertig.«*

Aber dieser irre Serienmörder saß in einer hermetisch abgeriegelten Zelle, Vincenzo hatte sich selbst davon überzeugt. Wäre er auch diesmal der Täter, dann wüsste Vincenzo zumindest, womit er es zu tun hatte. Er würde Gianna nichts antun, er bräuchte sie als *Dame* in seinem makabren Spiel. Sie selbst wäre ihm gleichgültig, tatsächlich nur ein anonymer, unbedeutender Einsatz in seiner grandiosen Inszenierung. Er, Vincenzo, wäre das Ziel, der gegnerische König.

Das würde bedeuten, er hätte eine kleine Chance, Gianna zu finden, denn inzwischen konnte er sich halbwegs in die kranken Gedanken des Mannes hineinversetzen. Lange genug hatte er ihn gejagt. Angst haben musste er nur vor dem *Spiel*, in das der selbst ernannte *Spielführer* ihn hineinzog. Mit welchen Forderungen hatte er noch zu rechnen? Fünfzigtausend Euro waren kein Pappenstiel, wenngleich lächerlich als Lösegeld für die Tochter eines renommierten Anwalts. Was kam danach?

Steckte Michael Oberrautner dahinter, der einschlägig bekannte Kriminelle, oder hatte Vincenzo es mit einem anderen außer Kontrolle geratenen Irren zu tun, der sich an der Polizei oder der Justiz als Institution rächen wollte? Dann schwebte Gianna in höchster Gefahr. Sie wäre genau wie ihr *schöner Kommissar*, wie sie ihn oft liebevoll nannte, ein Zufallsopfer.

Nicht zum ersten Mal schoss ihm der Gedanke durch den Kopf, dass Gianna schon längst tot sein konnte. Tot. Unweigerlich sah er die grausam entstellte Talferleiche vor sich. Er versuchte mit aller Macht, diese vernichtenden Gedanken aus seinem Hirn zu verbannen – vergeblich. Während er auf das Papier in seiner Hand starrte, fühlte er erneut lähmende Ohnmacht in sich aufsteigen, eine bedrohliche, vollständige Gedankenleere.

Er zwang sich unter größter Anstrengung, ins Bad zu gehen, zwei weitere Aspirin zu schlucken und Kaffee aufzusetzen. Mit einer ganzen Kanne in Ristrettostärke und einer Tafel Schokolade setzte er sich an den Esstisch. Er musste wach werden, frei im Kopf. Es gab viel zu tun. Aber was? Womit sollte er beginnen?

Er leerte die halbe Kanne und lauschte dabei dem Rauschen des Regens. Allmählich spürte er, wie sein Kopf klarer wurde, die Gedanken zu fließen begannen. Er nahm sich ein Blatt Papier und einen Stift. Jetzt waren seine kriminalistischen Fähigkeiten gefragt, wie bei jedem anderen Fall auch.

Er machte drei Spalten. Links: *Was ist zu tun?* In der Mitte: *Dringlichkeit*, rechts: *Reihenfolge*. Nach einer halben Stunde hatte er etliche Schritte notiert, an oberster Stelle eine Mahnung an sich selbst: *Keine alkoholische Betäubung, tägliche Sporteinheiten!* Dringlichkeit: *hoch*.

Er wusste nicht, wo Gianna war, wie es ihr ging. Aber ihr Schicksal lag nicht allein in den Händen ihres Entführers, sondern genauso in seinen. Er musste das widerliche Spiel mitspielen und dabei gleichzeitig alle Hebel in Bewegung setzen, um Gianna zu finden. Solange das Spiel nicht zu Ende war, wie auch immer dieses Ende aussehen mochte, war es noch nicht verloren. Er war in zwei Rollen gefragt, als Polizist und als Giannas Freund.

Noch einmal las er seine Notizen durch: *Dal Monte anrufen, in alles einweihen, um das Geld bitten; Baroncini und Marzoli anrufen, privat, am Wochenende; zu Zabatino fahren; wer ist die Talferleiche (Paci anrufen!)? Zusammenhang? Mit Elisabeth Oberrautner sprechen, Eltern anrufen; Hans anrufen, bitten, mir bis Sonntag Gesellschaft zu leisten.*

Das Wissen, dass es konkrete Dinge gab, die er tun konnte, hob allmählich seine Stimmung. Nicht mehr untätig herumsitzen, der Willkür eines Psychopathen ausgeliefert, sondern agieren. Angriff statt Hilflosigkeit und Lethargie.

Er zog seine Sportsachen an, steckte das Handy ein, rannte los. Raus aus dem Haus, das erste steile Wiesenstück hinauf, oben ein paar Liegestütze, hinuntertraben, wieder hinaufsprinten, Liegestütze. Zwanzig Minuten, aber sie reichten, um Vitalität und Entschlusskraft in ihm erwachen zu lassen.

Durchnässt von Regen und Schweiß kam er zurück. Er griff sofort zum Hörer. Das Duschen musste warten.

***

St. Pankraz

Er blickte voller Verdruss aus dem Fenster. An dreihundert Tagen im Jahr schien in Südtirol die Sonne. Das behaupteten zumindest die einschlägigen Reiseführer. Entweder sie logen, oder er hatte die übrigen fünfundsechzig Tage erwischt. Das ganze Ultental war in Wolken gehüllt, pappiger Schnee rieselte unaufhörlich in den Hof. Man konnte sich nicht vorstellen, dass es jemals wieder aufhören würde. Das war schlecht für seine Pläne, sehr schlecht. Er hatte nicht genügend Zeit, stand unter Druck, musste zusehen, dass er vorankam. Je länger es schneite, desto schwieriger wurde es für ihn, in die

Berge zu kommen. Darauf war er aber angewiesen. Er hatte alles von langer Hand vorbereitet, nichts dem Zufall überlassen. Er hatte auch einkalkuliert, dass es ein paar schlechte Tage geben könnte, mit Schnee in den Bergen. Aber mit dieser Kältewelle war nicht zu rechnen gewesen, nicht Anfang Oktober. Das Ärgerliche war, dass er einen exakten Zeitplan einhalten musste, den er nicht beschleunigen konnte. Immerhin sah dieser Plan für morgen einen Tag im Tal vor. Da spielte der Schneefall keine Rolle.

Aus dem Einheitsgrau tauchte eine Gestalt auf, die sich seinem Ferienhaus näherte. Frau Hofer, bewaffnet mit Regenschirm und einer Kuchenplatte. Er lächelte in sich hinein. Ihm war zwar bewusst, dass Frauen auf ihn und seinen Charme flogen, aber das interessierte ihn nur, wenn sie jünger waren. Er hoffte, dass sie es bei einem gelegentlichen Kaffeeklatsch beließ, sonst würde er ihr bedauerlicherweise einen Korb geben müssen.

Es klopfte. Sie hatte nicht bemerkt, dass er hinter dem Fenster stand. Er öffnete mit einem breiten Grinsen: »Frau Hofer! Welch erfreulicher Anblick! Und was haben Sie da mitgebracht?« Er klatschte in die Hände. »Kuchen! Bestimmt alles selbst gemacht, habe ich recht? Kommen Sie rein. Ich setzte gleich einen Kaffee auf.«

Verlegen zu Boden blickend folgte sie ihm in die große Wohnküche, die ihr ganzer Stolz war. Als sie den Stall zu einem Ferienhaus umbauen ließ, hatte sie sich nach reiflicher Überlegung gegen ein separates Wohnzimmer entschieden. Stattdessen gab es die riesige Küche, mehr als fünfzig Quadratmeter. Das war besser für Familien mit Kindern, so hatten sie ihren Nachwuchs immer gut im Blick. Eingerichtet war sie mit modernen Küchengeräten, einer semiprofessionellen Kaffeemaschine, einem großen LCD-Fernseher und einem wunderschönen Specksteinofen. Der war ökologisch sinnvoll und verbreitete eine gleichmäßige, heimelige Wärme in der Stube. An Tagen wie diesen, wenn es draußen eisig kalt war, konnte man es sich auf der halbrunden Sitzbank vor dem Ofen gemütlich machen.

Sie sah Alois Stadler zu, wie er die Kaffeemaschine anstellte, zielstrebig Geschirr aus den Schränken holte und auf den Tisch stellte, eine Kerze anzündete. So, als wohnte er hier schon seit Ewigkeiten. Er strotzte vor Selbstvertrauen. Was für eine charismatische Erscheinung! Stilvoll gekleidet, dezent, aber garantiert teuer. Das erkannte sogar sie. Seine geschmeidigen Bewegungen, seine tiefe Stimme, seine sanften Augen. Auch wenn sein Blick etwas Lauerndes hatte, aber das verlieh ihm eine geheimnisvolle Aura. Ach, wäre sie doch zwanzig Jahre jünger! Oder wenigstens zehn. Sie ging zum Esstisch, begann, das Geschirr zu verteilen.

»Frau Hofer, ich muss doch sehr bitten! Sie sind mein Gast. Schlimm genug, dass Sie im Gegensatz zu mir an Kuchen gedacht haben. Machen Sie es sich gemütlich, um den Rest kümmere ich mich.« Ein paar geübte Handgriffe, schon saßen sie sich mit ihren dampfenden Tassen gegenüber.

»Sie haben leider Pech mit dem Wetter, Herr Stadler. Kommen Sie überhaupt zum Fotografieren?«

Er umfasste die Tasse mit beiden Händen. »Kaum, leider. Das hatte ich mir schon anders vorgestellt.«

Maria Hofer brannte seit Stunden eine Frage auf der Zunge. »Wo waren Sie eigentlich heute Vormittag, Herr Stadler, oder ist die Frage zu indiskret?«

»Keineswegs, Frau Hofer. Nur kurz im Ort, ein paar Besorgungen machen. Freiwillig laufe ich keine Minute länger als unbedingt nötig durch diese klamme Kälte.«

Sie runzelte die Stirn. »Komisch. Ich hatte den Eindruck, als wären Sie den ganzen Vormittag unterwegs gewesen. Ich habe Ihren Wagen auch gar nicht im Hof gesehen. Nicht, dass Sie denken, ich würde Sie beobachten! Ich dachte nur …«

Er sah ihr einen Augenblick nachdenklich in die Augen. »Sie müssen sich irren, Frau Hofer. Ich war nicht einmal eine Stunde unterwegs. Den Wagen habe ich gestern Abend im Schutz der Scheune abgestellt, weil der Hof zugeweht war. Wissen Sie was? Jetzt trinken wir zwei Hübschen einen schönen Obstler zusammen. Den habe ich nämlich heute auch besorgt.«

Ehe Maria Hofer, die Alkohol prinzipiell mied, protestieren konnte, war er mit der Flasche und zwei Gläsern zurück. Er schenkte großzügig ein.

Zwei Stunden später torkelte sie über den Hof zu ihrem Haus zurück. Die Flasche war leer, sie voll. Dabei hatte sie nicht den Eindruck, dass er ihr weniger eingeschenkt hatte als sich selbst. Sonst schafften es nicht einmal ihre Freundinnen, sie zu einem Glas Sekt oder einem Grappa zu überreden. Dieser Fremde aber verführte sie mit einer Selbstverständlichkeit zum Trinken, dass sie sich nicht widersetzen konnte. *Der Mann ist gefährlich, ganz bestimmt*, kicherte sie in sich hinein.

***

A22, Verona Richtung Bozen

Sein einziges Kind in den Händen eines Kidnappers. Ihm entrissen, von einem Moment auf den anderen.

Als Anwalt kannte er die Welt des Verbrechens, ständig hatte er mit Straftaten und den Schicksalen der Opfer zu tun. Trotzdem hätte sich Alfredo dal Monte niemals vorstellen können, dass es seine eigene Familie treffen könnte. Seine Gianna, das arme Kind, sie war selbstbewusst, doch zugleich etwas unbedarft. Mit welcher Vehemenz sie sich für ihre Klienten einsetzen konnte, wenn sie von ihrer Unschuld überzeugt war! Sie glaubte noch immer an das Gute im Menschen.

Nadia und er waren so unendlich glücklich gewesen, als ihnen das Schicksal Gianna schenkte. Sie hatten dafür gesorgt, dass sie wohlbehütet aufwuchs, sie aber gelehrt, sich zu behaupten. Ob ihr das jetzt in dieser gefährlichen Situation half? Wo konnte sie sein? Ging es ihr halbwegs gut, bekam sie genug zu essen, war sie unverletzt? Würde er sie jemals wieder in den Arm nehmen können?

Alfredo, der erfolgreiche Anwalt auf der Sonnenseite des Lebens, war verzweifelt.

Als Vincenzo angerufen und aus diesen Briefen vorgelesen hatte, waren sie fassungslos gewesen. Was für ein menschenverachtender Zynismus! An wen war seine Tochter, sein Ein und Alles, geraten? Und worauf sollte das hinauslaufen? Nadia und er waren genauso ratlos wie Vincenzo und dessen Kollegen. Dieser Wahnsinnige, der damals Vincenzo verfolgt und bedroht hatte, konnte nicht dahinterstecken. Der hätte Rache als Motiv. Und um Geld schien es auch nicht zu gehen. Der Mann forderte fünfzigtausend Euro, lächerlich für ein Lösegeld. Allein in Alfredos Bankschließfach lagen zweihundertfünfzigtausend Euro Bargeld. Aber worum ging es dann?

Sie hatten beschlossen, dass er mit dem Geld nach Bozen fahren sollte, während Nadia zu Hause blieb, falls sich jemand bei ihnen meldete – oder Gianna zurückkam. Alfredo hatte ein Hotelzimmer gebucht und wollte mindestens bis Mitte der kommenden Woche in Bozen bleiben. Er musste in der Nähe sein, jederzeit verfügbar, falls er irgendwie helfen konnte. Ganz egal, wie wichtig seine beruflichen Termine auch sein mochten. Er hatte genügend fähige Mitarbeiter, auf die er sich verlassen konnte.

Soeben war er an Trento vorbeigekommen. Noch eine halbe Stunde bis Bozen. Sie hatten sich in der Questura verabredet, wo Vincenzo wahrscheinlich seit Stunden mit seinem Kollegen und seinem Vorgesetzten zusammensaß. Beide hatten sich sofort bereit erklärt, ihr Wochenende zu unterbrechen, um einen Krisenstab einzurichten. Außerdem hatte Vincenzo noch von einer jungen, sehr begabten Kollegin berichtet, die erst seit Kurzem in der Questura arbeitete.

Es war ein beruhigendes Gefühl zu wissen, dass sich solche fähigen und engagierten Leute um Giannas Fall kümmerten. Menschen, denen es um mehr ging als nur ihren Job. Wenn einer von ihnen Opfer eines Verbrechens wurde, waren alle Dienstpläne vergessen. Gut, das zu wissen. Ein kleiner Trost.

Bald kam er in ein menschenleeres Bozen. Bei diesem Wetter bummelte niemand durch die romantischen Gassen der Altstadt. Er fand problemlos einen Parkplatz. Über die Via Marconi, in der knöchelhoch das Regenwasser stand, sodass sie eher einem Fluss als einer Straße glich, sprintete er zur Questura. Weil er nicht an einen Schirm gedacht hatte, zog er sich sein Jackett über den Kopf. Zielstrebig steuerte er das Büro des Vice-Questore an.

»*Buongiorno*, Signor dal Monte, bitte nehmen Sie Platz. Kann ich Ihnen einen Kaffee anbieten? Was für ein unerfreulicher Anlass für ein persönliches Kennenlernen!«

Baroncini entsprach Vincenzos Beschreibung: kultiviert, freundlich, selbstbewusst. Selbst bei diesem informellen Treffen am Wochenende trug er einen dunkelblauen Einreiher. Ganz Alfredos Kragenweite, dieser Mann. Er mochte ihn auf Anhieb.

»*Mille grazie*, im Moment steht mir nicht der Sinn nach Kaffee. Das ist die schwärzeste Stunde meines Lebens. Haben Sie Neuigkeiten?«

Das war nicht der Fall. Vincenzo hatte den ganzen Vormittag telefoniert und alle Personen auf seiner Liste erreicht bis auf Zabatino. Keines der Gespräche hatte sie weitergebracht.

Der Tote in der Talfer war tatsächlich an einem Genickbruch gestorben und nicht ertrunken, es fand sich kein Wasser in der Lunge. Da aufgrund des häufigen Regens starke Strömung geherrscht hatte, war nicht festzustellen, wo ihn sein Mörder in den Fluss geworfen hatte, es hätte jeder Ort oberhalb der Fundstelle sein können. Außer der Kette gab es keine weiteren Spuren. Die Rekonstruktion des Gesichtes war noch nicht abgeschlossen. Sie wussten zwar, dass es zwischen Mord und Entführung einen Zusammenhang gab, mehr aber nicht.

»Was mich zutiefst beunruhigt«, sagte Baroncini in die Runde, »ist die Frage, was der Täter alles von Commissario Bellini verlangen wird. Wie sollen wir uns verhalten, falls er illegale Forderungen stellt?«

Alfredo dal Monte kannte die einschlägigen Gesetze ebenso gut wie der Vice-Questore, aber in diesem Moment waren sie ihm gleichgültig. »Es geht um das Leben meiner Tochter. Wenn Sie die Briefe gelesen haben, Dottore, wissen Sie, dass diesem *Spielführer* ein Menschenleben nichts bedeutet. Diese Vorstellung macht mich verrückt. Sie müssen alles tun, was er verlangt! Und parallel dazu müssen Sie versuchen, mein Kind zu finden!«

»Ich werde selbstverständlich am Montag als Erstes mit dem Capo della Polizia sprechen. Aber Sie wissen selbst am besten, Dottore dal Monte, dass wir als Behörde die Gesetze einhalten müssen. Das ist eine fatale Situation.«

Eine Stunde lang saßen sie zusammen und debattierten, und mit jeder Minute wurde ihnen die Ausweglosigkeit ihrer Situation deutlicher bewusst. Genau darauf hatte es Giannas Entführer angelegt, das hatten sie inzwischen alle begriffen.

Resigniert verabschiedete sich schließlich Vincenzo von Alfredo, der ihm das Geld in einem neutralen Umschlag überreichte. »Nimm, Vincenzo. Das Geld ist mir egal. Wichtig ist nur, dass du alle Hebel in Bewegung setzt, um Gianna zu finden. Sie braucht dich jetzt! Egal, was das Schwein von dir verlangt: Tu es! Wenn du Hilfe brauchst: Du weißt, wo du mich findest.«

Während Alfredo mit hängenden Schultern zu seinem Wagen schlich, ohne sich um den immer noch strömenden Regen zu kümmern, machte sich Vincenzo an den letzten Punkt seiner Liste: Eusebio Zabatino, der in der Via Resia wohnte. Egal, wie krank er war, Vincenzo würde ihn aus dem Bett klingeln oder notfalls die Tür eintreten. Er brauchte die Bestätigung des grippekranken Psychiaters, um *das Monster* als Verdächtigen auszuschließen.

Zabatino wohnte in einem schäbigen Mehrfamilienhaus. Nachdem der Türöffner auch nach dem fünften Klingeln stumm blieb, versuchte es Vincenzo bei den Nachbarn.

Eine knochige Dame um die siebzig öffnete. Sie hieß Anneliese Kössler, lebte offenbar allein und wirkte verhärmt und einsam. Ihr schäbiger Rock hatte ein Karomuster, das vor langer Zeit modern gewesen sein mochte. Dazu trug sie eine hochgeschlossene und ebenso altmodische Bluse.

»Wer sind Sie? Zu wem wollen Sie?«, fragte sie in brüskem Tonfall. Doch als Vincenzo ihr seine Dienstmarke zeigte und sie nach Zabatino fragte, wurde sie freundlicher. »Oh, Polizei! Das wundert mich nicht. Dieser Zabatino ist ein komischer Kauz, unfreundlich, grüßt nicht im Treppenhaus. Ich habe mir immer gedacht, dass mit dem was nicht stimmt.« Sie näherte ihren Mund Vincenzos Gesicht, nickte wissend und flüsterte: »Aber Sie werden ihn nicht antreffen.«

Vincenzo kannte solche Menschen wie Frau Kössler. Sie warteten tagein, tagaus auf eine Möglichkeit, sich mitzuteilen. Und eine Respektsperson wie ein Commissario war eines ihrer liebsten Opfer. »Wie kommen Sie darauf?«

Die Nachbarin legte Pathos in ihre Stimme: »Eines Morgens hat er das Haus verlassen und seitdem ist er nicht mehr zurückgekommen. Was hat er denn angestellt? Hat er eine Bank überfallen oder gar jemanden umgebracht?« Sie sah ihn neugierig und voller Sensationslust an.

Obwohl der Blick der alten Dame ihn förmlich durchbohrte, ging Vincenzo nicht auf ihre Fragen ein. »Woher wollen Sie das wissen? Hier wohnen eine Menge Leute. Sie werden kaum mitkriegen, wer alles kommt und geht.«

Sie hob einen Zeigfinger. »Sagen Sie das nicht. Ich kriege alles mit! Außerdem …« Sie machte eine bedeutungsvolle Sprechpause, damit er Gelegenheit hatte, interessiert nachzufragen.

Vincenzo tat ihr den Gefallen. »Außerdem was, Signora?«

Sie atmete tief ein. »Außerdem kenne ich Edoardo gut.«

Vincenzo versuchte, sich nicht anmerken zu lassen, wie genervt er inzwischen war. »Aha. Und wer ist dieser Edoardo?«

»Der Hausmeister!« Anneliese Kössler lächelte triumphierend.

Vincenzo wartete darauf, dass sie weitersprach, doch wiederum ließ sie sich bitten. »Höchst interessant, Signora Kössler, aber was hat das mit Herrn Zabatino zu tun?«

»Na ja, ich dachte halt … Ich meine, es hätte schließlich weiß Gott was passiert sein können, stimmt's? Nicht, dass Sie mir jetzt was anhängen!«, sagte sie mit erneut erhobenem Zeigefinger.

Vincenzo sah auf seine Uhr. In zwei Stunden kam Hans zu ihm. Bis dahin wollte er alles, was sie an Fakten zusammengetragen hatten, noch zu Papier bringen, egal, wie unwichtig es auf den ersten Blick erscheinen mochte. »Signora, entschuldigen Sie meine Ungeduld, ich habe nicht ewig Zeit. Was wollen Sie mir sagen?«

»Na ja, als der Zabatino tagelang nicht nach Hause kam, dachte ich halt, dem ist was passiert. Hätte ja sein können, dass ich doch nicht mitgekriegt habe, dass er wieder da ist. Der hätte doch tot in seiner Wohnung liegen können! Verstehen Sie, was ich meine? Tja, dann sind wir halt rein.«

»Sie sind was?«

»Na, der Edoardo und ich. Sind in seine Wohnung. Der hat doch die Schlüssel von allen. Erst vorgestern. Aber Zabatino war nicht da. Bett ordentlich gemacht, nix in der Spülmaschine, die Wohnung eiskalt. Verstehen Sie?«

Vincenzo verstand. Und es beunruhigte ihn. Was lief hier ab? »Signora, eines vorweg: Es ist mir egal, ob Sie widerrechtlich in Herrn Zabatinos Wohnung eingedrungen sind oder nicht. Aber beantworten Sie mir zwei Fragen. Erstens: Haben Sie den Schlüssel noch? Dann geben Sie ihn mir bitte. Zweitens: Können Sie sich erinnern, wann Sie Herrn Zabatino zum letzten Mal gesehen haben?«

»Ja!«

»Was ja?«

»Beides. Ich habe den Schlüssel.« Sie fummelte hektisch in der Tasche ihres fleckigen Rockes herum und förderte einen Wohnungsschlüssel zutage, den sie Vincenzo gab. »Ich hab ihn am 27. September noch gesehen. Das war ein Montag. Da hat er wie jeden

Morgen das Haus um halb acht verlassen. Ich habe zufällig durchs Fenster auf die Straße geschaut.«

»Warum können Sie sich so gut daran erinnern?«

»Woran?«

»Signora! Das Datum! Warum können Sie sich so gut daran erinnern?«

»Sagen Sie das doch gleich! Der hatte Putzdienst! Wissen Sie was? Nix hat der gemacht, der faule Hund. Da dachte ich mir, wenn der zurückkommt, werd ich ihm was erzählen. So geht das nicht. Wo kämen wir denn da hin, wenn hier jeder macht, was er will. Oder?« Vincenzo konnte sich gut vorstellen, welches Donnerwetter den bedauernswerten Psychiater erwartet hätte, wäre er der Vertrauten des Hausmeisters im Flur begegnet.

Die Gedanken kreisten in seinem Kopf. 27. September … »Signora, ich gehe jetzt in Herrn Zabatinos Wohnung. Inzwischen verlassen Sie das Haus bitte nicht, falls ich nachher noch Fragen habe.«

»Soll ich nicht lieber mitkommen? Ich mein, Sie kennen sich da ja nicht aus.«

»Nein!«

»Schon gut, regen Sie sich nicht gleich so auf! War nur gut gemeint.« Beleidigt schloss sie die Tür hinter sich. Endlich. Was für ein grauenvolles Weib.

Zabatinos Wohnung sah aus, wie seine Nachbarin es beschrieben hatte. Allzu viel konnte Vincenzo nicht ausrichten, das war am Montag Sache der Spurensicherung. Ein Detail interessierte ihn aber schon jetzt. Mit einem Taschentuch hob er vorsichtig das Telefon aus der Ladestation, um sich die Liste der gewählten Rufnummern anzusehen. Er wählte die letzte Nummer. Ein Anrufbeantworter sprang an.

Mit dieser Ansage hatte er gerechnet. Er wusste noch nicht genau, was das bedeutete, aber eines war klar: Die Geschichte nahm Konturen an. Endlich gab es Hinweise.

Er ging ins Bad, sah sich um, nahm eine Haarbürste von der Spiegelablage und steckte sie in eine Beweismitteltüte. Dann verließ er Zabatinos Wohnung und klingelte noch einmal bei der Nachbarin.

»Was gibt's noch?«, fragte sie mit finsterem Blick. Sie hatte dem Commissario nicht verziehen, dass er sie trotz ihres Spezialwissens und ihres verschwörerischen Kontaktes zu Edoardo, dem Hausmeister, nicht an seinen Ermittlungen beteiligte.

»Signora, denken Sie bitte nach. Sind Sie sich absolut sicher, dass Zabatino nach dem 27. September nicht mehr nach Hause gekommen ist?«

»Hören Sie, Herr Kommissar, ich mag vielleicht nicht mehr die Jüngste sein, aber ich weiß, wovon ich rede. Jeden verdammten Tag habe ich auf ihn gewartet, um ihm meine Meinung zu sagen.«

Das glaubte Vincenzo sofort. »Ich werde den Schlüssel behalten. Am Montag kommen meine Kollegen von der Spurensicherung. Merken Sie sich: Sie haben in Zabatinos Wohnung nichts verloren. Nicht einmal seine Wohnungstür dürfen Sie anfassen. Außerdem kann es ein, dass Sie Ihre Aussage in der Questura wiederholen müssen. *ArrivederLa.*«

Genervt stieg Vincenzo in seinen Alfa und fuhr nach Sarnthein. Bald hatte er den ersten Tunnel erreicht, und kurz nach dem letzten öffnete sich vor ihm das Sarntal. In Bozen hatte der Regen bereits nachgelassen, jetzt hörte er ganz auf. Allerdings war es eisig. Das Thermometer der Multifunktionsanzeige am Armaturenbrett zeigte zwei Grad Außentemperatur. Gleichzeitig zeigte die Wolkendecke immer größere Lücken. Die tief stehende Abendsonne brach durch und tauchte die gesamte Landschaft und den Himmel in ein intensives, geheimnisvolles Licht. Sollte es weiter aufklaren, stand der erste Nachtfrost bevor.

12

Sarnthein, Sonntag, 10. Oktober

»Kann ich die Briefe noch mal sehen, Vincenzo? Irgendwas hat mich stutzig gemacht.«

Hans Valentin saß mit Vincenzo seit sieben Uhr am Frühstückstisch. Sie hatten am Vorabend lediglich Wasser getrunken, ein Novum in ihrer langjährigen Freundschaft. Vincenzo hatte erzählt, Valentin mit sorgenvoller Miene zugehört. Der Extrembergsteiger war ein einfühlsamer Zuhörer. Genau der Freund, den Vincenzo in dieser Krise brauchte.

Auch Valentin konnte sich keinen Reim auf die seltsamen Ereignisse machen, nichts passte zusammen. Zabatino war verschwunden – hieß das, dass er der Tote war, den sie in der Talfer gefunden hatten? Wenn ja, warum war er ermordet worden? Warum hatte der Täter mit brachialer Gewalt verhindert, dass man ihn schnell identifizieren konnte? Wäre Zabatinos Patient aus der Psychiatrie entkommen, dann könnte er der Mörder sein, aber *das Monster* saß sicher hinter Schloss und Riegel.

Vincenzo gab Valentin noch einmal die Briefe, der sie der Reihe nach überflog. »Wusst ich's doch! Ich habe nicht phantasiert. Zwei Dinge sind mir aufgefallen, Vincenzo. Zum einen weiß er sehr viel über dich. Das bedeutet, dass er dich kennt oder lange Zeit beobachtet hat. Zum anderen diese Formulierungen: *eisige Zeiten, Eiszeit.* Hast du dir darüber mal Gedanken gemacht?«

Vincenzo kam nicht mehr dazu, zu antworten. Vor ihm auf dem Tisch klingelte das Handy. Mit zitternder Hand drückte er die grüne Taste. »Ja?«

»Guten Morgen, Vincenzo, mein Freund. Hast du nach unserem anregenden Gespräch auch so gut geschlafen? Hör mir bitte aufmerksam zu, jetzt wird es spannend: In der Via della Torre steht ein schwarzer BMW Kombi, neueres Modell. Um halb elf legst du bitte den Umschlag mit meinem bescheidenen Salär hinter das rechte Vorderrad. Vor dem linken Hinterrad liegt ein neuer Umschlag für dich bereit. Er enthält deinen nächsten Spielzug. Du nimmst ihn bitte mit, fährst zurück und öffnest ihn sofort, wenn du in deiner warmen Stube sitzt. Hast du alles verstanden?«

Entgeistert blickte Vincenzo auf die Wanduhr. »Das ist in einer halben Stunde!«

»Vincenzo, ich bitte dich! Du enttäuschst mich. Heute ist Sonntag, keine Lkw, da ist eine halbe Stunde bis Bozen ein komfortables Zeitpolster. Bedenke, dass sich mit jeder Minute, die du zu spät kommst, das Strafmaß erhöht.« Klick, das Gespräch war beendet. Wie von der Tarantel gestochen sprang Vincenzo auf und stieß dabei seine volle Tasse um. Der Kaffee ergoss sich mit solchem Schwung über die glatte Fläche des Esstisches, dass er es bis auf Valentins Jeans schaffte. »Sorry, Hans, das war er. Ich … ich muss los.«

Valentin rief hinter ihm her: »Fahr trotzdem vorsichtig. Ich warte auf dich, egal, wie lange es dauert.«

Sekunden später bretterte Vincenzo mit seinem leistungsstarken Alfa durch den ruhigen Ort. Auf der Hauptstraße fuhr er teilweise hundertsechzig, gottlob war es trocken. Diese miese Ratte wollte ihn quälen, das machte ihm offensichtlich Spaß. Vincenzo hatte Angst um Gianna, aber er empfand auch einen ungeheuren Hass auf den Mann, der sie in seiner Gewalt hatte. Nach wenigen Minuten hatte er den ersten Tunnel erreicht. Ein Blick auf die Uhr: gut in der Zeit. Er raste durch die Kurven, durch den dritten Tunnel, durch den vierten …

Im achten Tunnel war es schließlich so weit. Ein großer Lkw, der im Schneckentempo vor ihm herkroch. An einem Sonntag. Keine Chance zu überholen.

Das war's. Er hupte, blendete auf, deutete auf seine Armbanduhr, hoffte, dass der Fahrer vor ihm erkannte, dass der Drängler ihn nicht ärgern wollte, sondern unter Zeitdruck stand. Aber der Mann verstand nicht oder wollte nicht verstehen. Das Fenster auf der Fahrerseite wurde heruntergekurbelt, eine Hand mit durchgestrecktem Mittelfinger herausgestreckt. Der Lkw-Fahrer nahm den Fuß vom Gas, verlangsamte bis auf Tempo zwanzig. Vincenzo begann zu schwitzen, seine Aufregung wuchs mit jeder Sekunde, die verstrich. Weil er einen stumpfsinnigen Schwachkopf vor sich hatte, würde er zu spät kommen. Darauf hoffte der *Spielführer*. Um ihn,

Vincenzo, zu bestrafen. Er wollte gar nicht wissen, wie diese Strafe aussehen würde. Das konnte er nicht zulassen!

Mitten in einem der nächsten Tunnel scherte Vincenzo aus und gab Vollgas. Wäre ihm jemand entgegengekommen, hätte es gekracht. Auf Höhe der Mittelachse war nur noch wenige Zentimeter Platz auf beiden Seiten. Der Mann im Führerhaus war viel zu überrascht, um zu reagieren. Gerade, als Vincenzo rechts einscheren wollte, gab es auf der linken Seite einen lauten Knall. Erschrocken sah er aus dem Fenster. Er hatte die Tunnelwand touchiert und seinen ganzen Außenspiegel abgerissen. Das spielte keine Rolle. Es stand bei Weitem mehr auf dem Spiel als ein Außenspiegel. Er raste talwärts. Im Rückspiegel sah er die Lichthupe und wütende Gesten des Lkw-Fahrers.

Nassgeschwitzt erreichte er die Via della Torre, fuhr sie im Schritttempo entlang. Nervös spähte er auf die beiden Parkreihen. Endlich, auf der rechten Seite, der BMW. Er steuerte darauf zu, wollte schon anhalten, da bemerkte er, dass es ein Modell mit Fließheck war. Langsam fuhr er weiter, schaute auf die Uhr in seinem Wagen. Zehn Uhr zweiunddreißig, zu spät. Wegen eines bornierten Lkw-Fahrers. Was hatte sich der *Spielführer* wohl für eine teuflische Strafe ausgedacht?

Am Ende der Straße, einer Sackgasse, stand der Kombi. Er sprang aus dem Wagen, hinterlegte den einen Umschlag, nahm sich den anderen. Er war gerade im Begriff, wieder einzusteigen, als das Handy klingelte. »Ich bin gerast wie ein Verrückter, schneller ging es nicht!«

»Bleib locker, Vincenzo, mein Freund. Zwei Minuten. Klar, das reicht für eine Strafe. Aber ich sehe selbst, was mit deinem Außenspiegel passiert ist. Ich will deinen guten Willen belohnen, dir einen Punkt gutschreiben und auf eine Strafe verzichten …«

Vincenzo sah sich nach allen Seiten um. Er wurde überwacht.

»… gib dir keine Mühe. Du kannst mich nicht sehen. Es läuft nur andersrum. Sonst wäre ich ein schlechter Spielführer. Steig brav in deinen schicken Alfa, fahr nach Hause, entspann dich. Deine nächste Aufgabe wird dir mehr abverlangen.«

Es war still in der Leitung. Das war unheimlich. Vincenzo fühlte sich ausgeliefert und auf eine erniedrigende Weise entblößt. In was für eine skurrile Situation er geraten war! Da fuhr er an einem

Sonntagvormittag in ein Wohngebiet und machte sich an einem Auto zu schaffen. Wenn das jemand beobachtet hatte? Wenn jemand gesehen hatte, dass ein Fremder etwas hinter seinem Auto oder dem eines Nachbarn deponiert hatte? Total verrückt. Offenbar war es Teil des Spiels, ihn, den Commissario, in möglichst peinliche, unangenehme Situationen zu bringen. Mit Gianna als Pfand und Druckmittel. Und das war erst der Anfang. Vincenzo warf den Umschlag auf den Beifahrersitz und fuhr los.

Zu Hause angekommen, fand er Valentin in diverse Wanderkarten vertieft, obenauf lag eine Tourenkarte des Ortlermassivs. »Erzähl, Vincenzo, wie ist es gelaufen?«

»Später, Hans, ich muss erst diesen Brief öffnen. Ich habe das Gefühl, dass ich permanent beobachtet werde wie von einem unsichtbaren Auge. Das ist beängstigend.«

Vincenzo riss den Umschlag auf. Ein handgeschriebener Brief, genau wie die vorigen. »Ich lese dir das vor, Hans. Hör zu:

Mein lieber Vincenzo,
leider kann ich nicht auf unseren ersten Spielzug eingehen, denn diesen Brief habe ich logischerweise vorher verfasst. So schnell bin selbst ich nicht. Bestimmt war es knapp, habe ich recht? Du bist gefahren wie ein Berserker, um pünktlich zu sein. So war das auch gedacht, Vincenzo, mein Held. Es geht keineswegs darum, dich zu ärgern. Im Gegenteil! Ich möchte verhindern, dass du dich unterfordert fühlst. Du sollst all deine Talente unter Beweis stellen dürfen, das ist Sinn und Zweck des Spiels. Du stehst im Mittelpunkt, nicht ich. Ich bin bloß ein Werkzeug, wenngleich ein nicht ganz unbedeutendes. So wird es auch in Zukunft bleiben. Es ist ein tolles Gefühl, wenn man es trotzdem geschafft hat, oder? Bei allem, was ich dir in meiner Funktion als Spielführer auftrage, werde ich deine Limits berücksichtigen – wie ich meine, sie einschätzen zu können. Ich bin wirklich gespannt, ob du auf eine unüberwindbare Hürde stoßen wirst oder ob du auch die letzte Aufgabe ähnlich locker erfüllst wie die erste.
Kommen wir zu deiner zweiten, anspruchsvolleren Aufgabe. Ich möchte zu gerne wissen, wie geschickt du bist im Umgang mit Spielsteinen, die ein Eigenleben besitzen, die lebendig und im Unterschied zu Schachfiguren zu unvorhersehbaren Spielzügen fähig sind. Das ist ein faszinierender Unterschied unseres Spiels gegenüber trivialen Alltagsspielen. Keineswegs würden wir uns mit derlei Banalitäten abgeben, nicht wahr, mein Freund?

Deshalb kannst du den folgenden Spielzug nur mit Hilfe deiner Spielsteine schaffen. Ich sagte bereits zu Anfang, dass ich nicht mit ansehen kann, wie unterfordert du stets warst. Zuletzt noch dieser Feuerteufel, ein kleiner, dummer Junge, der niemandem schaden wollte. Haben wir als Kinder nicht alle gerne mit dem Feuer gespielt? Meine Güte, wie lange ist das her! Bei deiner untrüglichen Intuition ahnst du sicherlich bereits, was dir das Spiel für deinen nächsten Zug abverlangt: Morgen wirst du dafür sorgen, dass der arme Teufel (bitte verzeih dieses banale Wortspiel, es war einfach naheliegend, und ich bin heute in einer schrecklich albernen Stimmung) freigelassen wird. Ihr könnt ihm wegen ein paar Streichen doch nicht die Zukunft verderben. Am Dienstag werde ich mir eine Zeitung kaufen, die »Dolomiten«. Ich würde mich riesig freuen, wenn ich einen entsprechenden Bericht finden würde. Gebt ruhig zu, dass euch ein paar Fehler unterlaufen sind – mit »euch« meine ich deine Questura. Besonders schön fände ich ein Foto von eurem Meisterzündler. Es erhöht den Reiz, wenn er frei ist, ihn aber jeder Südtiroler auf der Straße identifizieren kann. Finde ich den Artikel, bekommst du Punkte, und zwar je weiter vorne im Blatt er steht, desto mehr. Finde ich ihn nicht, bekomme ich fünf Punkte, du eine Strafe. Die müsste bedauerlicherweise recht hart ausfallen, denn dieser Spielzug stellt hohe Ansprüche an deine Fähigkeiten. Wer weiß, vielleicht würde sogar dein Einsatz auf Eis gelegt? Wie gesagt, ich bin heute albern. Dieses wunderbare Spiel beflügelt mich, ich könnte immerzu lachen. Doch lass dich davon nicht beirren.
Bis Dienstag, mein Freund, ich werde dich anrufen, so oder so.
Dein Freund und Bewunderer
P.S.: Vergiss nicht, was ich dir zum Thema Verstärkung gesagt habe. Sobald ich merke – und glaube mir, das werde ich –, dass ihr zusätzliche Kräfte einsetzt, ist das Spiel beendet. Und damit wäre bedauerlicherweise auch dein Einsatz verloren.«

Valentin schüttelte den Kopf. »Mein Gott, an wen bist du nur geraten? Das ist absolut krankhaft. Wie stellt der sich das denn vor, einen Straftäter einfach laufen zu lassen?«

Vincenzo ließ den Brief fallen. »Keine Ahnung. Ich weiß nur, wenn wir ihn nicht laufen lassen, passiert ein Unglück. Du hättest sein Opfer aus der Talfer sehen müssen, wie das zugerichtet war. Der ist zu allem fähig. Er wartet darauf, dass ich versage, damit er …«

Vincenzo vergrub das Gesicht in den Händen, ein leises Schluchzen war zu hören. Er wusste, wie das Spiel enden konnte, schon längst.

Valentin legte den Arm um die Schultern seines Freundes. »Ihr kriegt das hin. Beschattet den Brandstifter. Der will keinem was tun, der will bloß Feuer sehen. Den erwischt ihr bald wieder. Aber wir müssen versuchen herauszufinden, wo dieser Irre Gianna versteckt hält. Jede Sekunde zählt.«

Vincenzo wischte sich mit dem Handrücken über die Augen. »Das stimmt. Aber er gibt uns doch bewusst ständig Hinweise. Er muss sich seiner Sache absolut sicher sein. Wenn es nicht unmöglich wäre … aber er kann es nicht sein.«

»Das Monster von Bozen?«

Vincenzo nickte.

»Wer weiß? Während du das Geld übergeben hast, habe ich mir deine Wanderkarten geholt. Er hat dir in diesem Brief schon den zweiten Hinweis auf *Eis* geliefert. Was glaubst du, was dir das sagen soll?«

»Du meinst, er hält sie in den Bergen gefangen? Wo denn? Das ist doch die berühmte Stecknadel! Und wie sollte Gianna das tagelang überleben? Bei dem Wetter?«

»Das habe ich mich auch gefragt. Auf Anhieb fallen mir zwei Möglichkeiten ein: in einer Berghütte oder in einer Biwakschachtel in großer Höhe, vermutlich gibt es einen Gletscher in der Nähe. Deshalb der wiederholte Hinweis auf das Eis. Wenn man bedenkt, dass er relativ schnell dorthin kommen muss, kann es nur in der Nähe von Bozen sein. Vielleicht in der Marmolata. Oder am Ortler, am Adamello oder der Presanella. Die Marmolata ist zwar am weitesten entfernt, hat aber einen großen, nicht allzu steilen, gut erreichbaren Gletscher und die meisten Hütten. Ich bin mir fast sicher, dass der Entführer Gianna in die Marmolata verschleppt hat!«

Vincenzo stieß ein resigniertes Lachen aus. »Phantastisch. Soll ich jetzt sämtliche Hütten und Biwakschachteln abklappern, um Gianna zu finden? Abgesehen davon, dass ich bescheuerte Aufgaben erledigen muss und er mich beobachtet? Berghütten? Ich weiß nicht. Es gibt immer ein paar Uneinsichtige, die auch bei unsicherem Wetter unterwegs sind. Die Gefahr wäre groß, dass jemand Gianna findet.«

»Also eine Biwakschachtel?«

»Schon eher.«

Hans Valentin dachte einen Moment nach, dann fasste er einen Entschluss. »Vincenzo, ich breche sofort auf. Ich werde sämtliche Biwakschachteln abklappern, die Hütten sicherheitshalber auch. Jeden verdammten Tag werde ich am Berg sein, bis ich sie finde. Vorher komme ich gar nicht mehr runter. Sollte ich ihm begegnen, kann nichts passieren, denn mich kennt er nicht, höchstens von meinen Vorträgen oder Büchern. Was hältst du davon?«

»Hans, das wäre weit mehr als ein Freundschaftsdienst. Das wäre Wahnsinn. Du hast selbst gesagt: Er weiß viel über mich. Warum sollte er nicht auch wissen, dass wir befreundet sind? Ich darf dich nicht mit reinziehen. Fahr nach Hause.«

Valentin stand auf und zog sich seine Jacke über. »Keiner kann mir verbieten, in die Berge zu gehen. Wenn einer sich in Südtirol auskennt, dann ich.«

»Was ist mit deiner Expedition?«, rief Vincenzo ihm nach.

Valentin steckte den Kopf durch die Tür. »Glaubst du, in dieser Krise lasse ich dich allein? Ich starte halt ein bisschen später. Auf die paar Tage kommt es nicht an. Wie du weißt, plane ich bei meinen Expeditionen immer reichlich Puffer ein. Sieh zu, dass du dein Handy stets bei dir hast, damit ich dich erreichen kann. Ciao.«

Vincenzo wusste, dass er Hans aufhalten musste. Die Gefahr war zu groß, das durfte er als Polizist und Freund nicht zulassen. Wenn Hans mit seiner Vermutung richtig lag, war das Risiko groß, dass er Giannas Peiniger begegnete. Andererseits war Vincenzo unendlich dankbar für eine solche Unterstützung.

Sein Freund hatte recht. Außer Reinhold Messner kannte sich in Südtirol niemand so gut aus wie er. Er hatte jeden Gipfel bestiegen, sämtliche Gletscher zigfach überquert. Er hatte im Karakorum am Broad Peak auf sechstausendzweihundert Metern biwakiert, war als erster Mensch überhaupt auf Skiern vom über achttausend Meter hohen Gipfel des Nanga Parbat abgefahren. Die Durchquerung der Marmolata war für ihn kaum mehr als ein Sonntagsspaziergang. Außerdem, selbst wenn Hans dem Entführer begegnen würde, was sollte schon großartig passieren? Hans war ein über die Grenzen Südtirols hinaus bekannter Alpinist. Ihm selbst bei widrigsten Bedingungen im Hochgebirge zu begegnen, war wahrlich keine große Überraschung. Vincenzo redete sich ein, dass er keine andere Wahl hatte, als diese Hilfe anzunehmen.

***

Questura

Nach Hans Valentins Aufbruch hatte Vincenzo beim Vice-Questore und bei Marzoli privat angerufen, um ihnen von den neuen Forderungen des *Spielführers* zu berichten. Auch Sabine Mauracher informierte er und lud sie zu dem informellen Treffen in der Questura ein, das Baroncini für den frühen Sonntagnachmittag angesetzt hatte. Vincenzo war beeindruckt von der Selbstsicherheit des jungen Mädchens, das zugleich so auffallend natürlich wirkte. Vielleicht war es gerade ihre unbekümmerte Art, ihr Denken, das noch frei von Schubladen war, das sie in diesem verzwickten Fall brauchen konnten.

Da Vincenzo wusste, dass Baroncini einen Straftäter nicht eigenmächtig auf freien Fuß setzen konnte, drängte die Zeit. Mit ratlosen Gesichtern saßen sie sich am Designertisch des Vice-Questore gegenüber. Alessandro Baroncini war anzumerken, wie sehr dieser Fall ihn belastete. Er wirkte nicht so souverän wie sonst, schien genau wie Vincenzo wenig geschlafen zu haben. »Der Mann hat unzählige Brände gelegt, die finanziellen Schäden gehen in die Tausende. Außerdem könnte bei einem weiteren Anschlag ein Mensch zu Schaden kommen. Wie soll ich es rechtfertigen, eine solche Gefahr für die Öffentlichkeit frei herumlaufen zu lassen? Damit, dass wir uns dem kranken Willen eines Erpressers beugen? Ist Ihnen klar, wie der Capo darauf reagieren wird? Stellen Sie sich schon mal auf einen neuen Vice-Questore ein.«

Vincenzo hielt das Schreiben in die Höhe. »Ich verstehe Sie, Dottore, aber Sie haben es selbst gelesen. Wenn wir seinen Forderungen nicht nachkommen, wird vermutlich Schlimmeres passieren als ein brennender Holzstapel.«

Baroncini nahm seine Brille ab und rieb sich die Augen. Normalerweise saß er stets kerzengerade auf seinem Stuhl, heute versank er förmlich darin. »Man muss sich das mal vorstellen. Ein Wahnsinniger entführt die Lebensgefährtin eines Polizisten, versteckt sie an einem Ort, den wir unmöglich finden können, und erpresst damit nicht nur Sie, Commissario Bellini, sondern den gesamten Polizeiapparat. Ich wüsste nicht, dass es jemals etwas Vergleichbares in Italien gegeben hätte. Ich bin ratlos. Sie haben natürlich recht: Lassen wir Filippo Garoffolo nicht laufen, passiert ein viel größeres Unglück. Ich mag gar nicht an den Talfertoten denken! Andererseits kann ich eine solche Entscheidung nicht eigenmächtig treffen, sonst bin ich meinen Job los. Mit anderen Worten: eine ausweglose Situation.«

Sabine Mauracher hatte die Diskussion ihrer Kollegen die ganze Zeit über aufmerksam verfolgt. Gelegentlich hatte sie, flankiert von Marzolis entsetzten Blicken, nach einem Cantuccino gegriffen. Bei Baroncinis Ausführungen hatte sie den Keks in ihrer Hand gedankenversunken betrachtet, jetzt legte sie ihn auf dem Teller, der vor ihr stand, ab und ergriff mit einer angesichts ihrer schmalen Statur erstaunlich kräftigen Stimme das Wort: »Nicht unbedingt. Vielleicht gibt es eine Lösung.«

Die Männer sahen sie fragend an.

»Was fordert er?«, fuhr Mauracher fort. »Wir sollen Garoffolo freilassen und der ›Dolomiten‹ gegenüber zugeben, dass uns Fehler unterlaufen sind. Ich kann mir auch nicht vorstellen, dass der Capo della Polizia seine Einwilligung dafür geben wird. Aber was wäre, wenn wir Garoffolo die Flucht ermöglichen?«

Für einen Moment war es still. Drei nachdenklich blickende Augenpaare waren auf die angehende Polizistin gerichtet. Schließlich beugte sich der Vice-Questore, dem anzumerken war, dass er mit Maurachers forscher Art schlechter zurechtkam als Vincenzo, über den Tisch und fragte leise:

»Wie stellen Sie sich das vor, Mädchen? Meinen Sie nicht, dass Sie sich mit solchen Vorschlägen noch ein bisschen zurückhalten sollten?«

Mauracher ließ sich selbst durch den ranghohen Vorgesetzten nicht beirren. »Wir könnten so tun, als wollten wir ihn in ein anderes Gefängnis bringen. Wir setzen ihn in einen Wagen, fahren ein Stück aus Bozen hinaus und steuern unter einem Vorwand einen kleinen Parkplatz an. Der Fahrer verlässt den Wagen, weil er dringend austreten muss, geht ein Stück in den Wald und vergisst abzuschließen. Diese unverhoffte Gelegenheit muss unser Mann nutzen. Wenn nicht, sagt der Fahrer zu ihm ›Hau ab‹. Natürlich müsste jemand bereitstehen, um ihn von Anfang an zu beschatten. Wir behalten das vorläufig für uns. Es wäre nicht Ihre Schuld, Dottore, Fehler können jedem passieren. Den Capo della Polizia müssten wir gar nicht informieren. Fasciani ist auf unserer Seite, wir können Einfluss auf die Gestaltung seines Artikels nehmen. Einen Gefangenen entkommen zu lassen, ist genau das Versagen der Polizei, das der Erpresser sehen will. Was halten Sie davon?«

Alessandro Baroncini starrte erst Mauracher an, dann schaute er auf die gegenüberliegende Wand, die von einem Druck von Kandinskys farbgewaltiger »Flood Improvisation« in Originalgröße verziert wurde.

Vincenzo konnte den Blick nicht von Sabine Mauracher abwenden, die sanft in ihrem Freischwinger wippte und den Commissario anlächelte. »Das ist genial!«, war das Einzige, das ihm auf Anhieb zu ihrem Vorschlag einfiel.

Der Vice-Questore stand auf und ging mit hinter dem Rücken verschränkten Armen zu seinem Fenster. Alle schwiegen. Schließlich drehte er sich um. Er hatte eine Entscheidung getroffen.

»Gut, so machen wir es. Auf diese Weise können wir zwei Fliegen mit einer Klappe schlagen: Die irrwitzige Forderung des Erpressers erfüllen und verhindern, dass wir offiziell gegen Gesetze verstoßen. Ich muss zugeben, dass ich beeindruckt bin, Signora. Ispettore Marzoli, Sie übernehmen den Fahrdienst. Signora Mauracher darf dann gleich mit der Observierung des Brandstifters beginnen. Danach übernimmt das die Bereitschaft. Gut, dass momentan ansonsten wenig los ist. Falls er uns entwischt, müssen wir beten, dass nichts Schlimmeres passiert. Sie, Commissario Bellini, halten sich bereit für den Fall, dass der Entführer sich wieder meldet. Sprechen Sie Montagmorgen mit Signora Oberrautner. Haken Sie nach. Sobald Garoffolo auf freiem Fuß ist, informieren Sie diesen Reporter. Ich mag gar nicht daran denken, was der aus dieser Geschichte macht und wie blöd wir dann dastehen. Allein, wir haben keine andere Wahl.«

***

Der Gletscher war tief verschneit. Erst am Vortag hatten die heftigen Schneefälle aufgehört. Jetzt schien die Sonne milchig durch hohe Schleierwolken, die bereits das nächste Tiefdruckgebiet ankündigten. Der Nordwind brachte eisige Luftmassen mit sich. Bis auf fast tausend Meter herab lag Schnee. Gewöhnlich war der Oktober ein guter Monat für Bergtouren, dann strömten zahlreiche Touristen nach Südtirol, um Wanderungen durch die Bergwelt mit dem Törggelen zu verbinden. Das war ein alter Brauch von Bauern und Weinhändlern, bei dem in vielen Ortschaften der Suse – der neue Wein vor der Gärung – zu gerösteten Kastanien, Speck, Kaminwurzen, Knödeln und Schüttelbrot verköstigt wurde. In diesem Jahr jedoch blieben die meisten Gäste aus. Kälte und Regen schreckten sie ab und größere Bergtouren waren so gut wie unmöglich.

Ungeachtet der Unbilden der Natur fuhr der Jeep das inzwischen winterlich verschneite Tal hinauf. Niemand kam ihm entgegen. In den kleinen Ortschaften sah man höchstens ein paar Kinder auf den Straßen, die voller Enthusiasmus Schneemänner bauten oder sich kreischend wilde Schneeballschlachten lieferten. Langsam schraubte sich der Geländewagen durch die zahlreichen Kehren in den steilen Bergwald hinein. Am Ende der kleinen Straße stieg der Bergsteiger aus und ging auf seinen Skiern los. Bald darauf erreichte er den Gletscher.

Die Spalten waren zugeschneit, kein Lichtstrahl schaffte es in die Tiefen des Eises. An dem kleinen See tief im Herzen des Gletschers, neben dem zwei kleine Zelte aufgebaut waren, spielte das keine Rolle. Das einzige natürliche Licht, ein kaltes, schwaches, unheimliches Leuchten, ging ohnehin vom Eis aus. Ein Labyrinth aus natürlichen und offenbar künstlich angelegten Wegen führte zu diesem See, vorbei an bizarren Eisformationen, die sich im steten Wechsel der Jahreszeiten gebildet hatten. Ein Zelt war dunkel, in ihm befanden sich Lebensmittel, Winterkleidung, Fackeln. In dem anderen Zelt brannte Licht. Auf einem Gaskocher stand ein Topf mit Teewasser. Er spendete ein bisschen Wärme. Es war gespenstisch still.

Plötzlich ging der Reißverschluss am Zelteingang auf, und jemand trat ins Freie. Verpackt in dicke Handschuhe und eine Pelzmütze blickte Gianna sich um. Noch das kleinste Geräusch nahm sie wie durch einen Verstärker wahr. Es genügte, wenn ein kleines Stück Eis in den See fiel, und schon wurde sie von Panik erfasst. Ihre Unruhe wurde von Tag zu Tag schlimmer. Aber was bedeutete in dieser Hölle aus Eis schon ein Tag? Sie hatte keine Ahnung, wie lange sie hier schon gefangen oder wie spät es gerade war.

Sie hatte nicht einmal eine genaue Vorstellung davon, was eigentlich geschehen war, ehe sie hier unten erwachte. Sie erinnerte sich noch, wie Vincenzo sie an den Zug nach Mailand gebracht hatte. Bei der Abfahrt hatten sie sich voll Traurigkeit lange zugewinkt, weil ihnen der Abschied nach jedem gemeinsamen Wochenende immer schwerer fiel. Als der Zug den Bahnhof verlassen hatte, war sie in ihr Abteil gegangen. Kurz vor Trento öffnete ein Mann die Abteiltür und fragte, ob noch ein Platz frei sei. Sie war in ihre »Vogue« vertieft, hatte gar nicht aufgeschaut, sondern nur kurz genickt. Das Nächste, woran sie sich erinnerte, war, dass sie in einem Geländewagen saß, irgendwo im Gebirge, wo ihr jemand, der eine Sturmmaske aufhatte, ein Handy entgegenhielt. »Würden Sie mir einen Gefallen tun, verehrte Gianna? Bitte rufen Sie in Ihrer Kanzlei an. Teilen Sie Ihrem Vater mit, dass Sie Magenprobleme haben, dass es Ihnen sehr schlecht geht und Sie ein paar Tage zu Hause bleiben wollen. Ihr Vater soll bitte Ihrem Freund Bescheid sagen. Würden Sie das für mich tun? Bitte versuchen Sie keine Tricks. Das würde das Verhältnis zwischen uns arg belasten.«

Sie verstand überhaupt nichts, war noch betäubt, paralysiert. Wie ferngesteuert rief sie an und sagte, was ihr der Typ, der sich so auffallend höflich benahm, vorgegeben hatte. Danach hatte er ihr ein Tuch ins Gesicht gedrückt, so schnell und zugleich sanft, dass sie es kaum spürte. Irgendwann war sie erneut aufgewacht und hatte sich in diesem Horror wiedergefunden. Sie hatte laut geschrien, war verzweifelt umhergelaufen, auf der Suche nach einem Ausgang.

Einen Ausgang woraus? Sie hatte keine Ahnung, wo sie sich befand. Mit Schnee und Eis war sie gut vertraut, sie fuhr seit ihrer Kindheit Ski, scheute sich auch nicht vor schwarzen Pisten. Etwas Derartiges aber hatte sie nie zuvor gesehen. Überall war Eis, unter ihr, über ihr, auf allen Seiten. Außerdem gab es Reste merkwürdiger Anlagen aus Holz und verrostetem Eisen. Es sah aus, als hätte hier vor langer Zeit jemand gelebt. Aber hier konnte man nicht leben.

Gianna kam sich vor wie in einer bizarren Parallelwelt. Sie schrie in diese Welt hinein, aber ihre Schreie blieben ungehört, schallten unheimlich von den Eiswänden zurück. Jeder Versuch, dem Grauen zu entkommen, schlug fehl. Nach einer Weile war sie weinend auf dem Eis zusammengebrochen.

Dann begann sie die Kälte zu spüren, schnell erfasste sie ihren ganzen Körper. Sie zitterte, ihre Hände und Füße fühlten sich taub an. Gianna war aufgesprungen, hatte an sich hinuntergesehen. Sie trug dasselbe wie am Sonntag, als sie in den Zug gestiegen war. Bloß ein Schal war ihr um den Hals, ein Mantel um die Schulter gelegt. Von neuer Panik ergriffen, war sie in das andere Zelt gestürmt. Dort hatte sie alles gefunden, was man brauchte, um in einer solchen Eishöhle zu überleben. Nachdem sie sich gegen die Kälte geschützt hatte, begriff sie allmählich. Sie war entführt worden, und man hatte sie in oder unter einem Gletscher eingesperrt. Sie konnte nicht entkommen.

Quälend langsam war die Zeit verstrichen, bald hatte sie jegliches Gefühl dafür verloren. Irgendwann übermannte sie eine bleierne Müdigkeit. Sie hatte sich in den warmen Schlafsack im Zelt gelegt und war eingeschlafen.

Es war ein Geräusch, das sie schließlich weckte. Sie hatte nicht tief geschlafen, war instinktiv wachsam, misstrauisch geblieben. Jetzt schreckte sie auf und saß, von eisiger Panik erfasst, senkrecht in ihrem Schlafsack. Ihre Sinne waren in Alarmbereitschaft, sie lauschte mit höchster Konzentration. Der hallende Klang, der sich dem Zelt näherte, entpuppte sich bald als Schritte im Eis. Sie schienen aus einem der Gänge zu kommen.

Instinktiv war sie aufgesprungen, aus dem Schlafzelt gerannt, um sich hinter dem Vorratszelt zu verstecken. Ein nutzloser Versuch. Augenblicke später stand er vor ihr, ein großer Mann mit einer Sturmmaske, derselbe wie in dem Jeep. Gianna starrte ihn an, vergaß für einen Moment ihre Angst. Voll Zorn schrie sie in sein maskiertes Gesicht: »Wo bin ich? Wer sind Sie? Was wollen Sie von mir?«

Er reagierte gelassen, blieb trotz ihres Wutausbruchs beherrscht und freundlich. »All diese Fragen sind für Sie im Moment nicht von

Belang. Für Sie gilt zunächst nur eines: Sie sind jetzt hier und müssen leider so lange bleiben, wie es eben dauert. Es tut mir leid, aber Ihr Schicksal liegt derzeit weder in Ihren noch in meinen Händen. Aber seien Sie beruhigt, Sie haben alles, was Sie brauchen. Damit Ihnen nicht langweilig wird, habe ich Ihnen noch ein paar Bücher mitgebracht. Und eine Flasche Grappa, falls es Ihnen trotz der Ausrüstung kalt wird. Leider kann ich Ihnen nicht den Komfort eines Fünf-Sterne-Hotels bieten, den Sie vermutlich gewohnt sind. Ich empfehle Ihnen übrigens dringend, jeglichen Fluchtversuch zu unterlassen. Sie hätten keine Überlebenschance. Ihre Strategie sollte darin bestehen, mir zu vertrauen. Und nun muss ich Sie bedauerlicherweise wieder verlassen.« Er setzte den Rucksack ab, holte Lebensmittel, Grappa, Bücher heraus und verschwand wortlos in dem Gang, aus dem er gekommen war.

Sie starrte einen Moment in den eisigen Tunnel, dann hatte sie eine Idee. Das musste der Weg in die Freiheit sein, auch wenn er vielleicht nicht direkt nach draußen führte. Sie dachte konzentriert nach. Ihr merkwürdiges Lager hielt einiges bereit, was man in den Bergen brauchte. Viele Ausrüstungsgegenstände kannte sie von Vincenzo.

Vincenzo! Auf einmal sah sie ihn vor sich, ihren schönen Kommissar, und sie sehnte sich mit einer ungeheuren Intensität nach ihm. Sie sah sich mit ihm am Auener Joch, spürte seine Leidenschaft, als wäre es erst ein paar Stunden her. Langsam sank sie zu Boden und begann leise zu wimmern, schlug die Arme um sich. Und dann kamen die Tränen.

Nach einem Tränenausbruch, wie sie ihn nie zuvor erlebt hatte, wurde sie innerlich ganz ruhig. Sie zog sich alles an, was sie an warmer Kleidung hatte, zündete eine Fackel an und ging los.

Der Gang bestand aus reinem Eis. Da war nichts anderes, nicht einmal Felsen. Er war zunächst sehr hoch, bestimmt zehn Meter, und gut fünf Meter breit. Das Licht der Fackel reflektierte in blauen und grünlichen Farbtönen von den Eiswänden, es schillerte, funkelte, blitzte von allen Seiten. Eine gespenstische Atmosphäre. Obwohl Gianna immer noch voller Angst war, ging von diesem bizarren Szenario eine Faszination aus, der sie sich nicht entziehen konnte. Was war in der Lage, eine solche Welt aus Eis zu erschaffen?

Stets vorsichtig um sich blickend, drang sie tiefer in den Gang vor. Er schien einige Hundert Meter lang zu sein. In der Mitte beschrieb er eine scharfe Linkskurve. Immer wieder rutschte sie mit ihren Straßenschuhen auf dem glatten Untergrund aus, zweimal fiel sie auf das Eis und schlug sich ein Knie auf. Sie spürte den Schmerz nicht.

Dann wurde der Gang mit jedem Meter niedriger und enger, bis sie in gebückter Haltung gehen musste. Schon wollte sie den Mut verlieren, da öffnete sich der Weg plötzlich wieder. War es das? War das der Weg nach draußen? Hatte sie es tatsächlich geschafft?

Sie ging ein paar Schritte weiter, hielt die Fackel vor sich, versuchte mit angestrengtem Blick, das Gelände zu erkennen. Als sie sah, wo sie sich befand, ließ sie die Fackel sinken, fiel auf die Knie, begann von Neuem zu weinen. Der Gang hatte sie in eine weitere, kleinere Eishalle geführt, von der wiederum mehrere, teilweise verfallene Stollen abgingen. Jeder einzelne dieser Gänge war eine Chance, aber er konnte auch den Tod bedeuten. Für eine unerfahrene Bergsteigerin wie Gianna, die nicht einmal ausreichendes Schuhwerk hatte, gab es aus diesem eisigen Labyrinth kein Entrinnen.

Der Maskierte hatte nicht gelogen. Er wusste, was er tat.

Von diesem Augenblick an hatte sie sich ihrem Schicksal ergeben.

13

Bozen, Montag, 11. Oktober

Mit der ersten Morgendämmerung war Vincenzo aufgestanden. Er hatte einen Joghurt gegessen, einen Kaffee getrunken und war gemäß seinem Vorsatz, ab sofort Disziplin zu wahren, losgelaufen. Den kurzen Anstieg hinauf, Liegestütze und wieder zurück, zwölf Runden lang.

In der Nacht musste ein kurzer Schauer durchgezogen sein, die Wiese war bedeckt von einem dünnen Gemisch aus Raureif und körnigem Schneegriesel. Über dem Tal lag ein Nebelschleier, der wolkenlose Himmel begann, sich orange zu verfärben. Bei seiner fünften Runde tauchte die flach stehende Morgensonne den sich auflösenden Nebel in ein kitschig anmutendes Rot. Trotz seiner sorgenvollen Anspannung erfüllte der Anblick Vincenzo mit neuer Tatkraft.

Er fuhr gar nicht erst in die Questura, sondern auf direktem Weg zu Frau Oberrautner, die außerhalb von Bozen in einem kleinen Einfamilienhaus wohnte. Sie hatte sich einige Tage freigenommen, um jederzeit verfügbar zu sein, falls es Neuigkeiten von ihrem Mann gab. Auch wenn sie wie bei ihrem ersten Besuch in der Questura gut gekleidet und sorgfältig gestylt war, verrieten tiefe Ringe unter den Augen und ihre trotz Make-up fahle Gesichtsfarbe, dass sie wohl kaum Schlaf fand. Noch immer konnte sie sich überhaupt nicht vorstellen, dass ihr Mann in kriminelle Machenschaften verwickelt sein sollte, geschweige denn in einen Mord. Für sie stand fest, dass Michael, wenn es um ein Verbrechen ging, das Opfer sein musste.

Viel zu aufgelöst, um Vincenzo etwas zu trinken anzubieten, saß sie vornübergebeugt auf einem Sessel, ihre Hände waren ständig in Bewegung. Sie rieb die Finger aneinander, wippte mit dem Oberkörper, offenbar stand sie unter Hochspannung.

»Frau Oberrautner, die Fahndung nach Ihrem Mann verläuft bislang ohne Erfolg, obwohl wir sie inzwischen auf die Nachbarprovinzen ausgedehnt haben. Wäre Ihr Mann Opfer eines Verbrechens geworden, wüssten wir es wohl längst. Was macht Sie so sicher, dass er nicht wieder eine, wie Sie sagten, *verrückte Idee* hatte, mit dem Unterschied, dass sie diesmal tatsächlich verrückt war?«

Sie verdrehte die Augen und schüttelte den Kopf. »Hören Sie auf, so einen Blödsinn zu erzählen! Glauben Sie, Sie kennen Michael besser als ich? Wissen Sie, seit wie vielen Jahren wir schon zusammen sind? Ja, Michael hat Mist gebaut. Es lief überhaupt nicht mit seinen Büchern. Mein Gehalt ist nicht schlecht, reicht jedoch nicht für den Lebensstil, den Michael sich für uns, für mich vorstellt. Deshalb ist er auf die schiefe Bahn geraten. Aber das ist lange her, und das wissen Sie genau. Alles, was er seitdem ausprobiert hat, war zwar erfolglos, aber legal. Ich sage es Ihnen zum wiederholten Mal: Michael würde niemanden entführen, geschweige denn ermorden. Er ist sanft wie ein Lamm. Warum wollen Sie das denn nicht begreifen?«

Vincenzo hatte Verständnis für die arme Frau und fühlte sich durch ihre Aggressivität weder beleidigt noch angegriffen. Dennoch brauchte er Informationen von ihr. »Ich glaube Ihnen, Frau Oberrautner. Aber wir können diese Möglichkeit nicht außen vor lassen. Außerdem ist eine erweiterte Fahndung auch in Ihrem Interesse. Die Wahrscheinlichkeit, dass wir Ihren Mann finden, ist höher. Ich möchte Ihnen aber unabhängig davon ein paar Fragen stellen. Fühlen Sie sich dazu in der Lage?«

Sie atmete einmal tief durch, ehe sie antwortete. »Hören Sie, ich will meinen Mann zurück, folglich beantworte ich alle Ihre Fragen. Was wollen Sie wissen?« Bei ihrem letzten Satz betonte sie jedes Wort einzeln.

»Zwei Dinge interessieren mich. Ihr Mann ist unter anderem wegen diverser Verstöße gegen das Betäubungsmittelgesetz vorbestraft. Er hat früher harte Drogen genommen, war unter anderem deshalb in psychiatrischer Behandlung. Wissen Sie, ob er in letzter Zeit Drogen genommen hat?«

Elisabeth Oberrautners Augen verengten sich zu Schlitzen. »Es ist unglaublich, was mit diesem Land passiert. Ich komme zu Ihnen, um eine Vermisstenanzeige aufzugeben, und was machen Sie? Sie stempeln Michael zu einem Verbrecher und wühlen in seiner Vorgeschichte. Wenn Sie das wenigstens gründlich getan hätten, wüssten Sie, dass Michael seit Jahren nicht mehr auffällig geworden ist. Folglich hat er seitdem keine Drogen mehr genommen. Capito?«

Unbeirrt stellte Vincenzo seine zweite Frage. »Ihr Mann wirkt auf dem Foto, das Sie mir letzte Woche überlassen haben, sehr sportlich. Täuscht dieser Eindruck?«

»Keineswegs, Michael joggt mindestens dreimal pro Woche. Außerdem hat er sich im Keller ein kleines Fitnessstudio eingerichtet. Er trainiert fast täglich. Früher hat er eine Weile Karate gemacht, bis zum braunen Gürtel, wenn ich mich recht erinnere. Oder war es Judo? Keine Ahnung, ich kenne mich damit nicht aus. Er war jedenfalls schon immer ein leidenschaftlicher Sportler. Aber warum stellen Sie mir diese Fragen? Was hat das mit den Verbrechen zu tun?«

Kampfsport, das war ein interessanter Aspekt. »Das darf ich nicht genau sagen, laufende Ermittlungen, Sie verstehen. Wie sieht es mit den Bergen aus? Kann er Ski fahren, geht er bergsteigen, klettern?«

»Ich weiß wirklich nicht, was Sie mit dieser Fragenflut bezwecken, Commissario Bellini. Glauben Sie, er ist in die Berge geflüchtet? Oder wollen Sie ihm schon wieder etwas unterstellen?«

»Nein, Frau Oberrautner. Das ist im Moment reine Routine. Bitte beantworten Sie meine Frage.«

Michael Oberrautner war gebürtiger Südtiroler, fuhr seit frühester Kindheit Ski und war ein geübter Bergsteiger. Ob er über Gletschererfahrung verfügte, konnte Frau Oberrautner nicht sagen, weil sie sich nie für die Berge hatte erwärmen können. Immerhin passte ihr Mann in das Profil des Entführers.

Es war verrückt. Das alles kam Vincenzo auf beunruhigende Weise bekannt vor.

Auf dem Weg in die Questura rief er Hans Valentin an, um ihm eine Personenbeschreibung von Michael Oberrautner durchzugeben. Für den unwahrscheinlichen Fall, dass er ihm auf einem abgelegenen Gletscher begegnete.

***

Um zehn Uhr saß Vincenzo im Büro des Vice-Questore. Zuerst sprachen sie über die Ergebnisse der Spurensicherung in Zabatinos

Wohnung. Das Resultat war überraschend. In der gesamten Wohnung fanden sich lediglich drei verschiedene Fingerabdrücke. Zwei stammten von Anneliese Kössler und Edoardo, dem Hausmeister. Der dritte musste folgerichtig zu Zabatino gehören. Das bedeutete, dass dieser Mensch ohne jeglichen Kontakt zur Außenwelt in seiner Wohnung gehaust haben musste, was bemitleidenswerte Rückschlüsse auf den Seelenzustand des Psychiaters zuließ. Für die Ermittlungen war dieser Befund aber nutzlos.

Die Nerven zum Zerreißen angespannt, starrten beide dann schweigend auf das Telefon. Marzoli hatte Filippo Garoffolo morgens aus seiner Zelle geholt und ihm mitgeteilt, er werde aus Platzgründen nach Brixen verlegt. Sie hatten vereinbart, dass Marzoli die Staatsstraße 12 nehmen sollte, die an der Grenze zu Österreich in die alte Brennerstraße überging. Hier gab es mehr abgelegene Parkmöglichkeiten. Sabine Mauracher stand bereit, um augenblicklich mit der Observierung zu beginnen. Sie konnten nur hoffen, dass ihnen Garoffolo keinen Strich durch die Rechnung machte, indem er auf die exzellente Fluchtmöglichkeit verzichtete.

Nach zwanzig Minuten klingelte der Apparat endlich. Baroncini blickte zu Vincenzo hinüber, dann nahm er ab.

Maurachers Plan war aufgegangen. Wie von Baroncini angeordnet, meldete sie sich umgehend, um mitzuteilen, dass Garoffolo geflohen sei und erwartungsgemäß Richtung Bozen laufe. Auf der Höhe von Kardaun hatte Marzoli behauptet, dringend austreten zu müssen, war rechts rangefahren und aus dem Wagen gehechtet. Er ließ sich gut zwei Minuten Zeit. Als er wiederkam, war Garoffolo verschwunden.

Für Vincenzo folgte nun der unangenehmste Teil dieser Aktion im Grenzbereich der Legalität. Er musste Fernando Fasciani, den Reporter der »Dolomiten«, informieren und sich dabei einer Notlüge bedienen, eine Verhaltensweise, die ihm zutiefst zuwider war. Er zog sich in sein Büro zurück und griff zum Telefon. »*Buongiorno*, Signor Fasciani.« Dann unterrichtete Vincenzo Fasciani über die Flucht von Garoffolo, bat darum, ein Bild von ihm zu veröffentlichen, um die Suche nach ihm zu unterstützen, und gestand kleinlaut die Pannen seitens der Polizia di Stato ein.

»Mir stellt sich die Frage, Commissario Bellini, warum Sie Garoffolo nicht persönlich nach Brixen gebracht haben. Immerhin hat er in Bozen ziemliches Unheil angerichtet. Warum haben Sie damit einen einfachen Ispettore beauftragt?«

Am liebsten hätte Vincenzo, der seinen Kollegen Giuseppe Marzoli menschlich wie beruflich über alle Maßen schätzte, in den Hörer gebrüllt: »Weil er ein toller Polizist und Kollege ist. Da staunen Sie, was?« Aber er wusste, was der Entführer morgen in der Zeitung lesen wollte, und schwieg.

Sie unterhielten sich noch eine Weile, und dabei kam Vincenzo ein befremdlicher Verdacht. »Signor Fasciani, wollen Sie mir eigentlich zwischen den Zeilen irgendetwas sagen? Wissen Sie mehr, als Sie zugeben?«

»Commissario, woher sollte ich Informationen haben, wenn nicht von Ihnen? Ihr Gefühl trügt Sie.«

Vincenzo legte auf. Sie hatten die Forderungen des Entführers erfüllt. Eine nicht machbare, eigentlich illegale Aktion, sie hatten sie durchgezogen. Was kam als Nächstes? Das ganze widerwärtige *Spiel* zielte darauf ab, dass Vincenzo samt seiner *Spielsteine* einen *Spielzug* nicht schaffte. Es ging darum, ihn und die Bozener Polizei zu demütigen.

Der Rest des Tages verlief unspektakulär. Der Entführer meldete sich nicht, von Hans gab es nichts Neues, die Fahndung nach Michael Oberrautner blieb erfolglos. Heute konnte Vincenzo nichts mehr ausrichten. Da sich das Wetter hielt, fuhr er früh nach Hause, um den Tag mit einem längeren Lauf ausklingen zu lassen. Er blieb in der Nähe von Sarnthein und lief mit dem Handy des *Spielführers* in der Hand.

14

Bozen, Dienstag, 12. Oktober

Normalerweise ließ sich Vincenzo von Paolo Verdi jeden Tag die aktuelle Ausgabe der »Dolomiten« geben, sobald dieser sie ausgelesen hatte. Heute dauerte es ihm zu lang. Er hatte sich eine eigene Zeitung gekauft und verschwand samt einer Kanne Kaffee damit in seinem Büro. Auf seinem Schreibtisch fand er eine Nachricht von Verdi: *Du sollst UMGEHEND zu Baroncini kommen!*

Vincenzo wusste, dass man Anordnungen des Vice-Questore im eigenen Interesse sofort befolgen sollte, aber seine Neugier obsiegte. Mit der linken Hand schlug er die Zeitung auf, mit der rechten nahm er einen Schluck Kaffee, den er prustend wieder ausspuckte. Grund dafür war nicht die Qualität des Kaffees, auch nicht die Schlagzeile, die er durchaus so erwartet hatte. Geschmückt von der Titelzeile *»Spektakuläre Flucht nach peinlicher Panne in der Questura«* stand gleich auf der ersten Seite ein längerer Bericht über Garoffolos Flucht. In dem Bericht stand das, was Vincenzo dem Reporter erzählt hatte, wenngleich in etwas übertriebener Form.

Was Vincenzo schockiert hatte, war das Foto über dem Bericht. Zu sehen war keineswegs ein älteres Foto von Garoffolo, sondern der Polizeiwagen, den Marzoli gerade fluchtartig verließ. Garoffolo saß im Fond des Wagens. Obwohl die Qualität des Fotos amateurhaft war, konnte man erkennen, dass Garoffolo in keiner Weise gesichert war und die Tür des Wagens offen stand.

Entsetzt starrte Vincenzo auf das Bild. Erneut das Gefühl eines Déjà-vu.

Vincenzo rief Fasciani an. Vor lauter Aufregung vergaß er, seinen Namen zu nennen. Stattdessen blaffte er den Reporter an: »Woher haben Sie das Foto, Fasciani? Was soll das? Haben Sie unseren Deal vergessen?«

»Commissario, warum regen Sie sich auf? Sie wissen selbst am besten, dass Ihr Kollege versagt hat. Erwarten Sie allen Ernstes, dass wir das der Öffentlichkeit gegenüber verschweigen?«

Vincenzo schüttelte den Kopf. Die zwei Gesichter des Fernando

Fasciani. Einerseits kooperativ, bereit, sich an Absprachen zu halten, andererseits der klassische Sensationsreporter.

»Signor Fasciani, darüber, dass Sie meinen Kollegen des Versagens bezichtigen, will ich gar nicht erst mit Ihnen streiten. Was ich von solchen Formulierungen halte, wissen Sie. Mir geht es um das Foto. Wäre es zu viel verlangt, mir im Vertrauen zu sagen, woher Sie das haben?«

»Nein, Commissario, das ist kein Geheimnis. Das Foto war reiner Zufall. Ein Pärchen aus Deutschland, das gerade Urlaub im Vinschgau macht, hatte den Polizeiwagen vor sich, als er plötzlich rechts anhielt. Sie wurden neugierig und blieben ein paar Meter dahinter stehen. Als sie gesehen haben, dass Ihr Kollege wie von der Tarantel gestochen aus dem Wagen gehechtet ist, haben sie geahnt, dass was schiefläuft. Sie haben mit ihrem Smartphone draufgehalten und ein paar Schnappschüsse gemacht. Die haben sie uns geschickt.«

»Signor Fasciani, ich bitte Sie, das ist doch eine hanebüchene Geschichte. Das glauben Sie doch selbst nicht. Geben Sie mir die Kontaktdaten dieser Leute.«

»Eine anonyme gmx-Adresse. Die wollten nicht in Erscheinung treten, sie fanden nur, dass das in die Zeitung gehört. Ich hätte das normalerweise gar nicht beachtet, aber nachdem Sie mir höchstpersönlich so ausführlich darüber berichtet haben, war klar, dass ich das bringen muss. Wer die Leute waren, das spielt keine Rolle.«

Vincenzo legte auf. Gewiss, manchmal passierten die merkwürdigsten Dinge, aber hellseherische Touristen? Nach dem Foto zu urteilen, hatten sie ihr Smartphone bereits auf den Wagen gerichtet, ehe Marzoli hinaussprang. Er wollte gerade aufstehen, um zu Baroncini zu gehen, als das Handy des *Spielführers* klingelte.

Obwohl Vincenzo damit gerechnet hatte, zuckte er zusammen. Sein Puls beschleunigte sich. »Ja?«

»Vincenzo, das war echt klasse, super, hast du toll gemacht! Du bist ein phantastischer Gegner, so macht das Spiel Spaß!«

Jetzt wusste Vincenzo mit Sicherheit, dass das Foto nicht von harmlosen Touristen stammte. »Haben Sie … hast du uns beobachtet und das Foto geschossen?«

Es dauerte Sekunden, bis der *Spielführer* antwortete. »Vincenzo, warum machst du das? Warum bombardierst du mich mit derartigen

Unterstellungen? Warum dieses Misstrauen? Und das, nachdem dir dein zweiter Zug vollendet gelungen ist! Ist dir bewusst, dass dieses Bild ein dicker Sonderpunkt für dich sein könnte, viel besser als ein Foto von dem Brandstifter? Ich wollte dir volle vier Punkte gutschreiben. Vier! Jetzt muss ich mir überlegen, ob das angemessen ist.«

Vincenzo kam sich vor wie in einem billigen B-Movie. Wie konnte es sein, dass er ein solches Telefonat führte? Was war das für ein Wahnsinn? Er konzentrierte sich, besann sich auf das, was wichtig war. »Das war nicht gegen dich gerichtet. Mir tat mein Kollege leid. Das hat mich geärgert. Ich verspreche dir, zukünftig besser aufzupassen, bevor ich was sage.«

»Vincenzo, hör auf, dich anzubiedern. Das ist nicht dein Stil. Du hast die bemerkenswerte Gabe, mich in einem Moment total zu beeindrucken, um mich im nächsten zu enttäuschen. Du ärgerst dich über das Foto, unterstellst mir, dass es von mir ist – gut. Na ja, nicht gut, aber so siehst du das eben. Ich nehme das zur Kenntnis. Ich schreibe dir drei Punkte gut. Wer weiß, wie wichtig der vierte für dich gewesen wäre. Hoffentlich rächt sich das nicht irgendwann. Apropos: Morgen darfst du dich auf deinen nächsten Zug freuen.« Das Gespräch war beendet. Der Erpresser hatte den Ispettore zum Bauernopfer gemacht.

Vincenzo verspürte ein Frösteln, während er langsam zum Büro des Vice-Questore ging. Dort erwartete ihn bereits Marzoli. Das Gefühl, dem *Spielführer* auf Gedeih und Verderb ausgeliefert zu sein, war kaum weniger verheerend als das Wissen, dass seine Gianna sich in den Händen dieses Irren befand. Vermutlich sah man ihm das an, denn Baroncini, der sichtlich zu einer Standpauke angesetzt hatte, entschied sich anders.

»Setzen Sie sich, Commissario. Kaffee? Wissen Sie, wie dieses Foto in die Zeitung gekommen ist?«

Vincenzo berichtete von seinen Telefonaten mit Fasciani und dem Entführer. Baroncini musste zweimal nachfragen, weil Vincenzos Stimme mit jedem Wort leiser wurde. Ratlosigkeit und Schweigen breiteten sich aus. Auf eine solche Situation war keiner von ihnen vorbereitet. Sie war zu abstrus, um in der Polizeischule trainiert zu werden.

Erst nach einer gefühlten Ewigkeit ergriff Baroncini das Wort. Seine Selbstsicherheit, eigentlich sein Markenzeichen, war spurlos verschwunden. »Meine Herren, so verrückt das Ganze ist, wir müssen versuchen, mit dem Wenigen zu arbeiten, was wir haben. Es ist eine Frage von wenigen Tagen, vielleicht nur von Stunden, bis mich Patricello zu sich bestellt. Dann hätte ich gerne ein paar Antworten für den Capo della Polizia. Diese Art von Presse können wir uns nicht leisten. Gehen wir in Ihr Büro, Commissario, nutzen wir Ihre legendären Pinnwände, um alles festzuhalten, was wir bislang wissen. Wir haben einen Tag Zeit, ehe der Verbrecher seine nächste Forderung stellt. Den müssen wir nutzen.«

Die belastbaren Fakten hatten sie binnen einer halben Stunde zusammengetragen. In der ganzen Zeit ignorierte Marzoli Vincenzos Cantuccini, er widmete sich stattdessen seinen Fingernägeln. Auf der großen Pinnwand standen wenige Kernsätze:

1. Gianna dal Monte entführt, vmtl. am 3. Oktober, Aufenthaltsort unbekannt, hat mit Eis zu tun.
2. Michael Oberrautner vermisst, vorbestraft, Fahndung erfolglos. Entführer?
3. Hans Valentin sucht Gianna auf eigene Faust in der Marmolata.
4. 6. Oktober: Männliche Leiche in der Talfer, Genickbruch, Gesicht zertrümmert. Zusammenhang, da Opfer Giannas Halskette trug.
5. Eusebio Zabatino vermisst. Vmtl. seit 27. September. Zusammenhang mit 4.?
6. Auffällig: Zabatino war Therapeut des Monsters.

»Die zentrale Frage lautet«, unterbrach Baroncini das erneute Schweigen, »ob es überhaupt einen Zusammenhang zwischen dem Verschwinden Oberrautners und unserer Talferleiche gibt. Der Entführer will uns erpressen, demütigen, vorführen. Welchen Sinn macht es, dafür jemanden umzubringen? Um Ihnen auf perverse Weise die Halskette Ihrer Freundin zukommen zu lassen? Die hätte er seinem Brief beifügen können. Die Botschaft wäre dieselbe gewesen.«

Vincenzo nickte. »Mag sein. Aber vielleicht will er uns zeigen, wozu er fähig ist. Außerdem kann ich mir nicht vorstellen, dass wir in Bozen zeitgleich zwei voneinander unabhängige Kapitalverbrechen haben. Da muss ein Zusammenhang bestehen. Zumal ich wette, dass unser Toter Zabatino ist. Ich habe Paci eine Haarbürste von Zabatino gegeben. Damit kann sie sich die Weichteilanalyse sparen. Theoretisch könnten wir jemanden abstellen, der die Psychiatrie überwacht. Unser Mann schreibt Briefe, er ruft an, er muss zu Gianna, er muss sich im Grunde jeden Tag frei bewegen können. Wäre Oberrautner unser Täter, würde ich kein Problem sehen, ist es hingegen doch unser Monster, befürchte ich, dass er mitkriegt, wenn wir die Psychiatrie observieren. Wir wissen aus eigener, leidvoller Erfahrung, wie gerissen und intelligent er ist. Wer weiß, was dann mit Gianna geschieht.«

Baroncini bedeutete seinen Polizisten, sich an Vincenzos Besprechungstisch zu setzen. »Commissario, Sie verrennen sich da in was. Ihr Monster kann es nicht sein. Der sitzt in der Geschlossenen, zigfach gesichert. Der kann nicht raus und erst recht nicht wieder rein. Und das auch noch unbemerkt. Wie sollte er das anstellen? Allerdings müssen wir diese Möglichkeit ausschließen. Deshalb werden wir auf jeden Fall die Psychiatrie observieren oder, noch besser, seine Zelle. Mindestens für zwei Tage. Passiert in der Zwischenzeit etwas, können wir ihn ausschließen. Ich halte es zudem für sinnvoll, seine Zelle zu durchsuchen.«

Vincenzo sah Baroncini entgeistert an. »Vice-Questore! Keine Artillerie, keine Überwachung. Seine Briefe sind unmissverständlich. Wenn er unseretwegen nicht rauskommt, wird er Gianna bei nächster Gelegenheit umbringen. Oder sie verreckt elendiglich auf irgendeinem Gletscher, verstehen Sie?«

»Commissario, selbstverständlich verstehe ich Sie. Trotzdem können wir uns als Rechtsstaat nicht von einem Verbrecher erpressen lassen. Wo kämen wir denn da hin? Wenn wir die Psychiatrie observieren, wird er davon gar nichts mitbekommen. Davon abgesehen wird es für die Kollegen, die den Job machen, ziemlich langweilig. Mit der Durchsuchung der Zelle können wir meinetwegen ein paar Tage warten. Wir werden ohnehin nichts finden.«

»Bitte!«

Vincenzos trauriger Blick ließ den ansonsten eher rationalen Baroncini nicht unberührt. »Einverstanden, wir warten auch mit der Überwachung noch ein paar Tage, je nachdem, was er als Nächstes verlangt. Kam Ihnen seine Stimme denn bekannt vor?«

»Nein, aber wir wissen, wie gut er sich verstellen kann … Moment! Da könnte das Motiv für den Mord liegen!« Plötzlich erkannte Vincenzo den Zusammenhang. »Er wollte Zabatinos Codekarte! Wenn nur zweimal täglich jemand zu ihm kommt, hat er genügend Zeit.«

Marzoli machte die Erkenntnis seines Kollegen mit einer einzigen Frage zunichte: »Und wie ist er an den Zahlencode für seine Zelle gekommen?«

***

St. Pankraz

Die leichten Schneefälle des Vortags hatten die Landschaft in ein zartes Weiß gehüllt. Während der Schnee im Tal längst abgetaut war, blieb es auf den Höhen winterlich. Nebelfelder hatten in der Nacht einen Schleier von Raureif über den Schnee gelegt. Die Sonne schimmerte milchig durch die zarten Wolken, die den ganzen Himmel überzogen. Es war windstill, die angekündigten neuerlichen Schneefälle blieben vorläufig aus. Eine typische Wetterlage für Anfang Dezember, aber nicht im Oktober.

Maria Hofer war wie gewohnt früh auf den Beinen. Nachdem sie den Kamin in der kleinen, heimeligen Stube geheizt hatte, galt ihr erster Blick dem Hof. War Alois Stadler schon unterwegs? Sein Wagen stand auf dem Hof, also war er noch in seinem Ferienhaus. Wäre es zu aufdringlich, ihn zu einem Kaffee einzuladen?

Spätestens seit ihrem Umtrunk ging ihr der Gast nicht mehr aus dem Kopf. Obwohl sie wusste, dass ein solcher Mann Chancen zuhauf hatte, dass es für sie keine gemeinsame Zukunft geben konnte, gelang es ihr nicht, sich von der Faszination, die von ihm ausging, zu lösen. Sie wollte alles über ihn wissen. Sie setzte sich an ihren Computer, den sie sich für die Vermietung der Wohnungen angeschafft hatte. Viele Gäste wollten ihre Buchungen online abwickeln, sie musste mit der Zeit gehen. Jemand aus dem Dorf hatte ihr gezeigt, wie man mit dem Ding umging und auch, wie man Informationen im Internet suchen konnte.

Sie gab *Alois Stadler* bei Google ein. Über eine Million Einträge. Sonderlich geübt im Umgang mit dem Internet war sie nicht, es dauerte eine Weile, bis sie ihn gefunden hatte. Alois Stadler hatte eine Homepage als Schriftsteller. Er verfasste Alpenliteratur. Es gab bislang zwanzig Bücher von ihm. Aber er schien ein zurückhaltender, scheuer Mensch zu sein, was gar nicht zu dem Bild passte, das sie sich von ihm gemacht hatte. Obwohl er so blendend aussah, fand sie kein Foto von ihm. Warum gab es keine Bilder von ihm?

Kurzentschlossen rief sie ihn im Ferienhaus an. »Ich hoffe, ich habe Sie nicht geweckt, Herr Stadler?«

»Guten Morgen, Frau Hofer. Es ist noch sehr früh. Was kann ich für Sie tun?«

Seine Stimme klang freundlich, aber distanziert. Sie ging vermutlich einen Schritt zu weit. Und nun? Zurückhaltung oder Neugier? Die Entscheidung war schnell gefallen. »Ich dachte mir, ich könnte Sie mal wieder zu meinem Spezialkaffee einladen.«

»Heute ist es ungünstig. Ich muss dringend an meinem Buch weiterschreiben, Frau Hofer. Außerdem muss ich gleich noch mal los, um das überraschend gute Wetter für ein paar Fotos zu nutzen.«

Er gab ihr einen Korb. Erwartungsgemäß. Ein letzter Versuch. »Schade, ich hätte zu gerne mehr gewusst über Ihre Bücher. Sie müssen wissen, dass ich schon mal in der Schweiz war. Mich würde vor allem Ihr Buch über das Wallis brennend interessieren. Waren Sie tatsächlich auf dem Matterhorn? Und warum haben Sie keine Bilder von sich auf Ihrer Webseite?«

Für einen Augenblick war es still in der Leitung.

»Gewiss war ich auf dem Matterhorn, sonst hätte ich das Buch nicht schreiben können. Das mit den Bildern … ich mag es überhaupt nicht, mich im Netz zu präsentieren, Facebook und dergleichen sind mir ein Gräuel. Ich achte peinlich genau darauf, dass ich nur das veröffentliche, was für meine Bücher wichtig ist. Mein Aussehen gehört nicht dazu. Wissen Sie was? Ich nehme Ihr Angebot doch gerne an. Lassen Sie mich heute Vormittag bitte in Ruhe schreiben. Wäre es Ihnen recht, wenn ich am frühen Nachmittag rüberkäme?«

Ob ihr das recht war? Jede Sekunde mit diesem Mann war ein Geschenk. Sie war zwar noch nie in der Schweiz gewesen – wie auch mit dem Hof? –, aber sie brauchte irgendeinen Vorwand, um sein Interesse zu wecken. Gut gelaunt setzte sie sich mit einem Milchkaffee und dem Brett mit ihren selbst gemachten Hasenöhrl an ihren kleinen Esstisch. Sie blickte zu der alten Wanduhr aus Eiche, ein Erbstück ihrer Mutter. Acht Uhr fünfundvierzig. In ein paar Stunden würde ihr Herr Stadler gegenübersitzen. Zeit genug, die Wäsche zu machen, gründlich aufzuräumen und zu putzen.

***

Sarnthein

Frustriert lenkte Vincenzo seinen Alfa durch das stille Sarntal. Mittags hatte er seine Eltern besucht, um sich abzulenken. Es war ihnen nicht gelungen, niemand und nichts konnte ihn trösten. Nicht einmal Antonias Kochkünste oder Pieros Gespür für Topweine. Das Einzige, was sie ihm geben konnten, war das Gefühl, dass er nicht allein war. Und er hatte noch Hans, seine Kollegen, seine Freunde in Sarnthein.

Aber dieser fatale Mix aus Angst um Gianna, Ausgeliefertsein, Hass und Machtlosigkeit hatte seinen eisernen Griff um ihn gelegt. Er konnte sich nicht daraus befreien. Im Gegenteil, es kam ihm vor, als fräße die Verzweiflung sich immer tiefer in seine Eingeweide. Eine Entführung, ein Mord – es wäre kein Problem, Sondereinheiten anzufordern, die Carabinieri einzuschalten, alle Kräfte auf diesen Fall zu bündeln. Doch damit würden sie Giannas Leben gefährden. Eine klassische Zwickmühle.

Giannas Leben? Wie aus dem Nichts überfiel ihn Panik. Woher wusste er eigentlich, dass Gianna noch lebte? Hatte das Schwein nicht nur eines im Sinn, ihn zu demütigen, zu quälen? Vielleicht war es vollkommen egal, ob er all die schwachsinnigen Aufgaben erfüllte oder nicht? Vielleicht stand der Ausgang des Spiels, der finale Schachzug des *Spielführers* längst fest? Wenn er Gianna ohnehin töten würde, warum sollte er damit bis zum Ende warten?

Auf Höhe der Forellenzucht fuhr Vincenzo rechts ran, stieg aus und stieß einen lauten, einen irrsinnigen Schrei aus. Über die Wiesen hinweg, wo ihn nur ein paar Kühe hören konnten, brüllte er: »Ich kriege dich, du Ratte! Du miese, feige Ratte, ich kriege dich!« Er spürte jeden einzelnen Muskel in seinem sportlichen, drahtigen Körper, spürte seine Angst, aber auch seine Kraft.

Doch das Gefühl hielt nicht an, auf einmal sackte er zusammen und ließ sich auf den Fahrersitz fallen. Wehmütig blickte er nach links, in den Bergwald hinein, dachte an die Stoanernen Mandln. Wie sehr genoss er den einzigartigen Ausblick in die Dolomiten, wenn er an den Steinfiguren vorbeijoggte. Wie entspannend diese Momente waren, erhaben, friedlich. Und jetzt?

Vincenzo fuhr los. Er brauchte einen klaren Kopf. Er nahm sich vor, sofort eine Stunde intensiv Sport zu treiben, zu duschen, früh ins Bett zu gehen. Doch Herr seiner Zeit war er schon lange nicht mehr.

Als er zu Hause den Briefkasten öffnete, fand er dort einen Briefumschlag. Ihm war klar, von wem er war. Er schleppte sich die Treppe hoch, warf den Umschlag auf den Esstisch, ging an den Kühlschrank, um sich ein Glas Milch zu holen, widerstand dem Impuls, ein Bier zu nehmen. Mit zitternden Händen öffnete Vincenzo den Umschlag, begann zu lesen. Mit jeder Zeile wuchs seine Fassungslosigkeit.

Lieber Vincenzo,
heute hätte für uns beide ein Freudentag werden können. Du hast auch deine zweite Aufgabe mit Bravour gemeistert. Aber anstatt dich zu freuen, meckerst du mich an, unterstellst mir, ich hätte irgendwelche Fotos gemacht. Was ist bloß los mit dir? Warst du schon früher so labil? Als ich die »Dolomiten« gelesen habe, habe ich mich von Herzen für dich gefreut. Vier Punkte hättest du haben können, Vincenzo, vier! Ich glaube, du musst noch eine Menge lernen. Bedenke, dass du kaum Zeit hast. Wenn wir unseren Plan halbwegs einhalten, sind wir nämlich in gut einer Woche am Ende des Spiels angelangt! Na ja, vielleicht dauert es auch zwei Wochen, weil es so viel Spaß macht.
Bevor wir uns dem dritten Spielzug zuwenden, notiere ich unseren Zwischenstand:
Vincenzo Bellini: vier Punkte, null Strafen
Spielführer: ein Punkt (kann keine Strafen bekommen)
Du führst, mein geschätzter Freund. Aber hoffentlich trauerst du dem heute vergebenen Punkt nicht irgendwann nach, denn mit der Schwierigkeit der Aufgaben nimmt die Zahl der zu vergebenden Punkte zu. Und die Wahrscheinlichkeit einer Strafe wächst. Doch nun zu deinem nächsten Zug, den du bitte bis übermorgen, also Donnerstag, ausführst. Auch diesmal wäre eine entsprechende Erwähnung in der »Dolomiten« wünschens-

wert, aber es muss nicht so reißerisch sein. Eine Randnotiz wäre regelkonform.
Deine Eltern betreiben sehr erfolgreich ihre Trattoria. Zu Recht, muss ich sagen. Ich habe vor Kurzem dort gespeist, absolute Spitze, Respekt! Die Teciada di Cape, dazu eine Flasche von diesem sagenhaften Terlaner Tannhammer, und das auch noch bezahlbar – das gibt es nicht oft. Nicht, dass ich viel davon verstehe, aber es hat superb gemundet. Genau da liegt mein Problem. Ich finde, deine Eltern betreiben einen regelrechten Verdrängungswettbewerb. Solch eine Auswahl und Qualität zu derartig günstigen Preisen, diese exquisite Weinkarte, das ist unfair den anderen Wirten gegenüber.
Unser Spiel sieht vor, dass du für einen kleinen Ausgleich sorgst. Du wirst den Hygienedienst sowie deinen Intimus, den Reporter, morgen als Erstes darüber informieren, dass du auf dem Weg zu den Toiletten einen Blick in die Küche werfen konntest. Dabei hast du gesehen, dass Essensreste aus dem Mülleimer quellen, meinst, sogar eine Ratte gesichtet zu haben. Kurz nach dem Essen musstest du dich übergeben. Du hattest den Eindruck, dass es anderen Gästen ähnlich ging. Am besten wäre es, es hätte auch deinen pummeligen Kollegen getroffen, das würde den Hygienedienst bestimmt überzeugen. Ich meine, zwei Staatsbedienstete, denen schlecht wird, das ist mehr als glaubwürdig. Das ist für mich Wettbewerbskontrolle im besten Sinne. Das siehst du zweifellos genauso, bei deinem legendären Gerechtigkeitsempfinden.
Lese ich übermorgen eine entsprechende und eindeutige Notiz in der »Dolomiten« und kann mich bei Beobachtungen vor Ort davon überzeugen, dass der Hygienedienst tatsächlich anrückt, bekommst du sagenhafte sechs Punkte, Vincenzo! Damit ziehst du fast uneinholbar von dannen. Solltest du allerdings scheitern, wäre ich sehr enttäuscht. Du weißt, unser Spiel soll meine Bewunderung für dich zum Ausdruck bringen. Im Falle deines Versagens bekommt der Spielführer zehn Punkte, du eine Strafe. Wie die aussieht, wird kurzfristig entschieden.
Noch etwas. Du weißt, wie stressig der Job des Spielführers ist, permanent ist man unter Termindruck. Ich muss sorgfältig planen. Sorge bitte dafür, dass der Hygienedienst morgen pünktlich um achtzehn Uhr anrückt. Das kriegst du als Commissario bestimmt hin, oder?
Lauf deine Runde, Sportsfreund, das tut dir gut!
Dein Freund für die Ewigkeit

Minutenlang starrte Vincenzo auf das Blatt Papier in seiner Hand. Wieder einmal überkam ihn das Gefühl, sich in einem surrealen Traum zu befinden. Er war wie gelähmt. Wie sollte er das machen? Seine Eltern diffamieren, seine eigenen Eltern? Die Trattoria war ihr Lebenswerk, ihre Altersversorgung. Jahrelang hatten sie hart darauf hingearbeitet, der Erfolg war ihnen nicht in den Schoß gefallen. Es gab viel Konkurrenz. Es war eine große Leistung, dass sie sich von den anderen abhoben, etwas, was sie vor allem Antonias Kochkünsten verdankten und ihrer Bereitschaft, neue Wege zu gehen wie die Aufnahme der ladinischen Küche in die Speisekarte oder die Südtiroler Themenabende. Ausgerechnet ihr eigener Sohn sollte dafür sorgen, dass die Trattoria in Verruf geriet? Ein solcher Sadismus überstieg alles, was Vincenzo in seinen kühnsten Phantasien erwartet hatte.

Niemals! Das konnte dieser Hundesohn vergessen. Nicht mit ihm! Woher wusste der eigentlich so viel über ihn? Wie von der Tarantel gestochen sprang Vincenzo auf, warf den Brief auf den Tisch und rannte hinaus, wie er gekommen war, in Jeans und Straßenschuhen. Er hechtete die steile Wiese hinauf und hinunter, ohne irgendetwas um sich herum wahrzunehmen, warf sich auf den Boden, machte so lange Liegestütze, bis er nicht mehr konnte. Danach war er nass geschwitzt und vollkommen erschöpft. Er duschte ausgiebig. Der Endorphinschub und das warme Wasser sorgten endlich für einen klareren Kopf. Während er sich von seiner Regendusche berieseln ließ, schloss er die Augen und dachte nach.

Er konnte die Aufgabe nicht verweigern. Das konnte für Gianna das Todesurteil bedeuten. Seine eigenen Eltern anschwärzen, das war ebenso undenkbar. Es war eine ausweglose Situation. Genau das wollte der *Spielführer* mit seinem Spiel, das Zug um Zug perfider wurde, auch erreichen.

Vincenzo musste sich eine Strategie zurechtlegen, mit der er seinen Liebsten nicht schadete. Hoffentlich lag Hans mit seinen Vermutungen richtig. Sie waren die einzige echte Spur. Nur wenn Hans Gianna fand, konnte Vincenzo das abartige Spiel beenden und alle Polizeikräfte auf den Fall bündeln.

15

Im Gletscher, Mittwoch, 13. Oktober

Mit einem Knall löste sich ein größerer Eisblock von der Decke und fiel mit lautem Getöse in den kleinen See. Das Wasser schwappte fast bis zu ihrem Zelt. Noch kurz zuvor wäre sie in Panik verfallen, hätte Todesängste ausgestanden, jetzt blieb sie ruhig. Dieser Eisabbruch machte ihr zwar durchaus Sorgen, denn wenn das Eis über dem See abbrach, warum dann nicht auch über ihrem Kopf?

Aber die Panik der Anfangszeit war verschwunden. Das hatte auch mit ihm zu tun, seiner sanften, beruhigenden Art, mit der er ihr deutlich machte, dass er ihr nichts antun würde. Hatte sie anfangs ihm gegenüber nichts als Ablehnung, Angst und Hass empfunden, so waren diese Gefühle inzwischen einer seltsamen Form von Dankbarkeit gewichen. Mit jedem seiner Besuche verloren die unheimlichen Geräusche und merkwürdigen Farbenspiele mehr von ihrer Bedrohung. Gianna hatte sich an ihre bizarre Umgebung gewöhnt. Auch die Kälte setzte ihr weniger zu. Der Mann hatte ihr erstklassige Ausrüstung zur Verfügung gestellt. Außerdem war es wahrscheinlich gar nicht so kalt, wie es ihr vorkam. Sie erinnerte sich, dass Vincenzo ihr vor einiger Zeit erklärt hatte, im Schnee und in einem Gletscher liege die Temperatur nur wenig unter null Grad. Deshalb könne man sich gut gegen Schneestürme schützen, indem man sich im Schnee eingrub.

Wenn Vincenzo nur hier wäre, jetzt könnte sie ihn brauchen! Sie hatte lange über ihren Entführer nachgedacht. Eins war klar: Es musste um Geld gehen. Ihre Eltern waren wohlhabend, ein Lösegeld von einer Million oder mehr aufzutreiben, wäre kein Problem für sie. Sie würden bezahlen. Aber warum dauerte es so lange?

Oder kam ihr das nur so vor? Wahrscheinlich steckte die Polizei hinter der Verzögerung. Bestimmt versuchten sie, den Entführer hinzuhalten, um ihn zu fassen. Hatte er das Geld, bestand die Gefahr, dass ihm die Flucht gelang.

Unfassbar. Ihr eigener Freund war Commissario, unternahm aber offenbar nichts, um sie zu finden. Leitete er die Ermittlungen so, wie er es in der Polizeischule gelernt hatte? Oder hatte man ihn von dem Fall entbunden, weil er persönlich involviert war? Aber würde er in diesem Fall nicht erst recht versuchen, sie zu finden, auf eigene Faust? Er war Bergsteiger, Skifahrer, er kannte sich aus. So viele Eishöhlen konnte es in diesem kleinen Südtirol doch gar nicht geben!

Ihr Entführer war freundlich, er behandelte sie gut und zeichnete sich durch ein überdurchschnittliches Sprachniveau aus. Das war kein Prolet. Und er musste Extrembergsportler sein, sonst hätte er sie nicht bis hierher bringen können.

Sie stellte sich vor, dass er wahrscheinlich ein ganz normales Leben geführt hatte, mit Beruf und Familie. Dann war etwas geschehen, das ihn aus der Bahn geworfen hatte. Schulden vielleicht oder ein Schicksalsschlag in der Familie. Er hatte keinen anderen Ausweg mehr gesehen, als sich auf diese Weise das nötige Geld zu beschaffen. Er wollte seiner Geisel nichts antun, sonst würde er kaum freiwillig diese Sturmmaske tragen. Andererseits: Wäre es für ihn nicht ein Kinderspiel, sie einfach in dieser Hölle verrecken zu lassen? Vielleicht war es doch unmöglich, einen Menschen in einem solchen Versteck zu finden, und Vincenzo konnte gar nichts dafür.

Gerade als sie Teewasser aufsetzen wollte, hörte sie das vertraute, hallende Geräusch seiner Schritte im Eis. Sie verspürte augenblicklich Erleichterung, wenngleich auch eine gewisse Unsicherheit. Er kam direkt auf sie zu. Wieder trug er die Maske, hatte den großen Rucksack dabei. Groß war er, breitschultrig. Selbst in diesem Eisdom hatte er eine imposante Ausstrahlung. Zwei Meter vor ihr blieb er stehen, sah sie einen Moment schweigend an. Schließlich stellte er den Rucksack vor sich ab. »Ich habe Ihnen Lebensmittel mitgebracht, ein paar Zeitschriften und Bier. Brauchen Sie sonst noch was?«

Wollte er sie etwa schon wieder allein lassen? Das durfte nicht sein! »Können Sie nicht eine Weile bleiben? Alleine dreht man in dieser Einöde zwangsläufig durch. Ich wollte gerade Teewasser aufsetzen.«

Wie zuvor sah er sie einen Augenblick durch seine Maske hindurch an, ehe er antwortete. »Ich muss einen exakten Zeitplan einhalten. Der sieht leider keinen Smalltalk vor.« Seine Stimme war trotz der Abfuhr sanft, fast melodisch.

»Wenn es um Geld geht, brauchen Sie sich keine Gedanken zu

machen. Meine Eltern werden alle Forderungen erfüllen!« Er sagte nichts, schaute sie nur an. »Außerdem ist mein Freund Commissario in Bozen. Sie können sich an ihn wenden. Ihm geht es darum, dass ich zurückkomme, nicht darum, Sie zu fassen.«

In seinen Augen glaubte sie so etwas wie Spott zu erkennen. »Sie glauben allen Ernstes, Ihr Freund würde Ihnen helfen?«

Sie starrte ihn entgeistert an. »Was soll das heißen?«, stotterte sie. Wieder kam keine Antwort. »Bitte, können Sie mir wenigstens sagen, wie lange ich hierbleiben muss?«

Er schien unschlüssig, ob er darauf antworten sollte, dann zeigte er sich gnädig. »Vermutlich ein paar Tage. Ist eine Frage der Organisation, es kommt darauf an, wie kooperativ Ihre Angehörigen sind und ob die Polizei mitspielt. Wenn alles glatt läuft, bringe ich Sie unversehrt in Ihre heile Welt zurück.«

Wenn alles glatt läuft? »Und wenn nicht?« Er blieb stumm, Gianna bekam Gänsehaut. »Hören Sie, wenn es Probleme gibt, kann ich selbst Ihnen das Geld besorgen. Dafür brauchen wir die Polizei nicht!«

Schweigend öffnete er den Rucksack, legte Proviant und Zeitschriften auf das Eis. Er sagte bestimmt so wenig, um sie zu schützen. Sie sollte nicht zu einer für ihn gefährlichen Zeugin werden.

Er durfte auf keinen Fall gehen. »Vorhin ist ein riesiger Eisbrocken in den See gestürzt. Was mache ich, wenn das über meinem Zelt passiert?«

Er erhob sich, schnallte den leeren Rucksack auf den Rücken. Seine Augen ließen ein Lächeln vermuten. »Keine Angst, ich kenne mich im Eis aus. Ihr Lager ist unter einem glatten Eisschirm. Da kann nichts abbrechen. Vertrauen Sie mir, stellen Sie bitte nicht so viele Fragen. Ich muss los.« Ohne eine Antwort abzuwarten, drehte er sich um und verschwand mit schnellen Schritten in dem Eisgang, den Gianna für den Weg in die Freiheit gehalten hatte.

***

Questura

Ispettore Marzoli saß mit Sabine Mauracher in Vincenzos Büro, seit einer halben Stunde warteten sie auf den Commissario. Bellini hatte ihm ausdrücklich aufgetragen, Mauracher in die Ermittlungen mit einzubeziehen. »Vielleicht können wir diesen frischen Wind gerade in so einer Krisensituation gut gebrauchen«, hatte er gesagt.

Marzoli war sich noch unschlüssig, ob er seine angehende Kollegin mochte. Sie war nett, unkompliziert, hatte aber ein loses Mundwerk, auch wenn sie sich doch meistens an die Anweisungen ihrer Vorgesetzten hielt. Eines an ihr konnte er allerdings partout nicht leiden: dass sie es tatsächlich wagte, sich über seine Cantuccini herzumachen. Selbst Bellini hielt sich in seiner Gegenwart vornehm zurück. Hatte sie denn niemand gewarnt, dass er für die Dinger durchaus einen Mord begehen würde, erst recht, seit Barbara ihn auf Diät hielt?

Während sie erneut zugriff, fragte sie beiläufig: »Wo bleibt der Commissario so lange? Ob sich der Entführer wieder gemeldet hat?«

Marzoli griff ebenfalls in die Etagere und zog sie demonstrativ ein Stück näher zu sich heran. »Das ist gut möglich. Er befindet sich in einer Ausnahmesituation, der reinste Horror. Wir sollten ihn nicht mit Fragen bestürmen. Am besten helfen wir ihm, indem wir unsere Arbeit machen.«

Mauracher war wie immer ungeschminkt und lässig gekleidet, mit Sneakers, Jeans und einem schwarzen Kapuzenpullover, der mindestens eine Nummer zu groß war. Man konnte ihre Figur darunter kaum erahnen. »Ist der Commissario schon lange mit Gianna zusammen?«

Marzoli war überrascht über Maurachers Interesse am Privatleben seines Kollegen. »Warum wollen Sie das wissen?«

»Och, nur so, um mir vorzustellen, wie schlimm das für ihn ist.«

»Soweit ich weiß, kennen sich die beiden seit ungefähr zwei Jahren.«

Sabine Mauracher überlegte. »Warum wohnen sie dann noch so weit auseinander? Es muss doch schrecklich sein, so lange bloß eine Wochenendbeziehung zu führen.«

Warum stellte das Mädchen bloß solche Fragen? »Woher soll ich das wissen? Immerhin ist sie Anwältin in der Kanzlei ihrer Eltern. Warum sollte sie das aufgeben?«

»Na ja, er könnte doch nach Mailand gehen. Da hätte er außerdem viel bessere Aufstiegsmöglichkeiten. Wenn man sich liebt, lebt man doch nicht freiwillig so lange getrennt.«

Marzoli fühlte sich unbehaglich bei diesem Thema. »Wir sollten uns lieber auf unseren Fall konzentrieren. Haben Sie denn einen Freund?«

»Nö, im Moment nicht«, sagte sie, als wäre ihr so etwas gleichgültig.

Um das Thema zu beenden, stand Marzoli auf und ging zu Vincenzos Pinnwand. »Was glauben Sie, Signora, hängt die Entführung mit dem Mord zusammen? Steckt Oberrautner dahinter?«

Es schien Sabine Mauracher nicht zu überraschen, dass ein erfahrener Kollege sie nach ihrer Meinung fragte. »Für mich hängen die beiden Verbrechen zusammen, sonnenklar. Ich glaube allerdings nicht, dass es Oberrautner ist. Aber zufällig ist der nicht gerade jetzt verschwunden.«

»Was macht Sie da so sicher?«

Sie verzog den Mund zu einem schiefen Lächeln. »Dieser Oberrautner ist ein kleines Licht. Ein Kokser, ein paar unbedeutende Betrügereien, eine Erpressung, bei der er sich auch noch stümperhaft angestellt hat. Ich kann mir nicht vorstellen, dass der zu so einer abgedrehten Tat fähig wäre.«

Gerade als Marzoli seine vorlaute Kollegin fragen wollte, wie ihrer Meinung nach jemand unbemerkt täglich aus einer geschlossenen Psychiatrie raus und rein spazieren könne, betrat Vincenzo sein Büro. Er wirkte angespannt und schien überrascht, die Kollegen in seinem Büro anzutreffen. »Was macht ihr denn hier?«

Marzoli erwiderte: »Commissario! Wir sind doch verabredet. Sie haben gesagt, dass wir einen Schlachtplan entwerfen wollen, abchecken, was wir alles tun können, ohne Gianna zu gefährden.«

Vincenzo schlug sich mit der flachen Hand gegen die Stirn. »Meine Güte, das habe ich in der Aufregung glatt vergessen. Ich habe den nächsten Brief bekommen.« Er zog das mehrfach gefaltete Schreiben aus der Gesäßtasche seiner Jeans und warf es mit einem angewiderten Gesichtsausdruck auf den kleinen Konferenztisch.

Marzoli setzte sich neben Mauracher, damit sie gleichzeitig lesen konnten. Die Polizeianwärterin war schneller fertig. Ihr Kommentar war eindeutig: »Verdammte Hacke! Das ist echt abgefahren.«

Vincenzo gelang angesichts Mauarachers laxer Ausdrucksweise sogar ein Schmunzeln. »Sie sagen es. Was würden Sie an meiner Stelle tun?«

Mauracher schüttelte den Kopf. »Ehrlich, keine Ahnung. Der will Sie quälen, das ist klar. Entweder Ihre Eltern oder Ihre Freundin. Mann, wer denkt sich bloß so was aus?«

»Tja, das ist die entscheidende Frage. Hat die Fahndung nach Oberrautner inzwischen etwas ergeben?«

Marzoli winkte ab. »Rein gar nichts. Der ist wie vom Erdboden verschluckt. Deshalb bin ich nach wie vor überzeugt, dass er dahintersteckt. Der Mann schreibt Fantasy-Romane, also könnte ihm auch so etwas wie dieses *Spiel* einfallen.«

Vincenzo ließ sich schwerfällig in seinem Stuhl nieder. »Letztlich ist es egal, wer es ist. Solange er Gianna als Faustpfand hat, sind uns die Hände gebunden. Was seine Forderung angeht, werde ich gleich den Hygienedienst anrufen. Die rücken an, nehmen Lebensmittelproben und verschwinden wieder. Deshalb legen die nicht gleich den Betrieb still. In der Küche und den Proben werden sie nichts finden. Fasciani liefere ich einen Hinweis, dass es Unregelmäßigkeiten in einer stadtbekannten Trattoria gegeben hat, aber nicht, in welcher. Heute Mittag sage ich meinen Eltern Bescheid. Ich hoffe, sie können mich verstehen. Gestern habe ich mit Hans Valentin telefoniert. Er hat die meisten Hütten und Biwakschachteln in der Marmolata abgeklappert. Nichts, keine Spur. Wahrscheinlich liegen wir daneben, interpretieren diese Hinweise falsch. Wir haben nichts, gar nichts. Keine gute Basis für einen Schlachtplan.«

Sabine Mauracher sah Vincenzo nachdenklich an. »Ich verstehe, dass die Situation für Sie eine Katastrophe ist. Aber sollen wir deshalb stillhalten? Sein komisches Spiel mitspielen, das immer abartiger wird? Wir sollten rausfinden, ob es Oberrautner ist, und alles daran setzen, Ihre Freundin zu finden. Ein paar Dinge fallen einem schon ein, oder?«

Vincenzo, der klassische Musik liebte, klopfte gedankenverloren mit seinen Fingern den Radetzkymarsch auf der Glasplatte seines runden Besprechungstisches. »Ich weiß durchaus, was Sie meinen. Wir sollten die Psychiatrie observieren und seine Zelle durchsuchen, weil er die Codekarte irgendwo versteckt haben müsste. Dasselbe hat Baroncini auch schon gesagt.«

Mauracher nickte. »Auf diese Weise könnten wir Ihr Monster ausschließen und uns auf Oberrautner konzentrieren. Wobei ich persönlich nicht glaube, dass der was mit der Sache zu tun hat.«

Marzoli, der die Etagere inzwischen vollständig zu sich herangezogen hatte, schloss sich Mauracher Einschätzung teilweise an. »Sie kennen meine Meinung, Commissario. Im Unterschied zu Signorina Mauracher tendiere ich jedoch weiterhin zu Oberrautner. Oder wir haben es mit jemandem zu tun, den wir noch nicht auf der Rechnung haben. Sollte es entgegen jeglicher Logik Ihr Monster sein, mag eine Observierung für Gianna gefährlich sein. Machen wir es nicht, ist es auch nicht besser. Sie sagen ja selbst: Er wartet darauf, dass Sie Fehler machen.«

Vincenzos Magen verkrampfte sich schmerzhaft bei Marzolis Worten. Ihm war das Paradoxe an der Gefahr bewusst, aber er verdrängte es, weil er den Gedanken, Gianna noch mehr zu gefährden, nicht ertragen konnte.

Aber es half nichts, seine Kollegen hatten recht. Sie mussten zu einer Entscheidung kommen.

***

Trattoria »Da Piero«

Antonia hatte Spaghetti alla Carbonara mit Südtiroler Schinkenspeck gemacht. Ein simples Gericht, da sie heute mit vielen Gästen rechneten und Vincenzos Mutter für das Essen ihres Sohnes nicht so viel Zeit aufwenden konnte. Sonst wurde er nicht selten mit einem Mehr-Gänge-Menü verwöhnt, bevor seine Eltern das Lokal öffneten.

Aber auch mit Pasta konnte man Vincenzo sonst jederzeit glücklich machen.

Heute schmeckte ihm das Essen nicht, sein schlechtes Gewissen verdarb ihm den Appetit. Ausgerechnet jetzt hatte Piero einen fabelhaften Wein geöffnet. Was für eine Vorstellung, ihm diese Freude zunichtezumachen.

»Das ist ein Lagrein Linticlarus Riserva von der Tiefenbrunner Kellerei, Jahrgang 2009. Absolute Spitze, mein Junge, den musst du probieren.« Piero schenkte großzügig ein, unter strenger Beobachtung seiner Frau, der es nicht gefiel, dass zu italienischer Lebensart auch ein Gläschen Wein zum Mittagessen gehörte. Tagsüber Alkohol war in ihren Augen ein Unding. Erst recht für einen Commissario. Aber sie sagte schon lange nichts mehr, weil sie begriffen hatte, dass es sinnlos war.

Für Vincenzo war es immer wieder aufs Neue ein Vergnügen, seinen Vater beim Verkosten eines Weines zu beobachten. Schlank, drahtig, im einem seiner geliebten karierten Flanellhemden stand er kerzengerade neben dem Tisch, schnupperte an seinem Glas, schwenkte es, beobachtete, wie der Wein ölig an den Innenwänden des Glases herablief. Er nickte anerkennend, nahm endlich einen kleinen Schluck in den Mund und schmeckte die Aromen mit schnellen Zungenbewegungen und geschlossenen Augen. Piero strahlte pure Lebensfreude aus. Mit einem leichten Stöhnen der Verzückung kommentierte er seine Neuanschaffung. »Oh, ah, was für feine Aromen, ich tendiere zu Waldfrüchten.«

Abermals schnupperte er, ohne die Augen zu öffnen. »Es sind eindeutig Waldfrüchte, *meraviglioso*! Wunderbares Säurespiel, außerordentlich reife, feinkörnige Tannine. Was für eine Eleganz. Und dieser Abgang …« Um sich zu vergewissern, dass er die gesamte Komplexität des Weines erfasst hatte, ließ er sogleich einen zweiten Schluck folgen. Antonia schüttelte demonstrativ den Kopf. »Dachte ich es mir! Waldfrüchte stimmt, das ist die dominante Note. Aber er entfaltet zusätzlich einen Hauch von Kirsche. Phantastisch. Was sagst du, Vincenzo?«

Vincenzo hätte seinen Vater am liebsten fest an sich gedrückt. Er hatte eine großartige Lebenseinstellung, wusste zu genießen, mit allen Sinnen. Selten war er schlecht gelaunt, und wenn, dann ließ er es nicht an anderen aus. Seine fast schwarzen Augen, die Vincenzo von ihm hatte, schienen ständig zu lachen. Seine Persönlichkeit, seine ansteckende Heiterkeit waren einer der Gründe für den Erfolg der Trattoria. Sie hatten zahlreiche Stammgäste, die es liebten, von Piero, der grundsätzlich jeden Gast duzte, fachkundig und höchst unterhaltsam beraten zu werden. Seine Lebensfreude war ansteckend. Genau die musste sein eigener Sohn ihm nun nehmen.

»Der Wein ist spitze, das, was ich euch jetzt zu sagen habe, leider nicht.« Seine Eltern sahen ihn fragend an. Vincenzo erzählte ihnen, was er tun musste und warum.

Das Lachen verschwand aus Pieros Augen.

»Er ist wahnsinnig. Wenn ich es nicht mache, wird er keine Sekunde zögern, Gianna umzubringen. Versteht ihr das?«

Antonia war impulsiv. Selten dachte sie nach, bevor sie lospolterte. »Drehst du jetzt völlig durch? Hat der Wein deine Hirnzellen schon alle abgetötet? Danach können wir den Laden dichtmachen!«

Piero hob beschwichtigend die Hände. »Bitte, Antonia, *carissima*, reiß dich zusammen. Das ist die schwärzeste Stunde im Leben unseres Sohnes. Wir müssen zusammenhalten. Wir können die Gäste doch vorher informieren!« Piero war davon überzeugt, die Lösung gefunden zu haben.

»Nein, Vater, der beobachtet euch. Vielleicht mischt er sich sogar unter die Gäste. Er hat schon bei euch gegessen! Er ist clever. Ich darf kein Risiko eingehen, und das heißt auch, dass ich keinen Polizeibeamten in Zivil bei euch postieren kann. Lediglich in der Nähe der Trattoria werden sich drei, vier Kollegen verteilen. Ich könnte euch ein Foto von den beiden möglichen Tätern zeigen, aber sobald er merkt, dass ihr ihn anseht, weiß er Bescheid. Und dann ist es aus, dann ist Gianna verloren. Davon abgesehen bin ich mir sicher, dass er sein Äußeres hinreichend verändern würde.«

Antonias Wut wich einem Gefühl der Verzweiflung. Schwerfällig ließ sie sich auf einen der schönen Holzstühle plumpsen. »Wie oft habe ich dir gesagt, Vince, dass du dir einen anderen Beruf hättest aussuchen sollen. Du bist andauernd in Schwierigkeiten. Letztes Jahr dieser brutale Killer, wenn ich nur daran denke! ›Das Monster von Bozen‹, was für eine Schlagzeile. Jetzt hast du schon wieder mit so was zu tun. Und wir werden mit reingezogen!«

Auch Piero setzte sich. »Antonia, eine Diskussion um Vincenzos Berufswahl bringt uns nicht weiter. Dass der Junge gleich zweimal binnen eines Jahres mit Abschaum konfrontiert wird, ist reiner Zufall. Wenn das vorbei ist, kann er sich jahrelang um die Selbstmorde in den Dörfern kümmern.«

Es war unerträglich für Vincenzo, seine Eltern leiden zu sehen. Erneut verspürte er einen unbändigen Hass auf den sadistischen *Spielführer*. Würde ihm dieser Oberrautner in diesem Moment über den Weg laufen, würde er ihn massakrieren. »Das alles tut mir so leid, ich kann es gar nicht in Worte fassen. Eines verspreche ich euch: Wenn es vorbei ist, sorge ich höchstpersönlich dafür, dass Fasciani eine umfassende Gegendarstellung schreibt, einen tollen Bericht über eure Trattoria. Überlegt doch mal, in den nächsten Tagen bleiben vielleicht ein paar Gäste weg, aber wenn ihr im Zusammenhang mit einem Serientäter positiv in die Schlagzeilen geratet, rennen die Leute euch die Bude ein!«

Dieser beruhigende Gedanke war Vincenzo gerade erst gekommen bei seinem verzweifelten Versuch, seine Eltern zu trösten. Zum Glück konnte er sie überzeugen.

Antonias Augen hellten sich augenblicklich auf, Piero gönnte sich ein zweites Glas Lagrein Linticlarus Riserva von der Tiefenbrunner Kellerei. »Dann haben wir vielleicht sogar bald das Geld für den Anbau zusammen.«

16

Bozen, Donnerstag, 14. Oktober

Dottore Luciano Patricello, der Capo della Polizia, hatte Baroncini mit deutlichen Worten in sein Büro bestellt. Der Polizeichef war in der Questura gefürchtet. Er stammte aus Rom und war vor einigen Jahren nach Bozen versetzt worden, weil er sich in der Hauptstadt mit seinem patriarchalischen Führungsstil und gelegentlichen cholerischen Anfällen – vor allem, wenn seine Behörde für Negativschlagzeilen sorgte – unbeliebt gemacht hatte. Im beschaulichen, friedlichen Bozen gab es für den ansonsten fähigen Mann zunächst viel weniger Anlass zu solchen Ausbrüchen. Als Patricello nach Südtirol kam, hatte er kein Wort Deutsch gesprochen, er eignete sich diese Sprache in weniger als einem halben Jahr an. Und seit den Serienmorden vor einem Jahr, als die Anzahl der kritischen Schlagzeilen auch in Bozen angestiegen war, kam der Choleriker in ihm wieder zum Vorschein.

Der sonst so souveräne Baroncini saß seinem Chef kleinlaut gegenüber. Bereits die Begrüßung war unterkühlt und für Baroncini schmerzhaft verlaufen. Patricello hatte mit seinen riesigen, bis zu den Fingerkuppen von dichten schwarzen Haaren überzogenen Pranken einen Griff wie ein Schraubstock. Der eher drahtige Baroncini hatte dem nichts entgegenzusetzen.

»Was soll der Mist, Baroncini?«, blaffte der Capo seinen Vice-Questore mit seinem markanten Basso profondo an. Das allein genügte schon, sein Gegenüber einzuschüchtern. Dabei war der vierundfünfzigjährige Patricello gerade mal ein Meter siebzig groß, wenn er hinter seinem riesigen, L-förmigen Schreibtisch aus massivem Nussbaumholz saß, ragte er gerade bis auf Höhe der Brustwarzen über die Tischplatte. Allerdings hatte er eine beeindruckend massige Figur, und seine Augen, so pechschwarz wie die Haare, durchbohrten seine Gesprächspartner unabhängig von seiner Stimmung permanent mit einem stechenden Blick.

»Was ist denn bei Ihnen los, Baroncini? Seit Monaten kommen wir aus den Schlagzeilen nicht mehr heraus. Wahnsinnige Monster, entflohene Feuerteufel, entstellte Talferleichen. Was kommt als Nächstes? Was haben Sie sich eigentlich bei der Verlegung dieses Brandstifters gedacht? Und zu allem Überfluss suchen Sie sich dafür einen lahmen, übergewichtigen Ispettore aus! Ist das eine indirekte Bitte um Strafversetzung?«

Baroncini hatte seinen Vorgesetzten noch nie so aufgebracht erlebt. Ihm wurde klar, dass in den Geschichten, die man sich über seine Erbarmungslosigkeit erzählte, mehr als nur ein Fünkchen Wahrheit steckte. Ihn zu belügen wäre karrieremäßig Selbstmord gewesen. Und so weihte er Patricello, der seinem Untergeben mit zusammengekniffenen Augen zuhörte, in sämtliche Details des Falles ein. Er schloss mit einem Kurzbericht über Garoffolo. »Wir haben ihn unter Kontrolle, Dottore. Er ist nicht einen Moment unbeobachtet. Derzeit macht er keine Anstalten, wieder aktiv zu werden. Ich vermute, dass ihm seine Verhaftung einen solchen Schock versetzt hat, dass er sich vorläufig nicht mehr traut.«

Patricello klopfte mit allen Fingern sanft auf seinen Schreibtisch. »Gut, Baroncini, das ist alles nachvollziehbar. In der Tat, eine Zwickmühle. Trotzdem! Was täten Sie, wenn es nicht die Frau eines Commissario wäre?«

Baroncini wollte diese direkte Frage nicht beantworten, stattdessen versuchte er ein Ausweichmanöver. »Zwei, höchstens drei Tage, dann wissen wir, ob Hans Valentin erfolgreich war.«

Patricello schlug mit der flachen Hand auf die Tischplatte. »Reden Sie nicht um den heißen Brei herum, Baroncini, beantworten Sie gefälligst meine Frage!«

Ausweichmanöver gründlich misslungen. Baroncini richtete sich kerzengerade in seinem Stuhl auf, um der Dominanz seines Vorgesetzten wenigstens körperlich etwas entgegenzusetzen. »Gut, Dottore, was könnten wir unternehmen? Seine Zelle durchsuchen, die Psychiatrie observieren, die Fahndung nach Oberrautner ausweiten, eine Spezialeinheit anfordern, die Carabinieri einschalten. Das wären die naheliegenden Maßnahmen. Allerdings würden wir trotzdem den Fokus auf die Geisel richten. Ich persönlich würde von diesen Maßnahmen absehen, bis wir konkrete Anhaltspunkte haben, wo sich das Opfer befinden könnte.«

Patricello schnaubte verächtlich. »Und dafür die Gesetze übertreten, deren Schutz Ihre Aufgabe ist? Sich von einem Bekloppten erpressen lassen? Würden Sie das wirklich in jedem anderen Fall tun?«

Baroncini hätte gerne gefragt, was der Capo an seiner Stelle täte, aber er wollte seinen Vorgesetzten nicht provozieren. Patricello duldete keine Gegenfragen. »Ja, ich würde es trotzdem so machen.«

Die Konsequenz, mit der sein Untergebener bei seiner Überzeugung blieb, beeindruckte Patricello. »Na gut, das kann ich halbwegs nachvollziehen. Hans Valentin kennt in Südtirol jeder, der Mann ist ein bergsteigerisches Genie. Ich gebe Ihnen Zeit bis zum Wochenende. Wenn diese Gianna dal Monte bis dahin nicht aufgetaucht ist oder Sie den Entführer nicht gefasst haben, leiten Sie am Montag exakt die eben erwähnten Maßnahmen ein, und zwar *pronto*. Verstanden?«

Mit einem »Selbstverständlich!« wandte sich Baroncini zum Gehen. Doch Patricello war noch nicht fertig mit ihm. »Einen Moment noch, Vice-Questore!« Baroncini blieb wie angewurzelt stehen, ohne sich umzublicken. »Wenn so etwas in Zukunft noch einmal vorkommen sollte, erwarte ich, dass Sie mich sofort darüber informieren. Ich kann Alleingänge meiner Leute nicht leiden. Macht denn hier jeder, was er will?«

Mit einem Nicken entschwand Baroncini aus dem Büro. Er hatte die erste Konfrontation mit dem Capo della Polizia mit einem blauen Auge überstanden.

***

Ein Straßencafé in Tramin

Er hatte sich mit einem großen Becher Kaffee und der Tagesausgabe der »Dolomiten« an einen Tisch mit Blick über die Weinberge gesetzt. In den letzten Tagen war das Wetter zwar entgegen aller Vorhersagen beständig, aber der Himmel war dauerhaft von einem Wolkenschleier überzogen, durch den die Sonne nur manchmal milchig hindurchschien. Es wehte kein Lüftchen. Die Temperaturen waren normal für die Jahreszeit, aber man hatte den Eindruck, jederzeit könnte ein Inferno losbrechen. Solch eine Stimmung hatte er in Südtirol nie zuvor erlebt.

Für seine Pläne war die Lage gut, kein weiterer Neuschnee in den

Bergen, die Frostgrenze gestiegen, ordentliche Sicht. Aber wehe, es ging wieder los. Zu dumm, dass er vom Wetter so abhängig war. Es waren Neuschneemengen vorhergesagt, bei denen er möglicherweise den Einstieg nicht mehr finden würde. Das wäre fatal. Gas geben, lautete die Devise.

Er blätterte in der »Dolomiten« auf der Suche nach einer bestimmten Meldung. Die letzte Aufgabe hatte der brave Commissario gut gelöst. Es hatte ihm Spaß gemacht zuzusehen, wie der Hygienedienst mit vier Leuten in der Küche einrückte, sodass jeder Gast es mitbekam. So wollte er es haben. Besonders erfreute es ihn, dass sich Südtirol nicht als rechtsfreier Raum entpuppte. Sie hatten tatsächlich ein paar Beamte in Zivil in der Nähe der Trattoria postiert. Als ob er das nicht merken würde. Selbstverständlich hatte er damit gerechnet. Armer Baroncini, hin- und hergerissen zwischen seinen Pflichten als leitender Polizeibeamter und der Solidarität mit einem seiner besten Polizisten. Da waren die paar Staatsstatisten eine Art Notlösung. Eine Rechtfertigung gegenüber dem Capo. Er selbst fand das gut, weil er sich eine besonders amüsante Strafe ausdenken konnte. Obwohl es sich im Gefüge seines Plans um eine Banalität handelte. Das Grande Finale, das war das Ziel. Ob ein ehrbarer Commissario dazu fähig sein würde? Wie weit würde er gehen, um seine Angebetete zu retten?

Menschen im Grenzbereich, was für eine faszinierende Sache. Jedoch nichts im Vergleich zu seiner eigenen Erfahrung, seinem eigenen Leben. Einst hatte er eine blendende Zukunft vor sich gehabt, weil er sich auf sich selbst verlassen konnte. Bis diese Idioten gekommen waren und alles zunichtegemacht hatten. Und wofür?

Hätten sie ihn doch einfach in Ruhe gelassen. Jetzt waren sein Lebenswerk, seine großen Pläne zerstört. Seine überschäumenden Hoffnungen waren längst einem umfassenden Fatalismus gewichen. Eine perfekte Basis für sein Spiel mit dem Commissario. Auch er würde lernen müssen, was Fatalismus heißt.

Wenn das Wetter so wäre wie sonst im Südtiroler Herbst, dann würde er sich viel Zeit lassen, das auszukosten. Die Anwältin hatte ein exklusives, einzigartiges und gut verstecktes Quartier, die Gletscherbewegungen waren moderat, mit einem Einbruch war vorerst nicht zu rechnen. Aber sobald der große Schnee kam, würde sie verrecken. Das konnte er sich nicht leisten.

Endlich fand er den Bericht. Eine Spalte über eine Achtelseite. Er überflog den Artikel. »Skandal in stadtbekannter Trattoria … Hygienedienst … vielleicht geschlossen …« Damit hatte er gerechnet. Er kannte seine Pappenheimer. Kein »Da Piero«, kein Hinweis darauf, um welche Trattoria es sich handelte. Ausgezeichnet. Das Spiel nahm Konturen an. Er wog Vor- und Nachteile ab.

Ich lasse ihn nicht verlieren, sonst könnte es schneller vorbei sein, als mir lieb ist. Aber eine Strafe, die musste sein! Darauf hatte er gewartet, was für ein Spaß. Sofort wusste er, wie er Bellini bestrafen würde. Damit würden sie garantiert nicht rechnen. Was für ein wunderbares Chaos, welch ein Entree für den vorletzten Zug.

***

Trattoria »Da Piero«

Seine Mutter hatte »Hexenschlucker« gemacht, eine Südtiroler Spezialität mit Steinpilzen und Knoblauch. Dazu gab es den Waldfrüchte-Lagrein. Hätte er lediglich als Tröster und Berater am Tisch gesessen, er hätte die Mahlzeit genossen. Aber das Gefühl, ein Verräter zu sein, schlug ihm auf den Magen, zumal seine Eltern den Artikel in der »Dolomiten« natürlich gefunden hatten.

Antonia stocherte wütend in ihren Kartoffeln herum. »Wir haben das alles besprochen, stimmt. Mag auch sein, dass wir ab nächster Woche, wenn dein Fasciani über uns geschrieben hat, ein volles Haus haben. Den Bericht heute in der Zeitung zu lesen, hat trotzdem verdammt wehgetan.«

Piero schenkte sich das zweite Glas ein, auch ihm waren Frust und Enttäuschung deutlich anzumerken. »Geht mir genauso. Wir haben schon acht Absagen für heute Abend. Ist ja klar, weshalb. Stadtbekannte Trattoria! Bis auf ein paar Touristen, die zum ersten Mal hier sind, weiß jeder, wer damit gemeint ist. Hoffentlich findest du Gianna bald und lochst diesen Hundesohn ein. Je eher der Fasciani über uns schreibt, desto besser. Wenn du im Schweiße deines Angesichts dein eigenes Restaurant hochgezogen hast, dann denkst du nicht immer betriebswirtschaftlich. Was interessieren mich die Zahlen von morgen, wenn ich heute sehe, dass kein Mensch kommt.« Er leerte sein Glas in einem Zug und schenkte sich erneut nach.

Vincenzo fühlte sich hundeelend. Gerade, als er zu einer Beschwichtigungsrede ansetzen wollte, klingelte das Handy des *Spielführers*, das wie immer vor ihm auf dem Tisch lag. Ausgerechnet jetzt! »Da muss ich dran, das ist er.«

Mit dem Handy am Ohr ging er nach draußen.

»Vincenzo, wie schön, deine Stimme zu hören. Wie geht es dir?«

Freundlich säuselnd tönten die Worte aus dem Gerät.

»Wie soll es mir gehen? Du hast mich gezwungen, meine eigenen Eltern zu verraten. Ich habe es getan. Lass mich im Gegenzug dazu bitte mit Gianna sprechen.«

»Vincenzo, Vincenzo.« Stille.

»Was ist los? Ich habe die Aufgabe gelöst oder etwa nicht? Wäre es nicht angemessen, dass ich mich im Sinne gegenseitigen Vertrauens selbst davon überzeugen kann, ob es meinem Einsatz, wie du sie nennst, gut geht?«

»Vincenzo, du bist manchmal so entzückend naiv. Mit deinem Einsatz sprechen! Niedlich. Das geht nicht, Vincenzo, tut mir leid. Du wirst mir bis zum Ende unseres Spiels vertrauen müssen. Wenn ich dir sage, deinem Einsatz geht es blendend, musst du mir glauben. Meinst du, in meiner Position hätte ich es nötig, dich anzulügen? Außerdem habe ich das Gefühl, dass du meinen Brief nicht gründlich gelesen hast. Kann das sein?«

»Worauf willst du hinaus?«

»Da stand *eindeutig*, Vincenzo. Eine *eindeutige* Nachricht in der ›Dolomiten‹. Ich konnte heute nirgends den Namen *da Piero* finden. Was hast du dazu zu sagen?« Er sprach weiterhin sanft und melodiös. Keine andere Tonlage hätte besser zu dieser makabren Form des Sadismus gepasst.

Ein Zorn, den er kaum zügeln konnte, kochte in Vincenzo hoch. »Was soll das? Soll ich Aufgaben lösen oder Briefe interpretieren? Meine Eltern sitzen in einer leeren Trattoria! Das dürfte reichen, oder?«

Er vernahm ein paar tiefe Atemzüge. »Vincenzo, ich muss dich viel zu oft daran erinnern, dass unser Spiel auf Höflichkeit und Respekt basiert. Wenn du mich noch einmal dermaßen heftig angehst, erteile ich dir eine deftige Strafe. Ich würde nicht sagen, dass du mich enttäuschst. Du machst deine Sache recht ordentlich. Aber manchmal frage ich mich, wie viel dir dein Einsatz wirklich bedeutet. Wenn ich bedenke, dass du mich von ein paar deiner einfältigen Kollegen beobachten lassen wolltest. Derartiges Gebaren habe ich wiederholt untersagt. Hast du allen Ernstes geglaubt, ich merke das nicht? Was fällt dir zu deiner Entschuldigung ein?«

Vincenzo verspürte ohnmächtige Wut. Er schloss für einen Moment die Augen und stellte sich vor, dass Hans gerade in diesem Augenblick Gianna fand. »Ich versuche alles, das kannst du mir glauben. Ich habe deinen Brief wahrscheinlich nicht sorgfältig genug gelesen. Die Entscheidung, die Trattoria im Auge zu behalten, stammt nicht von mir. Ich nehme an, du bist mit den Grundsätzen unseres Rechtsstaates vertraut. Dann weißt du, dass ich keinen Einfluss darauf hatte. Wie willst du damit umgehen?«

»Gute Einstellung, Vincenzo! Ich liebe selbstbewusste Menschen! In der Tat fällt eine Bewertung schwer, denn du hast einen Teil deiner Aufgabe zufriedenstellend gelöst. Wir lösen das folgendermaßen: Sechs Punkte sind im Falle deines Sieges zu vergeben. Gemäß der Spielregeln hast du verloren. Mir stünden zehn Punkte zu. Doch ich anerkenne deine Bemühungen. Ich habe ein salomonisches Urteil gefällt: Jeder erhält drei Punkte, eine faire Teilung. Eine Strafe kann ich hingegen nicht abwenden. Sie ist notwendig, um dich auf den nächsten Level vorzubereiten. Du erhältst morgen oder übermorgen einen Brief mit deiner vorletzten Aufgabe. Ich werde dich nicht anrufen, ich brauche den ganzen Tag, um deine Strafe auszuführen. Denk zukünftig an meine Hinweise zum Thema Verstärkung. Gelange ich zu der Erkenntnis, dass ihr versucht, den Spielführer zu behindern, endet das Spiel mit dem sofortigen Verlust deines Einsatzes! Es spielt keine Rolle, wer bei euch solche Entscheidungen trifft. Allein das Ergebnis zählt für mich. Schöne Grüße an den Vice-Questore. Er soll sich fragen, ob er damit leben könnte, deinen Einsatz eingefroren zu haben!«

Vincenzo starrte auf das Handy. Drei Minuten hatte das groteske Gespräch gedauert, zu kurz für eine sichere GSM-Ortung. Sein Gegenspieler war in jeder Beziehung professionell. Vincenzo wusste, dass spätestens der letzte Spielzug unmöglich zu erfüllen sein würde. Die bange Frage, ob er Gianna durch Entschlossenheit oder Nichtstun mehr gefährdete, beantwortete sich von selbst.

***

Valentin sah vor sich einen traumhaften Sonnenuntergang über den bizarren Spitzen des Rosengartens. Er hatte inzwischen den Großteil der Hütten, Biwakschachteln und die alten Reste der Kriegsbauten in der Marmolata-Scharte abgesucht. Nichts, keine Spur von Gianna. Ihm war unterwegs kaum jemand begegnet. Die Hütten waren alle zu, die Bahn fuhr nicht mehr, nur die erfahrensten Bergsteiger schafften den Weg in diese schwindelerregenden Höhen. Gute Bedingungen, um ein alpinistisches Greenhorn zu verstecken. Er schüttelte den Kopf. Sollte er sich geirrt haben? Waren die Hinweise auf Eis ein Ablenkungsmanöver?

Sorgenfalten überzogen seine sonnengegerbte Stirn. So imposant das Rot über den Gipfeln war, der milchige Wolkenschleier, der die Sonne viel größer wirken ließ, war ein schlechtes Zeichen. Sowohl über dem Atlantik als auch über dem Mittelmeer brauten sich gewaltige Tiefdrucksysteme zusammen, die Südtirol regelrecht in die Zange nahmen. Das eine würde Massen an Feuchtigkeit bringen, das andere die polare Kaltluft anzapfen. Dazu kamen heftige Stürme. Wenn es erst einmal losging, würde es tagelang schneien, er müsste seine Suche abbrechen. Das wäre das Ende für Gianna. Von Anfang an hatte er befürchtet, dass ihr Entführer das einkalkulierte, dass es ihm egal war, ob sie überlebte. Vincenzo gegenüber hätte er das niemals laut geäußert.

Ihm blieben zwei, vielleicht drei Tage, bis der Wintereinbruch kam. Was sollte er tun? Die letzten Möglichkeiten in der Marmolata abklappern? Oder abbrechen und ein anderes Gebiet absuchen, Ortler oder Adamello? Gletscher gab es auch dort zur Genüge.

Allerdings würde er allein durch Abstieg, Anfahrt und neuerlichen Anstieg mindestens einen wertvollen Tag verlieren. Für jedes mögliche Versteck gab es dieselbe Wahrscheinlichkeit. Vielleicht hatte er bis jetzt schlichtweg Pech gehabt? Nein, er musste weitermachen.

Valentin durchstieg den Westgrat-Klettersteig mit der Sicherheit und Selbstverständlichkeit eines Extrembergsteigers, der als erster Mensch mit Skiern von Mount Everest und K2 abgefahren war und dreizehn der vierzehn Achttausender ohne künstlichen Sauerstoff bestiegen hatte. Er querte steile Felsplatten, die sich nur mittels in sie hineingehauener Eisenstifte begehen ließen, lief leichtfüßig den schmalen Grat entlang, an dessen beiden Seiten es fast senkrecht in die Tiefe ging.

Vor sich sah er den gewaltigen Marmolatagletscher. Ein beeindruckendes Naturspektakel, doch das spielte in diesem Moment keine Rolle. Sein Ziel war die Capanna al Ghiacciaio am Nordrand des Hauptgletschers, eine Schutzhütte, die ganz von Felsen umgeben war. Sie war eine der wenigen verbliebenen Möglichkeiten, Gianna zu finden und sein Lager für die Nacht.

17

Questura, Freitag, 15. Oktober, 07.30 Uhr

An jenem Freitag sollte Vincenzos Fall eine überraschende Wendung nehmen. Er hatte eine weitere schlaflose Nacht hinter sich. Gerade als er zu Hause ein wenig zur Ruhe gekommen war, überfiel ihn plötzlich der panische Gedanke an seine »Strafe«. Was hatte sich dieser Abschaum Teuflisches ausgedacht? Heute würde er es erfahren.

Ohne zu frühstücken, aber mit heftigen Bauchschmerzen war Vincenzo in die Questura gefahren. Paolo Verdi erzählte ihm, dass sowohl die Gerichtsmedizin als auch die Spurensicherung interessante Neuigkeiten für ihn hätten. Da seine Kollegen noch nicht da waren, ging er allein zu Dottoressa Paci. Sie saß an ihrem Schreibtisch, trank Kaffee und schaute sinnierend auf ihren Bildschirm. Als Vincenzo eintrat, blickte sie mit einem Lächeln auf, das vor allem eines verriet: Stolz.

»Ah, Commissario, auf Sie habe ich gewartet. Holen Sie sich einen Kaffee, kommen Sie zu mir, ich will Ihnen etwas zeigen.«

Vincenzo war viel zu gespannt, um Kaffee zu trinken. Er trat sofort neben Paci, die ihren Bildschirm reflexartig ausschaltete. Vincenzo sah sie fragend an.

»Bevor ich Ihnen mein Meisterwerk offenbare, sollten Sie wissen, was ich gemacht habe. Ich habe es geschafft, das Gesicht zu rekonstruieren. Wir haben ein neues Computerprogramm, schneller als alles, was ich bisher kannte. Ihr Toter ist mein erster Versuch, und es hat gleich funktioniert.« Sie strahlte über das ganze Gesicht. »Das ist alles ziemlich kompliziert. Ich habe die ganze Nacht durchgearbeitet. Heute früh war das Programm fertig, und das Ergebnis ist sensationell, so gut wie ein Foto. Ich bin restlos begeistert! Nun dürfen Sie ihn sich anschauen. Bereit?«

»Warum haben Sie denn daran weitergearbeitet? Sie hatten doch Zabatinos Haarbürste.«

Das war für Paci ein Affront. »Lieber Commissario, Sie haben mir Druck gemacht, weil Sie wissen wollten, wie sein Gesicht aussah, bevor es von einem Talferstein in eine gleichförmige Masse verwandelt wurde. Wenn ich einmal angefangen habe, höre ich nicht mittendrin auf. Selbstverständlich habe ich auch die Haare analysiert. Für Sie bedeutet das, dass Sie gleich zwei Beweise kriegen. Wollen Sie das Gesicht jetzt sehen oder nicht?«

Als Vincenzo entschuldigend nickte, schaltete Paci ihren Bildschirm mit einem »Voilà« wieder an. Sie hatte nicht übertrieben, das Bild war von bemerkenswerter Qualität. Eine Überraschung war es hingegen nicht. Ein längliches, auffallend schmales Gesicht, dünne, gepresste Lippen, kleine Augen, eine zu groß geratene Nase. Wahrscheinlich Zabatino.

Paci hatte sich ein Lob verdient. »Ich bin begeistert, Signora, Respekt! Nie zuvor habe ich etwas Vergleichbares gesehen. Was für eine gestochen scharfe Auflösung, kein Vergleich zu seinem Foto in der Personalakte. Vielen Dank! Könnten Sie mir sicherheitshalber sagen, ob auch die Haare zu unserem Talfertoten passen?«

Pacis Antwort war ebenso knapp wie unmissverständlich. »Eindeutig Zabatino.«

Damit war der Fall für Vincenzo klar. Sein psychopathischer Patient hatte den Psychiater umgebracht, um an seine Codekarte zu kommen. Wahrscheinlich hatte er den desillusionierten, zurückgezogen lebenden Arzt monatelang ausgehorcht, um zu erfahren, wie die Abläufe in der Abteilung waren, was für ein Leben er führte, ob er eine Frau, Freundin, Verwandte oder Freunde hatte. Der frustrierte Eigenbrötler Zabatino, den niemand vermissen würde, erwies sich als perfekt für seinen Racheplan. Giannas Entführung, ihre Kette um Zabatinos Knöchel – alles passte. Seine Kollegen irrten sich, und sein Instinkt hatte ihn von Anfang an nicht getäuscht. Nur so recht freuen konnte er sich darüber nicht. Er wusste, wozu dieser kranke Mensch fähig war. Ein Oberrautner wäre ihm lieber gewesen, der hatte noch niemanden umgebracht.

Mit einem Ausdruck des Bildes in der Hand verabschiedete er sich von Signora Paci, die sich längst wieder hingebungsvoll ihrem Bildschirm zugewandt hatte. Zweifellos hielt Reiterer in der Spurensicherung weitere Hinweise auf Zabatinos Patienten bereit. Aber was sollten sie damit anfangen? Giannas Versteck blieb trotzdem unbekannt.

***

St. Pankraz, 07.45 Uhr

Maria Hofer wurde von Tag zu Tag nervöser. Dieser Mann war in ihr Leben geplatzt und hatte es völlig durcheinandergebracht. Seit Jahrzehnten schon lebte sie in derselben Umgebung, jeden Tag dieselben Abläufe, Kühe melken, kochen, putzen ... In ihrem Leben hatte es nur einen Mann gegeben, und der war schon lange tot. Dann hatte sie ihre kleine Appartementanlage eingerichtet und mit mehr Menschen zu tun bekommen als früher, was nichts daran änderte, dass immer noch alles nach einem festen Schema ablief.

Ihre Gäste waren typische Touristen. Die einen wollten mit der Familie nach Südtirol, weil diese Region als eine der schönsten der Alpen galt, dort fast immer die Sonne schien, die Menschen nett und zugänglich waren und es manches kulinarische Schmankerl gab. Die anderen waren Bergsteiger und Skifahrer. Aber alle waren klassische Durchschnittstypen, die meisten sympathisch und in der Regel schnell wieder vergessen.

Mit diesem Stadler war es anders. Sie war nicht verliebt in ihn, nein, bestimmt nicht. Es war diese unglaubliche Faszination, die von ihm ausging. Er hatte einen undefinierbaren Blick, lauernd, musternd. Er wirkte geschmeidig wie ein Raubtier vor dem Sprung. Er war durchtrainiert, drahtig, kein Bodybuilder. Seine sanfte Stimme, sein Charme, dem man nicht widerstehen konnte, standen dazu in einem aufregenden Kontrast. Zugleich strahlte er Souveränität und Gelassenheit aus. Je länger sie ihn beobachtete, desto weniger konnte sie sich vorstellen, dass eine solche Ausnahmeerscheinung lediglich ein paar Reisebücher schrieb.

Um Viertel vor acht war es endlich so weit. Stadler verließ das Haus, ging schnellen Schritts zu seinem Auto, einem schlichten VW-Golf. Der passte wirklich nicht zu ihm, er bräuchte einen eleganten, edlen Sportwagen. Zu gerne wäre sie nach draußen gelaufen, um ihn abzufangen, ein paar Worte mit ihm zu plaudern. Doch bei seinem letzten Besuch hatte er ihr freundlich, aber bestimmt zu verstehen gegeben, dass er die nächsten Tage Ruhe und Zeit benötige, um sein Projekt nicht durch den nahen Wintereinbruch zu gefährden.

Dabei hatte sie sich extra für ihre Begegnungen mit Stadler ein neues schickes Kleid gekauft und war zum Friseur gegangen, ganz zu schweigen von dem sündhaft teuren Parfum, ihrem ersten seit dem Tod ihres Mannes. Stadler hatte ihr deswegen Komplimente gemacht, auf eine Art, die ihr wohlige Schauer über den Rücken jagte. Dann war er, noch ehe er seinen Köstenkuchen aufgegessen hatte, aufgestanden und hatte sich mit dieser freundlichen, aber bestimmten Abfuhr verabschiedet. Sie schämte sich ein bisschen, weil sie wusste, dass sie zu weit ging. Aber sie konnte nicht anders, er hatte sie in seinen Bann gezogen, aus dem es kein Entrinnen gab.

Sie beschloss, Obstler zu besorgen, am besten gleich drei Flaschen. Den trank er offensichtlich gerne. Vielleicht konnte sie mit Hilfe von Alkohol mehr über ihn erfahren.

Heute nahm er keinen Rucksack mit. Er trug Jeans und einen schwarzen Pullover. Was immer er vorhatte, in die Berge wollte er nicht.

***

Forensische Psychiatrie, 08.00 Uhr

Es war grauenvoll, wie langsam die Zeit verstrich. Minute um Minute musste er sich durch die Ödnis der Tage quälen. Ohne die kleine Taschenuhr, ein Mitbringsel von Zabatino, die er unter dem Bett versteckt hielt, hätte er längst jedes Zeitgefühl verloren. Sein Blick wanderte durch die karge Zelle. Alte, abblätternde Ölfarbe an den Wänden, hässliche grüne Fliesen im Sanitärbereich, teilweise schon gesprungen, die unbequeme Pritsche, keine Möglichkeit, nach draußen zu sehen. Das war menschenverachtend und entwürdigend.

Er sah auf die Uhr: gleich acht. Bald würde dieser Albertazzi auftauchen, um ihm sein ekelhaftes Frühstück in die Durchreiche zu stellen. Klack, Frühstück rausnehmen, Geschirr vom Vorabend reinstellen, klack, Durchreiche zu. Jeden Tag dasselbe, zweimal.

Erfreulicherweise brachte ihm sein einziger richtiger Besucher regelmäßig Diazepam mit, damit ließ sich der Horror etwas besser ertragen. Was tat man nicht alles für den schnöden Mammon? Er versuchte, sich einzureden, dass dieser Aufenthalt endlich war. Bald war es vorbei, danach würde es ihm besser gehen als je zuvor. Aber die Zeit verstrich im Zeitlupentempo. Käme wenigstens gelegentlich dieser Zabatino, dann könnte er mit jemandem reden. Aber der würde nirgendwo mehr hingehen, der Pechvogel. Na ja, ein paar Tage noch …

Klack, die Durchreiche wurde geöffnet. Verdutzt sah er auf sein Frühstück, das die Bezeichnung nicht verdiente. Eine gute halbe Stunde zu früh. Was sollte diese Abweichung vom Tagesplan? Davon war nicht die Rede gewesen. Andererseits, was kümmerte ihn das? Ihm konnte es egal sein. Er zählte die Tage und Stunden. Benommen von seiner letzten Dosis stand er auf, nahm das eine Tablett raus, stellte das andere rein. Klack, bis zum nächsten Kontakt zur Außenwelt würden wieder Stunden vergehen.

***

Questura, 09.30 Uhr

Sie saßen in Vincenzos Büro zusammen, wo sie auf Albertazzis Anruf warteten. Auf dem Weg zur Spurensicherung war Vincenzo zuversichtlich, seinen Kollegen eröffnen zu können, dass Oberrautner als Täter ausschied. Die Ergebnisse der rechtsmedizinischen Untersuchungen waren eindeutig. Reiterers Befund aber auch.

Erwartungsvoll sahen ihn Mauracher und Marzoli an, zwischen denen zunehmend ein Wettstreit um Vincenzos Cantuccini-Etagere entbrannte. »Unsere Talferleiche ist zweifelsfrei Zabatino. Und ich war mir sicher, dass uns Reiterer weitere Beweise in dieser Richtung liefern wird. Schließlich hatte Oberrautner nichts mit dem Psychiater zu tun.« Vincenzo schüttelte den Kopf. »Den Gefallen tut Reiterer uns aber nicht. Er hat Giannas Halskette untersucht. Was soll ich sagen? Er hat Oberrautners Fingerabdrücke darauf gefunden.«

»Na also«, frohlockte Marzoli, »wie ich es vorausgesagt habe. Oberrautner ist unser Mann. Vergessen Sie Ihr Monster, Commissario. *Scusi*, wenn ich das offen sage, aber das ist bei Ihnen zu einer fixen Idee geworden. Jetzt wissen wir, wo wir dran sind. Wetten, dass gleich Albertazzi anruft und bestätigt, dass er ihn auch eine halbe Stunde vor der Zeit in seiner Zelle gesehen hat?«

Er hatte kaum ausgesprochen, da klingelte das Telefon. Albertazzi entschuldigte sich, dass er erst so spät anrief, und machte Marzoli zum Wettsieger. Auf Vincenzos Erklärungen über Zabatinos unnatürlichen Tod reagierte der leitende Psychiater mit einer für den Commissario unbegreiflichen Gleichgültigkeit. »Das wundert mich im Grunde nicht. Er war ein Loser, das geborene Opfer. Vielleicht ist es so sogar besser für ihn. Sein Leben muss die Hölle gewesen sein.« Mit dem Hinweis auf seinen engen Terminkalender legte er auf. Er erkundigte sich nicht einmal, wie sein langjähriger Mitarbeiter ums Leben gekommen war.

Mauracher wippte gedankenverloren in ihrem Freischwinger hin und her. Sie hatte die Beine angezogen und umschloss sie mit beiden Armen. »Ich weiß nicht, ich kann mir das echt nicht vorstellen. Ein Junkie, der Frauen entführt und Männern das Genick bricht? Ne, Leute, sorry, das glaube ich nicht.«

Seit Giannas Verschwinden hatte Vincenzo kaum geschlafen, seine täglichen Sporteinheiten halfen ihm mehr schlecht als recht durch den Tag. Sie verhinderten nicht, dass er inzwischen alles um sich herum wie durch einen feinen Nebel wahrnahm. Alkohol als Schlafmittel hatte er sich bis zum Ende der Ermittlungen untersagt. Müde lächelte er die junge Kollegin an. »Sabine, ich vertraue auch oft meinem Instinkt, meinem Gefühl. Das hat mir gesagt, dass Oberrautner kein Schwerverbrecher sein kann. Aber eines müssen Sie noch lernen: sich strikt an den Fakten zu orientieren. Ich habe es wie Sie nicht für möglich gehalten, dass ein Kleinkrimineller zu solchen Taten fähig ist. Dennoch ist es wohl so, die Indizienlage ist eindeutig. Oberrautners Fingerabdrücke auf der Kette, und unser Monster vegetiert noch immer in seiner Zelle dahin. Albertazzi hat uns bestätigt, dass unser Serienmörder die Zelle nicht verlassen hat. Oberrautner ist mehrfach vorbestraft, er verachtet unser Rechtssystem, fühlt sich verfolgt, ist außerordentlich gut trainiert. Passt wunderbar zusammen. Wir müssen nun alles daran setzen, Gianna zu finden, bevor Oberrautner mich zum letzten Spielzug einlädt. Deshalb werde ich seiner Frau noch einen Besuch abstatten.«

Mauracher gab sich damit nicht zufrieden. »Eine Frage zwingt sich doch förmlich auf: Welches Motiv sollte Oberrautner haben, diesen Zabatino umbringen? Die kannten sich gar nicht. Haben Sie selbst gesagt.«

»Wer weiß, vielleicht war er ein Zufallsopfer. Es ging ihm darum, uns zu zeigen, wozu er fähig ist, und zugleich den ersten Hinweis auf Gianna zu liefern. Dabei hat er sich genauso stümperhaft angestellt wie früher. Er hat seine Fingerabdrücke hinterlassen, aber versucht, mit primitiven Mitteln die Identifizierung seines Opfers zu verhindern. Wäre Paci nicht so schnell gewesen, hätte uns spätestens Zabatinos Zahnarzt gesagt, wer der Tote in der Talfer ist. Solche Fehler würden dem *Monster* nicht unterlaufen. Der ist viel professioneller. Ich befürchte, Sabine, Ihr Argument stützt sogar unsere These.«

Schweigen machte sich breit. Plötzlich ging die Tür auf, ein aufgeregter Paolo Verdi platzte in die Runde. »Hier bist du, Giuseppe!«, sagte er atemlos zu Marzoli. »Gut, dass ich dich finde. Barbara hat angerufen, Elisa ist von der Schule nicht nach Hause gekommen.«

Marzoli schaute auf seine Uhr. »Wieso? Die ist doch noch gar nicht aus.«

»Die Rektorin hat eine SMS an die Eltern verschicken lassen, die Schule wurde wegen eines anonymen Anrufs geräumt. Angeblich eine Bombendrohung. Eine halbe Stunde später war Elisa noch immer nicht daheim.«

***

Marmolata, 10.00 Uhr

Um fünf Uhr war Valentin von der Capanna al Ghiacciaio aufgebrochen. Keine Spur von Gianna. Ihm blieben noch zwei Möglichkeiten auf der anderen Seite der Marmolata: das Rifugio Onorio Falier all'Ombretta und das Biwak Marco dal Bianco am Ombrettapass. Das befand sich zwar nicht im Bereich des Hauptgletschers, einen Versuch war es dennoch wert. Das Rifugio Contrin kam nicht in Betracht. Das lag im Tal und hatte ganzjährig geöffnet. Wären die Wege nicht alle zugeschneit, würden ihm auf dem heutigen Weg etliche Bergsteiger begegnen.

Allmählich beschlichen ihn Zweifel, ob Gianna tatsächlich in der Marmolata gefangen gehalten wurde. Der Berg war weltberühmt, jedes Jahr kamen Tausende Bergsteiger aus aller Herren Länder. Selbst bei diesen unsicheren Weg- und Witterungsverhältnissen war es möglich, dass sich ein paar erfahrene Alpinisten bis ins

Hochgebirge vorwagten. Dann bestand die Gefahr, dass Gianna gefunden wurde.

Aber galt das bei näherem Hinsehen nicht für alle Gletschergebiete in Südtirol und im angrenzenden Trentino? Der Ortler war nicht weniger bekannt, und auch in die Adamello- und Presanellagruppe kamen immer mehr Bergsteiger. Hatte er sich tatsächlich dermaßen geirrt? Nein, er war sich absolut sicher, dass Giannas Verschwinden etwas mit Südtirols Gletschern zu tun hatte. Vielleicht war ihm nur noch nicht klar geworden, was.

Für heute blieb die Hoffnung, dass er bei seinen letzten Versuchen mehr Glück hatte. Sein Höhenmesser, den er am Vorabend auf die Höhe der Capanna al Ghiacciaio, zweitausendsiebenhundert Meter, eingestellt hatte, zeigte nun, am frühen Morgen, zweitausendachthundertzwanzig Meter an. Das hieß, dass der Luftdruck allein während der Nacht um fünfzehn Hektopascal gefallen war. Tags zuvor waren es zehn Hektopascal gewesen. Außerdem zogen vermehrt Haufenwolken auf, ein sicherer Schlechtwetterbote. Was sich über den Ozeanen zusammenbraute, war mächtig. Viel Zeit blieb nicht mehr. Wenn sein Gefühl ihn nicht trog, hing Giannas Leben an einem seidenen Faden.

Er setzte seinen zwanzig Kilogramm schweren Rucksack auf, mit dem er sich schneller bewegen konnte als ein normaler Wanderer ohne Gepäck, und marschierte weiter. Als er die Westflanke der Marmolata umrundet hatte, sah er eine milchige Sonne tiefrot im Osten aufgehen. Der ganze Marmolatagletscher war rot eingefärbt, ein ebenso phantastisches wie seltenes Naturerlebnis. Leider auch ein weiteres Schlechtwetterzeichen, genau wie der allmählich auffrischende Südostwind und die in der Höhe zögernd ansteigenden Temperaturen. Mit etwas Glück würde der Wind, ausgelöst durch das Hochdruckgebiet im Osten und die großen Luftdruckgegensätze, das bevorstehende Wetterchaos einen weiteren Tag lang aufhalten.

***

Bozen, 11.00 Uhr

Elisabeth Oberrautner lauschte Vincenzos Ausführungen mit versteinertem Blick. Er hatte ihr die Briefe gezeigt, ihr vom Talfertoten und der Entführung seiner Lebensgefährtin berichtet. Es gab einige Fragen, deren Beantwortung ihre Ermittlungen vielleicht ein wenig weiterbringen konnten, vor allem in Bezug auf Giannas Versteck. »Es tut mir leid, Ihnen diese traurigen Erkenntnisse mitteilen zu müssen, Signora Oberrautner, aber die Indizienlage ist eindeutig. In Ihrem Mann scheint sich über Jahre hinweg eine so unbändige Wut angestaut zu haben, dass er jetzt wie ein Vulkan explodiert ist. Das Wichtigste ist zu verhindern, dass ihm ein weiterer Mensch zum Opfer fällt. Dass ich selbst emotional beteiligt bin, bedarf keiner Erklärung.«

Sie lächelte müde. »Commissario, Sie haben mein Mitgefühl, das können Sie mir glauben. Ich weiß, wie Sie sich fühlen. Zu gerne würde ich Ihnen helfen, mir geht es nämlich nicht anders. Aber ich kann es nicht. Sie sind auf dem Holzweg, Michael hat nichts damit zu tun. Ich könnte verzweifeln, weil man mir partout keinen Glauben schenken will.«

»Signora, Fingerabdrücke Ihres Mannes an der Kette meiner Lebensgefährtin, die Gewissheit, dass es unser zweiter Hauptverdächtiger nicht sein kann, dazu die weiteren Hinweise, all das spricht eine eindeutige Sprache. Ich verstehe Sie, doch es nützt nichts. Bitte beantworten Sie mir ein paar Fragen. Wir müssen wissen, in welchen hochalpinen Regionen des Landes sich Ihr Mann am besten auskennt. Hat er bevorzugte Berggruppen, wohin ist er für Gletscherbegehungen oder Skitouren gefahren? Hat er eine Hütte, Wohnung, einen Campingplatz, ein Refugium, wo er sich zum Beispiel zum Schreiben zurückgezogen hat? Und ehe ich es vergesse: Geben Sie mir bitte eine Schriftprobe von Ihrem Mann mit, einen Brief, Notizen zu seinen Büchern …«

Michael Oberrautner war ein begnadeter Skifahrer, auch abseits der Pisten. Seine Frau vermutete, dass er Gletschertouren gemacht hatte. Und er hatte tatsächlich ein Lieblingsgebiet, die Marmolata, wo er Skitouren, Wanderungen oder Klettertouren machte. Von einem Rückzugsort wusste Frau Oberrautner nichts. Alles in allem eine Bestätigung für Hans' Vermutung. Vincenzo spürte eine gewisse Erleichterung, seine Hoffnung wuchs, dass sein Freund Gianna finden würde.

Elisabeth Oberrautner versetzte seinem erwachenden Optimismus einen Dämpfer. Als er sich mit einem Moleskin-Notizbuch des Romanautors in der Hand verabschieden wollte, hielt sie ihn zurück. »Bitte nehmen Sie noch einen Moment Platz, Commissario. Ich will Ihnen ein paar Dinge über Michael erzählen. Es sind intime Details, die eigentlich nicht für fremde Ohren bestimmt sind, aber Sie sollten das wissen. Es könnte Ihnen, mir und Ihrer Lebensgefährtin helfen. Fangen wir mit diesen ominösen Briefen an. Das ist nicht Michaels Stil, in keiner Weise. Weder sprachlich noch inhaltlich.«

Signora Oberrautner erzählte, dass ihr Michael äußerlich ein Baum von einem Mann sei, groß, kräftig, finsterer Gesichtsausdruck. In Wahrheit jedoch sei er sanft wie ein Lamm. Sie begreife nicht, dass die Polizei ihr das nicht abnehme. Er könne keiner Fliege etwas zuleide tun, jede Spinne fange er und entlasse sie in die Freiheit, das Elend anderer Menschen setze ihm zu, bei entsprechenden Berichten in den Medien kämen ihm die Tränen. Er besitze noch einige Stofftiere aus seiner Kindheit, und wenn er sich unbeobachtet fühle, schmuse er mit ihnen. Vielleicht liege das daran, weil sie keine Kinder bekommen hätten, mit Sicherheit aber, weil er in vielerlei Hinsicht selbst ein Kind sei. »Ich habe keine Ahnung, Commissario, woher Ihre Indizien stammen, aber Sie müssen zugeben, dass Michael schlecht in Ihr Profil eines brutalen Mörders passt. Wenn Sie ein Gefühl dafür entwickeln möchten, schauen Sie in eines seiner Bücher. Derjenige, der sie geschrieben hat, ist nie ganz erwachsen geworden. Mehr gibt es dazu nicht zu sagen.«

Vincenzo beschlichen wieder Zweifel. Signora Oberrautner hatte recht, vom Typ her passte dieser Mann nicht in das Profil eines eiskalten Verbrechers. Das würde bedeuten, dass es einen Dritten geben musste, jemanden, auf den sie bis jetzt nicht gekommen waren. Es gab jedoch niemanden in der Kartei, der nach menschlichem Ermessen einen Grund hatte, sich an ihm oder der Staatsgewalt auf diese Weise zu rächen. Es müsste sich um einen außer Kontrolle geratenen Psychopathen handeln, der keinen persönlichen Bezug zu ihm oder dem restlichen Polizeiapparat hatte. Der aber sehr viel – zu viel – wusste über Commissario Bellini, seine Kollegen und seine Freundin.

Was für irritierende Gedanken. Sie führten zu nichts. Wichtig war allein die Konzentration auf die Fakten, und dazu zählte Oberrautners Schriftprobe. Immerhin hatte Vincenzo in dieser schweren Zeit die Anteilnahme und den Zusammenhalt seiner Kollegen. Jeder Einzelne von ihnen war jederzeit bereit, eine Nachtschicht einzulegen oder ein Wochenende zu opfern.

***

Via San Vigilio, 15.00 Uhr

Marzoli lebte mit seiner Familie in einer großen Wohnung im Bozener Stadtviertel Oberau-Haslach. Von dort aus war er schnell in der Questura, die Schulen der Kinder lagen in der Nähe, und es war ruhig. Am Wochenende konnte man herrliche Spaziergänge machen, die auch für Kinder geeignet waren. Besonders gern wanderten sie über den Kastanienweg zur Haselburg, eine Höhenburg aus dem 13. Jahrhundert, Namensgeberin des Stadtviertels. In dem alten Gemäuer gab es ein Restaurant mit einer verlockenden Speisekarte, einer beachtlichen Weinkarte und einer traumhaften Aussicht über Bozen. Die Bahnlinie und der Fluss Eisack, die Oberau-Haslach vom Rest Bozens trennten, hatten dafür gesorgt, dass das Stadtviertel einen dörflichen Charakter behalten hatte.

Vor neun Jahren waren Giuseppe und Barbara mit Noemi hierhergezogen, um ihren gemeinsamen Lebenstraum zu gestalten: mindestens zwei Kinder, eine schöne Wohnung, ein ausreichendes Einkommen. Der Traum hatte sich erfüllt. Nach der Geburt von Noemi, die inzwischen schon sechzehn war, hatte es zunächst so ausgesehen, als sollte es bei einem Kind bleiben. Aber fünf Jahre nach Noemis Geburt wurde Barbara unerwartet wieder schwanger und brachte ihren einzigen Sohn zur Welt, Filippo. Zwei Jahre später kam dann noch Nesthäkchen Elisa.

Sie war das zarteste ihrer Kinder, ein Wirbelwind voller Temperament, schwerer zu nehmen als ihre Geschwister. Sie war überschäumend, überschwänglich, manchmal sprunghaft. Während ihre Geschwister groß und kräftig waren und eher reifer wirkten als ihr tatsächliches Alter, war Elisa auch mit fast zehn Jahren noch ein kleines Mädchen. Im Gegensatz zu ihren beiden Eltern war sie zierlich, sie hatte lange blonde, ungewöhnlich dichte Haare und dunkelbraune Augen. In der Schule war sie mittelmäßig, konnte sich schwer konzentrieren, war kaum zu Hausarbeiten zu motivieren. Doch aufgrund ihrer offenen und freundlichen Art war sie überall beliebt, bei den Lehrern ebenso wie bei ihren Mitschülern.

Giuseppe und Barbara hatten geheiratet, nachdem sie sich nur zwei Monate kannten. Beide wussten, dass sie gefunden hatten, wonach sie suchten. Marzoli war ein zuverlässiger, engagierter Polizist aus Überzeugung. Es war eine Selbstverständlichkeit für ihn, dem Commissario in dieser schweren Zeit zur Seite zu stehen. Nicht nur beruflich, indem er bereitwillig Abende und Wochenenden mit der Familie opferte, sondern auch menschlich.

Es war nicht zu übersehen, dass Bellini am Ende seiner Kräfte war. Was dieser Teufel in Menschengestalt mit ihm machte, war zu viel für einen Mann, diese Situation musste jeden überfordern. Trotzdem sorgte sich Bellini um Elisa. Erst vor einer halben Stunde hatte er angerufen, um sich nach dem Stand der Dinge zu erkundigen.

Für Marzoli stand die Familie über allem, und für seine Frau Barbara galt das Gleiche. Wenn sie gelegentlich in der Zeitung auf Berichte über Kinderschicksale stießen, waren sie beide manchmal stundenlang bedrückt, sie wurden von der Sorge umgetrieben, dass auch ihnen so etwas passieren könnte.

Und jetzt war es geschehen, Elisa war spurlos verschwunden. Es war bereits nach drei, und sie hatten noch nichts von ihr gehört. Marzoli war inzwischen zigmal ihren Schulweg abgefahren, er hatte mit dem Schuldirektor konferiert, sie hatten viele der Eltern angerufen. Natürlich war nicht auszuschließen, dass sie mit einer Freundin unterwegs war, aber das wäre untypisch für sie. Elisa war trotz ihrer Impulsivität zuverlässig. Wenn sie nach der Schule nicht gleich nach Hause kommen wollte, rief sie stets von ihrem Handy aus bei ihrer Mutter an. Sie hatten ihr das Mobiltelefon eigens für solche Zwecke zum achten Geburtstag geschenkt. Und das war der nächste Punkt, der ihnen Angst machte: Ihr Mobiltelefon war ausgeschaltet.

Marzoli saß ratlos in seinem Arbeitszimmer, starrte auf das Telefon. Er wusste nicht, was er noch tun sollte. Selbstverständlich hatte er bei seinen Kollegen eine Vermisstenanzeige aufgegeben, aber er wusste, dass bis zum Abend nicht viel unternommen werden würde. Schließlich stand er seufzend auf und ging hinunter ins Wohnzimmer. Er musste sich um den Rest der Familie kümmern.

***

Sarnthein, 17.00 Uhr

Vincenzo fühlte sich unendlich schwach, der Schlafmangel setzte ihm immer mehr zu. Er spürte, dass er sich in einem bedrohlichen Abwärtsstrudel befand. Der Blick in den Spiegel entsetzte ihn: Sein Gesicht war eingefallen, er hatte dicke Tränensäcke unter den Augen. Heute sah er nicht aus wie Ende dreißig, sondern wie Anfang fünfzig. Seit Giannas Entführung hatte er vier Kilo abgenommen, kein Wunder, er hatte seit Tagen überhaupt keinen Appetit mehr. Und Alkohol hatte sich als schlechter Ratgeber entpuppt.

Schwerfällig schälte er sich aus seiner Jeans und schlüpfte in seine Laufsachen.

Das war sein Credo: jeden Tag ein bisschen Sport, um Körper und Geist halbwegs in Schwung zu halten. Aber mit jedem Tag fiel es ihm schwerer, sich zu überwinden. Heute schaffte er zum ersten Mal den kurzen, steilen Anstieg nicht, nach ein paar Metern hatte er den Eindruck, als würden seine Beine in Sekundenschnelle bleischwer. Gleichzeitig wich jeder Rest von Kraft aus seinem Körper. Solch einen körperlichen Einbruch hatte er noch nie zuvor erlebt, es war schlimmer als bei einer Grippe. Er änderte seinen Plan. Ab sofort würde er den Anstieg schnell gehen, das war besser als nichts.

Zurück in seiner Wohnung rief er als Erstes Marzoli an. Was für eine Ironie des Schicksals, ausgerechnet in dieser Situation war seine Tochter verschwunden. In seinen düstersten Phantasien hatte er sich ausgemalt, dass Oberrautner sich Elisa geschnappt hatte. Aber das konnte er sich nicht vorstellen. Was hätte es für einen Sinn, ein unschuldiges Kind in die Sache zu verwickeln?

Er wollte gerade unter die Dusche gehen, als sich das Handy meldete, das er auf die Spiegelablage gelegt hatte. Vincenzos Nackenhaare sträubten sich. Welche Teufelei würde ihn jetzt erwarten? Er nahm ab.

»Hallo, Vincenzo, na, wie geht's?«

Was für eine selten dämliche Frage. »Ging schon besser.«

»Ich kann dich gut verstehen. Glaub mir, unser Spiel ist für deine Persönlichkeitsentwicklung von elementarer Bedeutung. Wenn es vorbei ist, wirst du dich auf einer höheren Bewusstseinsebene befinden!«

Bitter lachte Vincenzo in sich hinein. Bewusstseinsebene! »Wenn du das sagst.«

»Ganz bestimmt, du wirst sehen! Noch zwei Spielzüge, dann ist es vorbei. Allerdings solltest du dich besser konzentrieren, du fängst an, Fehler zu machen. Manchmal habe ich den Eindruck, dass du dich zu wenig um dich kümmerst. Schläfst du überhaupt genug? Treibst du Sport? Du musst im Vollbesitz deiner Kräfte sein, mein Freund, sonst wirst du scheitern.«

Vincenzo stand nackt vor der Dusche und starrte auf die Wandfliesen. Ihm fuhr der Gedanke durch den Kopf, dass er, wenn das alles gut ausging, seinen Job an den Nagel hängen, nach Mailand ziehen und sich eine Aushilfstätigkeit suchen würde. Dann wollte er nichts weiter als ein ganz normales, von Liebe erfülltes Leben mit Gianna!

»Vincenzo?«, tönte es fordernd aus dem Handy.

»Alles okay bei mir. Wie geht es weiter?«

»An deinem vorletzten Zug arbeite ich gerade. Vielleicht sollte ich nach deinem letzten Versagen das Niveau ein bisschen senken. Es sollte schnell gehen, du weißt ja, dein Einsatz ... Wie gefällt dir eigentlich deine Strafe?«

Elisa. Jetzt begriff Vincenzo. Er hatte sich nicht vorstellen können, dass es noch schlimmer wurde, aber die Bösartigkeit des Spielführers war unergründlich. »Was hast du getan? Kennst du gar keine Grenzen?«, schrie Vincenzo in das Gerät. Eine mächtige Hasswelle überflutete ihn.

»Ruhig, Vincenzo, nicht schreien, ich habe dich oft genug gewarnt! Ist süß, die Kleine. So kindlich und unbedarft. Und zerbrechlich, man mag sie gar nicht anfassen. Erstaunlich, wenn man bedenkt, dass Giuseppe eher, nun, wie soll ich sagen ... fett und massig ist. Er ist bestimmt mächtig stolz auf seine Tochter. Kennst du Elisa überhaupt?«

»Das ist es wohl, was du brauchst: Macht«, stieß Vincenzo hervor. »Sonst gehst du ein wie eine Primel. So ist es doch, oder?«

»Ich scheine mich in dir getäuscht zu haben. Deine Gedankenwelt ist erstaunlich primitiv. Ich dachte tatsächlich, dass wir aus demselben Holz geschnitzt sind. Ich frage mich, ob es überhaupt Sinn hat weiterzuspielen.« Für eine Antwort blieb keine Zeit, das Gespräch war beendet.

Vincenzo zwang sich mit aller Macht, seine eigene Situation zu verdrängen und sich auf Marzoli und seinen Kummer zu konzentrieren. Es war verrückt, er hatte tatsächlich ein schlechtes Gewissen. Das Gefühl, für das Verschwinden von Elisa verantwortlich zu sein, weil er seine Eltern nicht vollends in den Ruin getrieben hatte. Er wusste, was das Schwein bezweckte, konnte sein Verhalten, die Situation analysieren, aber es nützte nichts. Das schlechte Gewissen war trotzdem da.

Er schlich ins Wohnzimmer, griff zum Telefon, um Marzoli anzurufen, ihn zu informieren, ihm zuzureden, ihn zu beruhigen. Oder besser doch nicht? Unschlüssig blickte er auf das Gerät in seiner Hand. Sie hatten getan, was sie konnten, eine Suchmeldung rausgegeben, Streifen losgeschickt. Marzoli würde nur panisch, wenn er wüsste, bei wem seine Tochter war. Vincenzo bemerkte nicht, dass er splitternackt vor seinem Panoramafenster stand, wo er einen interessanten Anblick für seine Nachbarn bot.

***

Marmolata, 20.45 Uhr

Das war's. Frustriert saß Hans Valentin im Rifugio Falier, das vor der seltenen Wetterlage kapituliert hatte. Entgegen seiner Einschätzung hatte es die Pforten geschlossen. Da der prominente Extremalpinist jedoch in Südtirol hohes Ansehen genoss, bekam er jederzeit die Schlüssel sämtlicher Hütten im Land. Nachdem auch das Biwak leer gewesen war, hatte er extra den Umweg über die Cime Ombretta gemacht, um auf der Südseite einen kleinen Gletscherrest zu prüfen. Er suchte irgendeinen Holzverschlag, eine Höhle, irgendwas, wo Gianna stecken konnte. Nichts. Es war vorbei.

Gegen Mittag hatte es erstmals zugezogen, an der Cime Ombretta begann es leicht zu schneien. Der Luftdruck war weiter gefallen, der Wind legte zu und drehte auf Südwest. Weiter unten, an der auf zweitausend Meter liegenden Hütte, hatte es geregnet. Morgen würde es noch mal aufreißen und ein bisschen milder werden, aber am Sonntag ging es los. Dann würde der Wind auf Nordnordwest drehen und weiter zunehmen bis auf Sturmstärke. Heftige Niederschläge. Anfangs Regen bis gut zweitausend Meter, ein paar Stunden später würde es bis auf unter tausendfünfhundert Meter hinunter schneien.

Welche Optionen hatte er noch? Die wenigen Stunden nutzen und auf Verdacht zum Adamellogletscher aufsteigen? Er hatte während seiner Tagesetappe ununterbrochen nachgedacht. Seiner Ansicht nach schied der Ortler aus. Zu groß, zu mächtig, zu wenig markante Punkte im Eis, an denen man sich orientierten konnte. Um jemanden in so einer Umgebung zu verstecken, käme der Ortler nicht in Frage. Der Adamello hingegen war gut geeignet. Einsame Hütten, viele Biwaks, markante Eisformationen in den Randbereichen.

Das war die letzte kleine Chance. Er sah auf die Uhr seines Höhenmessers: gleich neun. Zu spät für den Abstieg. Er nahm sich vor, morgens um fünf aufzubrechen, um abzusteigen nach Malga Ciapela, dem Skiort mit seiner Gondelbahn auf die Punta Rocca. Im Hotel Roy würde er jemanden bitten, ihn zum Lago di Fedaia zu fahren, wo er sein Auto abgestellt hatte. Er musste schnellstens nach Pinzolo und weiter bis ans Ende des Val Genova, weil er von dort aus den Gletscher am schnellsten erreichen konnte. Eine anstrengende Fahrerei, zweihundert Kilometer, Pässe, Kurven, alles, was er in dieser Situation gar nicht brauchen konnte. Es spielte keine Rolle, es ging um Gianna.

***

Forensische Psychiatrie, 21.00 Uhr

Nach Feierabend war sie nach Hause gefahren, um sich umzuziehen. Schwarze Funktionswäsche, Hose, Pullover, Bergschuhe. Sie packte ihren Rucksack mit allem, was für eine Bergtour notwendig war. Man konnte nie wissen. Sie war sich bewusst, dass sie sich als Neuling kaum anmaßen konnte, etwas von Polizeiarbeit zu verstehen. Doch es ging nicht um Ermittlungsmethoden, sondern um ein Gefühl. Sie konnte sich partout nicht vorstellen, dass ein Typ wie dieser Oberrautner zu solchen Taten fähig war. Während Marzoli und Bellini – den sie total süß fand – unterwegs waren, hatte sie sich heimlich die Akte des *Monsters von Bozen* besorgt. Dieser Typ war ein durchgeknallter Irrer. Hochintelligent, skrupellos, eiskalt.

Und die Bilder erst! Mann, was sah der scharf aus. Er war für Frauen gefährlich, weil er sie tierisch anmachte. In seinen Augen lag ein Ausdruck, der ihr einen Schauer über den Rücken jagte, obwohl es sich nur um ein Foto handelte. So einen konnte sie sich als Giannas Entführer und Zabatinos Mörder sehr gut vorstellen. Und er hatte ein klassisches Motiv: Rache. Alle Indizien sprachen gegen Oberrautner, ihr Gefühl eindeutig für das *Monster von Bozen*. Andererseits – es war unmöglich, dass jemand aus diesem Hochsicherheitstrakt entkommen konnte. Trotzdem, man sollte nichts unversucht lassen.

Seit sechs Uhr beobachtete sie die alte Psychiatrie. Ihre Chefs hatten leider von dem ursprünglichen Plan, das Gelände zu observieren, Abstand genommen, weil für sie feststand, dass Oberrautner hinter den Taten steckte. Dann musste sie das eben auf eigene Faust machen.

Sie war fünfzehn gewesen, als ihr Opa einem heimtückischen Raubüberfall zum Opfer gefallen war, der niemals aufgeklärt wurde. Sie hatte ihn eigentlich mehr geliebt als ihre spießigen Eltern. Winnie, wie sie ihren Opa nannte, war dagegen ein cooler Typ. Stammte aus Berlin, trug modische Klamotten, hatte eine lässige Sprache, nicht so hochgestochen wie die meisten in dem Alter, machte verrückte Sachen wie Bungeejumping und Freeriding, war meistens gut drauf. Ein Optimist, dessen Glas stets halb voll war, warmherzig, gutmütig. Winnie war ihr großes Vorbild gewesen. Nach dem brutalen Mord wusste sie, dass sie zur Polizei gehen würde. Kapitalverbrechen sollten nicht ungesühnt bleiben, es musste Gerechtigkeit geben, und sie wollte ihren Beitrag dazu leisten.

Inzwischen war es stockfinster. Es hatte ein bisschen genieselt, jetzt war es wieder trocken. Und angenehm mild, nur der Wind war unangenehm. Sie zog sich die Kapuze über.

Bislang war nichts Auffälliges passiert. Absolute Stille. Sie hatte den Eingang im Blick. Dummerweise war ihr Versteck, eine kleine Baumgruppe, an die fünfzig Meter entfernt. Sollte jemand auftauchen, könnte sie ihn nicht erkennen. Ihre Deckung konnte sie nicht verlassen. Immerhin war sie schnell an ihrem Auto, falls es nötig war.

Und dann würde sie ihm folgen, auch dann, wenn er zum Versteck seiner Geisel in die Berge ging.

***

Via San Vigilio, 21.15 Uhr

Dutzende Male hatten sie bei Freundinnen angerufen, Giuseppe Marzoli war Elisas Schulweg mehrfach abgegangen. Keine Spur von ihr. Abends wurde die Fahndung intensiviert, doch sie blieb ergebnislos.

Barbara wurde immer wieder von heftigen Weinkrämpfen geschüttelt, so sehr, dass sie kein Wort mehr herausbrachte. Giuseppe sah seine Frau, die in der Sofaecke kauerte, eine Weile lang nachdenklich an, dann stand er auf. »Ich gehe noch mal los!«, sagte er entschlossen. Er zog eine Winterjacke an, denn der Wind war in den letzten Stunden immer stärker und kälter geworden.

In diesem Moment klingelte es. Marzoli rannte zur Tür und riss sie auf.

Vor ihm stand Elisa, freudestrahlend, ein wenig schuldbewusst, mit einem großen weißen Stofftiger im Arm. Marzoli starrte seine Tochter einen Moment lang an. Dann zerrte er sie über die Schwelle, zog sie an seinen bulligen Körper, drückte sie fest an sich. Tränen der Erleichterung liefen ihm über die Wangen.

Er schob seine Tochter ins Wohnzimmer, wo Barbara einen Schrei ausstieß. Tränenüberströmt nahm sie das Kind in den Arm, hielt es fest, wollte es gar nicht mehr loslassen. Minutenlang brachten beide Eltern kein einziges Wort, keine Frage heraus.

Endlich stieß Barbara hervor: »Elisa! Was ist denn … Wo warst du … Wir haben uns solche Sorgen …«

Marzoli unterbrach seine Frau: »Elisa, du erzählst uns jetzt, was passiert ist. Alles, hörst du?«

Das Mädchen blickte von einem zum andern, sie schien unschlüssig, was sie berichten sollte. »Nach der Schule war da so ein netter Mann …«

Ihre Eltern sahen sich entsetzt an. Ein Alptraum. »Und weiter?«

Nervös rutschte die Kleine auf dem Sessel hin und her, drückte das Stofftier fest an sich. »Der Mann hat gesagt, dass die Mama ihn geschickt hat, weil sie nicht zu Hause ist. Deshalb soll er auf mich aufpassen. Er hat gesagt, ihr seid seine Freunde und ihr kennt euch schon seit der Schule und dass seine Tochter so alt ist wie ich. Und weil die Mama nicht wissen konnte, dass die Schule heute ausgefallen ist.«

Barbara starrte ihre Tochter an. »Und das hast du ihm geglaubt? Wie oft haben wir dir eingebläut, du sollst niemals, wirklich niemals mit einem Fremden mitgehen! Elisa, du bist neun, du bist kein kleines Kind mehr! Warum hast du nicht wenigstens angerufen?«

Der brüske Tonfall ihrer Mutter verunsicherte Elisa, sie begann zu weinen. Giuseppe nahm seine Tochter in den Arm. »Es ist alles in Ordnung, erzähl einfach weiter. Was ist dann passiert?«

Elisa berichtete, der Mann sei so freundlich gewesen, dass sie keinerlei Zweifel an seinen Worten hatte. Er war mit ihr nach Meran gefahren. Sie hatten Eis gegessen, später gab es eine Pizza, er hatte ihr das Stofftier geschenkt. Sie standen vor einem Schaufenster, Elisa hatte sich gleich in den weißen Tiger verliebt. »So einem süßen Mädchen wie dir kann man keinen Wunsch abschlagen«, hatte er mit sanfter Stimme gesagt. Und zum Abschied hatte er ihr sogar fünfzig Euro geschenkt, ein Vermögen für ein Kind dieses Alters. Als sie über das Geld sprach, wirkte Elisa verunsichert, aber Barbara strich ihr beruhigend über den Kopf. Das Kind konnte nichts dafür.

Und jetzt war der Spuk zum Glück vorbei.

Marzoli wollte unbedingt wissen, mit wem seine Tochter mitgegangen war. Er zeigte Elisa auf seinem Laptop zwei Bilder. »War es einer von denen?« Elisa nickte. »Welcher denn?« Sie tippte mit dem Zeigefinger auf den Monitor. »Der da war's.« Genau damit hatte Marzoli gerechnet. Damit waren die letzten Zweifel beseitigt.

Sollte er Bellini zu Hause anrufen? Lieber nicht, sein Kollege war fix und fertig gewesen, wahrscheinlich schlief er längst. Das hatte Zeit bis morgen.

***

Forensische Psychiatrie, 21.30 Uhr

Sabine Mauracher kauerte noch immer hinter ihrem Baum. Trotz ihrer Funktionskleidung fröstelte sie. Die Luft wurde feuchter. Hoffentlich hatte sie sich nicht total verrannt und hockte hier bis zum nächsten Morgen, ohne dass etwas passierte. Zum ersten Mal kam ihr der Gedanke, ob sie ihrer Karriere durch diesen Alleingang nicht schadete. Sie hatte sich eingeredet, dass es ihre Sache war, was sie nach Feierabend tat. Aber wenn sie den smarten Commissario richtig einschätzte, würde er das möglicherweise ganz anders sehen. Und gerade mit ihm wollte sie es sich nicht verscherzen. Falls allerdings gerade sie den entscheidenden Hinweis liefern würde, der nicht nur Bellinis Bauchgefühl bestätigte, sondern auch zu seiner Gianna führte …

Plötzlich vernahm sie ein Geräusch schräg hinter sich. Reifen auf Kies. Ein Wagen rollte langsam mit Standlicht auf den Parkplatz, vorbei an ihrem Versteck. Er fuhr um die Psychiatrie herum, parkte kaum sichtbar unter einem Baum. Jemand stieg aus und ging schnell auf den Eingang zu. Zu dumm, dass sie zu weit weg war, sie konnte nicht erkennen, wer es war. Die Gestalt war dunkel gekleidet, und es war stockduster. Die tief hängenden Wolken verdeckten den Mond.

Sie durfte ihr Versteck nicht verlassen. Kaum hatte die Gestalt den Eingang erreicht, schwang die Tür auf, sie schlüpfte schnell hinein, die Tür schloss sich wieder. Mauracher sprang auf, lief in geduckter Haltung rasch auf den Eingang zu. Am Treppenabsatz blieb sie stehen, überlegte, ob sie es wagen sollte. Dann eilte sie kurzentschlossen die Stufen hinauf, um ins Innere des Gebäudes zu schauen, das nur spärlich ausgeleuchtet war. Sie konnte niemanden erkennen. Was sollte sie tun? Bellini oder Marzoli anrufen? Mann, das würde bestimmt Ärger geben. Sie entschied sich, weiter in ihrem Versteck auszuharren. Spätestens dann, wenn Albertazzi das Frühstück gebracht hatte, würde der Typ wieder herauskommen.

Sie würde ihm folgen, und mit etwas Glück führte er sie geradewegs zu Gianna. Spätestens, wenn es in Richtung Berge ging, musste sie ihre Kollegen informieren. Sie ging zu dem Wagen, notierte sich den Fahrzeugtyp – ein BMW X3 – und das Kennzeichen.

***

Sarnthein, 21.45 Uhr

Nach Oberrautners Anruf hatte Vincenzo das Gefühl durchzudrehen. Diese Machtlosigkeit und die Vorstellung, dass dieser kranke Mensch sich an einem Kind vergehen könnte, machten ihn rasend. Was hatte er Elisa angetan, wohin hatte er sie verschleppt? Lange saß er grübelnd und noch immer nackt auf seinem Sofa. Endlich meldete sich das Handy. Reflexartig griff Vincenzo danach.

»Ich habe nachgedacht, Vincenzo.« Stille.

Vincenzo fuhr ihn an: »Was hast du mit Elisa gemacht?«

»Ich habe ernsthaft nachgedacht, warum du dich so abweisend verhältst. Gerade schon wieder! Und das, obwohl du weißt, dass du damit deinen Einsatz gefährdest. Du handelst unlogisch. Na ja, ein bisschen kann ich dich verstehen. Du misstraust mir, fürchtest, dass du deinen Einsatz ohnehin nicht zurückbekommst. Habe ich recht? Das macht mich traurig, aber ich kann mich gut in dich hineinversetzen. Soll ich dir was sagen? Ich bin bereit, dir zu verzeihen. Ich verzichte auf eine weitere Strafe. Was sagst du dazu?«

Vincenzo malte sich aus, was er mit Oberrautner anstellen würde, wenn er ihn zu fassen bekam. Eines war klar, er würde sich Zeit lassen und es genießen. »Was ist mit Elisa? Sie ist ein Kind!«

Ein vernehmliches Stöhnen. »Ich bin betrübt, dass du mir allen Ernstes zutraust, ich würde mich an einem unschuldigen, wehrlosen Kind vergehen. Ich habe Elisa den schönsten Tag ihres Lebens geschenkt. Oder glaubst du, sie findet die blöden Wochenendspaziergänge mit ihren Eltern prickelnd? Inzwischen ist sie längst wieder in den Armen ihres dicken Vaters und erzählt ihm, was für ein netter Mensch ich bin. Du solltest allmählich begreifen, dass du den Anweisungen des Spielführers bedingungslos zu folgen hast. Tust du es nicht, folgen Strafen, auf die du im Traum nicht kommen würdest.« Oberrautners Stimme war wieder säuselnd, freundlich, mitleidig. Inzwischen fand Vincenzo diesen warmen, weichen Tonfall nur noch abstoßend. »Nun nähert sich das Spiel dem Ende. Morgen früh gehst du an deinen Briefkasten. Darin findest du die Anweisungen für den vorletzten Spielzug. Ich hätte dich deine Fähigkeiten zu gerne länger unter Beweis stellen lassen, doch wie gesagt: Die Zeit drängt. Dein vorletzter Zug wird vergleichsweise trivial sein. Werte ihn als Ruhe vor dem Sturm. Schön doppeldeutig, oder? Schlaf gut, mein teurer Freund. Ich bin immer in deiner Nähe.«

Vincenzo fiel eine zentnerschwere Last vom Herzen. Wäre Elisa etwas geschehen, wäre er seines Lebens nicht mehr froh geworden. Warum hatte ihm Marzoli bloß nicht Bescheid gesagt? Was hatte er sich nur dabei gedacht? Er rief ihn an.

Als er erfuhr, dass Marzoli ihn endlich einmal in Ruhe schlafen lassen wollte, beruhigte sich Vincenzo wieder. Hauptsache, Elisa war sicher und wohlbehalten zu Hause. Den ultimativen Beweis hatte sie gleich mitgebracht. Sie hatte Oberrautner eindeutig erkannt.

Vincenzo legte auf und ging zum Kühlschrank. Nur ein oder zwei Bier. Nachdem er tagelang nichts getrunken hatte, würde das reichen, um gut einzuschlafen. Ohne Schlaf würde er bald zusammenbrechen. Er öffnete die Flasche, sah an sich hinunter. Hatte er tatsächlich die ganze Zeit nackt dagesessen? Er streifte Jogginghose und T-Shirt über, ging er an seinen CD-Ständer und zog Mozart hervor, Klavierkonzert Nummer 23. Vor allem der zweite Satz, das Andante, konnte Vincenzo selbst in Momenten von Trauer und Frust in einen melancholisch-meditativen Zustand versetzen, der zu einer tiefen inneren Ruhe führte. Sobald die Streicher einsetzten, bekam er Gänsehaut. Er beschloss, statt eines zweiten Bieres zu Mozart ein Glas Amarone zu genießen.

Um elf Uhr lag Vincenzo im Bett. Das Handy blieb stumm. Noch ehe er sich die Decke über die Schultern gezogen hatte, fiel er in einen gleichmäßigen, tiefen Schlaf. Sein Körper holte sich endlich, was er brauchte.

***

Forensische Psychiatrie, 23.30 Uhr

Bald Mitternacht, zwei Stunden war es her, seit die Gestalt in dem Gebäude verschwunden war. Mauracher war sicher, dass es sich um Bellinis *Monster* handelte. Woher hatte der Kerl nur dieses teure Auto? Soweit sie wusste, lag keine entsprechende Diebstahlmeldung vor. Immerhin war es ein Leichtes, morgen den Fahrzeughalter zu ermitteln.

Plötzlich schwang die Tür auf. Wusste sie es doch! Wie auch immer Oberrautners Fingerabdrücke auf Giannas Kette gekommen waren, ein Mörder war das nicht, niemals.

Die dunkel gekleidete Gestalt trat ins Freie, eine weitere Person folgte ihr. Was hatte das zu bedeuteten? Die Tür schwang zu, die beiden stiegen rasch die Stufen hinab. Sie wirkten vertraut, schienen einige Worte zu wechseln. Steckten etwa beide dahinter? Arbeitete Oberrautner mit dem *Monster* zusammen? Das würde natürlich so manches erklären, wie viel einfacher wäre die Logistik des perversen *Spiels*!

Die beiden gingen rasch zu dem BMW und stiegen ein. Sekunden später rollte der Wagen dicht an ihrem Versteck vorbei. Sie versuchte, ins Innere zu schauen – nichts zu erkennen. Als der Wagen auf die Straße fuhr, hechtete sie zu ihrem Fiat und fuhr los, impulsiv, unüberlegt. Sie musste herausbekommen, wer in dem Wagen vor ihr saß.

Der BMW fuhr Richtung Autobahn, hielt sich strikt an die Geschwindigkeitsbegrenzung. Er fuhr auf die mautfreie Schnellstraße Richtung Meran, sie folgte ihm in einem Abstand von zweihundert Metern. Bis zum ersten Tunnel hielt sich der BMW weiter an das Tempolimit, dann beschleunigte er abrupt. Sein Vorsprung vergrößerte sich rasch.

Mauracher trat das Gaspedal durch, es nützte nichts. Mit ihren neunundsechzig PS war sie chancenlos.

Vermutlich hatten sie sie bemerkt oder ahnten zumindest, dass sie verfolgt wurden. Ein weiteres Indiz für ihre These. Wer nichts zu verbergen hatte, musste nicht fliehen. Morgen mussten sie als Erstes den Halter des BMW ermitteln. Der Fall nahm überraschend Konturen an. Der Commissario würde stolz auf sie sein. Mit einem guten Gefühl fuhr sie zurück in ihre kleine Citywohnung.

18

Rifugio Falier, Samstag, 16. Oktober, 04.00 Uhr

Valentin hatte unruhig geschlafen, die Gedanken kreisten in seinem Kopf. Er war es gewohnt, den Naturgewalten zu trotzen. Schneestürme, eisige Temperaturen, ein luftiges Biwak in einer Felswand bei minus vierzig Grad, tagelange Abgeschiedenheit, das alles machte ihm nichts aus. Doch diesmal ging es um ein Menschenleben, um Gianna, die Frau eines seiner besten Freunde. Dass er mit seiner Vermutung, sie wäre im Umfeld des Marmolatagletschers versteckt, unrecht gehabt hatte, machte ihm zu schaffen.

In der Nacht hatte der Wind kräftig zugelegt, es pfiff, ächzte, knarrte überall in dem alten Gemäuer des Rifugio. Er war sich nicht sicher: Entweder brach das Unwetter am Vormittag los, oder gerade der starke Wind hielt das Vorrücken der Front noch einmal auf. In diesem Fall hätte er den Tag, den er für den Adamello brauchte.

Mit einem großen Becher Kaffee in der Hand trat er vor die Tür, vier Uhr, stockfinster. Er legte seinen Höhenmesser auf einen Stein und wartete. Sein Gefühl sagte ihm, dass es noch einmal zu einer Wetterberuhigung kommen würde. Es kam ihm vor, als wäre es noch etwas milder geworden, das spräche für eine stabile Südostströmung. Am Abend hatte es leicht geregnet, nach Mitternacht wieder aufgehört. Auch das war ein gutes Zeichen.

Nach zehn Minuten schaute er auf die Temperaturfunktion seines Höhenmessers. Acht Grad plus, noch mal zwei mehr als am Abend. Gut. Seine Erfahrung sagte ihm, dass der Wind gegen Mittag nachlassen und sogar die Sonne ein letztes Mal durchkommen würde. Dann folgte eine merkwürdig ruhige Nacht, ungewöhnlich mild, fast wie im Hochsommer. Morgen würde die warme Strömung im Laufe des Tages zusammenbrechen und den Weg freimachen für ein Jahrhundertunwetter mit Schnee- und Sturmchaos über Südtirol. Egal, wo Gianna sich befand – wenn sie in den Bergen war, mussten sie Vincenzos Freundin finden, bevor es losging, sonst war sie verloren.

Er ging in die Hütte, goss sich einen weiteren Kaffee ein, aß zwei Bananen, dann brach er auf. Es war kurz vor halb fünf.

***

Sarnthein

Der Schnee kam vom Himmel auf uns und unsere Feinde und bedeckte alles mit seinem Hermelinmantel. Mit ihrer imponierenden Majestät warnte uns die Natur und führte uns unsere Winzigkeit und Ohnmacht vor Augen.

So realitätsnah wie eine Dokumentation lief der Traum in seinem Gehirn ab. Zu Beginn des Traums erschien ein Mann, der sich als Ludwig vorstellte. Er sei ein Augenzeuge und wolle Vincenzo alles erzählen, was er erlebt habe.

Ludwig erläuterte ihm, dass die Soldaten den Naturgewalten seit dem Ausbruch des Gebirgskrieges offen ausgesetzt waren. Es gab nicht mehr nur einen Feind, sondern zwei. Einzig der Gedanke, dass es den Italienern nicht besser erging, tröstete sie ein wenig. Ludwig hatte sich niemals vorstellen können, dass die Front in einer derart lebensfeindlichen Umgebung verlaufen würde. Der Tod war ihr ständiger Begleiter, aber er hätte nicht sagen können, ob mehr Kameraden durch feindlichen Beschuss ums Leben kamen oder durch Kälte, Stürme, Schnee, Lawinen und Gletscherspalten. Sollte er jemals wieder nach Hause kommen, würde er nicht mehr derselbe sein.

Der Verletzte – einer der besten Schützen – fiel nieder und spornte trotzdem seine Kameraden an weiterzuschießen. Dann wurde er zum nächsten Sanitätsposten geschleppt. Das Erste, was man ihm verabreichte, war eine Dosis Morphium, ehe man sich um seine schwere Verletzung kümmerte. Doch die Lungen des Mannes waren derart mit Luft gefüllt, dass die kleine Membran, die seine Lunge von der Verletzung trennte, zerriss. Dreimal nacheinander spritzte kraftvoll Blut aus der Wunde, dann war es vorüber.

Jeden Tag robbten sie in ihrer weißen Tarnkleidung über den Gletscher. Alle paar Minuten huschte von der gegnerischen Seite her Scheinwerferlicht über das Eis. Wehe dem, der dann nicht schnell genug war, nicht sofort mucksmäuschenstill liegen blieb. Der war verloren, starb im feindlichen Kugelhagel.

Es war fürchterlich, so ausgeliefert zu sein. Manchmal mussten er und seine Kameraden stundenlang regungslos ausharren, dann kroch die frostige Kälte gnadenlos durch die Uniform und die Tarnkleidung, die Finger wurden taub, ließen sich kaum mehr bewegen. Der Gletscher war groß und ausgesetzt, immerzu wehte ein eisiger Wind und machte die Kälte noch unerträglicher. Wehe, wenn es dann noch schneite oder regnete.

Die Verluste waren immens. Als die Schneeschmelze kam, wurde es noch schlimmer. Ihre Unterstände im Eis flossen ihnen im wahrsten Sinne des Wortes davon, und sie standen plötzlich ohne jegliche Deckung da. Erst gestern war eine Granate direkt neben Ludwig eingeschlagen. Sie hatte Franz zerfetzt, den Einzigen, mit dem ihn in dieser Hölle eine Art Freundschaft verband. Sicherlich, Hauptmann Samen, der Zugführer dieser Kaiserjäger, tat alles, um seine Männer zu schützen. Aber diese Schlacht konnten sie nicht gewinnen, das wussten sie alle. Wenigstens erlitten auch die Italiener ordentliche Verluste.

Meine Jäger werden selbstverständlich auf diesem Posten bis zum letzten Mann ausharren, doch mache ich darauf aufmerksam, dass ich, wenn ich, so wie heute, durch einen einzigen Volltreffer sieben meiner besten Leute verliere, in den nächsten Tagen, wenn die Schneeschmelze fortschreitet, meine ganze Mannschaft verloren haben werde!

Seit zwei Jahren war Ludwig Soldat in diesem bizarren Krieg, in dem niemand wusste, wer der schlimmere Gegner war: die Italiener oder die Naturgewalten. Er konnte die Toten, die er gesehen hatte, gar nicht mehr zählen. Zu Hause saß Wilhelmine mit den beiden Kindern, hoffte jeden Tag aufs Neue, dass er zurückkam. Aber aus dieser Hölle aus Eis gab es kein Entrinnen. Das hatte er inzwischen begriffen. Es war nur noch die Frage, ob es die Gewalt der Natur oder eine italienische Kugel sein würde, die seinen Einsatz für immer beendete.

Er stand in der Scharte, blickte wehmütig hinunter ins Val Contrin. Den ganzen Vormittag hatte es geregnet, jetzt klarte es auf. Sogar die Sonne kam durch und vertrieb die klamme Kälte aus ihren geschwächten Körpern. Dafür wurden sie zu einer wunderbaren Zielscheibe für den Feind.

Sie hatten den natürlichen Schutz des Nebels genutzt, um gegnerische Stellungen auszuspähen. Jede Sekunde voller Angst, die

Sinne in höchster Konzentration. Jederzeit konnten Schüsse fallen oder das signifikante, ekelhafte Pfeifen der Granaten hörbar werden, bei dem man wusste, dass es gleich knallen würde, aber nicht, wo. Sie waren durch die riesigen Séracs des Gletschers marschiert, eine surreale, zugleich faszinierende Welt. Man ging zwischen senkrechten Wänden hindurch, die aus purem Eis bestanden. Umwabert von weißem Nebel wie von einem unüberwindbaren Schutzschirm, bekam man inmitten dieser Eiswelten das Gefühl, es könnte einem nichts passieren. In diesen Stimmungen mochte Ludwig kaum glauben, dass er sich in einem brutalen, hoffnungslosen Krieg befand.

Doch nun, während die Sonne ihm wohltuend ins Gesicht schien, dachte Ludwig voller Grauen an jene Nacht des 20. September zurück, in der so viele seiner Kameraden ihr Leben verloren hatten. Er selbst war dem Tod nur knapp entgangen. Es war der Gedanke an Wilhelmine und seine Kinder gewesen, der ihm trotz aller Hoffnungslosigkeit genügend Kraft zum Überleben gegeben hatte.

Eine so schlimme Nacht habe ich mein Leben nie durchgemacht. Eisige Kälte, Schnee und ein Wind, dass ich mich an ein im Fels verankertes Eisen anklammern musste, sonst hätte es mich wie Papier davongeweht. Der Sturm kam von allen Seiten und schoss mir den Schnee wie mit Kanonen ins Gesicht. Es war so schlimm, dass ich mir nur noch den Tod wünschte. Doch nun, da ich überlebt habe, möchte ich zu meinen Liebsten zurückkehren, um ihnen von all meinen Leiden zu berichten.

Leo gesellte sich zu ihm. Er hatte den Unterstand den ganzen Tag nicht verlassen. Die Strapazen und die zermürbende Angst hatten ihn gezeichnet.

»Was glaubst du, Leo, werden wir dieser Hölle jemals entkommen?«

»Keine Ahnung, Ludwig, mit unseren bescheidenen Mitteln jedenfalls nicht. Was wir bräuchten, wäre ein natürlicher Schutz, etwas, womit die Italiener nicht rechnen. Aber was sollte das …«

Ludwig schnaubte verächtlich. »Womit die Italiener nicht rechnen! Die sitzen in ihren Felsstellungen und warten einfach ab. Es gibt nichts, wo wir uns verstecken könnten, keinen Wald, nicht einmal Latschengestrüpp, nur dieser Fels und das widerliche Eis. Und oben auf dem Gletscher sind wir für die wie auf dem Präsentierteller. Jede Bewegung kriegen die italienischen Posten mit. Man könnte fast sagen, diejenigen, die in eine anständig tiefe Spalte gefallen sind, hatten richtig Glück. Die hat wenigstens der Gegner nicht erwischt.«

Leo starrte Ludwig an. »Ludwig, du bist ein Genie, weißt du das eigentlich? Ein richtiges Genie.«

Ludwig hatte keine Ahnung, was sein Kamerad meinte. Was hatte er denn Geniales gesagt?

Leo hingegen schaute mit zusammengekniffenen Augen auf den Gletscher hinab und stellte fest: »Das könnte allen Ernstes die Lösung sein. Ludwig, vielleicht ist das der Wendepunkt in dieser gottverdammten Schlacht! Ich muss sofort zum Hauptmann.«

Als die Not am größten war, kam uns der Gedanke, das Gletschereis wie einen weichen Fels zu behandeln und alle Stellungen durch Tunnels tief unter der Oberfläche zu verbinden. Es ging für uns um Sein oder Nichtsein.

Mitten in der Nacht robbte Leo mit fünf Freiwilligen bis an den Rand der riesigen Gletscherspalte heran, die ihnen bisher nur wie ein gewaltiger Schlund erschienen war, der alles verschlingen wollte, was sich ihm näherte. Vorsichtig seilten sie sich ab.

Leo, im Zivilberuf Ingenieur, war der Erfahrenste von allen. Keine Skitour war ihm jemals zu schwierig gewesen, enorme Strecken hatte er auf seinen Brettern zurückgelegt. Diese Sicherheit in Schnee und Eis hatte ihm in dieser Schlacht schon oft geholfen. Der Truppe allerdings nur selten – bis zu diesem historischen Augenblick.

Leo hatte als ersten Josef abgeseilt, jetzt folgte er selbst, dann kam Ludwig. Er gehörte dazu, war er doch in gewisser Weise, wenngleich unbeabsichtigt, der Vater dieser wahnwitzigen Idee.

Kurze Zeit später befanden sie sich alle sechs tief unten im Eis. Endlich konnten sie ihre Fackeln anzünden. Leo wusste, dass schon seine Drahtseil-Hängebrücke an der Ricoletta eine Meisterleistung der Ingenieurskunst gewesen war. Doch wenn sich sein aberwitziger Plan realisieren ließe, würde er sich damit selbst ein Denkmal setzen und in die Geschichtsbücher eingehen. Sie gingen am Fuß der Spalte entlang, untersuchten die Eiswände auf natürliche Höhlungen. Wo konnten sie am besten ansetzen? Wo war die Gefahr eines Eisbruchs am geringsten? Ein Projekt von gigantischen Ausmaßen, aber die Zeit drängte. Selbst Leo, der in seinem Leben jede erdenkliche Eisart erforscht hatte, blickte voller Demut auf die bizarren, riesenhaften Eisformationen.

Bei der Durchforschung der glitzernden Gemächer standen wir immer wieder still vor Bewunderung: Feinkörnige weiße Firnwände, von waagrechten, durchsichtigen Eisbändern durchzogen, wechselten mit malachitgrünen rundlichen Gesimsen, von denen tausendfach schimmerndes und funkelndes, seidenartig glänzendes Eiszapfengeschmiede in den wunderlichsten Formen herniederhing. Hätten die Ahnen von diesen blauen Wundern gewusst, wie viel anders wäre die Sage von dem Märchenschloss der Königin Marmolata gewesen!

Ludwig gesellte sich zu Leo. »Hast du je zuvor etwas Derartiges gesehen, Leo?«

»Nein, Ludwig, das ist wie eine Welt, von der man nicht weiß, ob hier der Herrgott haust oder der Leibhaftige persönlich.« Eine Weile schweigen sie andächtig vor diesem Wunderwerk der Natur.

»Glaubst du, dass es funktionieren wird, Leo?«

Leo nickte und ballte die Hände zu Fäusten. »Ja, wird es! Es wird funktionieren! Ich sehe es vor mir: Wir graben in zwei Richtungen, hier und in den anderen Spalten, und verbinden alles mit unterirdischen Gängen. Ich werde die Wege, Spalten und Höhlen mit Namen versehen, genau wie Straßen in Städten, damit ihr euch zurechtfinden könnt. Es wird Depots für die Munition geben, Baracken als Unterkünfte, einen Raum für die Ärzte und Sanitäter, eine Fernsprechzentrale, Vorratsräume. Sogar Strom werden wir haben. Jawohl, mein Freund, es wird klappen! Die verdammten Italiener können sich warm anziehen!«

Hier befinden sich alle Baracken unterm Eis. Immer Nacht, nur Kerzenschein, nur die Wachposten sehen das Tageslicht. Die andern bemerken den Tag nur, wenn sie an Gletscherspalten kommen. Aber auch da ist man zwanzig bis vierzig Meter darunter. In den Baracken gibt es immer Rauch. War man einen Monat dort, wurde man schwarz wie die Neger in Afrika.

Unruhig wälzte sich Vincenzo in seinem Bett hin und her. Als er für einen Moment aufschreckte, spürte er, dass er am ganzen Körper schwitzte. Er befand sich in einem Zustand zwischen Traum und Wirklichkeit, sah alles, was er gerade geträumt hatte, klar vor sich, wäre aber nicht in der Lage gewesen, es in Worte zu fassen.

Da war der gewaltige Marmolatagletscher, er hörte das Geräusch von Schüssen und die Schreie der Getroffenen. Dann tauchte er schnell wie in einem Hubschrauber auf eine riesige Gletscherspalte hinab. Mit atemberaubender Geschwindigkeit ging es hinein in den Gletscher, und plötzlich war da so etwas wie eine Stadt. Er sah Soldaten, Verwundete, Schlafräume. Alles konnte er sehen, aber niemand nahm ihn wahr. Er schien für die anderen unsichtbar zu sein.

Dann löste sich aus dem Menschengemenge eine Gestalt und kam direkt auf ihn zu. Vincenzo erkannte Hans Valentin. Der Bergführer fasste ihn am Arm und zog ihn in die Baracken hinein. »Komm mit mir, Vincenzo, ich habe dir so viel davon erzählt. Folge mir, und du wirst staunen. Gianna ist auch hier! Sie wartet schon auf dich.«

***

Malga Ombretta, unterhalb des Rifugio Falier, 05.30 Uhr

Valentin passierte die Malga Ombretta. Im Sommer war die Alm mit der herrlichen Panoramalage an der mächtigen Südwand der Marmolata eine beliebte, auf bequemen Wegen erreichbare Jausenstation. Allein der beeindruckende Blick nach Westen auf die Cime Ombretta lockte täglich Dutzende Wanderer an. Jetzt lag trotz der Plusgrade während der letzten Tage noch eine Menge Schnee. Hans sah keinerlei Fußspuren im Schnee, erwartungsgemäß war nach dem ersten Wintereinbruch niemand mehr zu der Alm gekommen. In achtundvierzig Stunden würde die Hütte nur mehr mit Skiern erreichbar sein.

Wenn er den im Sommer viel begangenen Dolomiten-Höhenweg Nummer 2 erreicht hatte, war er fast in Malga Ciapela. Das Wetter hielt sich, ordentliche Bedingungen für den Adamello. Trotzdem hatte er ein ungutes Gefühl. Er hatte irgendwas übersehen. Aber was? Im Gebiet der Marmolata war Gianna nicht, er hatte jeden erdenklichen Winkel abgesucht, wo man tagelang überleben konnte. Dass der Hinweis auf Eis ein Täuschungsmanöver war, glaubte er nicht. Giannas Entführer neigte dazu, sich selbst zu beweihräuchern, er suchte die Bewunderung. Nein, Gianna war irgendwo im Eis. Und auch um den Adamello-Gletscher gab es wahrlich genug Möglichkeiten, jemanden zu verstecken. Ganz anders als die berühmte Marmolata war das wildes Gelände, eine Einöde.

Dennoch, er hatte diese merkwürdige Ahnung, die ihn schon beim Aufbruch beschlichen hatte und ihn seitdem nicht mehr losließ. Er hasste es, wenn er eine Wahrnehmung nicht zuordnen konnte. Es musste mit dem Gletscher zusammenhängen, bloß wie? Wenn er einen Fehler beging und umsonst die weite Strecke in die Nachbarprovinz fuhr, würde für Gianna jede Hilfe zu spät kommen. Er setzte sich auf einen Stein, vergrub das Gesicht in den Händen und schloss die Augen. *Was hast du übersehen? Eine Biwakschachtel? Eine Hütte? Denk nach!*

Es half nichts, es fiel ihm nicht ein. Er hatte keine Wahl. Seine Entscheidung war gefallen, er musste ins Adamellogebiet. Er ging zügig weiter.

***

Sarnthein

Die Leistungen des Hochgebirgskrieges gipfeln in den Begriffen Kameradschaft und Heimatliebe. Angesichts der vielfältigen Bedrohungen des Hochgebirges war rückhaltlose Hingabe und Aufopferung des Einzelnen ein Gebot der Selbsterhaltung. Jeder Wachposten wusste, wie wichtig höchste Aufmerksamkeit war, damit die Kameraden drunten in der Kaverne aus Eis ruhig schlafen konnten. Die gemeinsam überstandenen Gefahren steigerten das Gefühl gegenseitiger Verbundenheit und das Vertrauen zueinander. Auch das Verhältnis zwischen Offizier und Mannschaft war dort oben viel enger und freundschaftlicher als im Tal, es wurde mit der Zeit zu einer richtigen Bergkameradschaft. Trotz des jahrelangen Stellungskrieges sorgte schon der Wandel der Jahreszeiten für ständige Abwechslung und ließ keine Langeweile aufkommen. Zudem wurden die Besatzungen nur selten abgelöst, weshalb wir trachten mussten, unsere Stellungen und Unterkünfte möglichst gut und wohnlich auszugestalten.

Nachdem seine Idee, sich dem feindlichen Beschuss zu entziehen, indem die Truppen von der Oberfläche des Gletschers in das Eis hinein verlegt wurden, einmal geboren war, verfolgte Leo das gigantische Projekt mit aller Konsequenz. Dabei kamen ihm sowohl seine hervorragenden Kenntnisse des Ingenieurwesens zugute als auch die jahrelange Erfahrung in Eis und Schnee. Tag für Tag drangen die Kameraden tiefer in die bizarre Welt der jahrtausendealten Gletscher vor, um im Schutz des Eises eine regelrechte Stadt zu errichten.

Meter für Meter kämpften sie sich vor, viele Gefahren bedrohten Leben und Gesundheit der Soldaten. Weil der Gletscher permanent in Bewegung war, drohten Eisabbrüche, Höhlen konnten zusammenbrechen, Leiterbrücken, die sie mühsam über Spalten bauten, wurden vom auseinanderdriftenden Eis zerfetzt. Faszinierend zu sehen war für Leo, wie sehr die harte Arbeit die Männer zusammenschweißte. Sie erschufen sich ihre eigene Welt jenseits der Front, eng und eisig, aber ein beinahe unüberwindbarer Schutz vor dem Feind. Die Italiener konnten von ihren Posten aus nicht erkennen, was ihre Gegner taten. Sie waren lediglich verwundert, weil sie immer weniger Soldaten auf dem Gletscher sahen.

Voller Neugierde und Misstrauen mögen die Gegner von der Punta Serauta aus beobachtet haben, wie allmählich alle menschlichen Spuren auf der Oberfläche des Gletschers vom Wind verwischt wurden. Sie mussten annehmen, dass wir unsere Stellungen verlassen hatten.

Leo wusste, dass seine Stadt im Bauch des Gletschers nicht ewig erhalten blieb. Das Eis mit seiner zerstörerischen Kraft würde irgendwann alle Baracken, Lager und Depots zermahlen und zerdrückt haben. In einigen Jahrzehnten zeugte vielleicht nur noch der eine oder andere Gang, eine besonders geschützt liegende Kaverne von seinem einzigartigen Projekt.

In Friedenszeiten wäre so ein Bauwerk wohl kaum möglich gewesen, dazu brauchte es schon einen Krieg. Und nun waren die Männer, anstatt über blankes Eis zu robben, Posten auszuspähen und im Gefecht zu stehen, täglich damit beschäftigt, an allen Ecken und Enden auszubessern, was das Eis in einer einzigen Nacht zunichtegemacht hatte. Zu seinem besten Mann avancierte Ludwig, dessen sanftes Gemüt in einem bemerkenswerten Kontrast zu seinem Überlebenswillen stand. So sehr er das Eis auch verfluchte, die Hoffnung, dem Beschuss des Feindes und der martialischen Gewalt der Stürme nicht weiter ausgesetzt zu sein, beflügelte ihn dermaßen, dass er arbeitete wie ein Berserker.

Gemeinsam begutachteten sie die Folgen eines unerwarteten Eisabbruchs, mit lautem Getöse war ein Gang zusammengebrochen. Die Soldaten waren aus dem Schlaf gerissen worden, Panik machte sich breit. Doch sie hatten Glück im Unglück gehabt, als es passierte, war niemand in dem Gang gewesen. »Was meinst du, Leo, kriegen wir den wieder frei?«

Leo musterte den Haufen aus Eis. »Wäre zwar möglich, aber ich befürchte, die ganze Sektion ist instabil. Wir sollten uns lieber eine Ausweichroute überlegen. Da kommt eine Menge Arbeit auf euch zu.«

»Das ist mir egal. Hauptsache, nicht mehr diese permanente Angst vor den Kugeln der Italiener. Außerdem sind es draußen bald dreißig Grad unter null. Hier drin sind wir nicht nur vor Kugeln und Granaten, sondern auch vor dieser erbärmlichen Kälte sicher. Wenn wir lange genug ausharren, kommen wir bald wieder heim zu unseren Liebsten.«

Leo musste lachen. »Stimmt, mein Freund. Allerdings hast du im Sommer auf dem Gletscher zwanzig Grad plus, dann ist es im Eis nach wie vor knapp unter null. Aber ich verstehe, was du meinst. So geht es uns schließlich allen. Der Gedanke an zu Hause hält uns am Leben.«

Ludwigs Traum erfüllte sich, Weihnachten 1918 war er wieder bei seiner Familie. Anderthalb Jahre hatte er im Eis gelebt, zusammen mit bis zu vierhundert Kameraden. Er war ein anderer Mensch geworden. Körperlich erinnerten ihn lediglich drei abgefrorene Zehen an diese schlimmste Zeit seines Lebens. Aber in vielen Nächten plagten ihn Alpträume von Stürmen, Granaten, zerfetzten Körpern. Doch es gab auch die andere Seite. Das Eis, ihr erbittertster Feind, hatte sie zu einer eingeschworenen Gemeinschaft geformt. Die Freundschaften, nicht nur die zu Leo, sollten zeitlebens halten.

Schweißgebadet wachte Vincenzo auf. Er hatte so intensiv und realitätsnah geträumt, dass er im ersten Moment nicht sicher war, ob das Ganze tatsächlich nur ein Traum war.

Er stand auf, trank einen Espresso, dann stellte er sich unter die Dusche. Plötzlich war sie wieder da, die Erinnerung an das, was Hans ihm tatsächlich schon einmal in aller Ausführlichkeit erzählt hatte. Als wäre es erst gestern gewesen, sah er sich bei Hans in Ahornach sitzen und Rotwein trinken. Vincenzo hatte seinem Freund gerade erklärt, er liebe die Berge auch deshalb, weil er dort Frieden fand, Ablenkung von der täglichen Konfrontation mit Verbrechen und Gewalt.

Hans hatte genickt. »Ja, ich weiß, was du meinst. Trotzdem, ob du es glaubst oder nicht: Im Ersten Weltkrieg gab es dort oben jede Menge Verbrechen und Gewalt.«

Und dann hatte ihm Hans von dem bizarren Bergkrieg zwischen den Italienern und den Österreichern erzählt. Von einer riesigen Bergfront, vom Sprengen der Bergkuppen, um den Gegner im Steinschlag zu zermalmen, und von jener Stadt im Eis der Marmolata, die Leo Handl zum Schutz der österreichischen Soldaten errichtet hatte.

Noch bevor sich Vincenzo anzog, griff er zum Telefon. Er wusste jetzt, wo Gianna war. Und damit stand fest, was nun geschehen musste.

***

Questura, 10.30 Uhr

Giuseppe Marzoli war als Erster in der Questura. Sie hatten vereinbart, sich jeden Morgen spätestens um acht Uhr zu treffen, am Wochenende, wie heute, um zehn. Die Zeit lief gegen sie. Trotz der Erleichterung über Elisas Rückkehr war Marzolis Anspannung noch immer so groß, dass er die ganze Nacht kein Auge zugetan hatte. Oberrautner hatte Elisa den ganzen Tag bei sich behalten. Das war seine Strafe für den Commissario gewesen. Wie weit würde dieser Mensch noch gehen? Was würde er heute von Bellini verlangen?

Während sich Marzoli ausmalte, was für widerliche Spielzüge noch bevorstehen konnten, betrat Mauracher Vincenzos Büro. Ihr war anzusehen, dass sie ebenfalls kaum geschlafen hatte, aber sie plauderte dennoch munter drauflos. »Guten Morgen, Ispettore, Sie sehen arg mitgenommen aus. Schlimme Nacht?«

»Haben Sie das mit Elisa gar nicht mitbekommen?« Mauracher setzte sich Marzoli gegenüber, der instinktiv die Etagere zu sich herzog. Bellini hatte sie am Abend zuvor nicht aufgefüllt, deshalb hatte Marzoli eigenmächtig eine neue Tüte aus Vincenzos Schreibtisch geholt. Er wusste, dass er am Schreibtisch des Commissario nichts verloren hatte. Doch sein Anstand endete bei Bellinis Cantuccini.

»Nur, dass sie nicht pünktlich von der Schule nach Hause gekommen ist. Vielen Dank übrigens, dass Sie mir so großzügig von Bellinis Plätzchen anbieten.«

Widerwillig schob Marzoli die Etagere ein Stück in Richtung Tischmitte, behielt sie aber sicherheitshalber auf seiner Seite. Er erzählte, was sich gestern zugetragen hatte und auch, dass Elisa den Täter erkannt hatte. Mauracher schien wenig überzeugt.

»Das soll tatsächlich dieser Oberrautner gewesen sein?«

»Wer denn sonst?«

»Ich kann mir das bei dem einfach nicht vorstellen. Übrigens habe ich interessante Neuigkeiten, aber damit sollten wir warten, bis der Commissario da ist. Wo bleibt er denn? Es ist bald elf.«

»Keine Ahnung. Nachdem wir gestern telefoniert haben, wollte er sofort ins Bett, um heute ausgeruht zu sein. Ich rufe ihn an.«

In diesem Moment betrat Vincenzo mit ernster Miene sein Büro.

»Was ist denn mit Ihnen los, Commissario? Sie sehen aus, als wäre Ihnen ein Gespenst begegnet.«

Vincenzo setzte sich, sah von Mauracher zu Marzoli. »In gewisser Weise ist das auch so, Ispettore. Ich habe Neuigkeiten, gute und schlechte. Bevor ich euch eine lange Geschichte erzähle, möchte ich wissen, was ihr zu berichten habt.«

Der Commissario richtete sich kerzengerade in seinem Freischwinger auf, während Mauracher von ihrer nächtlichen Observierung erzählte. Er merkte ihr an, dass sie mit jedem Wort unsicherer wurde, ob sie richtig gehandelt hatte. »Sabine, Sie dürfen so etwas nicht eigenmächtig unternehmen, verstanden? Und schon gar nicht, ohne jemanden zu informieren. Gewöhnen Sie sich solche Alleingänge schleunigst wieder ab, das bringt Sie sonst in Teufels Küche. Sie hätten das mit mir absprechen müssen. Ich glaube nicht, dass ich es Ihnen untersagt hätte, denn ich möchte Gewissheit. Aber jetzt erzähle ich euch, was seit gestern Abend passiert ist. Danach kümmern wir uns um den Halter des BMW.«

Nach Vincenzos Schelte sank die kleine Sabine Mauracher so tief auf ihrem Stuhl zusammen, dass ihr Kopf sich gerade noch auf Höhe der Lehne befand. Sie wusste, dass sie ihre Kompetenzen überschritten hatte, aber auch, warum.

***

Marmolata, 11.15 Uhr

Vincenzos Anruf hatte ihn erreicht, kurz, nachdem er auf den Dolomiten-Höhenweg 2 getroffen war. Er hatte sich hingesetzt und zugehört. Das war die Erklärung. Sein Gefühl hatte ihn nicht getäuscht, aber er war nicht von selbst auf die Lösung gekommen. Jetzt wusste er, wo er Gianna suchen musste. Er hatte keine Zweifel, dass er sie dort finden würde. Ein geniales Versteck. Kein Wunder, dass dieser Oberrautner sich seiner Sache so sicher war.

Valentin war sofort umgekehrt, nun stieg er im Joggingtempo auf. Mühelos erreichte er die Marmolatascharte, von der aus er einen weiten Blick auf den Gletscher hatte. Wie oft war er schon hier oben gewesen. Er wusste alles über den Gletscher, seine Geschichte, die Mythen, die sich um ihn rankten. Er scannte das Eis mit seinen Augen, glich, was er sah, mit seiner Erinnerung ab. Es gab zwei markante Punkte, an denen er einsteigen konnte, um zu den alten Festungsanlagen zu gelangen oder besser: zu dem, was von ihnen übrig war. Er entschied sich, im oberen Teil des Gletschers zu beginnen, dort waren die Anlagen am besten erhalten. Es gab noch halb zerfallene Kavernen und Stollen.

Als er das Eisfeld fast erreicht hatte, bemerkte er jemanden auf dem Gletscher. Wer war das? Er hatte angesichts des unsicheren Wetters und der schlechten Wegverhältnisse nicht mit anderen Bergsteigern gerechnet. Er hockte sich hinter einen Fels, nahm das Fernglas aus dem Rucksack, suchte den Gletscher ab. Nicht weit entfernt von der Einstiegsstelle entdeckte er ihn, eine einzelne Person auf Skiern. *Komm, dreh dich um, damit ich dein Gesicht sehen kann.*

Die Gestalt bewegte sich gleichmäßig über das Eis. Endlich blickte sie sich um, und Valentin konnte das Gesicht sehen. Ein Mann, braungebrannt. Glück gehabt, es war nicht Oberrautner, aber jemand, dem er ein paar Fragen stellen konnte. Er steckte das Fernglas ein und ging zügig weiter.

Unterwegs betrachtete er das Wolkenbild. Er hatte recht behalten, die Sonne kam immer häufiger durch, der Wind flaute ab. Endlich hatte er Glück. Solange ihm dieser Oberrautner nicht begegnete, konnte er mühelos in die Spalte hinabsteigen und Gianna holen. Auch wenn sie keine hochalpine Erfahrung hatte und geschwächt war, würde er sie problemlos zum Lago di Fedaia bringen. Damit wäre der Spuk vorbei, das perverse Spiel zu Ende. Die Polizei konnte sich dann darauf konzentrieren, diesen Verbrecher zu fassen und den Feuerteufel wieder aus dem Verkehr zu ziehen.

Der andere Bergsteiger hatte ihn bemerkt, er hob die Hand und winkte Valentin zu. Er winkte zurück, bedeutete dem untersetzten, kräftigen Mann, auf ihn zu warten. Der blieb stehen, bis der Bergführer ihn erreicht hatte.

»Grüß Gott«, begrüßte Valentin den fremden Bergsteiger, der überaus freundlich war.

»Grüß Gott! Ja, sag mal, bist du nicht der Hans Valentin?«

Valentin war ein bescheidener, zurückhaltender Mensch, dem es am liebsten war, wenn er auf seinen Touren nicht erkannt wurde. Diesmal hatte er Pech. »Stimmt. Was machst du denn heute auf dem Gletscher? Es wird bald ein ziemliches Wetter geben.«

»Ach, ich kenne hier alles, gar kein Problem. Dass ich dich mal persönlich kennenlerne! Hab dich oft bei Vorträgen gesehen und ein paar von deinen Büchern gelesen. Die Skiabfahrt vom Mount Everest – Wahnsinn, hat mich total beeindruckt.«

Wenn der Mann ihn bewunderte, war er wahrscheinlich auch auskunftsfreudig. »Danke. Aber woher kommst du denn und wie heißt du?«

»Ich bin der Josef aus Tuntenhausen. Kannst Sepp zu mir sagen, das machen alle meine Freunde. Warst du schon mal in Tuntenhausen?«

Valentin räusperte sich. »Nicht, dass ich wüsste. Wo ist das?«

»Wie?« Der Sepp sah ihn ungläubig an. »Du kennst Tuntenhausen nicht? Das ist bei Rosenheim. Wir haben eine weltberühmte Wallfahrtsbasilika. Von da aus kannst du sogar die Zugspitze sehen! Aber ich komme nicht direkt aus Tuntenhausen, sondern aus Brettschleipfen, das ist ein Ortsteil von Tuntenhausen. Dass du das nicht kennst!«

»Wenn ich mal einen Vortrag in München oder Rosenheim habe, schau ich vorbei. Versprochen. Aber sag mal, ist dir heute schon jemand begegnet?«

Sepp war gerne bereit, dem berühmten Alpinisten Rede und Antwort zu stehen. »Niemand außer dir.«

Valentins Hoffnung, Sepp könne ihm weiterhelfen, zerschlug sich. »Das dachte ich mir. Bei den Verhältnissen kommt kaum jemand hier hoch.«

»Ach, heute ist es doch super. Letzte Woche war's viel schlimmer. War ich auch auf dem Gletscher. Weißt du, die Marmolata finde ich spitze. Dort habe ich übrigens tatsächlich jemanden gesehen.«

Sofort wurde Valentin hellhörig. »Wo, wann, wie sah er aus, war er allein?«, sprudelte es aus ihm heraus, so schnell, dass selbst der gesprächige Sepp aus Tuntenhausen überrascht war.

»Meine Güte, du willst es aber genau wissen. Ein einzelner Skifahrer auf dem Gletscher, am letzten Sonntag. Ist mir entgegengekommen, als ich aufgestiegen bin. Der hatte einen Affenzahn drauf, hat nicht mal gegrüßt. Keine Ahnung, wie der aussah, das konnte ich nicht sehen. Wieso fragst du mich das? Vermisst du jemanden?«

Valentin ließ die Frage unbeantwortet. Er verabschiedete sich mit dem Hinweis, dass Sepp sich lieber an den Abstieg machen solle. Das Wetter sähe wirklich nicht gut aus. Der erfahrene Bergführer unterstrich seine Einschätzung mit einem fachkundigen Blick gen Himmel.

Sepp hatte dennoch einen wichtigen Hinweis geliefert. Am Sonntag war das Wetter zwar halbwegs stabil gewesen, aber es hatte am Tag zuvor heftig geschneit. Es war unwahrscheinlich, dass sich an so einem Tag noch ein zweiter so verrückter Bergsteiger wie der Sepp auf den Gletscher wagte. Valentin hatte keine Zweifel, dass es Oberrautner war, der grußlos an Sepp vorbeigerauscht war.

Er näherte sich der schmalen, tiefen Querspalte, nahm den Rucksack ab, packte das große Seil aus, fixierte es am Rand der Spalte. Minuten später war er am Fuß der Spalte angekommen. Ein allmählich breiter werdender Pfad führte abwärts auf eine Eiswand zu, in die diverse Gänge hineingingen. Kurz vor der Wand behinderte eine weitere, gefährlich tiefe Kluft den Zugang zu dem schmalen

Pfad, der für Valentin von Interesse war. Über die Spalte war eine alte, verrostete Leiter aus Eisen gelegt. Typisch Leo Handl, das war seine geniale Handschrift. Vorsichtig robbte Valentin über die Leiter, in jedem Augenblick bereit zum Sprung nach vorne, falls sie wegbrach. Doch die Leiter hielt. Seit seiner letzten Expedition in den Gletscher waren einige Jahre verstrichen. Es hatte sich erstaunlich wenig verändert. Neben seinen außergewöhnlichen Fähigkeiten als Ingenieur hatte Handl offensichtlich auch über ein untrügliches Gespür für die stabilen Bereiche eines Gletschers verfügt.

Valentin musste sich quer in den Eisgang hineinschieben, Eisstürze hatten den Einstieg erheblich verengt. Nach wenigen Metern öffnete sich der Gang, er konnte aufrecht gehen. Nach ungefähr zweihundert Metern wurde der Weg wieder schmaler und führte schließlich in eine kleine Halle, von der weitere, überwiegend verfallene Stollen abgingen. Valentin schloss die Augen, versuchte, sich zu erinnern. Einer der Gänge führte tiefer in den Gletscher hinein. Gab es nicht noch weitere Hallen? Er lauschte einen Moment in die Stille hinein. Nichts, keine Geräusche, außer von dem sich immerzu bewegenden Eis.

Valentin ging zu jedem begehbaren Stollen und schrie Giannas Namen hinein. Keine Antwort. Möglicherweise waren die Gänge zu tief oder zu sehr verwinkelt, um seine Stimme bis in die nächste Halle zu tragen. Er entschied sich, mit dem breitesten Gang zu beginnen, der sich allerdings im weiteren Verlauf verjüngte. Stollen und Höhlungen waren nach all den Jahren noch bemerkenswert gut erhalten. Das bestätigte ihn in seiner Überzeugung, Gianna in diesem Teil des Gletschers zu finden. Dieser Oberrautner musste sich hier außergewöhnlich gut auskennen.

Valentin ging zunächst ein paar Meter in jeden der anderen Gänge hinein, um sie auszuschließen. Nach zwanzig Minuten drang er dann in den breiten Gang vor, der zu Gianna führen musste. Gleichmäßig, mit geübten Schritten bewegte er sich auf dem spiegelblanken Eis vorwärts. Vor sich sah er einen scharfen Rechtsknick, der wohl erklärte, warum Gianna seine Rufe nicht gehört hatte. Noch zwanzig Meter bis zu der Biegung. Er ging langsam darauf zu.

***

Questura, 11.20 Uhr

»Unsere Berge waren im Ersten Weltkrieg Schauplatz eines bizarren, absurden Krieges. Ich habe letzte Nacht davon geträumt, wahrscheinlich wegen der wiederholten Hinweise des Entführers auf Eis. Hans Valentin hat mir vor Jahren in aller Ausführlichkeit davon erzählt. Ich fand das faszinierend, hatte es aber vergessen. Bis letzte Nacht. Da ist mir alles wieder eingefallen. Weil die Österreicher auf dem Gletscher ständig unter italienischem Beschuss lagen und keinerlei Möglichkeiten hatten, in Deckung zu gehen, kam der Tiroler Leutnant Leo Handl, ein Ingenieur aus Innsbruck, auf die ebenso verrückte wie geniale Idee, sich in den Marmolatagletscher einzugraben und dort eine Festung im Eis zu errichten.« Marzoli und Mauracher lauschten Vincenzos Ausführungen voller Ehrfurcht. Sogar ihren Streit um seine Cantuccini ließen sie ruhen.

»In den Tiefen des Gletschers waren sie vor Angriffen sicher. Die Italiener haben nichts davon mitbekommen, sie dachten, sie hätten den Gegner erfolgreich dezimiert. Ihr findet darüber kaum was in den Geschichtsbüchern oder im Internet. Das liegt daran, dass Handls Projekt eine reine Verteidigungsmaßnahme war. Berühmt wird man in Schlachten vor allem durch ausgefeilte Angriffsstrategien und hohe gegnerische Verluste. Wer interessiert sich schon für einen Rückzugsplan, der die Soldaten schützen soll? Hans Valentin hat mir beschrieben, dass man im Marmolatagletscher heute noch Reste von Handls Eisstadt findet. Und dort ist Gianna, davon bin ich überzeugt. – Ich habe heute früh mit Hans Valentin telefoniert, der schon auf dem Weg in die Adamellogruppe war. Er ist sofort zurück auf den Gletscher, in Kürze wird er die Überreste von Handls Eisstadt erreichen. Hans meint, dass die Anlage in einigen Sektoren durchaus noch stabil genug ist, um jemanden gefahrlos gefangen zu halten, zumindest für einen kurzen Zeitraum. Ich warte jede Sekunde auf Hans' Anruf, dass er Gianna gefunden hat. Wir haben kaum noch Zeit, denn jetzt kommt die schlechte Nachricht: Ich habe den nächsten Brief von Oberrautner erhalten.«

Vincenzo wedelte mit einem Blatt Papier. »Was er diesmal von uns fordert, geht nicht.« Müde rieb er sich die Augen, trank mit einem Schluck seinen Espresso aus. »Ich lese Euch den Brief vor:

Lieber Vincenzo, mein teurer Freund,
spannend ist unser Spiel, spannend und anregend. Ich spüre, dass du es ähnlich empfindest. Wir sind aus demselben Holz geschnitzt. Schade, dass das Wetter nicht mitspielt. Wie gern würde ich unser Spiel noch in die Länge ziehen und dich mit weiteren anspruchsvollen Spielzügen auf das große Finale vorbereiten. Es geht leider nicht. Morgen kippt das Wetter, glaub mir. Lass dich nicht von der Sonne täuschen, das ist nur die Ruhe vor dem Sturm. Bevor ich dir den Auftrag zu dem leider vorletzten Spielzug gebe, verkünde ich wie üblich den Zwischenstand:
Vincenzo Bellini: sieben Punkte, eine Strafe
Spielführer: vier Punkte
Du liegst dank meiner Generosität weiter in Führung, wenngleich denkbar knapp. Der bereits heute von dir auszuführende Spielzug (mehr Zeit kann ich dir wetterbedingt nicht lassen) erfordert eine Menge von dir und deinen Jokern. Deshalb, aber auch als Vorbereitung auf das Finale, werden für diesen Zug gigantische fünfzehn Punkte vergeben. Entgegen der ursprünglichen Regeln muss ich dich im Falle eines Scheiterns allerdings mit zwei Strafen belegen, weil ich dir aufgrund des Zeitdrucks mehrere Spielzüge erlassen muss. Mach deine Sache ordentlich, dann kommen wir gar nicht erst in diese prekäre Lage.
Du nimmst dir deinen dicken Marzoli, deine dürre Polizistin«

Vincenzo bedachte seine Kollegen mit einem entschuldigenden Achselzucken, eher er weiterlas,

»und ein paar Kollegen aus der Bereitschaft. Ihr stürmt heute um sechzehn Uhr das Restaurant ›Blaues Schiff‹, wobei du den Verdacht auf organisiertes Verbrechen äußern wirst, dann nehmt ihr die Leute mit aufs Revier. Inhaber, Angestellte, Gäste, einfach alle Anwesenden. Ihr verteilt die Gefangenen in euren Zellen (euer Knast wird sicherlich nicht allzu voll sein), wo ihr sie schmoren lasst, bis das Spiel vorbei ist. Ich weiß, dass das unmöglich ist. Darin liegt der Reiz, mein Freund. Schaffst du es, ziehst du von dannen. Wer weiß, vielleicht reicht dein Vorsprung dann sogar für ein Versagen beim letzten Zug. Sollte es dir nicht gelingen, kriege ich fünfzehn Punkte, du zwei Strafen. Du findest das überzogen? Schade, denn das ist nichts im Vergleich zu deiner morgigen Aufgabe.
Ich werde euch beobachten. Keine Tricks, auch wenn ich es allmählich leid bin, jedes Mal aufs Neue darauf hinweisen zu müssen. Viel Spaß, Vin-

cenzo, du wirst dich super fühlen, wenn du es packst. Ich melde mich spätestens morgen. Auf geht's, Sportsfreund!
Dein Freund, Bewunderer, Fan«

Vincenzo legte das Schreiben vor sich auf den Tisch. Marzoli und Mauracher sahen ihn entsetzt an, doch der Commissario brach das Schweigen. »Wir haben viereinhalb Stunden Zeit, nutzen wir sie. Zunächst ermitteln wir den Halter des BMW und statten ihm einen Besuch ab. Beten wir derweil, dass sich Hans bald meldet.«

Nachdenklich schob sich Mauracher einen Cantuccino in den Mund. »Mein Opa hat mir auch mal von dieser Stadt im Gletscher erzählt, er hat mir sogar ein paar Skizzen gezeigt. Die liegen, glaube ich, sogar bei mir im Keller. Richtige Zimmer hatten die, Lager, Depots, ein Offizierscasino, alles, was man sich vorstellen kann. Coole Sache, echt. Habe ich ihm nur nie so recht geglaubt, weil er immer so merkwürdige Storys erzählt hat. Und ich konnte mir sowieso nicht vorstellen, dass so ein megaabgefahrenes Projekt möglich ist. Aber jetzt sehen wir ja, dass es das wirklich gegeben hat. Wahnsinn. Aber ich glaube jetzt noch viel weniger, dass dieser Junkie Oberrautner zu dieser Nummer fähig ist. Was soll's, Fakten heißt die Devise.«

Zwanzig Minuten später hatten sie den Halter des BMW ermittelt. Das Ergebnis verblüffte sie: Es handelte sich um Francesco Dazi, vierundsechzig, Fabrikant aus Mailand und nicht nur Multimillionär, sondern auch ein höchst angesehenes Mitglied der Bozener Gesellschaft, Förderer der Kunst, bekannt für seine Empfänge, Liebhaber schneller Autos. Was hatte ein vermögender Unternehmer mitten in der Nacht in der alten, heruntergekommenen Psychiatrie verloren?

Sie fuhren sofort los nach San Genesio. In dem ruhig gelegen Ort am Hochplateau des Salten wohnte Dazi mit seiner zehn Jahre jüngeren Frau Sofia, einer schillernden Erscheinung der High Society, die keine Party ausließ und häufig die Seiten der Klatschillustrierten schmückte.

***

Im Gletscher, 11.25 Uhr

Sie hatte sich inzwischen an die Kälte gewöhnt. Auch das eigenartige Konzert der Geräusche von Eis und Wasser machte ihr keine Angst mehr, in gewisser Weise fühlte sie sich sogar geschützt. Außer ihm würde niemand den Weg in diese Eiswelt finden. Und er würde ihr nichts antun, daran hatte sie inzwischen keinen Zweifel mehr. Die Welt da draußen, das hektische Mailand, die Kanzlei, Klienten, die sich selbst für den Nabel der Welt hielten, sogar Vincenzo wurden ihr auf eine merkwürdige Weise fremd. Das Einzige, dem sie geradezu entgegenfieberte, war sein Auftauchen aus den Tiefen des Eises. Die Zeit vertrieb sie sich mit den Zeitschriften, die er ihr immer wieder mitbrachte, und kleinen Spaziergängen durch das Eis. Diese Höhle war ihre Welt. Eine stille, friedliche Welt. Wie schön es hier war. Mittendrin der klare See, an dem sie gerade stand. Nie zuvor hatte sie etwas Ähnliches gesehen. Vincenzos Auener Joch war nichts dagegen.

Sie hörte das vertraute Hallen von Schritten im Eis. Langsam ging sie zu ihrem Zelt zurück, als er schon aus dem Stollen trat. Dann stand er vor ihr, sah sie durch die Schlitze seiner Sturmhaube an. »Eigentlich sollte es morgen vorbei sein.«

Sie hatte ein Gespür für seine Stimmungen entwickelt. Heute kam er ihr bedrückt vor, er ließ die Schultern hängen. »Eigentlich?«

»Ihre Familie spielt nicht mit. Ich weiß nicht mehr ein noch aus.«

Sie wurde unruhig. »Was soll das heißen?«

»Die Geldübergabe ist schon zweimal gescheitert. Das verstehe ich nicht. Wollen die Sie denn nicht zurück? Eine so schöne, außergewöhnliche Frau wie Sie, Gianna? Ich darf Sie doch Gianna nennen?«

Seine Stimme strahlte keinerlei Bedrohung aus. Gianna fühlte sich geschmeichelt. »Warum nicht? In gewisser Weise kennen wir uns schließlich inzwischen. Wie soll ich Sie denn ansprechen?«

Er schien nachzudenken. »Ich weiß nicht, ob das gut wäre. Obwohl ich Sie gerne viel besser kennenlernen würde, Gianna, sollten Sie möglichst wenig über mich wissen. Das wäre nur gefährlich für Sie. Aber es ist tragisch, dass man Sie zu Hause scheinbar zu wenig wertschätzt. Insbesondere Ihr Freund ist ein Quertreiber. Sie haben nicht zufällig Tee gekocht?«

Verwirrt holte sie die Kanne aus ihrem Zelt. »Was meinen Sie mit Quertreiber?«

»Kommen Sie, setzen wir uns, ich habe heute ein bisschen Zeit. Ich befürchte, dass Ihr Mann, Ihr geliebter Commissario, die Geldübergabe verhindern will.«

Sie sah ihn konsterniert an. »Was? Wollen Sie damit andeuten, dass Vincenzo die Aufklärung des Falles wichtiger ist als ich? Er ist übrigens nicht mein Mann.«

Er nickte. »Das befürchte ich. Ihre Eltern haben signalisiert, dass sie bereit sind zu zahlen, aber Ihr Freund verhindert das. Dabei will ich unbedingt sein Einverständnis für die Übergabe, weil er mit Ihnen liiert ist. Und nun haben wir ein Problem. Sehen Sie, morgen wird nämlich ein infernalischer Schneesturm losbrechen. Ich habe heute schon damit gerechnet, aber wir haben Glück. Für morgen früh hat das Wetteramt Bozen eine Unwetterwarnung rausgegeben, höchste Stufe. Ein Wetterumschwung mit Schneemassen, Sturm in Orkanstärke, Gewittern. Dann kann ich nicht mehr kommen und auch niemand sonst. Ich glaube nicht, dass das vor dem Winter noch mal wegtaut. Ich weiß nicht, was ich machen soll.«

Gianna traute ihren Ohren nicht. Vincenzo kannte sich mit dem Wetter in Südtirol aus. Er wusste, was diese Warnung bedeutete. Und da verhinderte er angeblich die Geldübergabe? Das war unvorstellbar. »Vincenzo hat damit nichts zu tun, da muss der Vice-Questore dahinterstecken. Lassen Sie mich mit meinem Freund und meinen Eltern telefonieren, ich organisiere die Geldübergabe selbst.«

»Ich befürchte, das geht nicht. In dieser Eiswelt gibt es keinen Handyempfang. Es würde auch nichts bringen. Wie es aussieht, haben Sie sich in Ihrem Lebensgefährten getäuscht. Er hat mir mehrfach zu verstehen gegeben, dass es keine Geldübergabe geben wird. Hat mir Statistiken heruntergebetet, wonach seit mehr als zehn Jahren keine einzige Entführung mehr unaufgeklärt geblieben ist. Ich solle aufgeben, Ihr Versteck preisgeben, das würde sich strafmindernd auswirken. Was denkt der sich eigentlich? Ich mache das doch nicht zum Spaß! Was glauben Sie, was ich alles hinter mir habe. Nichts hat funktioniert, und das lag nicht an mir. Verfolgt haben die mich, gnadenlos, jahrelang.« Seine Stimme überschlug sich fast, so aufgebracht war er.

Befremdlich, was der Mann ihr erzählte. Das passte nicht zu Vincenzo. Andererseits wirkte ihr Entführer aufrichtig. Warum sollte er ihr auch Märchen auftischen? Es ging doch bloß um Geld. Sie wusste, dass sie ein perfektes Opfer war, die Kanzlei ihrer Eltern ging oft genug wegen spektakulärer Prozesse durch die Medien, es war bekannt, dass die Familie vermögend war.

Seit Vincenzo damals diesen Serienmörder gejagt hatte, war etwas mit ihm geschehen. Er hatte sich verändert. Anfangs hatte sie ihn für einen wohlbehütet aufgewachsenen, sensiblen Mann ohne besonderen Ehrgeiz gehalten, der die Berge liebte und unbedingt eine Familie mit Kindern wollte. Doch inzwischen war ihm der Beruf immer wichtiger geworden, sein Ehrgeiz grenzte an Besessenheit. Und nun stand dieser Teil seines Lebens offenbar so sehr im Vordergrund, dass er glatt ihr Leben dafür aufs Spiel setzte.

»Ich kann Ihnen das Geld besorgen!«, wiederholte Gianna. »Nehmen Sie mich mit nach unten, ich kann Ihnen doch nicht entkommen!«

Er schüttelte den Kopf. »Das kann ich nicht. Sie sind meine einzige Sicherheit. Ich wollte das Geld und einen Fluchtwagen, dann hätte ich Ihrem Commissario gesagt, wo Sie sind. Er kennt sich in den Bergen aus und kann Sie holen. Morgen starte ich einen letzten Versuch, vielleicht lenkt er noch rechtzeitig ein. Ich habe Ihnen heute mehr Proviant mitgebracht. Falls Sie morgen nicht gerettet werden, halten Sie damit einige Zeit durch. Vielleicht wird der Sturm weniger schlimm, als der Wetterbericht sagt. Sorry, Gianna, ich muss los. Viel Glück!« Er stand auf, leerte den Rucksack.

»Darf ich Ihnen eine Frage stellen?« Er nickte. »Wo genau bin ich hier?«

Er schien abzuwägen, ob diese Information ein Risiko für ihn darstellte. »Warum nicht? Sie wissen wahrscheinlich, dass Sie sich im Inneren eines Gletschers befinden. Das ist keine natürliche Höhle, sondern ein ehemaliges Lager von Soldaten aus dem Ersten Weltkrieg. Ein perfektes Versteck, praktisch nicht zu finden. Selbst wenn jemand davon weiß, man muss sich sehr gut auskennen, um es zu entdecken. Vieles ist inzwischen verfallen, aber hier ist noch einiges intakt. Ein sicheres Zeichen dafür, dass der Gletscher stabil ist. Deshalb sind Sie vorläufig sicher. So, ich muss los. Beten Sie für uns beide, dass Ihr Freund sich noch besinnt.«

Er war schon im Aufbruch begriffen, als er sich langsam umdrehte, den Rucksack öffnete und eine Schere herausnahm. »Verzeihen Sie bitte, Gianna, ich habe etwas Wichtiges vergessen. Bitte halten Sie einen Moment still.« Schnell trat er auf Gianna zu, die mit weit aufgerissenen Augen regungslos dastand, zog ihren Kopf zu sich heran und setzte die Schere an. Dann entfernte er sich schnell durch den Gang, der in die Nachbarhöhle führte. Er ging auf den Linksknick zu, war noch dreißig Meter von ihm entfernt …

***

San Genesio, 12.15 Uhr

Der Fabrikant Dazi lebte mit seiner Frau am oberen Ortsrand von San Genesio. Das Bergdorf mit seinen zweitausend Einwohnern lag auf elfhundert Metern am Südhang des Tschögglberges und war von Bozen aus über eine kurvenreiche Bergstraße in zwanzig Minuten oder mit der Seilbahn erreichbar. Eine traumhafte Lage. Auf dem gut zwei Hektar großen Grundstück hatte Dazi sich einen riesigen Wohnturm errichtet, ganz hinten am höchsten Punkt, zu dem eine asphaltierte, von Kastanien gesäumte Zufahrt führte. Vom Turm aus hatte man einen spektakulären Ausblick auf Schlern und Rosengarten.

In dem zweigeschossigen Turm wohnte das kinderlose Ehepaar Dazi allein auf mehr als fünfhundert Quadratmetern, die sich auf lediglich vier Zimmer und zwei Bäder verteilten. Es gab einen Innenpool, einen Außenpool, eine Sauna und einen Fitnessbereich, der einem professionellen Studio zur Ehre gereicht hätte. Die Sanitärbereiche waren mit Marmor aus Laas ausgestattet, in den übrigen Räumen waren helle Chaletdielen verlegt. Im zweiten Obergeschoss führte ein fünf Meter tiefer Balkon um das gesamte Gebäude. Das war Luxus pur, ein wahres Traumhaus. Was hatte jemand, der so lebte, mit der alten Bozener Psychiatrie zu tun?

Sie wurden von der Dame des Hauses empfangen. Sofia Dazi war groß, schlank, attraktiv, herrisch und abweisend. In ihren dunklen, wachen Augen war deutlich zu lesen, was sie von einem Besuch der Polizei hielt. Besonders ihr abschätziger Blick auf Mauracher, die leger wie immer gekleidet war, ließ keinen Zweifel zu, dass sie diese Art von Auftritt für eine Polizistin als unangemessen empfand. Sie verzichtete darauf, den ungebetenen Gästen Getränke anzubieten.

Im Laufe der Befragung wich ihre offenkundige Ablehnung einer gewissen Unterwürfigkeit. Vincenzo, dem es nicht gelang, auch nur die geringsten Sympathien für Sofia Dazi zu entwickeln, konfrontierte sie sofort mit den Beobachtungen, die seine Kollegin am Abend zuvor gemacht hatte. Erst setzte sich Signora Dazi schroff zur Wehr. »Was sollen diese Fragen? Was geht es Sie an, wer wann mit einem unserer Autos wohin fährt?«

Vincenzo lächelte sanft. »Signora, wie haben einen Mord aufzuklären. Bedauerlicherweise ist in diesem Zusammenhang Ihr BMW in den Fokus unserer Ermittlungen geraten. Wir können das hier und jetzt diskret erledigen, oder wir fragen Ihren Mann und Ihre Mitarbeiter.«

Sofia Dazi schien die Erfolgsaussichten ihrer bisherigen Strategie abzuwägen und entschied sich für eine Charmeoffensive. »Commissario, ich bitte Sie, das ist schnell erklärt. Dafür brauchen wir meinen Mann nicht.« Sie lachte, es klang künstlich, fast etwas hysterisch. »Mein Gott, was bin ich unhöflich. Habe ich doch glatt vergessen, Ihnen etwas anzubieten. Wie wäre es mit einem Kaffee? Ich nehme an, Alkohol im Dienst … Wir haben allerdings einige besonders erlesene Grappe …« Dem Lachen folgte ein Lächeln in die Runde, wobei sie sogar Mauracher mit einem Ausdruck gnädiger Milde bedachte.

»Nein danke, Signora Dazi, wir wollen Ihre Zeit nicht länger beanspruchen als nötig. Waren Sie gestern Abend mit dem BMW unterwegs? Wenn ja, warum?«

Sie erfuhren, dass der Altersunterschied zu ihrem Mann offenbar zu groß war, um ihre Bedürfnisse hinreichend zu befriedigen. Signora Dazi hatte seit zwei Jahren eine Affäre mit Crescente Albertazzi, dem Leiter der Forensischen Psychiatrie. Man hatte sich auf einem Empfang kennengelernt. Da Albertazzi ebenfalls verheiratet war, hielten sie ihre Schäferstündchen in der alten Psychiatrie ab.

Am Vorabend hatte sie Albertazzi im Anschluss an ihren Besuch noch nach Hause gefahren. Im Rückspiegel hatte sie bemerkt, dass ihr ein Wagen folgte. Sie befürchtete, ihr krankhaft eifersüchtiger

Mann könnte jemanden geschickt haben, der sie beschatten sollte. Deshalb hatte sie auf der Schnellstraße die Leistungsstärke des Wagens eingesetzt, um den potenziellen Verfolger abzuschütteln. »Ich darf Sie um äußerste Diskretion bitten, Commissario! Es wird Ihre Ermittlungen nicht weiterbringen, wenn Sie meinen Mann damit konfrontieren. Ich habe Ihnen alles gesagt, im Gegenzug erwarte ich von Ihnen einen entsprechend seriösen, vertraulichen Umgang mit meinen Informationen.«

Vincenzo war sich nicht sicher, ob er den Begriff »seriös« als passend empfand, versprach aber, ihren Mann aus den Ermittlungen herauszuhalten. »Es sei denn, die Befragung von Crescente Albertazzi führt zu abweichenden Ergebnissen, Signora Dazi«, fügte er abschließend hinzu. Er nahm die Verunsicherung der Fabrikantengattin mit Genugtuung zur Kenntnis. Arroganz gehörte zu den Eigenschaften, die er partout nicht ausstehen konnte.

Damit hatte sich die Hoffnung zerschlagen, dass sie die Observierung der Psychiatrie auf eine neue Spur gebracht haben könnte. Die Stimmung auf der Rückfahrt war gedrückt.

Vincenzo zog Bilanz: »Eine weitere Pleite. Wir werden Albertazzi einen spontanen Besuch abstatten, aber das wird vermutlich nichts ändern. Hans meldet sich auch nicht. Wenn er Gianna nicht findet, bin ich mit meinem Latein am Ende. Wir können nicht grundlos eine Massenverhaftung vornehmen. Wie sollen wir das rechtfertigen?«

»Ich hätte eine Idee«, meldete sich Mauracher aus dem Fond des Wagens.

Marzoli, der sich immer noch nicht entschieden hatte, ob er die junge Kollegin mochte oder nicht, drehte sich zu ihr um. »Und welche, bitte? Wir können keine Gesetze brechen. Schon die Aktion mit Garoffolo schwebt wie ein Damoklesschwert über unseren Köpfen. Wenn es dem gelingt, in der Öffentlichkeit auch nur ein Blatt Papier anzuzünden, wird es eng für uns.«

Mit Stolz registrierte Sabine Mauracher Vincenzos Blick im Rückspiegel. Er zeigte Neugier und Respekt. Sie erläuterte: »Es ist bloß eine Idee. Die Entscheidung liegt nicht bei mir. Ich weiß, dass ich ein Greenhorn bin.« Sie hob die Hände als Zeichen der Demut.

»Schießen Sie los, Sabine, jeder Vorschlag ist in dieser Situation willkommen.«

»Gut, Commissario. Wie viele Leute werden um diese Zeit bei diesem fiesen Wetter im ›Blauen Schiff‹ sitzen? Zehn, zwanzig? Verteilt auf fünf, sechs Tische, dazu vielleicht ein paar einzelne Gäste, die ein Glas Weißwein an der Bar trinken. Wie viele Kollegen würden Sie für einen kurzfristigen Sondereinsatz zusammenkriegen, Commissario?« Zwei Augenpaare richteten sich fragend auf sie.

»Aus der Questura im Moment nicht mehr als drei. Aber wir können uns jederzeit an die Carabinieri wenden. Warum fragen Sie?«

Sabine Maurachers Überlegungen waren simpel. Sie schlug vor, ab drei Uhr nach und nach ein paar Polizisten in Zivil in das Café zu schicken, die sich unauffällig verteilen und die Anwesenden über den Grund der bevorstehenden Aktion informieren sollten. »Wenn ich mich in die Leute im Café hineinversetze, fände ich es total cool, wenn ich bei einer polizeilichen Ermittlung mitmachen dürfte. Wir würden nichts falsch machen, müssten nur vorher Baroncini informieren. Gäste, die das nicht wollen, können einfach gehen. Das einzige Risiko ist doch, dass unser Täter die Kollegen als solche erkennt oder sich selbst unter die Gäste gemischt hat. Deshalb sollten wir ausschließlich Leute aus der mittleren Laufbahn nehmen, die er mit Sicherheit nicht kennt. Umgekehrt zeigen wir den Kollegen vorher Fotos von Oberrautner und dem *Monster.*«

Vincenzo schüttelte den Kopf. Wie konnte es ein, dass eine Zweiundzwanzigjährige auf solche Gedanken kam, er aber nicht? Wahrscheinlich lag es doch an ihrer jugendlichen Unbekümmertheit.

»Ich muss zugeben, Ihre Idee hat was. Das Restrisiko, dass Oberrautner unseren Winkelzug durchschaut, macht mir zwar Angst, doch ich sehe keine Alternative. Wenn wir unbescholtene Bürger von der Straße weg verhaften, können wir unsere Dienstmarken abgeben. Unter die Gäste wird er sich im Übrigen mit Sicherheit nicht mischen, Sabine, denn dann würde er selbst verhaftet.« Diesmal war es Vincenzo, der seine junge Kollegin anlächelte. Sie wurde ein bisschen rot, ganz offensichtlich war es ihr peinlich, dass sie dieses Detail übersehen hatte. »Zunächst fahren wir auf direktem Weg zu Albertazzi. Unterwegs rufe ich einen alten Bekannten an, Tenente Alessio Savini. Ich denke, der kann uns ein paar vertrauenswürdige

Kollegen vermitteln. Für den Fall, dass Hans Gianna bis dahin nicht gefunden hat.«

***

Forensische Psychiatrie, 13.30 Uhr

Dottore Albertazzi ging mit seiner Affäre souveräner um als Signora Dazi. Er schien keine Probleme damit zu haben, dass zwei angesehene Bozener Bürger ihre Ehepartner betrogen, im Gegenteil, er war stolz darauf. Er verriet, dass sich die beiden mindestens zweimal wöchentlich in dem verlassenen Gebäude trafen, zu unterschiedlichen Tageszeiten, wie es jeweils passe. Auch gestern Abend sei man zusammen gewesen. Der Ort der Schäferstündchen irritierte Vincenzo. Es war für ihn unvorstellbar, dass man in einer solch abstoßenden Umgebung Lust empfinden konnte. Eine Unternehmergattin und ein leitender Arzt hätten doch genügend Möglichkeiten, sich ein diskretes, kuscheliges Liebesnest anzumieten.

Albertazzi lächelte. Das Publikum hatte offenbar eine anregende Wirkung auf ihn. »Nun ja, wie soll man das sagen? Sofia hat eben nicht nur Temperament, sie hat auch, na ja, gewisse Phantasien. Sie verstehen?« Dabei sah er Sabine Mauracher an, die das allerdings ebenso wenig verstand wie ihre Kollegen.

Vincenzo blickte nervös auf seine Uhr. »Dottore, unsere Zeit ist knapp. Ich habe keine Ahnung, wovon Sie sprechen, werden Sie bitte ein bisschen deutlicher!«

Albertazzi räusperte sich vernehmlich. Nun wurde selbst er unsicher. »Ich weiß nicht recht, wie ich das formulieren soll, ohne Sofia zu kompromittieren ... nun, sie fand das Ambiente irgendwie prickelnd. Mal ganz was anderes, meinte sie.« Mit selbstzufriedener Miene ergänzte er: »Als Gentleman liest man einer Dame der Gesellschaft selbstverständlich jeden Wunsch von den Lippen ab. Ich fand das anfangs ein wenig befremdlich, aber inzwischen gefällt es mir. Warum auch nicht? Außer Ihrem *Monster* ist hier niemand mehr, wir konnten uns die komfortabelste Zelle aussuchen.«

Das war ein interessantes Detail. »Dottore, wie weit ist diese Zelle von seiner entfernt?«

»Im selben Trakt, drei Seitengänge weiter rechts, die anderen Trakte sind längst abgesperrt.«

»Würden Sie uns Ihre Zelle bitte zeigen?«

Es war das zweite Mal in diesem Gespräch, dass Albertazzi Verunsicherung zeigte. »Muss das sein? Das betrifft schließlich unsere Intimsphäre!«

»Wenn es um Mord geht, Signore, ist Ihre Intimsphäre nicht von Bedeutung.«

Schweißperlen bildeten sich auf Albertazzis Stirn, als er die Polizisten zu seiner Liebeszelle führte. Als er öffnete, bot sich ihnen ein bizarres Bild. Sie sahen diverse Geräte, eine Art großes Kreuz an einer der Wände, einen Stuhl, wie ihn Mauracher von ihrem Frauenarzt kannte, diverse Gegenstände in den Regalen. Einiges – Kondome, Dildos, Vibratoren – kam den Polizisten bekannt vor, anderes hatten sie nie zuvor gesehen. Es waren diverse Spielzeuge aus dem Sadomaso-Bedarf. Lediglich die Zwangsjacke schien aus dem Fundus der Psychiatrie zu stammen.

Vincenzo konnte sich nicht zurückhalten. Er deutete auf eines der Geräte und fragte: »Signore, was, um Himmels willen, ist das?«

Albertazzi verlor seine Contenance. Er blaffte Vincenzo an. »Strafbar jedenfalls nicht!«

Offenbar war der Grund, warum Albertazzi sich bis zuletzt gegen die Schließung der alten Psychiatrie gesperrt hatte, keineswegs nur der letzte Insasse, für den besondere Sicherheitsmaßnahmen nötig waren. Aber was die beiden in ihrer Zelle trieben, war in der Tat ihre Privatangelegenheit. Es hatte keinerlei Bedeutung für ihren Fall.

Eine Information schob Albertazzi ungefragt nach, die sich, auch wenn sie wohl eher als Ablenkung gedacht war, als das wichtigste Ergebnis der Befragung erwies. Wenn er mit Sofia Dazi verabredet war, kam er stets etwas früher in die Psychiatrie, »um die Zelle vorzubereiten«. Wenn danach noch Zeit blieb, begab er sich, seit er von dem erneuten Verdacht gegen seinen Patienten wusste, immer zur Zelle des *Monsters*, um dessen Anwesenheit zu prüfen. »Es ist meine Bürgerpflicht, Commissario, die Staatsorgane nach Kräften zu unterstützen, sei ihr Ansinnen auch noch so abwegig! Nachdem Sie mich gebeten hatten, nach ihm zu schauen, habe ich mir vorgenommen, das ab sofort regelmäßig zu machen, auch außerhalb der Essenszeiten. Ich habe meine Schuhe aus- und dicke Socken angezogen, damit er mich auf keinen Fall hören kann. Aber er war selbstverständlich jedes Mal in seiner Zelle. Diese Spur können Sie vergessen. Ich wollte Sie ohnehin heute anrufen, um Ihnen davon zu berichten.«

Vincenzo nickte. Einer Intuition folgend, stellte er eine letzte Frage. »Sagt Ihnen der Name Michael Oberrautner etwas?«

Albertazzi war dankbar für den Themenwechsel und schob die Polizisten nachdrücklich aus seiner Sadomaso-Zelle. Hastig schloss er ab. »An den kann ich mich dunkel erinnern. Komischer Kauz, war kurzzeitig bei Zabatino in Behandlung. Seine Erscheinung passte überhaupt nicht zu seiner Persönlichkeit. Er litt unter Verfolgungswahn. Kein spektakulärer Fall. Meines Erachtens eigentlich kein Schwerkrimineller, sondern ein harmloser Spinner, dessen Persönlichkeitsentwicklung irgendwann stehen geblieben ist. Warum fragen Sie das?«

Ohne Albertazzis Frage zu beantworten, sagte Vincenzo nur: »Danke für das Gespräch, Sie haben uns sehr geholfen.«

Desillusioniert fuhren sie in die Questura zurück. Mit der Suche nach Gianna waren sie nicht einen Schritt weitergekommen. Trotz der Einschätzung des Psychiaters wiesen alle Indizien auf Oberrautner als Mörder und Entführer hin, das *Monster* war nun wohl endgültig aus dem Spiel. Und sollte Hans nicht bald Vollzug melden, mussten sie eine absurde Polizeiaktion in dem Lokal in den Bozener Lauben durchziehen.

Der Besuch in der Psychiatrie hatte alle betroffen gemacht. Hinter wie vielen gutbürgerlichen Fassaden sich wohl solche Abgründe auftaten wie bei Albertazzi? Nur Mauracher sah sich kopfschüttelnd zu einem Kommentar in der Lage. »Voll krass! Der gehört selbst in die Klapse. Mann, was turnt das ab!«

Um fünfzehn Uhr fünf rief Vincenzo von seinem Büro aus den ausführlichen Alpinwetterbericht ab. Nur Minuten zuvor hatte sich der Gutachter gemeldet und mitgeteilt, dass der Handschriftenvergleich der Briefe mit dem Notizbuch eine Übereinstimmung von neunundachtzig Prozent ergeben habe. Einmal mehr Oberrautner. Erwartungsgemäß. Doch was nützte diese Erkenntnis? Nichts.

»Eine markante Luftmassengrenze, die quer über Deutschland verläuft, trennt die feuchtwarme Luft im Süden von polaren Luftmassen im Norden. Sie überquert bis morgen Abend den Alpenhauptkamm südwärts. Ausgehend von einem umfangreichen, ortsfesten Zentraltief über Skandinavien, folgen weitere intensive Frontensysteme nach, die den Zustrom hochreichender Kaltluft verstärken. Die Aussichten: Bis zum Abend recht freundlich, dabei auflebender Süd- bis Südostwind, allmählich nach Südwest drehend. Nachts Bewölkungszunahme, bis zum Morgen bleibt es jedoch trocken. Tiefstwerte im Unterland bei fünfzehn Grad, selbst im Pustertal kaum unter zehn Grad, auf den Höhen zum Teil noch milder. Morgen nach freundlichem Tagesbeginn ab Mittag Eintrübung und von Nordwest nach Südost einsetzende starke Dauerniederschläge, die mit einem markanten Temperatursturz in allen Höhen einhergehen. Der Wind dreht auf Nordnordwest und frischt stark auf, mit Sturmböen in den tiefen Lagen. Auf den Bergen zunehmend Orkanböen mit der Gefahr von Schneeverwehungen. Schneefallgrenze bis zum Abend auf circa tausenddreihundert Meter absinkend. Achtung! Im Übergangsbereich der Front können vor allem in den Bergen lokal unwetterartige Gewitter auftreten! Die Aussichten für die nächsten Tage: Mit einer lebhaften Nord- bis Nordwestdrift gelangen polare Luftmassen auf direktem Weg in den Alpenraum. Mitgeführte umfangreiche Störungen dringen über den Alpenhauptkamm nach Süden vor. Die Schneefallgrenze sinkt allmählich bis auf rund fünfhundert Meter. Der Wind lässt zögernd nach. Da sich vorerst keine Nordföhn-Wetterlage abzeichnet, kann man von einem frühen jahreszeitlichen Wechsel sprechen.«

Sofern nicht längst das Unaussprechliche geschehen war, blieben Gianna vierundzwanzig Stunden. Sie hatten noch einen Tag, um sie zu finden und dem letzten Spielzug Oberrautners zu entgehen. Warum meldete Hans sich nicht? Vincenzo rief ihn an, die Mobilbox sprang an. »Hans, melde dich bitte, dringend, in einer Stunde muss ich eine völlig verrückte Aktion durchführen. Hast du Gianna? Geht es ihr gut?«

Er hatte kaum aufgelegt, als sein Handy klingelte. Valentin. »Hans, Gott sei Dank, hast du sie?«

»Ich war gerade in einem Funkloch. Tut mir leid, Vincenzo, Fehlanzeige. Im Marmolatagletscher ist sie nicht. Ich habe alles bis in den letzten Winkel abgesucht. Ich befürchte, wir haben uns geirrt. Eigentlich muss ich sagen: Hoffentlich haben wir uns geirrt. Das Wetter kippt, Vincenzo, hier pfeift ein Wind, das ist unglaublich. Ich kann mich kaum auf den Beinen halten. Ich komme jetzt runter.«

***

Blaues Schiff, 15.58 Uhr

Das »Blaue Schiff« in der Laubengasse war keinen Kilometer von der Questura entfernt. Kurz vor vier fuhren mehrere Streifenwagen mit eingeschaltetem Blaulicht vor. Vor den Augen einiger Schaulustiger stürmten uniformierte Beamte aus den Wagen in das Café, allen voran Vincenzo, der sich nicht erinnern konnte, wann er das letzte Mal eine Uniform getragen hatte.

Tenente Alessio Savini hatte seinem guten Freund aus der Ausbildungszeit gern den Gefallen getan. Binnen kürzester Zeit trieb er sechs Carabinieri und Appuntati auf, die in Zivilkleidung das Lokal betreten und vor dem Eintreffen der Kollegen aus der Questura sämtliche Gäste und Angestellten über den Einsatz informiert hatten. Savini hatte ausschließlich zweisprachige Polizisten ausgewählt, um jeden Gast unmissverständlich instruieren zu können.

Vincenzo wusste, dass Oberrautner irgendwo stand, um das Spektakel aus einem Versteck heraus zu beobachten. Entsprechend energisch gestaltete er seinen Auftritt. Auch einige der Gäste, es waren insgesamt fünfzehn, legten ein bemerkenswertes schauspielerisches Talent an den Tag. Sie spielten begeistert mit und weigerten sich zunächst, sich in die Polizeiwagen führen zu lassen, stießen wüste Beschimpfungen und Drohungen aus. »Polizeistaat«, »unerhört, das hat Konsequenzen«, »bin Rechtsanwalt, das wird Ihnen leidtun«, »ich mache Sie fertig« waren noch die milderen Äußerungen.

Wenige Minuten später setzte sich die seltsame Autokarawane mit den Gästen, Angestellten und den Polizisten in Zivil in Richtung Largo Giovanni Palatucci in Bewegung. Vincenzo bedeutete seinen Kollegen, dass er zu Fuß in die Questura zurückkehren werde. Er erwartete den Anruf des *Spielführers*.

Doch das Handy blieb stumm, und das nicht nur auf dem Weg in die Questura, sondern den ganzen Tag.

Sie hatten alles getan, was Oberrautner verlangte, aber ob es ausreichte, wussten sie nicht. Gleichzeitig hatten sie nichts unversucht gelassen, um Gianna zu finden. Sie war nicht im Marmolatagletscher, Leo Handl erwies sich nicht als Verbündeter aus der Vergangenheit. Wo sie versteckt war, das war noch immer unbekannt. Vielleicht waren die Hinweise auf das Eis nur ein gelungenes Ablenkungsmanöver von Oberrautner.

Warum hatte sich dieser Mensch ausgerechnet Gianna ausgesucht? Warum ihn, Vincenzo? Oberrautner kannte ihn nicht, hatte überhaupt nichts mit ihm zu tun. Reichte es aus, dass Vincenzo vor einem Jahr eine Weile die Titelseiten der Zeitungen geschmückt hatte? War er deswegen ein geeignetes Zielobjekt, das Oberrautner ermöglichte, seinen Hass auf den Polizeiapparat auszuleben? Und eine unbeteiligte Rechtsanwältin aus Mailand, die lediglich das Pech hatte, Vincenzos Freundin zu sein? Vielleicht hasste er auch sie, weil sie als Juristin aus Oberrautners kranker Sicht das Polizeisystem unterstützte? Aber eigentlich ergab das alles keinen Sinn.

Panische Angst erfasste Vincenzo. In vierundzwanzig Stunden würde seine Welt eine andere sein, und er hatte keine Vorstellung, wie sie dann aussehen würde. Spätestens morgen früh musste er mit der letzten Anweisung des *Spielführers* rechnen. Oberrautner hatte bereits Dinge gefordert, die nahezu unmöglich waren. Morgen würde er seinen *Spielpartner* mit einem Zug konfrontieren, der tatsächlich unmöglich war.

Ereignislos verstrich Sekunde um Sekunde. Vincenzo wusste, dass etwas Ungeheuerliches passieren würde, aber nicht, was es sein könnte. Seine Phantasie stieß an ihre Grenzen, er fühlte sich vollkommen machtlos. Was konnte er noch tun? Hans' Alleingang war seine einzige echte Hoffnung gewesen.

Eine ganz leise Chance hatte Vincenzo noch in dem Versuch gesehen, Oberrautner zu entdecken, ohne dass er es merkte. Vielleicht hätte er sie rechtzeitig zu Giannas Versteck geführt. Ohne jemanden darüber zu informieren, hatte er Alessio gebeten, ein paar weitere Kollegen in der Nähe des »Blauen Schiffs« zu postieren, um unauffällig nach Oberrautner Ausschau zu halten. Auch wenn er Gianna damit in höchste Gefahr brachte.

Doch vergeblich. Der Kerl wusste, wie man sich versteckt.

Vincenzo verließ sein Büro und begab sich zum Vice-Questore, um ihn über die letzten Ereignisse zu informieren. Als er seinen Bericht beendet hatte, lehnte sich Baroncini resigniert in seinem Stuhl zurück. »Ich kann Ihnen gar nicht sagen, wie leid mir das alles tut, Commissario. Der einzige schwache Trost, den ich aussprechen kann, ist mein Versprechen, Sie jederzeit zu decken, ganz egal, was kommt. Ich werde mich vor Sie stellen und die Verantwortung für Ihre Einsätze übernehmen.«

»Danke, Vice-Questore. Das weiß ich zu schätzen. Aber wer kann schon sagen, ob ich das morgen um diese Zeit noch brauche.«

»Kopf hoch, Bellini, Gianna lebt, davon bin ich überzeugt. Ich versetze morgen die Questura und die Carabinieri in Alarmbereitschaft, sicherheitshalber, weil wir nicht wissen, was Oberrautner verlangen wird. Fahren Sie nach Hause, Sie können hier nichts mehr ausrichten. Versuchen Sie abzuschalten und sich auszuruhen, damit helfen Sie Ihrer Freundin im Moment am meisten.«

***

Sarnthein, 17.30 Uhr

Mit einem mulmigen Gefühl fuhr Vincenzo durch das Hochtal vor Sarnthein. Über den Berggipfeln sammelten sich zunehmend Haufenwolken, Vorboten des Wettersturzes. Er sah, wie sich die Bäume im starken Wind bewegten, heftigere Böen konnte er sogar in seinem Alfa spüren. Das Außenthermometer zeigte fast zwanzig Grad, kaum kühler als im siebenhundert Meter tieferen Bozen. Hans hatte ihm oft genug erklärt, was das bedeutete.

Ein bevorstehender Wintereinbruch, ein angekündigter Orkan mit Schneefällen, der letzte, unkalkulierbare Spielzug Oberrautners und das Scheitern von Hans' freiwilliger Mission – das Gefühl von Machtlosigkeit fraß ihn förmlich von innen her auf. Unablässig zermarterte er sich das Hirn, wo Gianna wohl stecken könnte. Kein Baroncini konnte ihm helfen, kein Marzoli, keine Mauracher.

Er würde sich zwingen, ein paar Bergrunden zu laufen, um nicht noch tiefer in seine Depression zu sinken, danach blieb ihm nichts weiter, als zu Hause zu sitzen und abzuwarten, was passieren würde. Irgendwann würde das Handy klingeln. Vielleicht ein weiterer abstruser Brief. Dann war es so weit. Und dann? Wie weit gingen Oberrautners kranke Rachegelüste?

Um Viertel nach sechs war Vincenzo auf seinem Balkon. Selbst der Wind war so warm, dass er im T-Shirt auf seinem bequemen Romeo-Sessel sitzen konnte. Er überwand sich, etwas Schüttelbrot und Speck hinunterzuwürgen, dazu trank er Wasser statt Wein. Die Zeit verstrich im Zeitlupentempo. Er griff zum Telefon, um Valentin anzurufen. »Bist du zurück, Hans?«

»Schon lange. Ich fühle mich mies. Ich war mir so sicher. Was für ein Reinfall! Hast du wenigstens was erreichen können?«

»Nein, gar nichts, ich sitze rum und drehe allmählich durch. Morgen soll der ultimative Spielzug folgen, gleichzeitig kommt der angekündigte Sturm. Am liebsten würde ich vom Balkon springen.«

Hans seufzte. »Ich kann dich gut verstehen, Vincenzo. Aber du musst stark bleiben, ganz egal, was kommt. Dich trifft überhaupt keine Schuld. Ihr seid die Zufallsopfer eines Irren. Du hast alles versucht, Gianna zu finden, hast mich in die Berge gehen lassen, hast alle Forderungen von Oberrautner erfüllt. Mehr war nicht möglich.«

Vincenzo schaute auf sein Wasserglas. Er hatte nach dem Laufen nicht einmal geduscht. Ihm war überhaupt nicht nach Wasser zumute. Mit dem Mobilteil in der linken Hand ging er zum Kühlschrank, um sich ein Bier zu holen. Einen Augenblick liebäugelte er mit einem Sixtus. Nein, lieber kein Bockbier. Er nahm sich stattdessen ein Forst Kronen. Eine von den großen Flaschen, 0,66 Liter.

»Leider nützen mir diese Erkenntnisse nicht viel. Es geht um Giannas Leben, um alles oder nichts. Hast du noch irgendeine Idee, wo sie sein könnte, Hans, oder glaubst du, dass die Hinweise auf Eis doch ein Täuschungsmanöver sind?«

»Das befürchte ich inzwischen. Stell dir mal bildlich vor, Gianna wäre betäubt gewesen und er hätte sie Hunderte von Höhenmetern hinaufgetragen, durch schwierigstes Gelände. Das wäre eigentlich Irrsinn, so jemand müsste unglaubliche Kräfte und eine Wahnsinnskondition haben. Auf die Marmolata käme man vielleicht rauf, doch die habe ich wirklich ausgeschlossen. Aber vielleicht ist Gianna viel näher, als wir denken. Und vielleicht geschieht doch noch ein Wunder, etwas, was wir uns jetzt nicht vorstellen können. Versuch, ein bisschen zu schlafen, Vincenzo, du solltest morgen halbwegs ausgeruht sein.«

Jeder wollte ihm helfen, niemand konnte es. Letztlich war er allein. Seine Eltern riefen jeden Tag an, um sich nach dem Stand der Dinge zu erkundigen und ihre Unterstützung anzubieten. Alfredo hatte seinen Aufenthalt in Bozen um eine Woche verlängert. Inzwischen war auch Nadia aus Mailand angereist, die es allein zu Hause nicht mehr länger ausgehalten hatte. Wie gerne hätte Vincenzo Giannas Eltern Trost zugesprochen, sich um sie gekümmert, Optimismus verbreitet. Aber das konnte er nicht, er war genauso betroffen wie sie. Ihr Kontakt hatte sich auf wenige Telefonate beschränkt, in denen Vincenzo sie über den Stand der Ermittlungen informierte.

Er blickte zum Schöneck hinüber. Vor drei Tagen war dort oben alles weiß gewesen, jetzt waren nur noch ein paar Schneereste zu sehen. Wenn er eine Vorstellung hätte, eine Ahnung, wo sich Giannas Versteck befand, er würde sofort aufbrechen. Abgesehen von dem böigen Wind waren die Bedingungen vorerst noch gut, doch in wenigen Stunden würde er nicht einmal mehr bis an die Baumgrenze kommen. Er leerte sein Forst. Ein Tropfen auf den heißen Stein. Er stand auf, holte ein neues. Maximal drei würde er trinken, als Einschlafhilfe. Um neun Uhr lag er im Bett.

Er schlief unruhig, schwitzte ununterbrochen, wälzte sich im Bett umher. Wirre Träume ohne jeden Sinn oder Bezug liefen wie Kurzfilme durch sein Unterbewusstsein. Plötzlich wurde er wach. Der Wecker zeigte kurz nach Mitternacht. Durch die Fensterläden schimmerte fahles Mondlicht. Der Wind pfiff unheimlich ums Haus, er hörte ihn im Wald rauschen. Der Sturm hatte begonnen, Schnee und Kälte würden folgen.

Endlich registrierte er, dass es erneut das Handy war, das ihn geweckt hatte. Unbarmherzig klingelte es weiter.

»Hallo?«

»Hallo, Vincenzo, hast du schon geschlafen? Sorry, ich wollte dich nicht wecken. Ich bin fürchterlich aufgeregt. Du auch?«

»Aufgeregt trifft es nicht ganz.«

»Verstehe ich. Mach dir keine Sorgen, mein Freund, es ist bald vorbei. Ist das nicht herrlich da draußen? Wie der Wind durch die Bäume tobt, das klingt fast wie Donnergrollen. Wahnsinn. Das dringt regelrecht in mein Inneres ein, es kommt mir vor, als wäre der Sturm in meinen Eingeweiden. Ich kann überhaupt nicht einschlafen, so aufwühlend ist das. Ich liebe Sturm. Er ist ein Sinnbild unseres Lebens. Ich persönlich könnte mir vorstellen, dass dieses Windchen bis morgen sogar ein Orkan wird. Wir sind den Urgewalten ausgeliefert, wir alle drei.«

Ein kleiner, aber heftiger Stich, der Hinweis auf Gianna, der seine Wirkung nicht verfehlte. »Darf ich dich was fragen?«

»Vincenzo, warum so förmlich? Wir sind Seelenverwandte! Frag was immer du willst.«

Da saß jemand am anderen Ende der Leitung, der die Polizei, den Staat, ihn, den Polizisten, so sehr hasste, dass er vor nichts zurückschreckte. Dennoch gelang es ihm, eine Stimme aufzusetzen, als wären sie seit der Kindheit dicke Freunde. Dieser durchgeknallte Verfasser von Fantasy-Romanen wusste genau, wo man ansetzen musste, um einem Menschen die größtmöglichen seelischen Qualen zuzufügen. Vincenzo überwand sich, seine Bitte zu äußern. »Könntest du nicht vielleicht Gianna schützen? Du hast sie doch in einem Gletscher versteckt, oder? Bis ich deinen letzten Zug ausgeführt habe, ist es wahrscheinlich zu spät, dann kommt niemand mehr an sie ran. Bring sie wenigstens an einen sicheren Ort.« Der *Spielführer* schwieg lange. »Hallo, Oberrautner? Bist du noch da?«

»Wie hast du mich gerade genannt, Vincenzo?«

Verdammt, das war ihm herausgerutscht. Ein dummer Fehler. Ihm blieb nichts anderes übrig, als dazu zu stehen. »Natürlich wissen wir, wer du bist. Aber was ändert das schon? Es geht um dich und mich, nicht um Gianna.«

»Ich habe diese Möglichkeit ernsthaft in Betracht gezogen, lieber Vincenzo. Aber ich habe mich dagegen entschieden. Mir ist die Gefahr zu groß, dass mir jemand folgt. Euch ist alles zuzutrauen. Aber mach dir keine Gedanken, Vincenzo, mein Held, ich habe alles im Griff. Mach du deinen Zug, über den wir gleich noch kurz sprechen, den Rest erledige ich. Verzeihung, erledigen trifft es natürlich nicht.« Vincenzo vernahm ein leises Lachen. »Den Einsatz zurückbringen, das beschreibt es besser. Ich weiß genau, was ich tue. Und da kann mich kein noch so schlimmes Wetter aufhalten. Bitte geh morgen früh um neun Uhr an deinen Briefkasten, Vincenzo, dann findest du die Anweisungen für deinen letzten Spielzug, für das große Finale. Von dem Zeitpunkt, wenn du den Brief öffnest, bis zur möglichen Rückkehr deines Einsatzes nach Bozen dauert es zwölf Stunden. Zum heutigen Abschluss habe ich ein kleines Rätsel für dich. Du hast mich Oberrautner genannt, weil du weißt, dass ein Mann dieses Namens verschwunden ist. Preisfrage: Wie viele konkrete Hinweise auf mich hast du gefunden, mein Freund? Bist du dir deiner Sache wirklich sicher? Bin ich wirklich dieser Oberrautner – oder doch nicht? Falls du nicht mehr einschlafen kannst, lenkt dich diese Frage ein bisschen ab. Bis morgen, mein geliebter Freund, ich freue mich!«

19

Im Gletscher, Sonntag, 17. Oktober, 06.30 Uhr

Unruhig lief sie auf und ab. Seit ein paar Stunden, oder auch weniger, sie wusste es nicht genau, waren von überall her neue Geräusche zu hören. Es pfiff, rauschte, knarrte, ächzte, hallte leise, aber ständig durch die Gänge und Höhlen. Es war gleichermaßen unheimlich wie faszinierend.

Wie spät es wohl war? Mittag? Er hatte gesagt, dass dann der Sturm losbrach. Waren das die Geräusche? War das Unwetter bis in diese Unterwelt zu spüren? Und wieso ließ Vincenzo sie dermaßen hängen, was hatte sie ihm bloß getan? Liebte er sie denn gar nicht?

Tränen liefen ihr über die Wangen. Sie hatte fest daran geglaubt, dass es die große Liebe zwischen ihnen war, und jetzt ließ er sie im Stich, sein Fall war ihm wichtiger als seine Freundin. All seine Liebesschwüre, sein angeblicher Kinderwunsch, sein Drängen, zusammenzuziehen, zu heiraten, alles nichts als leere Phrasen. Inzwischen war sie fest davon überzeugt, dass ihr Entführer sie nicht anlog, er hatte ja auch überhaupt keinen Grund dazu. Er wollte Geld, das war alles. Und wenn das Lösegeld gezahlt worden wäre, dann wäre sie längst hier heraus. Wer sonst als Vincenzo sollte an dieser unerträglichen Verzögerung schuld sein? Nie hätte sie gedacht, dass er sie so bedenkenlos in Gefahr bringen würde.

Dass ihr Entführer ihr nichts antun wollte, war mittlerweile klar. Sonst hätte er sich nicht auf so persönliche Gespräche mit ihr eingelassen. Zu gern hätte sie gewusst, wie er aussah unter seiner unbequemen Maske, die er allein zu ihrem Schutz trug. Seine Stimme war sanft, tief, melodisch. Sie könnte ihm stundenlang zuhören. Nein, dieser Mann log sie nicht an. Ihr eigener Freund hinderte ihre Eltern daran, ein Lösegeld zu zahlen, weil er auf seine berufliche Karriere bedacht war. So sah es aus.

Sollte sie doch noch vor dem großen Sturm hier herauskommen, obwohl kein Geld geflossen war, geriete Vincenzo in Erklärungsnot. Wenn er sie nicht überzeugen konnte, dass er nur zu ihrem

Besten gehandelt hatte, dann war sie die längste Zeit seine Freundin!

***

St. Pankraz, 08.00 Uhr

Maria Hofer war fassungslos. Alois Stadler stand vor ihrer Tür, um ihr mitzuteilen, er müsse abreisen. Sie hatte natürlich schon ein bisschen damit gerechnet, angesichts des angekündigten Wettersturzes, der die Berge in diesem Jahr frühzeitig unpassierbar machen würde. Seit Stunden pfiff ein Wind, der nicht normal war. Morgen um diese Zeit war ihr Hof wahrscheinlich eingeschneit. Bis zuletzt hatte sie gehofft, dass er trotzdem bleiben würde. Er war in ihr Leben getreten und hatte es, ohne das zu beabsichtigen, auf wunderbare Weise bereichert.

Bevor er kam, war sie zufrieden gewesen. Die Ferienwohnungen, ihr Haushalt, die Pflege des Hofs, gelegentlich ein Kaffee mit den Frauen aus dem Ort, nichts Aufregendes, aber ein geregelter Alltag. Bis Alois Stadler erschien. Seitdem interessierte sie sich nicht mehr für den Hof, nicht für die Frauen aus dem Ort, nur noch für ihn.

Jetzt verschwand er ohne Vorankündigung aus ihrem Leben, ging fort, wie er gekommen war. Und sie empfand eine nie gekannte Einsamkeit. Wenn er doch wenigstens ein paar Tage bleiben würde.

»Herr Stadler, das Wetter schlägt zwar um, aber auch das sind reizvolle Stimmungen für ein Buch. Sie haben selbst gesagt, dass Sie alle Facetten unserer schönen Heimat einfangen wollen. Außerdem wird es bald wieder besser. Es ist noch nicht einmal November.«

Alois Stadler seufzte inbrünstig. »Frau Hofer, was meinen Sie, wie gerne ich bleiben würde! Ihr traumhaftes Ferienhaus, diese Stille, ideal für einen Naturkundler und Schriftsteller wie mich. Ihr Kaffee, die Stunden mit Ihnen. Das wird mir fehlen. Doch es ist nicht das Wetter, das mich zwingt abzureisen.«

»Ach, nicht?«

Seine Miene nahm einen sorgenvollen Ausdruck an. »Nein, Frau Hofer, leider nicht. Ich habe heute Morgen einen traurigen Anruf aus München bekommen. Mein Bruder hatte einen schweren Schlaganfall, liegt auf der Intensivstation. Es sieht nicht so aus, als käme er durch. Ich möchte sofort zu ihm.«

Entsetzt sah sie ihn an. »O mein Gott, das ist fürchterlich! Wie alt … ich meine, haben Sie ein gutes Verhältnis … war er schon länger krank?«

»Er ist vierundvierzig, Frau Hofer, vier Jahre jünger als ich. Nein, es gab keine Anzeichen. Ja, wir haben ein sehr inniges Verhältnis. Ich muss los, das werden Sie verstehen. Das restliche Geld behalten Sie bitte. Werten Sie es als Zeichen meiner Wertschätzung Ihnen und Ihrer Gastfreundschaft gegenüber.«

Was für ein Pech. Das Wetter war ihm egal, aber sein Bruder hatte einen Schlaganfall. Ausgerechnet jetzt. Das Schicksal meinte es nicht gut mit ihr. Sie musste ihm das Versprechen abringen wiederzukommen. »Das Geld ist mir nicht wichtig, Herr Stadler. Ich mache Ihnen einen Vorschlag: Sie kommen wieder, und wir rechnen den gesamten Rest darauf an. Damit möchte ich Ihnen zeigen, was für ein angenehmer Gast Sie waren.«

Alois Stadler lächelte. »Vielen Dank, Frau Hofer, Sie sind eine überaus charmante Gastgeberin. Ich verspreche Ihnen wiederzukommen, mein Buch ist nämlich noch lange nicht fertig.« Er verabschiedete sich formvollendet mit einer Verbeugung und einem angedeuteten Handkuss, stieg ins Auto und fuhr von ihrem Hof. Sekunden später war er um die nächste Kurve verschwunden. Sie kam sich vor wie in der Schlussszene eines romantischen Rosamunde-Pilcher-Films. Sie sah selten fern, aber wenn so etwas lief, saß sie regelmäßig vor dem Fernseher, eine Packung Taschentücher neben sich.

***

Sarnthein, 09.00 Uhr

Pünktlich und mit zitternder Hand öffnete Vincenzo seinen Briefkasten. Er hatte nach Oberrautners Anruf kein Auge mehr zugetan. Inzwischen war seine Angst auch körperlich spürbar. Er fror und schwitzte abwechselnd, seine Beine waren wie Gummi, immer wieder wurde ihm schwarz vor Augen. Seine Hände waren so schwach, dass er die Tasse mit beiden Händen umfassen musste, damit kein Kaffee überschwappte. Jegliche Kraft war aus ihm gewichen.

Als ihm der Brief weiß entgegenleuchtete, hielt er einen Moment inne. Hinter ihm raste der Wind über den Pass herunter, und als Vincenzo sich umdrehte, schlug ihm eine Sturmböe entgegen. Alle umliegenden Gipfel waren in dicke grauweiße Wolkentürme gehüllt, die sich – man konnte es mit bloßem Auge sehen – schnell nach oben hin ausdehnten. Es war zwar noch mild, über fünfzehn Grad, aber der Wind hatte seit dem Vorabend seine Richtung geändert, fühlte sich bereits kalt an. Kein Vogelgezwitscher war mehr zu hören. Getrieben von ihrem untrüglichen Instinkt, hatten die Tiere rechtzeitig Schutz gesucht.

Mit der Windböe in seinem Gesicht war sie wieder präsent, diese merkwürdige Ahnung, die sich in einer Wettererscheinung manifestierte. Diesmal schaffte er es nicht, sich von diesem Gefühl zu befreien. Er nahm den Brief heraus, tastete ihn ab. Da war mehr drin als ein Blatt Papier, etwas Weiches, Dickeres. Vincenzo sah sich nach allen Seiten um. Als ob Oberrautner irgendwo stünde, um ihn höhnisch auszulachen! Nein, niemand war auf der Straße, alle Sarntaler hatten sich in ihre Häuser zurückgezogen, um auf das angekündigte Inferno zu warten. Aus einigen Schornsteinen stieg Rauch. Schwerfällig stapfte Vincenzo die Treppenstufen empor und schlurfte in seine Wohnung.

***

Bozen, 09.05 Uhr

Sabine Mauracher hatte die ganze Zeit wach gelegen und dem Rauschen des Windes gelauscht. Sie musste unentwegt an den armen Commissario denken. In was für einen Horror er geraten war! Dabei war er so sensibel, gutherzig und einfühlsam. Manchmal machte er zwar einen auf cool, ließ den Macho raushängen, aber das taten letztlich alle Männer. Bellini hingegen hatte zugleich diese sanfte, melancholische Seite. War stundenlang allein in der Natur unterwegs. Nicht etwa mit dem Mountainbike oder zum Speedklettern, Canyoning oder Snowboarding, nein, er ging wandern. Manchmal joggte er ein bisschen oder machte Krafttraining. Mit nicht einmal vierzig.

Eigentlich gähnend langweilig, normalerweise wäre er absolut nicht ihr Typ. Aber er hatte so etwas Tiefgründiges, Sensibles. Und außerdem sah er verdammt gut aus. Bei diesem durchtrainierten Body hätte man sich bei ihm auch solche Extremsportarten bestens vorstellen können.

Sie kicherte in sich hinein. Im Unterschied zu ihr, die aussah wie ein zartes Püppchen, das keinem Windhauch standhielt. Sie hatte längst gemerkt, dass der Commissario sie für schwächlich hielt und ihr keine großen körperlichen Belastungen auferlegen wollte. Auf die Idee, dass sie eine hervorragende und sehr ausdauernde Sportlerin war und gerade diese anspruchsvollen Sportarten mit Begeisterung betrieb, wäre er wohl im Leben nicht gekommen. Jede freie Minute nutzte sie dafür. Schon als Kind hatte sie einen unbändigen Bewegungsdrang, den sie vermutlich vom Großvater geerbt hatte, der ihr großes Vorbild war. Ihr Opa Winnie war zwar im flachen Berlin geboren, aber ein ausgezeichneter Bergsteiger und großartiger Sportler. Er hatte sie häufig mit in die Berge genommen, von ihm hatte sie sich alles abgeschaut, sogar die Art zu reden, die Ausdrucksweise. Manchmal berlinerte sie so sehr, dass niemand sie für eine Südtirolerin hielt.

Am meisten faszinierte sie Eisklettern. Was für ein irres Gefühl, eine senkrechte oder, noch krasser, überhängende Eiswand hochzuklettern. Am liebsten auf Zeit, schnell, immer schneller. Für sie war der Sport eine Droge. Sie konnte nichts dafür, dass die Natur ihr zwar Zähigkeit, aber keine dicken Muskeln geschenkt hatte.

Weil sie keine Lust mehr hatte, untätig im Bett zu liegen, war sie bereits um fünf aufgestanden und hatte sich eine Tasse Tee gekocht. Dieser Fall ging ihr nicht mehr aus dem Kopf. Oberrautner, ein Junkie, der Fantasy-Romane schrieb, sollte einem Menschen mit bloßer Hand das Genick gebrochen, möglicherweise Gianna einen Berg hinaufgeschleppt und sich so ein abartiges Spiel ausgedacht haben? Und bloß, weil er ein paar Monate im Knast gesessen hatte? Um sich für diese Lappalie zu rächen? Indizien hin, Indizien her, sie konnte sich das nicht vorstellen. Da musste jemand anderes dahinterstecken. Wenn es nicht dieser Durchgeknallte in der Klapsmühle sein konnte, musste es sich um einen bis dato Unbekannten handeln. Und der würde in ein paar Stunden einen *Spielzug* von Bellini verlangen, der undurchführbar war. Damit wäre der arme Kerl am Ende. Das Einzige, das ihn noch retten konnte, wäre, wenn er seine Gianna zurückbekam.

Ihr Opa hatte ihr mehr als einmal von dieser Stadt im Eis erzählt. Sie war eine seiner Leidenschaften. Lustig, dass sie die ganze Geschichte nie geglaubt hatte, dabei gab es das tatsächlich. Diese Geschichte von der Marmolata und ihrem Gletscher. Ganze Bergkuppen hatten sie weggesprengt, um die Feinde, die unten waren, unter einem gewaltigen Steinschlag zu begraben. Bescheuert, was sich Menschen alles einfallen ließen, um sich gegenseitig zu schaden.

Sie stand auf, trat auf ihren kleinen Balkon. Was für ein Wind. Wie ungewöhnlich mild es war. Als es zu dämmern begann, konnte sie sehen, wie von den Sarntalern her allmählich dunklere Wolken aufzogen. Noch war es lediglich eine lockere Haufenbewölkung, aber bald würde es zur Sache gehen. Das war ganz ihr Ding, richtig wild und gefährlich, so etwas liebte sie. Ihr Opa hatte viel von der Marmolata gesprochen, was dieser Handl alles in den Gletscher gebaut hatte. Aber es ging nicht nur um die Marmolata. Bei der zweiten Tasse Tee erinnerte sie sich. Es gab noch andere, ähnlich irrsinnige Geschichten aus diesem skurrilen Bergkrieg.

Bellini und dieser Valentin, sie waren überzeugt davon, dass es die Marmolata sein musste. Klar. Lag auch nahe. Zu nahe. Sie hatte von Anfang an Zweifel gehabt. Wenn der Typ tatsächlich so abgedreht war, suchte er sich keinen Berg aus, der so berühmt war wie das Matterhorn. Der wusste etwas Besseres, darauf würde sie wetten. Etwas, worauf so schnell keiner kam.

Sie lief in den Keller. Was für ein Chaos. Wie sollte sie Winnies Skizzen da bloß finden? Sie schloss für einen Moment die Augen, dachte angestrengt nach. Wo hatte sie die Aufzeichnungen hingetan? Auch, wenn sie die Geschichte damals nicht geglaubt hatte, war sie sorgsam mit Winnies Geschenk umgegangen. Die Unterlagen lagen mit Sicherheit nicht ungeschützt irgendwo herum.

Da fiel es ihr wieder ein. An dem Tag, an dem Winnie ihr seine Skizzen geschenkt hatte, hatte sie von ihren Eltern neue Sneakers bekommen. Die Zeichnungen hatte sie in dem Karton verstaut, und den musste sie suchen. Sie zog ein paar Kisten vor, schaute hinein und dahinter, sah in einen kleinen Schrank. Dort entdeckte sie den Karton. Sie öffnete ihn, sah sich die Skizzen genau an. Mit einem Gefühl des Triumphes kehrte sie in ihre Wohnung zurück.

Sie fuhr ihren Laptop hoch, um sich die Unwetterwarnungen anzusehen. *Markante Front, Temperatursturz, Orkan, starke, andauernde Niederschläge. Gefahr umstürzender Bäume durch Sturm und nassen Schnee, umherfliegende Dachziegel, vorgelagerte, unwetterartige Gewitter möglich, Schneeverwehungen mit fallender Höhentendenz, zunehmende Lawinengefahr, schwere Überschwemmungen in tiefen Lagen, Erdrutsche. Autofahrten vermeiden, Häuser wenn möglich nicht verlassen.* Das Ganze ab dem frühen Nachmittag. Schon vorher Gefahr einzelner Sturmböen.

Alle Achtung, was auf Südtirol zukam, war verdammt krass.

Sie hatte eine konkrete Idee, aber zu wenig Zeit, um die nötige Telefonaktion zu starten. Davon abgesehen hatte der Irre sie mit Sicherheit am wenigsten auf dem Plan. Sie schloss ihre Balkontür, ihr Entschluss war gefasst. In Windeseile raffte sie alles zusammen, was sie brauchte, Proviant, Handschuhe, Mütze, Schal, Windstopper, Gletscherbrille, Tourenkarte. Nicht vergessen: Winnies Skizzen, die Eisausrüstung und ihr Tandemboard. Hoffentlich hatte sie genug Benzin im Tank. Sie rannte das Treppenhaus runter, warf den großen Rucksack, der fast so groß war wie sie, auf den Rücksitz und fuhr los. So schnell, wie es mit ihrem kleinen Punto möglich war.

***

Forensische Psychiatrie, 09.15 Uhr

Träge und lustlos hing er auf der Pritsche, starrte an die hässliche, fleckige Decke. Auffällig war, dass es keinerlei Spinnennetze gab, obwohl hier schon lange nicht mehr saubergemacht wurde. Diese Zelle war wohl selbst für Insekten zu abgeschirmt.

Er kam überhaupt nicht mehr in die Gänge. Wo war bloß seine Energie geblieben? An dem bisschen Diazepam konnte es nicht liegen, das war er gewohnt. Obwohl, wann hatte er sich das letzte Mal richtig gut gefühlt? Lange her, wenn er ehrlich war. Dabei müsste er eigentlich bester Laune sein. Heute war schließlich der große Tag, sein großer Tag. Noch ein paar Stunden, dann war es vorbei. Dann war er raus aus diesem widerlichen Loch, konnte endlich ein neues Leben anfangen. Wie lange hatte er davon geträumt.

Seit einiger Zeit kam es ihm so vor, als würden die Tage immer langsamer vorüberziehen, er aber umso schneller altern. Wie oft hatte er über die Frage nachgedacht, ob es für jeden Menschen ein vorbestimmtes Schicksal gab oder ob jeder seines eigenen Glückes Schmied war. Träfe Ersteres zu, dann trug er keinerlei Schuld. Wenn nicht, müsste er an sich zweifeln. Er war zu der Überzeugung gekommen, dass die Wahrheit irgendwo dazwischen lag, wie so oft im Leben. Es gab schicksalhafte Begegnungen und Zufälle, durch die das Leben einen radikalen Richtungswechsel erfuhr. Man machte Pläne, die klappten oder auch nicht, und manchmal ging es lange gut. Manchmal aber kam es zu folgenschweren Brüchen. Das war Glück oder Pech, davon war er überzeugt, das hatte eigentlich nichts mit guter oder schlechter Planung zu tun. Der eine gewann im Lotto – Glück –, der andere kam dahinter, dass der Partner ihn betrogen hatte – Pech –, die Nächste träumte von einer Karriere als Model und wurde in einer Disco von einem Modelscout entdeckt. Eine andere Zahlenfolge, ein anderer Partner oder an diesem Tag in einer anderen Disco oder in dieser Disco an einem anderen Tag – das Leben ginge so unspektakulär weiter wie vorher. Was für markante Wendepunkte hatte es in seinem Leben gegeben?

Ein Geräusch vor der Zelle unterbrach sein Sinnieren. Albertazzi rückte an, um ihn mit diesem Schweinefraß zu füttern. Von Tag zu Tag wurde es später. Er war aus Sicht des Psychiaters nicht mehr als eine Belastung, ein nervendes Ding, um das er sich kümmern musste. Komm nur, eingebildeter Dottore, du weißt es nicht, aber das ist heute die letzte Fütterung.

In den letzten Tagen kam Albertazzi ab und zu vorbei und schaute durch das kleine Fenster in seine Zelle. Er schien ernstlich zu glauben, dass er ihn nicht kommen hörte. Der Seelenklempner hatte keine Ahnung, dass diese gruseligen Gänge das kleinste Geräusch übertrugen. Warum kam er überhaupt? War er sich doch nicht sicher, ob sein Patient immer brav in seiner Zelle saß? Er lachte. Wie gut, dass es der letzte Tag war.

***

Sarnthein, 09.20 Uhr

Vincenzo hatte sich noch einen großen Kaffee gemacht. Er hatte keinen Appetit, zwang sich aber, eine Banane zu essen. Minutenlang hatte er auf den Briefumschlag gestarrt, unfähig, ihn zu öffnen. Er wusste, dass es seine kleine geschützte Welt danach nicht mehr geben würde. Ein Trip direkt in die Hölle, ohne Rückfahrschein. Ihm war, als öffnete er die Büchse der Pandora. Endlich nahm er den Umschlag, riss ihn energisch auf. Das Unvermeidliche ließ sich nicht abwenden.

Lieber Vincenzo, mein Freund, mein Alter Ego!
Ich befürchte, unser Spiel neigt sich dem Ende zu. Ich kämpfe mit den Tränen. Wie unendlich schön es mit dir war. Du hast mich nicht enttäuscht! Ich musste dich manchmal zur Ordnung rufen, wenn der – verzeih die saloppe Formulierung – Gaul mit dir durchzugehen drohte. Dann hast du dich sofort in den Griff bekommen. Das ist mehr wert, als wenn alles glatt gelaufen wäre. Du hast Charakterstärke gezeigt. Das ist gut, denn die benötigst du für deinen letzten Zug.
Zunächst bin ich als Spielführer wie immer dazu verpflichtet, den Zwischenstand zu verkünden. Deine letzte Aufgabe hast du mit Bravour gemeistert, Vincenzo. Ein phantastischer Auftritt, man merkt den Profi in dir. Die ganze Nacht hast du deine armen, unschuldigen Mitbürger in euren Zellen schmoren lassen. Gerne hätte ich das – gegen eine entsprechend höhere Punktzahl – in der »Dolomiten« gelesen, doch dafür reicht die Zeit diesmal leider nicht. Jedenfalls führst du zu diesem Zeitpunkt klar, wie nachfolgende Statistik eindrucksvoll belegt:
Vincenzo Bellini: zweiundzwanzig Punkte, eine Strafe
Spielführer: vier Punkte
Das ist Wahnsinn, Vincenzo. Damit hätte ich nie im Leben gerechnet, nicht in dieser Deutlichkeit. Das ist Champions League! Du hast meine Erwartungen bis jetzt sogar übertroffen!
Ich bin tief betrübt, wenn ich daran denke, dass es nun vorbei ist, dass dies wahrscheinlich der letzte Brief ist, den ich dir schreiben darf. Ich weiß gar nicht, was ich zukünftig ohne dich machen soll. Du hast mein Leben bereichert, lieber Vincenzo. Ich bin überzeugt, insgeheim denkst du über mich nicht anders.
Kommen wir nun zu deinem Spielzug. Der bevorstehende Kälteeinbruch

passt übrigens perfekt dazu, finde ich. Eine wahrlich triumphale Dramaturgie, die uns die Natur frei Haus liefert.
Bevor ich dir sage, was du zu tun hast, sollte ich ein paar Erläuterungen voranstellen. Ich habe dir direkt zu Beginn unseres Spiels gesagt, dass der eigentliche Zweck darin besteht, alle deine Talente, deinen Charakter unter Beweis zu stellen. Es gab nur eine Möglichkeit, dich dazu zu zwingen (ein widerliches Wort, bei dem sich mir augenblicklich die Nackenhaare sträuben): deinen Einsatz. Ich wusste, dass du nicht nur bis an deine Grenzen gehen würdest, um ihn zu retten, sondern darüber hinaus. Das ist deine Berufung, Vincenzo! Sei froh, dass es jemanden gibt, der das erkannt hat. Die Krux des Spiels ist die alles entscheidende Frage, wie weit du bereit bist, Grenzen zu übertreten, Vincenzo, mein leuchtendes Vorbild!
Ich nehme eines vorweg: die Punktzahl. Hast du eine Vorstellung, wie viele Punkte du heute sammeln kannst? Soll ich es dir sagen? 10.000! In Worten: zehntausend. Da bist du sprachlos, stimmt's? Es böte sich an, diese astronomische Punktezahl je nach Erfüllungsgrad auf uns zu verteilen, doch leider geht das nicht. Es gibt nur ein Entweder-oder. Warum, wirst du gleich verstehen. Zusätzlich zu den Punkten geht es um deinen Einsatz. Gelingt dir dein letzter Spielzug, wird er – garantiert nicht tiefgekühlt – bis einundzwanzig Uhr in Bozen sein. Als kleinen Hinweis darauf, dass dein Einsatz wohlauf ist, habe ich diese Locken beigefügt. Eine recht banale, einfallslose Methode, ich weiß. Ich habe bewusst auf drastischere Maßnahmen verzichtet, weil ich deinen Einsatz in der letzten Zeit lieb gewonnen habe. Ich habe den Eindruck, dass das auf Gegenseitigkeit beruht.
Wenn du willst, geh zu deiner Gerichtsmedizinerin. Lass sie prüfen, ob diese Haare von einem lebenden Menschen stammen und wann sie abgeschnitten wurden. Das könnt ihr bestimmt, mit all dem technischen Krimskrams, den Ihr habt.
<u>Zur Sache:</u>
Du benötigst heute mehrere Joker: den korpulenten Ispettore, den eleganten Vice-Questore und den sensationslüsternen Reporter. Marzoli braucht eine Digitalkamera, Baroncini einen Camcorder. Sieh zu, dass ihr das rechtzeitig organisiert. Ihr fahrt, entsprechend ausgerüstet, zusammen zum Zielpunkt. Ich erkläre es dir: Ihr fahrt nach Lana, von dort aus geht es, wie du als alter Wandersmann natürlich weißt, ins Ultental.
Ich möchte niemanden außer euch in <u>einem</u> Wagen sehen. Bitte unterlasst jeglichen Versuch, Straßen abzuriegeln oder das Ultental zu überwachen.

Wir kennen uns so lange, Vincenzo, haben durch unser Spiel gemeinsam unser Bewusstsein auf eine höhere Ebene transformiert, dass ich nicht mehr sagen muss. Unsere Gedanken sind eins.
Ihr folgt bitte der Straße, die ins Tal führt. Sie schlängelt sich anfangs in einigen Kehren bergan durch die herrlichen Weinberge. In der, lass mich nicht lügen, fünften Kehre geht rechts der Waalweg ab. Wunderschön, herrliche Aussicht ins Tal nach Meran, dazu mitten in den Weinbergen, ein Traum. Der passende Rahmen für deinen ultimativen Spielzug. Ihr parkt, geht den Weg entlang nach Norden. Nach kurzer Zeit kommt ihr unter der Vigiljochbahn hindurch. Ihr geht weiter bis zur nächsten Bank. Bei dem Sturm wird außer euch niemand dort sein.
Deadline ist dreizehn Uhr, du solltest also gleich loslegen. Du setzt dich bequem auf die Bank, der Dicke und der Elegante postieren sich mit ihren Kameras vor dir, im Hintergrund wunderbar die Weinberge und die Gipfel.
Du ziehst deine Waffe – Verzeihung, das hatte ich eingangs vergessen zu erwähnen. Liegt sicherlich an meiner Aufregung. Du musst sie mitnehmen, bitte geladen. Du richtest sie auf dein Ohr – und drückst ab, Punkt dreizehn Uhr. Keine Sekunde später! Deine Kollegen werden das medial dokumentieren. Du kennst dich aus, Vincenzo, ein Schuss in die Schläfe ist unsicher, das Ohr ist besser. Abends wird das auf sämtlichen Nachrichtenkanälen gebracht, morgen steht es in allen Zeitungen.
Die Rückkehr deines Einsatzes vollzieht sich in zwei Schritten: Wenn du deinen Zug gemacht hast, hole ich ihn ab und halte ihn bis zum nächsten Tag warm. Sehe ich heute die Berichte im Fernsehen, morgen in der Zeitung, ist dein Einsatz frei.
Heute kannst du in die Geschichtsbücher eingehen, Vincenzo! Polizist opfert sich für seine Freundin. Wahnsinn, was für eine Schlagzeile! Du kannst dir nicht vorstellen, wie sehr ich dich darum beneide. Ich könnte das nicht, ich wäre zu feige. Du hingegen hast bewiesen, dass du Grenzen überschreiten kannst. Heute musst du es ein allerletztes Mal tun. Dann bist du frei, für alle Zeit!
Ich hätte dir das gerne erspart, glaub mir das bitte. Aber deine Bereitschaft, für deinen Einsatz bis zum Äußersten zu gehen, gehört zu den elementaren Zielen unseres Spiels. Ein höheres Schicksal, gegen das wir beide machtlos sind.
Vincenzo, mein Held, ich muss Schluss machen, ein anstrengender Tag wartet auf uns alle. Trink in Ruhe einen Kaffee, ruf deine Joker an und

bereite alles vor. Seid pünktlich, die Zeit ist knapp. Das heißt, nicht, wenn du versagst. Dann hast du ab heute viel Zeit. Zeit für ein Leben ohne deinen Einsatz!
Alles Gute in deiner neuen Welt, Vincenzo!
Dein Spielführer, Verehrer, Bewunderer bis in alle Ewigkeit

Vincenzo starrte aus leeren Augen auf das Blatt Papier. Er hatte sich in seiner Phantasie vieles vorgestellt, was Oberrautner von ihm verlangen würde. Einen Banküberfall, einen Brandanschlag auf die Trattoria, ein willkürliches Opfer auf der Straße krankenhausreif prügeln. Doch das ging weiter als alles, was er sich in seinen schlimmsten Horrorszenarien ausgemalt hatte. Er hätte nicht sagen können, was er in diesem Augenblick fühlte. Seine Emotionen waren nicht mit Worten zu beschreiben.

Eine halbe Stunde lang saß er mit eingefrorenem Gesichtsausdruck am Tisch. Er tat nichts, starrte auf das Blatt Papier. Irgendwann hob er den Kopf, drehte ihn nach links. Dort hing in der Garderobe das Halfter mit seiner Beretta 92, dem Neun-Millimeter-Rückstoßlader der Polizia di Stato, mit großem Fünfzehn-Schuss-Doppelreihenmagazin. Er hatte damit noch nie auf einen Menschen geschossen. Er mochte Waffen nicht, sie waren für ihn der allerletzte Ausweg. In drei Stunden sollte er sie auf sich selbst richten.

Allmählich erfasste Vincenzo, was der *Spielführer* von ihm verlangte. Warum trieb ein Mensch, dem er nichts getan hatte, den er gar nicht kannte, mit ihm und Gianna ein solches Spiel? Das Gefühl, sich in einem surrealen, kranken Traum zu befinden, war verschwunden. Jetzt spürte er eine innere Erschlaffung, eine merkwürdige Wärme breitete sich in seinem Körper aus, so, als schütte jemand langsam einen Krug mit heißem Wasser in ihm aus. Er kannte so etwas aus seiner Ausbildungszeit. Wenn eine anspruchsvolle Klausur bevorstand, war er tagelang vorher hektisch und aufgedreht. In dem Moment, in dem die Aufgabenblätter vor ihm lagen, wich die Hektik einem Gefühl tiefer innerer Ruhe. Und dann kam auch diese Wärme in seinem Inneren.

Er stand auf, trat an sein Panoramafenster, die Hände hinter dem Rücken verschränkt. Draußen bewegten sich die Bäume heftig im Wind. Blätter wirbelten durch die Luft. Trotzdem schien die Sonne. Merkwürdige Stimmung.

Oberrautner stellte ihn vor die Wahl: du oder Gianna. Um dieser Perversion den nötigen Nachdruck und einen passenden Rahmen zu geben, hatte er Giannas Haarsträhnen dazugelegt.

Er hatte nun drei Möglichkeiten: zu tun, was Oberrautner verlangte – unwahrscheinlich, dass ihm das gelingen würde. Gar nichts zu tun, auf ein Wunder oder Oberrautners Nachsicht hoffen. Beides mehr als unwahrscheinlich. Oder nach Lana zu fahren, zum Ort des geplanten Geschehens gehen, zu versuchen, Oberrautner zu erspähen, der seinem triumphalen Finale zweifelsohne beiwohnen wollte. Wenn er ihn sah, die Waffe ziehen, abdrücken, beten, dass er ihn traf, dass Oberrautner überlebte, dass er unter Schmerzen und nötigenfalls unter Anwendung weiterer Gewalt Giannas Aufenthaltsort verriet. Das wäre vermutlich das Ende seiner Karriere bei der Polizei, wenngleich ein bescheidener Preis für Giannas Rettung. Alle drei Möglichkeiten waren unvorstellbar. Zeit, sich etwas anderes zu überlegen, hatte er nicht. Die kranke Kreatur hatte alles perfekt geplant.

Er wählte die erste Nummer.

***

Lana, 10.00 Uhr

Er hatte sich auf der Bank niedergelassen, die in ein paar Stunden in allen Medien zu sehen sein würde. In den Tieflagen des Vinschgaus war es trotz des starken Windes so warm, dass er bloß eine dünne Jacke trug. Was für ein Kaiserwetter, es passte wunderbar zu dem, was bald passieren würde. Seinen Wagen hatte er hundert Meter oberhalb der Abzweigung zum Waalweg abgestellt. Wenn er lossprintete, war er in Sekundenschnelle dort und konnte losfahren, bevor sie ihn erwischten.

Er war gespannt zu erleben, wie weit die Liebe eines Menschen gehen konnte. Bellini hatte längst begriffen, dass dieses Spiel todernst war. Daher würde er auf jeden Fall kommen. Vielleicht schickte er noch ein paar Kollegen oder einen Hubschrauber, um das Gebiet zu überwachen. Was würde ihm das nützen? Er würde nie erfahren, wo sich seine Gianna befand. Die einzige Möglichkeit, sie zu retten, war sein Tod. Das wusste Bellini. Sollten sie ihn verfolgen, ihn vielleicht sogar fassen, er würde einfach vor sich hin lächeln, aber nichts sagen. Kein Wort. Und während die Zeit verging, dahinkroch, Minute um Minute verstrich, während der Sturm tobte und Giannas Überlebenschancen immer weiter sanken, würden Bellini und die ganze Mischpoke durchdrehen. Er hätte nicht sagen können, was ihm lieber wäre: dass Bellini sich selbst richtete, oder dass er zu feige war und deshalb hilflos erleben musste, wie Giannas Lebenslicht ganz langsam erlosch. Bellini würde weiterleben, aber nur noch physisch. In Wirklichkeit war sein Leben vorbei. Ohne Sinn, voll Depressionen und Schuldgefühle. Vielleicht wäre das die gerechtere Strafe für das, was der *Spielführer* durchgemacht hatte.

Er schob sich ein Stück Schüttelbrot in den Mund. Was für eine schöne Aussicht. Für ihn war dies das andere Südtirol, das sanfte, mediterrane. Es stand in einem faszinierenden Kontrast zu den Bergriesen, die den Vinschgau umgaben. Wie oft war er nachmittags mit Schal, Mütze und Handschuhen über den Gletscher marschiert, um ein paar Stunden später in Meran oder Bozen im T-Shirt einen kühlen Weißwein zu schlürfen. Obwohl im Norden Italiens gelegen, galt Bozen als eine der wärmsten Städte des Landes, geschützt durch jene Bergriesen, auf denen es immer eisig kalt war. Heute würde dieser sanfte, milde Teil der Provinz für nie dagewesene Schlagzeilen sorgen.

Er warf einen Blick auf seinen Höhenmesser. Elf Uhr. Der Luftdruck fiel weiter mit bemerkenswerter Konstanz. Wenn ihn sein Gefühl nicht trog, würde es spätestens gegen drei losgehen. Hoffentlich kam kein Gewitter. Nicht, dass er Bellinis finalen Schuss nicht hörte! Weiter im Süden würde das Unwetter erst am Spätnachmittag losbrechen, Zeit genug für seinen Plan. Er war gespannt, ob er allein oder in Begleitung zurückkommen würde. Das lag in Bellinis Hand, im wahrsten Sinne des Wortes. Er musste über seinen eigenen Witz lachen.

Ach ja, was für ein Panorama. Einfach traumhaft. Er stand auf, verschwand querfeldein in den bergseitigen Weinbergen. Er hatte sich einen perfekten Logenplatz ausgesucht.

***

Adamello-/Presanellagebiet, 11.00 Uhr

Der Adamello mit seinem riesigen Gletscher und das kleinere Gebiet der Presanella gehören zum Trentino, der südlichen Nachbarprovinz Südtirols. Diese wild-romantische Bergregion ist weniger frequentiert als die bekannteren Gipfel im Norden. Es gibt zwar Berghütten und markierte Pfade, aber die Entfernungen von Hütte zu Hütte sind groß, auf vielen Wegen gibt es knifflige Stellen, teilweise mit Klettersteigen, die man überwinden muss. Wer sich inmitten dieser schroffen Bergwelt befindet, kann sich nicht vorstellen, dass der Gardasee mit seinem warmen, südländischen Klima nur dreißig Kilometer entfernt ist.

Sabine Mauracher war überzeugt, dass Gianna sich hier in einem der Gletscher befand. Auf der langen Fahrt hatte sie unentwegt abgewogen, für welchen Gletscher sie sich entscheiden sollte. Sie hatte nur einen Versuch. Fand sie Gianna nicht, würde sie an diesem Tag keinen anderen mehr erreichen können, die großen Höhenunterschiede und der bevorstehende Wettersturz machten das unmöglich. Auf der Basis von Winnies Skizzen kamen drei Gletscher in Frage. Sie hatten eines gemeinsam: Mauracher kannte sich auf keinem von ihnen aus.

Naheliegend war das riesige Eisfeld des Adamello- und Mandronegletschers, über das man einen der zwei höchsten Gipfel dieser südlichsten Gebirgsgruppe der Ostalpen erreichen konnte: den Monte Adamello, 3.554 Meter hoch, nur zwei Meter niedriger als die Cima Presanella. Im Bereich des Adamello gab es jede Menge Überreste von der Ortlerfront, teilweise aufwendig restauriert und nun Bestandteil eines Friedensweges. Gerade deshalb schied der Adamello ihrer Meinung nach aus. Wenn sich noch irgendwo Bergsteiger tummelten, dann dort.

Es gab auch weniger bekannte Gletscher, in denen sich nach Winnies Überzeugung Reste von Kriegsstellungen befanden, allesamt in der Presanellagruppe. Giannas eisiges Gefängnis könnte entweder in dem steilen Hauptgletscher oder in einem der kleineren Eisschilde westlich davon sein. Mauracher entschied sich für den Hauptgletscher. Gut erreichbar, wenig bekannt, deshalb kaum begangen. Sie musste dringend Bellini Bescheid sagen, aber die Gegend schien ein einziges Funkloch zu sein. Anhalten wollte sie auf keinen Fall, die Zeit drängte. Sie würde es noch einmal versuchen, sobald sie losgegangen war.

Ihr kleiner Punto quälte sich das Val Vermiglio hinauf in Richtung Tonalepass. Hinter dem »Chalet Al Foss« bog sie links ab, fuhr den Berg hinunter und parkte kurz vor dem Abzweig zum Rifugio Stavel. Zwei Aufstiege führten zu der Schutzhütte am Rande des Gletschers. Der eine war eine asphaltierte, steile Holperstraße, im oberen Bereich mit vereisten Altschneestellen übersät. Mit ihrem Punto ohnehin nicht zu schaffen. Der andere war ein steiler, vom Schmelzwasser und den häufigen Niederschlägen der letzten Zeit aufgeweichter Direktanstieg mit der Bezeichnung 233. Sie wählte die kleine Straße. Auf diesem Untergrund konnte sie sich im Laufschritt bewegen.

Nach zahlreichen Kehren zweigte der Weg, nunmehr als schmaler Pfad, in südöstlicher Richtung ab. Er stieg zunächst sanft an, wies aber bald gefährlich ausgesetzte Stellen auf. So hatte Mauracher sich das nicht vorgestellt. Wenn ein Schneesturm den Weg zuwehte und die Sicht gleich Null war, wurde aus der anspruchsvollen Wanderung ein lebensbedrohlicher Drahtseilakt, erst recht, wenn man ein geschwächtes Entführungsopfer bei sich hatte. Das Wetter hielt zwar noch, und der Wind war weniger heftig als in Bozen, doch der Wetterbericht war eindeutig. Trotz ihres Gepäcks ging sie immer schneller. Dann musste sie einen Tunnel durchqueren. Zum Glück hatte sie an ihre Stirnlampe gedacht.

An einem Linksabzweig, der zurück ins Val Vermiglio führte, änderte sich der Charakter des Weges. Er wurde steiler, war aber nicht mehr ausgesetzt. Bald hatte sie die längst geschlossene Schutzhütte erreicht. So gut das Tauwetter der Vortage für ihren Plan war, so schlecht war es, um festzustellen, ob vor Kurzem jemand hier gewesen war. Sie konnte in dem harschigen, festen Schnee keine Spuren mehr erkennen. Es war nicht herauszufinden, ob an diesem Tag schon jemand vor ihr die Hütte auf dem Weg zum Gletscher passiert hatte. Beängstigend.

Sie ging zügig an der Hütte vorbei, war kurz darauf am Rand des Gletschers. Im Vergleich zum Adamellogletscher handelte es sich um ein eher kleines Eisfeld, doch wenn man direkt davor stand, wirkte es riesig. Und bedenklich steil. Wenn ihre Eiserfahrung sie nicht im Stich ließ, hatte der Gletscher im oberen Teil eine Neigung von mindestens fünfzig Grad. Das schafften nur die draufgängerischsten Skifahrer. Wäre sie zum Vergnügen hier, hätte sie die Herausforderung begeistert. Mit der Bedrohung durch den Entführer und dem aufziehenden Unwetter im Nacken machte es ihr ein wenig Angst.

Die milchige Sonne reflektierte von der Eisfläche. Ihre Gletscherbrille schützte sie dagegen. Plötzlich nahm sie einen Schatten wahr, der, von Norden kommend, rasch über den Gletscher zog. Sie schaute zum Himmel. Wie aus dem Nichts und mit hoher Geschwindigkeit war eine hohe, kompakt wirkende Wolkendecke aufgezogen. Minuten später war die Sonne ganz verschwunden, der Wind legte zu. Sie begann sofort zu frösteln. Es war, als wäre von einem Moment zum nächsten der Winter hereingebrochen. Doch es war nur der verschwundene Sonnenschein, der sie frieren ließ. Die Temperatur hatte sich kaum verändert. Es ging auf halb eins zu. Kippte das Wetter früher als angekündigt? Weiterhin kein Handyempfang.

***

Lana, 12.30 Uhr

Vincenzo hatte das Einzige getan, was in dieser abstrusen Situation möglich war. Er hatte alle Beteiligten informiert, einschließlich Paci, die anhand einer Schnellanalyse unter dem Mikroskop feststellen konnte, ob die Haare in dem Brief mit denen an Giannas Bürste identisch waren. Aber er wusste es auch ohne Rechtsmedizin. Er kannte Giannas Haare, ihren Glanz, ihren Duft. Und es beantwortete nicht die Frage, ob sie noch lebte. An diesem Punkt stießen die Möglichkeiten der Rechtsmedizin an ihre Grenzen.

Vincenzo war hochkonzentriert, hatte jegliches Gefühl in einem inneren Käfig eingeschlossen. Er hatte noch immer keine Ahnung, was er um dreizehn Uhr machen würde.

Als er in Sarnthein das Haus verließ, hatte es vom Hauptkamm her zugezogen. Noch immer warme siebzehn Grad, doch das würde sich schlagartig ändern. Der Wetterbericht hatte sich geirrt, es würde früher losgehen, denn die Front kam viel schneller über den Hauptkamm als vorhergesagt. Ein Wunder war das Einzige, was ihm jetzt noch helfen konnte.

In der Questura hatten ihn die Kollegen mit betretenen Mienen erwartet. Baroncini versuchte eindringlich, ihn davon zu überzeugen, die Waffe keinesfalls gegen sich selbst zu richten. Vincenzo hatte gesagt: »Wenn es so weit ist, weiß ich, was ich tue.«

Sie fuhren los.

Um Viertel nach zwölf standen sie am Eingang zum Marlinger Waalweg, wenige Minuten später an der Bank. Sie hatten die Umgebung mit den Augen abgesucht. Umsonst, Oberrautner war nirgendwo zu sehen.

Die Sonne war inzwischen verschwunden, es wurde immer dunkler, der Himmel war von einer lückenlosen Wolkendecke überzogen. Der Wind hatte abgeflaut. Die berüchtigte Ruhe vor dem Sturm. Vincenzo blickte kopfschüttelnd ins Tal hinunter. Was für eine bizarre Situation. Drei Männer vor einer einsamen Bank. In sicherer Entfernung hat sich jemand versteckt, der sie beobachtet. Zwei Männer fangen an, ihr Equipment auszupacken und vorzubereiten. Der dritte Mann wartet darauf, sich zu erschießen.

In einer halben Stunde war es so weit. Instinktiv griff er an sein Halfter. Warum hatte er Mauracher nicht erreicht, warum war sie nicht in die Questura gekommen? Wie es wohl Gianna gerade erging? Sie lebte noch, es konnte gar nicht anders sein.

Was für ein abstruser Gedanke, innerhalb einer Zehntelsekunde ein Menschenleben auszulöschen. Ein Leben, das noch vierzig oder fünfzig Jahre dauern könnte.

»Commissario, wir sind so weit«, hörte Vincenzo Baroncini aus der Ferne sagen. Er drehte sich langsam um. Baroncini sprach weiter: »Das ist doch absoluter Wahnsinn. Ich sage es Ihnen: Gianna lebt nicht mehr. Wenn doch, dann ist heute trotzdem ihr letzter Tag. Entweder Oberrautner tötet sie, oder das Wetter macht es für ihn. Sie müssen nur mal nach oben schauen.«

Vincenzo ging langsam auf die Bank zu. Sein Vorgesetzter hatte die Befehlsgewalt, er hätte ihm die Waffe abnehmen können. Er hätte auch den Capo della Polizia informieren, ein Sondereinsatzkommando anfordern, sämtliche Einsatzkräfte nach Lana beordern können. Aber er war weise und weitsichtig genug zu wissen, dass das nichts bringen würde. Außerdem konnte er ahnen, was in Vincenzo vor sich ging.

Vincenzo blickte sich verstohlen nach allen Seiten um. Wo steckte das Schwein? Er konnte Oberrautner nirgends entdecken, offenbar hatte er sich vollständig in den Dreck hineingewühlt. Aber er witterte seine Anwesenheit. Die Gedanken rasten durch seinen Kopf, es war, als suchte sein Gehirn selbsttätig nach einem Ausweg aus dieser ausweglosen Situation.

Wie schnell die Zeit vergangen war seit dem Morgen, als er sein Todesurteil gelesen hatte. Zwanzig Minuten bis zum Unausweichlichen. Wenn Baroncini recht hatte? Wenn es zu spät war, wenn Gianna nicht mehr lebte? Auch sein Leben wäre dann vorbei, aber er könnte wenigstens Oberrautner jagen. Doch es war vielleicht besser, Marzoli übernahm das, Vincenzo würde ihn nicht lebend davonkommen lassen, er würde ihn massakrieren. Oder irrte sich Baroncini? Lebte Gianna, hielt Oberrautner Wort? Niemand kannte die Antwort.

Noch eine Viertelstunde. Vincenzo öffnete das Halfter, zog seine Waffe heraus, um sie zu prüfen. In diesem Moment musste er an seine Eltern denken. Was immer gleich geschah, das Leben aller Beteiligten wäre zerstört. Antonia und Piero würden zeitlebens unglücklich sein, wahrscheinlich würden sie die Trattoria aufgeben. Gianna wäre ebenfalls am Ende. Opfer einer Entführung, gefangen gehalten an einem eisigen Ort. Wenn nicht schon die Gefangenschaft ein psychisches Wrack aus ihr gemacht hatte, müsste sie, falls sie überhaupt jemals zurückkehrte, erfahren, dass ihr schöner Kommissar sich erschossen hatte, um sie zu retten. Ob sie das je verwinden würde? Oder würde sie in der Psychiatrie landen? Auch ihre Eltern waren dann wohl nicht mehr dieselben. Was wäre schlimmer für sie, dass ihre Tochter Opfer eines Geisteskranken wurde oder dass sie nach ihrer Freilassung nur noch dahinvegetierte, eine leblose Hülle mit zerstörter Seele?

Zwölf Uhr einundfünfzig, der Sekundenzeiger schien zu rasen. Als Vincenzo sich setzen wollte, nahm er aus dem Augenwinkel eine leichte Bewegung wahr. In den Weinbergen am Hang, ungefähr vierzig Meter entfernt. War das Oberrautner? Er blickte angestrengt in die Richtung, doch da war nichts. Er sank auf die Bank, entsicherte seine Waffe. Sie war geladen mit einem vollen Magazin, fünfzehn Schuss.

Marzoli brach unvermittelt in Tränen aus. Er rannte zur Bank, nahm Vincenzo in den Arm, sagte immer wieder »Tu es nicht, tu es nicht«. Vincenzo schob ihn sanft zurück, lächelte ihn traurig an. Obwohl er keine zehn Minuten mehr hatte, wusste er nicht, was er nach Ablauf dieser Zeit machen würde.

***

Presanellagletscher, 12.55 Uhr

Sabine Mauracher war bis zum Gletscher gut vorangekommen. Ihr Koordinationsvermögen war gut geschult, es machte ihr keine Probleme, sich auf dem vereisten Weg zu bewegen wie auf einer harmlosen Asphaltstrecke im Sommer. Sie schaute über die Fläche, die steil vor ihr emporragte. Riesige Querspalten durchzogen das Eis, einige von ihnen so gewaltig, dass selbst die heftigen Schneefälle der vergangenen Woche sie nicht zugeweht hatten. Zweifel beschlichen sie. Ein solcher Gletscher, steil, zerklüftet, arbeitete ständig auf Hochtouren. Wie sollten da drin alte Kriegsstellungen fast hundert Jahre lang erhalten bleiben? Inzwischen musste doch alles regelrecht zermalmt worden sein.

Wenn sie wüsste, was für eine abartige Aufgabe dieser Irre dem armen Commissario aufgetragen hatte, könnte sie vielleicht einschätzen, wie viel Zeit ihr noch blieb. Hoffentlich hatte sie Handyempfang, wenn sie weiter oben war.

Sie nahm die Gletscherbrille ab. Das Wolkenbild, die Wetterlage erzeugten inzwischen eine beängstigende Atmosphäre. Der Wind war vollkommen zum Erliegen gekommen, absolute Flaute. Die Wolkendecke schien aus sich selbst heraus dunkler zu werden und nach unten zu sinken. Sie kam den Gipfeln immer näher, bewegte sich aber kaum noch vorwärts. Lediglich die im Hochgebirge bei einem Wetterumschwung typischen tieferliegenden Wolkenfetzen zogen gleichmäßig nach Südosten.

Seit sie losgegangen war, hatte sich der Himmel von einem transparenten Weiß über ein immer düsterer werdendes Grau zu tiefem, fast schwarzem Dunkelgrau mit bizarren Blau- und Grüntönen verfärbt. Solche bedrohlichen, unwirklichen Szenarien kannte sie von Sommertagen, ehe ein heftiges Gewitter losbrach. Es war totenstill. Nichts regte sich, kein Lüftchen, kein Lebewesen. Ihre Kenntnisse in Wetterkunde beschränkten sich zwar auf das, was sie in ihren Alpinlehrgängen gelernt hatte, aber das reichte, um zu erkennen, dass sich zusätzlich zu der anrückenden Kaltfront eine Gewitterzone gebildet haben musste. Möglicherweise aus dem Ortlergebiet kommend, diesen Schluss ließen jedenfalls die tiefen Wolken zu, die aus dieser Richtung heranzogen. Das hieß, dass in Bozen vielleicht noch strahlender Sonnenschein herrschte, während hier in wenigen Minuten ein Gewittersturm losbrechen würde. Eins war klar: Egal, ob er selbst die Kälte brachte oder sich in der feuchten Mittelmeerluft gebildet hatte, in dieser Höhe würde es schneien. Oder gar hageln! Sie war froh, dass sie an ihren Steinschlaghelm gedacht hatte.

Sie schaute noch einmal auf die Skizzen ihres Opas. Wenn es in diesem Gletscher alte Stellungen gab, lag der Zugang eindeutig in der langgezogenen, kaum mehr als einen Meter breiten Querspalte. Sie stieg direkt darauf zu. Die Wegverhältnisse auf dem Gletscher waren äußerst schwierig. Verharschter Schnee, dazwischen blankes Eis, dann wieder weicher Schnee, in dem sie einsackte. Ihre Steigeisen halfen ihr nicht. Sie wurde langsamer, die Wolken dunkler. Ein Blick auf ihr Handy: zwei Balken! Endlich!

So ein Ärger, sie hatte Bellinis Nummer nicht eingespeichert. Was tun? Ihr fiel ein, dass Baroncini sie damals wegen des Feuerteufels angerufen hatte. War er in Vincenzos Nähe? Hatte er sie damals vom Handy aus angerufen oder aus der Questura? Sie ging die Anrufliste durch. Gott sei Dank, es war das Handy gewesen. Sie drückte »Anrufen«.

Als hätte sie mit diesem Knopfdruck höchstpersönlich das Inferno in Gang gesetzt, ertönte aus Westen ein verhaltenes, lang anhaltendes tiefes Donnergrollen. Ein leichter Wind kam auf. Sabine Mauracher erfasste eine tiefe Unruhe.

***

Lana, 12.59 Uhr

Vincenzo hielt sich mit der linken Hand die Waffe ans Ohr. Er hatte sich entschieden. Gianna lebte noch, Oberrautner würde Wort halten. Sie käme nicht in die Psychiatrie, weil sie eine starke Persönlichkeit hatte. Sie würde bald wieder in der Kanzlei arbeiten, die Familie käme darüber hinweg, seine Eltern auch. Gianna würde einen Mann kennenlernen, einen Rechtsanwalt, Mailänder, mit dem sie glücklich würde. Es lag nur an ihm, Vincenzo.

Baroncinis Camcorder lief. Er stand auf einem Stativ. Von irgendwoher ertönte ein Donnergrollen. Wurde es kühler, oder bildete sich Vincenzo das ein? Erst in dieser Sekunde rannen ihm Tränen über die Wangen. Hatte er noch vor wenigen Minuten Hass empfunden, sich schreckliche Racheszenarien ausgemalt, in diesem Augenblick war ihm Oberrautner egal. Er blickte auf seine Stoppuhr am linken Handgelenk. Dreißig Sekunden. Er schloss die Augen.

Plötzlich meldete sich das Handy des Vice-Questore. Vincenzo öffnete automatisch die Augen und ließ die Waffe ein wenig sinken. Baroncini nahm das Gespräch verdutzt an.

»Mauracher am Apparat, Vice-Questore. Gut, dass ich Sie erwische, ich bin auf dem Presanellagletscher.«

Baroncini hörte mit höchster Konzentration zu. Es war dreizehn Uhr. Vincenzo war durch das Gespräch abgelenkt, vergaß die Zeit für einen Moment. Baroncini hörte, dass Mauracher Gianna suchte und es für möglich hielt, dass sie sich im Gletscher der Presanella befand. Sie habe in diesem Moment den Einstieg gefunden. Leider scheine das Wetter umzukippen, sie sollten ihr alle verfügbaren Einsatzkräfte schicken. Baroncini nickte mehrfach.

Plötzlich ertönte aus den Weinbergen eine Stimme: »Die Zeit ist abgelaufen, mein Freund. Drück ab oder lass es! Gianna oder du!«

Reflexartig wirbelte Vincenzo herum, konnte aber den Ursprung der Stimme nur erahnen. Er wandte sich fragend Baroncini zu, der mit den Schultern zuckte. Vincenzo wusste, dass es zu spät war. Er setzte die Waffe mit Druck an sein Ohr.

Mit einem Satz sprang Baroncini vor und schrie: »Nein, halt, stopp, warten Sie, Mauracher hat Gianna!«

Vincenzo zog langsam seinen Zeigefinger vom Abzug. Was hatte der Vice-Questore gerade gesagt?

Baroncini schrie weiter: »Bellini, haben Sie mich verstanden? Mauracher hat Ihre Gianna gefunden. Sie ist frei, sie lebt!«

»Zu spät!«, ertönte ein Schrei aus der anderen Richtung.

Vincenzo sprang auf, sah in den Hang, konnte sehen, wie jemand mitten in den Weinbergen in Richtung Straße rannte. Oberrautner. Er war sehr schnell. Vincenzo zögerte keine Sekunde. Er legt an, feuerte in Richtung des flüchtenden Verbrechers, immer wieder, bis sein ganzes Magazin leer war. Die Schüsse peitschten laut durch die stillen Weinberge. Wie bei einem merkwürdigen Konzert wurde der laute Knall der Schüsse von einem wiederholten, langsam näher rückenden Donnergrollen begleitet.

Im Bruchteil einer Sekunde hatte Baroncini eine Entscheidung getroffen. Er wollte das Leben eines seiner besten Polizisten, eines Menschen von herausragendem Charakter, retten, auch wenn er dazu der Intuition einer Polizistin in Ausbildung vertrauen und darauf hoffen musste, dass sie Gianna fand, bevor eine Umkehr durch das Unwetter unmöglich gemacht wurde oder Oberrautner sie erreicht hatte.

Bellinis Kugeln hatten ihr Ziel verfehlt. Bis Verstärkung eintraf, war der *Spielführer* im wahrsten Sinne des Wortes über alle Berge.

***

Presanellagletscher, 13.05 Uhr

Sabine Mauracher näherte sich langsam der schmalen Querspalte. Die Stimmung war beklemmend, bedrohlich. Der Wind wurde immer stärker, er trieb kleine Schneebröckchen vor sich her, die von der Seite auf ihre Wange trafen. Das Donnergrollen nahm zu, es kam jetzt aus zwei Richtungen gleichzeitig, vom Monte Tornale und direkt vom Presanellagipfel, hinter dem sich ebenfalls etwas zusammenzubrauen schien. Die feuchte Luft aus dem Mittelmeertief hatte ein unvorhergesehenes Eigenleben entwickelt.

Die merkwürdig bläulichen und grünlichen Wolken, zwischen denen sogar ab und zu eine schwache Sonne hindurchschimmerte, reflektierten gespenstisch vom Eis. Mauracher blieb stehen, der Steigungswinkel, das Eis-Schnee-Gemisch auf dem Gletscher, der heftige Wind und ihre innere Unruhe machten sie mürbe. Vor die Berge westlich von Vermiglio legte sich ein dünner Schleier. Dort regnete es bereits. Sie ging weiter, versuchte schneller zu gehen. Sie war kurzatmig, vermutlich setzte ihr die dünnere Luft zu, sie war lange nicht mehr in dieser Höhe gewesen.

Mehrmals musste sie kleineren Spalten ausweichen, die durch den Wind sichtbar freigelegt waren. Das kostete Zeit und Kraft. Seit der Hütte war sie inzwischen schon länger unterwegs als auf dem gesamten Hinweg. Steil ragte die Nordflanke der Presanella vor ihr auf, der Fels schimmerte an einigen Stellen dunkel durch den Schnee. Normalerweise wäre das eine schöne Wand gewesen, um sie auf Zeit zu erklimmen. In diesem Augenblick ging nichts als Bedrohung von ihr aus.

Plötzlich wurde die Wand für den Bruchteil einer Sekunde hell erleuchtet. Einige Sekunden Stille, dann folgten ein ohrenbetäubender Donnerschlag und die ersten Sturmböen. Tatsächlich hatte sich hinter der Presanella ein weiteres Gewitter aufgetürmt, das sich nun anschickte, über den Gipfel nach Norden auszugreifen.

Warum tat sie etwas dermaßen Bescheuertes? War sie lebensmüde? Als ob sie auch nur den Hauch einer Chance hätte, diese Gianna zu finden. Der nächste Blitz, unmittelbar gefolgt von zwei weiteren. Grelles Licht, dazwischen Dunkelheit wie in der Abenddämmerung. Ein lauter Knall, direkt über ihrem Kopf, eine weitere explosionsartige Entladung. Der Wind fegte jetzt in Sturmstärke über das Eis. Erste dicke, schwere Schneeflocken und Eiskörner prasselten vom Himmel, grellweiß vor dem Schwarz der Wolken.

Westlich des Gipfels tauchte unvermittelt eine tiefhängende schwarze Wolkenfront auf, die auf den Gletscher herabsank und direkt auf Mauracher zukam. Unaufhörlich erleuchteten grelle Blitze die bedrohliche, dunkle Wolkenmasse. Eis und Schnee fegten nun fast waagerecht über den Gletscher, immer mehr Blitze, auf die sofort der Donnerschlag folgte. Es war, als hätte der Himmel eine vernichtende Armee geschickt. Auf diesem verfluchten Eisfeld gab es keinen Schutz.

Mauracher setzte ihren Rucksack ab, ging in die Hocke, um nicht von einer Sturmböe umgeweht zu werden, und packte rasch ihren großen Biwaksack aus. Sie dankte sich selbst für ihre Weitsicht. Der Sturm zerrte an dem Stoff. Wenn er ihr den Sack entriss, wäre sie den Elementen schutzlos ausgeliefert. Unter Aufbietung aller Kräfte und mit höchster Konzentration schaffte sie es, den ausgerollten Biwaksack auf das Eis zu legen, samt Gepäck hineinzukriechen und den Reißverschluss zu schließen.

Jetzt konnte sie nur noch beten. Beten, dass der Wind nicht weiter zulegte, keine großen Hagelkörner fielen, das Gewitter lediglich ein Vorbote der Kaltfront war. Und dass sie in einer Wetterpause noch genug Zeit für ihre Rettungsaktion hatte. Falls Gianna überhaupt hier war. Blitz um Blitz zuckte um sie herum, erleuchtete ihren Biwaksack taghell, Donnerschläge folgten im Sekundentakt. Gottlob ließ nun das Prasseln der Hagelkörner nach, offenbar schneite es jetzt nur noch.

***

Lana, 13.10 Uhr

Baroncini rannte los, schrie: »*Avanti*, zum Auto, schneller.« Vincenzo hatte den Vice-Questore bald eingeholt, während Marzoli ihnen langsam und schwer atmend folgte. Nicht zum ersten Mal wurde ihm bewusst, dass Barbara schon recht hatte mit ihren eindringlichen Warnungen, er sollte ernsthaft über seine Lebensweise nachdenken.

Vincenzo blieb stehen. »Warum rennen Sie so, Dottore? Es ist doch vorbei, Oberrautner entkommt uns nicht.«

»Später, Bellini, los, zum Auto, laufen Sie!« Er drehte sich zu Marzoli um. »Vorwärts, Ispettore, sonst fahren wir ohne Sie los!«

Vincenzo erreichte als Erster den Wagen. Er sah sofort, dass alle vier Reifen professionell zerstochen waren. Keuchend kam auch Baroncini an, sah das Dilemma.

»Was für ein Mist, damit habe ich nicht gerechnet.« Er kramte sein Handy aus der Jackentasche, um den Bereitschaftsdienst anzurufen.

»Was ist denn los, Vice-Questore?«, fragte Vincenzo nervös.

Baroncini winkte ungeduldig ab, rief in sein Handy: »Alle verfügbaren Einheiten sofort in Richtung Ultental, die Carabinieri in Lana anrufen, sie sollen uns auf dem Weg dorthin am Waalweg einsammeln. Prüfen Sie, welche Einsatzstellen im Trentino besetzt sind, im Bereich des Val Vermiglio. Fordern Sie einen Hubschrauber an, um das Tal zu überwachen.«

Baroncini gab noch eine ganze Reihe weiterer Anweisungen durch. Es war kein Zufall, dass Oberrautner den Sonntag für das Ende seines widerwärtigen Spiels gewählt hatte. Es würde eine Ewigkeit dauern, bis die ersten Einsatzwagen eintrafen. Im abgelegenen Val Vermiglio passierte selten etwas, das die Polizei interessierte. Wenn überhaupt, dann waren die Stationen am Wochenende nur schwach besetzt.

Als Baroncini das Telefongespräch beendete, hörte er das laute Keuchen Marzolis, der sich am Rande der Erschöpfung auf der Motorhaube abstütze. Erst jetzt registrierte der Vice-Questore den fragenden Blick seines Commissario. »Ich muss Ihnen etwas beichten, Bellini«, sagte er. Ohne Umschweife gestand er seine Notlüge.

Vincenzo, der in den letzten Minuten ein Gefühl der totalen Erleichterung gespürt hatte, sackte kreidebleich in sich zusammen. »Warum haben Sie das getan? Warum?«

Baroncini packte seinen Commissario an den Schultern und schüttelte ihn. »Weil es meine verdammte Pflicht ist, Sie zu schützen! Begreifen Sie das? Mauracher ist auf dem Gletscher. Sie hat ein paar Stunden Vorsprung. Gleich rückt die Kavallerie an. Bleiben Sie bitte optimistisch!«

Vincenzo blickte seinen Vorgesetzten aus leeren Augen an. »Optimistisch? Haben Sie eine Vorstellung, wie viele Gletscher es da unten gibt, Vice-Questore? Wie groß ist die Chance, dass Mauracher den richtigen erwischt hat? Wenn das schiefgeht, haben Sie Gianna auf dem Gewissen!«

Ein paar dicke Tropfen klatschten auf das Autodach. Aus Richtung Meran sahen sie einen schwachen Schauer auf sich zukommen. Dahinter konnte man schon wieder die Sonne erahnen. Wind und Donnergrollen hatten nachgelassen. Es wurde auf einmal warm, fast schwül. Der Wetterbericht behielt doch recht, Mauracher hatte eine ganz kleine Chance.

Ein schwacher Trost für Vincenzo, den der Vice-Questore jetzt fragte: »Seien Sie ehrlich, Commissario, hätten Sie abgedrückt?«

»Ja!«

»Sicher? Ansetzen ist das eine, abdrücken etwas gänzlich anderes.«

Müde rieb sich Vincenzo mit Zeigefinger und Daumen die Augen. »Ich weiß es nicht, ich weiß es wirklich nicht. Nur eines weiß ich: Wenn Gianna dafür bezahlen muss, dass ich es nicht getan habe, ist mein Leben auch vorbei. Wer sagt überhaupt, dass Oberrautner sie ins Trentino gebracht hat? Vielleicht ist sie im Ortlergebiet. Oder gar nicht in den Bergen.«

Dicke Regentropfen klatschen senkrecht auf sie herab. »Kommen Sie, meine Herren, setzen wir uns ins Auto, bis die Kollegen hier sind. Bellini, Ihre Freundin ist nicht am Ortler. Warum sonst hat Oberrautner uns ausgerechnet hierher bestellt?« Baroncinis Ortskenntnisse täuschten ihn nicht. Über das Ultental kam man einigermaßen schnell ins Val Vermiglio. Eine bergige Strecke über einige Passhöhen, keine achtzig Kilometer. Allerdings war es zum Ortler, dem höchsten Berg Südtirols, auch nicht weiter. Vincenzo wurde immer unruhiger. Das tatenlose Rumsitzen machte ihn nervös. Er wollte hinter Oberrautner her. Hoffentlich konnten die Kollegen vom Hubschrauber aus das Gelände weiträumig überwachen und entdeckten ihn.

Baroncinis Mobiltelefon und das Handy des *Spielführers* klingelten gleichzeitig.

Ein Anruf aus der Questura. »Der Hubschrauber kann nicht starten, Vice-Questore, wegen dem Unwetter.«

»Was für ein Unwetter? Meinen Sie die paar Regentropfen?«

»Im Val Vermiglio tobt ein fürchterlicher Gewittersturm mit schwerem Hagel. Gab schon etliche Schäden. Es stürmt wie wild, keine Chance für den Helikopter. Außerdem soll dem Gewitter rasend schnell der Wintereinbruch folgen. Tut mir leid.«

Baroncini sah Vincenzo an, aus dessen Gesicht sämtliche Farbe gewichen war. »Sie haben es mitbekommen, Commissario. Der Hubschrauber kann nicht starten. Was hat Oberrautner gesagt?«

Vincenzo sah Baroncini aus glasigen Augen an. »Zwei Worte: *game over.*«

***

Presanellagletscher, 13.25 Uhr

Der Sturm peitschte über den Gletscher, schüttelte Mauracher in ihrem Biwaksack durch. Blitz und Donner hatten nachgelassen, aber es stürmte weiterhin mit einer Heftigkeit, als stünde der Weltuntergang bevor. Es war nachtdunkel und sah nicht nach einer schnellen Wetterberuhigung aus. Vorsichtig öffnete sie den Reißverschluss ein wenig, um hinauszuschauen. Dicke Schneeflocken rasten waagerecht in irrem Tempo durch die Luft.

Doch von einer Sekunde zur anderen war der Spuk vorbei. Es war wie so oft im Hochgebirge: Ein Gewitter zog rasend schnell auf, es entlud sich mit Sturm, Hagel, Schnee, dann hörte es ebenso unvermittelt wieder auf. Minuten später kam die Sonne durch und schien auf die frisch gefallene dünne Schneeschicht, als wäre nichts geschehen.

Mauracher vergrub ihr Gesicht in den Händen, atmete tief durch. Ruhig bleiben. Methodisch vorgehen. Sie wickelte sich aus ihrem Notquartier, packte es ein, schaute in alle Himmelsrichtungen. Die Gewittertürme waren in sich zusammengefallen, die dunklen Wolken spurlos verschwunden. Doch über den Gipfeln im Norden konnte sie einen lang gezogenen schwarzen Strich erkennen. Das war die Luftmassengrenze, die eigentliche Wetterfront. Allein ihrem Anrücken war es zu verdanken, dass sich das Gewitter so schnell aufgelöst hatte.

Sie musste sofort in den Gletscher. Mit Winnies Skizzen hoffte sie, die alte Kaverne auf Anhieb zu finden. Entweder Gianna war dort oder nicht. Sie musste sie sich schnappen, sie ohne Zeitverzögerung aus dem Gletscher führen, auf ihrem Tandemboard sichern. Und dann nichts wie weg. In einer halben Stunde würde es losgehen. Die kleine Sabine mit der großen Gianna auf einem Tandemboard in einem Schneesturm. Was für eine bizarre Vorstellung.

Das Gewitter erwies sich sogar als Vorteil, durch die dünne Neuschneedecke würden sie auf dem Snowboard besser vorankommen. Hoffentlich schneite es nachher nicht gleich so heftig. *Bitte lass es langsam angehen*, schickte Mauracher ein Stoßgebet zum Himmel.

Sie setzte ihren Rucksack auf, ging zielstrebig auf die lange Querspalte zu. Wenig später stand sie direkt davor, blickte hinein in die Tiefe. Es war wie der Blick in einen riesigen Schlund. Die Spalte war gut einen Meter breit, ihre Tiefe konnte man nicht erahnen, es schien endlos abwärtszugehen. An den Rändern hatten sich durch die jüngsten Kältewellen meterlange, schimmernde Eiszapfen gebildet, die wie scharfe Zähne in die Kluft hineinragten. Sabine Mauracher spürte eine unbändige Faszination in sich aufsteigen. Das war exakt ihr Ding. Wie weit mochte es da runtergehen? Dreißig Meter? Vierzig? Oder gar mehr als fünfzig?

Sie setzte den Rucksack ab, holte das lange Seil heraus, baute einen Stand am Rand der Spalte, seilte sich ab. Langsam, Meter für Meter, glitt sie an der Eiswand hinab. Ein eisiger Hauch schlug ihr aus der Tiefe entgegen. Sie konnte jeden ihrer Atemzüge sehen.

So etwas liebte sie. Die Extremsportlerin in ihr war erwacht, ihre Unruhe verflogen. Sie dachte nicht mehr an das heraufziehende Inferno. Sie allein in dieser Wand, was für ein geiles Gefühl! Die Spalte wurde nach unten hin breiter. Als sie den Grund endlich erkennen konnte, waren die Eiswände drei Meter voneinander entfernt. Ihre Füße setzten auf dem Eis auf.

Schwach drang das Tageslicht bis in diese Tiefe vor, Mauracher musste ihre Stirnlampe einschalten. Ein letzter Blick auf Winnies Karte. Ungefähr zweihundert Meter bergab nach rechts, dann musste ein Weg in das Eis hineinführen. Ein Gang, eine kleine Halle, schließlich noch ein Gang, der in die alte Kaverne führte.

Hoffentlich fand sie Bellinis Freundin. Zu dumm, dass ihr Baroncini nicht mehr gesagt hatte, was Oberrautner verlangte. Der Vice-Questore hatte zugehört und gesagt: »Ziehen Sie das durch, Mauracher. Viel Glück.« Dann hatte er aufgelegt.

***

Ultental, 14.05 Uhr

In einem Einsatzwagen der Carabinieri rasten sie das Tal hinauf, gefolgt von fünf weiteren Fahrzeugen, davon zwei Jeeps, beladen mit hochalpiner Ausrüstung. Es hatte fast zwanzig Minuten gedauert, bis die ersten Einsatzkräfte den Abzweig zum Waalweg erreichten und sie einsteigen konnten. In diesen zwanzig Minuten war das Wetter komplett umgeschlagen. Nachdem sich das Gewitter rasch verzogen hatte, klarte es kurzfristig auf. Ein scheinbar ganz normaler Sonntag im beschaulichen, friedlichen Südtirol. Dann tauchte über der Texelgruppe eine pechschwarze Wand auf. In Minutenschnelle hatte die Front die Gebirgsgruppe überwunden und zog rasch weiter südwärts in Richtung Ultental. Als sie in den Wagen der Carabinieri steigen konnten, waren die umliegenden Berggipfel bereits in den Wolken verschwunden.

Auf der Fahrt ins Val Vermiglio wurde es Nacht um sie. Der Wind legte zu, pfiff unheimlich durch die Weinberge. Erste dicke Tropfen fielen auf die Scheiben des Polizeiwagens. Hatte das Außenthermometer gerade noch über zwanzig Grad Celsius angezeigt, so sank die Temperatur mit dem einsetzenden Regen binnen weniger Minuten um zehn Grad. Danach wurde es weiterhin kälter, aber nicht mehr so rapide. Aus den Regentropfen war inzwischen heftiger Dauerregen geworden. Unaufhörlich trommelte er auf den Einsatzwagen, so laut, dass sie schreien mussten, um sich zu verständigen.

Als sie in den Tunnel des 1.781 Meter hohen Hofmahdjoches einfuhren, schneite es heftig, und die Temperatur lag knapp über dem Gefrierpunkt. Es war nasser Schnee, der auf dem warmen Boden nur allmählich liegen blieb. Auf der Südseite des Tunnels schneite es nicht mehr, das Thermometer zeigte plus sechs Grad. Das bedeutete, dass sich die Front exakt auf der Passhöhe befand. Innerhalb kürzester Zeit würde sie das Val Vermiglio erreichen und dort mit voller Wucht wüten.

Sie hatten das Radio angeschaltet, um den neuesten Wetterbericht zu hören. Der Sprecher berichtete von schweren Schäden, die das Unwetter in Deutschland und Österreich angerichtet hatte. Es gab erste Todesopfer, die meisten von umstürzenden Bäumen erschlagen. Garmisch-Patenkirchen stand unter Wasser. Jetzt schneite es dort bereits bis auf siebenhundert Meter herab. Der Brenner wurde in diesen Minuten geschlossen. Der Wetterdienst rechnete damit, dass es zwei Tage und Nächte ohne Unterbrechung schneien würde. Bis in die deutschen Mittelgebirge würde es einwintern.

»Das war's!«, schnauzte Vincenzo seinen Vorgesetzten von der Seite an. »Gianna hat keine Chance mehr. Wahrscheinlich holt Oberrautner sie und setzt sie schutzlos auf dem Gletscher aus. In ein paar Tagen sagt er uns, wo wir graben sollen. Das ist Ihre Schuld! Warum haben Sie mich nicht abdrücken lassen?«

Bei Vincenzos harschen Worten stieß Baroncinis Toleranz an ihre Grenzen. »Mäßigen Sie Ihren Ton, Commissario! Bleiben Sie sachlich, denken Sie logisch! Wenn Mauracher Gianna schnell findet, schafft sie es noch, mit ihr runterzukommen, bevor der Sturm schlimmer wird. Wenn nicht, ist es ohnehin zu spät. Selbst wenn Sie abgedrückt hätten – bei dem Tempo, mit dem die Front vorrückt, hätte Oberrautner ohnehin keine Chance gehabt, rechtzeitig bei seinem Opfer zu sein. Halten Sie sich vor Augen, wie lange er bis ins Val Vermiglio braucht!«

Den Rest der Strecke schwiegen sie. Die Front hatte sie binnen weniger Minuten wieder eingeholt. Gleichmäßig rückte sie vor, nichts konnte sie aufhalten. Während sie unzählige steile Kurven umrundeten, mussten sie mit Licht fahren, es goss in Strömen. Die Sicht war gleich Null. Der Sturm tobte mit infernalischer Macht. Zweige und Äste flogen vor ihnen auf die Straße. Kein Auto begegnete ihnen, in den kleinen Ortschaften war kein Mensch auf der Straße.

Nein, dachte Vincenzo, da kommen weder Gianna noch Oberrautner raus. Was auch geschah, er würde aufsteigen. Nichts konnte ihn aufhalten. Kein Schnee, nicht dieser vermaledeite Sturm, schon gar nicht Oberrautner, diese Ausgeburt an Perversion.

***

Val Vermiglio, 15.00 Uhr

Inzwischen hatte das Unwetter den südlichsten Teil der Ostalpen erreicht. Der kleine Jeep quälte sich das Tal hinauf und fuhr in den Bergwald hinein. Auf dem Gemisch aus Regenwasser und Schneematsch, das die Straße mehr als einen Zentimeter hoch bedeckte, schwamm das kleine Fahrzeug förmlich. Als es auf Höhe des abzweigenden Wanderweges anhielt, lag längst dicker Neuschnee. Er stieg aus, ging zur Heckklappe, nahm Rucksack und Skier, marschierte los, auf dem flachen Anstieg in den Wald hinein. Als er sich dem Ausgang des Tunnels näherte, sah er vor sich einen Vorhang aus dicken Schneeflocken, die durch die Luft wirbelten.

Trotz des tiefen Schnees ging er zügig und gleichmäßig weiter. Als er die Schutzhütte passierte, blieb er stehen, um in seine Skier zu steigen. Bald würde der Wanderweg enden und in steiles, wegloses Gelände übergehen, die Sichtweite betrug nur noch fünfzig Meter. Dem Bergsteiger war es egal. Er setzte den Rucksack auf, stieg auf seinen Skiern schnell weiter bergan. Den Gletscher erreichte er nach einer halben Stunde. Ohne sich um die zahlreichen Spalten zu kümmern, die durch den Neuschnee gefährlich verdeckt waren, überquerte er den Gletscher fast bis zu seinem höchsten Punkt.

Er setzte den Rucksack ab, befestigte ein langes Seil am Rand des Gletschers. Hätte ihm der Schneesturm nicht die Sicht genommen, wäre ihm aufgefallen, dass dreißig Meter weiter oben bereits ein Seil schlaff in die Gletscherspalte hineinhing. Mit katzenartigen, geschmeidigen Bewegungen seilte er sich ab und ging sofort zielstrebig in Richtung Eiskanal.

***

Presanellagletscher, 15.15 Uhr

Sabine Mauracher hatte die vordere Halle erreicht. Von hier gingen mehrere Gänge ab, aber nur einer führte zu einer weiteren, größeren Halle. Die übrigen endeten mitten im Eis. Sie kramte Winnies Karte hervor. Etwas stimmte nicht. Auf der Karte gab es acht Gänge, sie zählte jedoch bloß sieben. Einen Gang hatte Winnie mit einem roten Kreuz markiert, das musste der Zugang zu der großen Halle sein. Es war einer der Gänge auf der gegenüberliegenden Seite, das war klar. Aber welcher von den dreien? Ene, mene, muh … Was für ein Mist. Warum war hier ein Gang zu wenig? Ihr Opa war sehr gewissenhaft, es musste passen! Unschlüssig marschierte sie vor den drei Gängen auf und ab, spähte in jeden hinein, ging ein paar Meter, kam zurück. Sie blieb stehen, betrachtete die gesamte Eiswand konzentriert und suchend.

Auf einmal schlug sie sich mit der flachen Hand vor die Stirn. Warum war sie nicht sofort darauf gekommen? Einer der Gänge war inzwischen verschüttet, und zwar der zweite, links von ihrem Zugang aus gesehen. In der Tat, die Eiswand zeigte Unebenheiten. Sie drehte die Karte in die korrekte Position. Dann wusste sie, welchen Pfad sie einschlagen musste.

***

Val Vermiglio, 15.20 Uhr

Die Einsatzwagen kamen nur langsam voran. Eine Sintflut ergoss sich über Südtirol und das Trentino, eine einzige dunkelgraue Masse, durch die sie fast nichts sehen konnten. Der Wind pfiff, schüttelte sie durch, aber er war hier im Süden weniger heftig als auf der anderen Seite des Passes. Vincenzo warf einen verstohlenen Blick auf Marzoli, Baroncini, den Carabiniere am Steuer. Wer von diesen Männern wäre in der Lage, bei einem Schneesturm über einen ausgesetzten Pfad und einen Gletscher zu gehen? Marzoli würde das selbst bei strahlendem Sonnenschein nicht schaffen. Und die anderen?

»Wie sollen wir vorgehen, Vice-Questore? Was haben Sie für einen Plan?«

Baroncini sah Vincenzo in die Augen. »Ich glaube, ich weiß, was Sie meinen, Commissario. Sie trauen uns nicht zu, mit Ihnen zu diesem Gletscher zu kommen. Ich befürchte, Sie liegen richtig mit Ihrer Einschätzung. Sie werden auf sich allein gestellt sein. Wir können nicht mehr tun, als Ihren Rückweg zu sichern. Trauen Sie sich das zu, oder soll ich das Gebirgstruppenkommando bitten, uns eine Brigadeeinheit zu schicken?«

Vincenzo lachte bitter in sich hinein. Ob er sich das zutraute? Rhetorische Frage. Allerdings hätten sie früher an die Gebirgsjäger denken sollen, jetzt war es dafür zu spät. Andererseits war es vielleicht besser so. So gab es, falls er auf Oberrautner traf, keine Zeugen für das, was dann passierte. Noch mal würden fünfzehn Patronen ihr Ziel nicht verfehlen.

Sie hatten das Val Vermiglio erreicht. Mit hypnotischer Gleichmäßigkeit trommelte der Regen auf die Windschutzscheiben. Nur ein gleichmäßiges tiefes Grollen, das aus allen Richtungen zu kommen schien, verriet den tosenden Sturm. Das Thermometer zeigte auf tausend Metern Höhe drei Grad plus an.

Sie kamen nach Vermiglio, dem Hauptort des Tals, der noch zweihundert Meter höher lag. Dort mischten sich bereits dicke Schneeflocken in die Regenwand. Baroncini bedeutete dem Carabiniere, an einer Bushaltestelle anzuhalten, und stieg aus. Er beorderte alle Wagenführer in den Schutz der Haltestelle, um Anweisungen zu geben. Die Jeeps sollten mit Bellini und Marzoli weiterfahren, so hoch wie möglich auf den Berg. Bellini erhielt offiziell den Auftrag, dem Schneesturm trotzend den Weg auf den Gletscher zu suchen. Die anderen sollten sich am Wegesrand postieren, um Bellini im Falle einer Verfolgung durch Oberrautner Deckung zu geben.

Die Einsatzwagen sollten sich auf drei Positionen verteilen: Zwei in der Nähe des »Chalet Al Foss«, wo Oberrautner, falls er entkam, zwei Möglichkeiten hatte: entweder zurück ins Tal oder hinauf zum Passo del Tonale, sofern der Schnee das zuließ. Er selbst würde mit zwei Wagen in Vermiglio bleiben. Ein Wagen sollte sich im Ortszentrum postieren, der andere weiter unten, denn neben der Hauptstrecke, die am »Chalet Al Foss« vorbeiführte, gab es in der Talsenke, in Flussnähe, noch eine kleine Nebenstraße. Auf diese Weise, so hoffte Baroncini, konnten sie die drei möglichen Fluchtwege im Blick behalten.

***

Presanellagletscher, 15.30 Uhr

Sabine Mauracher arbeitete sich konzentriert durch den Eiskanal vor. Sie hatte ihre Grödeln übergestreift, um auf dem blanken Eis besseren Halt zu haben. Es herrschte eine gespenstische Atmosphäre. Überall knarrte und ächzte es, von irgendwoher war das Pfeifen des Windes zu hören. Wiederholt blieb sie stehen, um in beide Seiten des Ganges zu lauschen. Waren da nicht auch Schritte zu hören? Oder spielte ihr ihre Phantasie einen Streich? Es war nicht zu entscheiden.

Sie ging langsam weiter. Vor ihr tauchte ein markanter Rechtsknick auf.

***

Im Gletscher, 15.31 Uhr

Gianna hatte sich einen Tee gekocht. Sie wurde zusehends nervöser. Wo blieb der Mann? Hatte Vincenzo ihn vielleicht festgenommen in der Hoffnung, er würde ihr Versteck verraten? Zuzutrauen wäre es ihm. Dann würde niemand kommen, um sie zu holen! Der Schneesturm war mit Sicherheit in vollem Gange. Sie hatte die Vorräte geprüft, die er ihr mitgebracht hatte. Wenn sie damit haushaltete, würden sie für eine Woche reichen. Wasser hatte sie genug. Sie konnte jederzeit etwas von dem Eis auftauen. Sollte sie jemals lebend hier rauskommen, war ihr schöner Kommissar ihr die eine oder andere Erklärung schuldig.

Sie goss sich eine zweite Tasse Tee ein, blätterte lustlos in der »Brigitte«. Plötzlich vernahm sie das vertraute Geräusch von Schritten aus dem Gang. Endlich, er kam zurück!

Oder doch nicht? Gianna lauschte angestrengt. Das waren nicht seine Schritte, das klang wie ein Kratzen auf dem Eis. Instinktiv wich sie hinter das Zelt zurück, behielt aus ihrer Deckung heraus den Gang im Blick. Eine zierliche Gestalt trat in die Kaverne, auf dem Rücken einen Rucksack, der fast so groß war wie sie. War das ein Kind? Der fremde Besucher sah sich um, erblickte Giannas Zeltplatz, ging zielstrebig darauf zu. Gianna konnte eine junge, zierliche Frau erkennen, von der wohl keine Bedrohung ausging. Sie kam aus ihrer Deckung hervor, um ihr entgegenzugehen.

»Signora dal Monte! Mein Gott, dass ich Sie tatsächlich gefunden habe! Das war meine einzige und letzte Hoffnung. Kommen Sie, wir müssen schnell weg von hier!« Mauracher griff nach Giannas Ärmel, doch sie wich zurück.

»Wer sind Sie?«

Mauracher schlug sich mit der flachen Hand auf die Stirn. Das Wichtigste hatte sie in der Aufregung vergessen. Sie zeigte ihre Dienstmarke, erklärte Gianna in gebotener Kürze, wer sie entführt hatte und wie sie sich die Flucht vorstellte. Gianna hörte entgeistert zu.

»Ich soll allen Ernstes eine Eiswand hinaufklettern und mit Ihnen im Schneesturm auf einem Snowboard einen Gletscher runterrasen? Das kann doch nur ein schlechter Scherz sein!«

Zu längeren Erklärungen blieb keine Zeit. »Ich weiß schon, was ich tue, ich bringe Sie in Sicherheit. Kommen Sie, ziehen Sie sich alles über, was Sie an warmen Klamotten haben. Das hier sind Grödeln. Binden Sie die unter Ihre Schuhe, sonst kommen wir auf dem Eis nicht voran.«

Gianna mühte sich nach Kräften, kam aber mit den Eishilfen nicht zurecht. Sie konnte sich nicht einmal vorstellen, wie sie funktionierten.

»Mein Gott, was dauert das!« Mauracher ging vor Gianna in die Knie. »Geben Sie her, ich mache das.« Stand Bellini tatsächlich auf diesen Typ? Hübsch war sie, diese Gianna, daran gab es keinen Zweifel, aber sie passte überhaupt nicht zu einem Bergfreak. Die feine Dame aus Mailand, ganz etepetete. Oder war es ihre Kohle, auf die er abfuhr? In dem Fall hätte sie sich gehörig in dem smarten Commissario getäuscht. »Los jetzt, Oberrautner kann jeden Moment hier sein. Dann ist es zu spät.« Mauracher schaltete sicherheitshalber die kleine Lampe in Giannas Zelt ein und zog den Reißverschluss zu. Er sollte nicht sofort sehen, dass sein »Einsatz« verschwunden war. Sie gingen los, näherten sich dem Gang. Noch ein paar Minuten bis in die Freiheit.

Plötzlich vernahmen sie das Geräusch von Schritten auf Eis. Der Entführer. Keine Zeit mehr zu entkommen. Mauracher war, abgesehen von einem Pfefferspray, unbewaffnet. Eine eigene Dienstwaffe hatte sie noch nicht.

Sie blickte sich hastig um. Links vom Eingang, ungefähr fünf Meter entfernt, gab es einen Eisvorsprung, groß genug, damit sich zwei erwachsene Menschen dahinter verstecken konnten. Auf dem Weg zum Zelt gab es nur ein kurzes Stück, wo sie Oberrautners Blick ausgesetzt wären. Er durfte sich auf keinen Fall umdrehen.

»Vorwärts«, flüsterte Mauracher, »schnell dahinter. Wenn ich ›jetzt‹ sage, gehen Sie langsam und ohne sich umzudrehen in den Gang hinein. Ich werde hinter Ihnen sein. Aber keinen Mucks, verstanden?«

***

Val Vermiglio, 15.35 Uhr

Die vier Einsatzwagen hatten ihre Positionen eingenommen. Von seinem Versteck auf Höhe eines Sportplatzes konnte Baroncini so weit in das Tal hineinblicken, wie es der dichte Regen zuließ. Er versuchte, über Funk weitere Einsatzkräfte anzufordern, doch es gab niemanden mehr. Höher gelegene Stationen im Norden waren bereits durch meterhohe Schneeverwehungen von der Außenwelt abgeschnitten. Im oberen Ahrntal waren vierzig Zentimeter Schnee gefallen. Und das war nur der Anfang. Was für ein Himmelfahrtskommando für Bellini.

Welche Ironie des Schicksals. Vor zwei Stunden hatte Bellini im Sonnenschein seine Waffe angesetzt. Jetzt ging er im schlimmsten

Unwetter, das Südtirol je erlebt hatte, auf einen Gletscher. Eine möglicherweise tödliche Mission.

Die beiden Jeeps hatten die asphaltierte Buckelstraße jenseits des »Chalet Al Foss« erreicht und fuhren langsam bergan. Allerdings hatte sich die Straße durch die Niederschläge in einen reißenden Bach verwandelt. Selbst die für Extremsituationen geschaffenen Geländewagen drohten immer wieder, von der Straße abzukommen. Links von ihnen ging es durch den steil abfallenden Bergwald in eine tiefe Schlucht. Vor der zweiten Kehre, auf tausendfünfhundert Metern, wurde der Regen zu Schnee, bald fiel er in dicken, schweren Flocken wie eine weiße, undurchdringliche Wand. Das Thermometer zeigt knapp über null, doch der Schnee blieb liegen. Die Jeeps hatten Allradantrieb, aber noch keine Winterreifen. Mitten in der zweiten Kehre mussten sie passen.

Der Carabiniere am Steuer wandte sich mit traurigem Blick nach hinten um. »*Scusi*, Commissario, ab jetzt müssen Sie leider zu Fuß weiter.«

Mit einem Satz war Vincenzo draußen, befand sich inmitten des Schneesturms, dessen Ausmaß er erst in diesem Augenblick erfasste. Er hob Rucksack und Skier, die die Einsatzkräfte mitgebracht hatten, aus dem Auto. Über tausend Meter musste er aufsteigen, mit Gepäck, durch den Sturm, bei schnell anwachsender Schneedecke. Dabei bestand immer die Gefahr einer möglichen Konfrontation mit Oberrautner. Obwohl es vermutlich aussichtslos war, Gianna oder Mauracher oder beide zu finden, lief er los, nachdem er die Carabinieri gebeten hatte, die Jeeps zu wenden, um jederzeit abfahrbereit zu sein. »Wenn Sie merken, dass Sie bald nicht mehr wegkommen, weil Sie einschneien, fahren Sie lieber ein Stück runter. Ich bin auf meinen Skiern bis zur Straße unten sowieso schneller als Sie. Stellen Sie sich am besten mitten auf die Straße, damit niemand an Ihnen vorbeikommt.«

In der sechsten Kehre lag genug Schnee für seine Skier, doch er war zu nass. Mühsam vorwärtsstapfend kämpfte sich Vincenzo durch die pappige Masse, die so schnell anwuchs, dass er mit bloßem Auge zusehen konnte. Der Wind heulte, es gab keine Wolkenlücke. Der absolute Wahnsinn!

***

Im Gletscher, 15.45 Uhr

Mauracher hatte Gianna tief hinter den Eisvorsprung gezogen, signalisierte ihr mit dem Zeigefinger auf den Lippen, absolut ruhig zu sein. Ihr Herz raste. Doch der Mann mit der Maske, der in diesem Moment aus dem Eiskanal in die Kaverne trat, bemerkte nichts. Er ging zielstrebig auf das Zelt zu, schien sich absolut sicher zu fühlen. Für einen kurzen Augenblick waren die Frauen ungedeckt. Hätte er in diesem Moment nach rechts geblickt, hätte er sie gesehen.

Doch er ging weiter, ohne sich umzudrehen. Mauracher kroch ein wenig hinter dem Vorsprung hervor, um ihn zu beobachten. Der Mann blieb vor dem Zelt stehen und rief: »Gianna, ich bin es. Kommen Sie bitte aus dem Zelt heraus? Wir müssen etwas besprechen, es gibt Neuigkeiten.« Seine Stimme klang sanft, zugleich auffallend tief und männlich.

Ein Schauer lief Mauracher über den Rücken. Sie zog Gianna sanft am Ärmel und raunte ihr zu: »Langsam und ohne einen Mucks in den Eisgang. Jetzt! Drehen Sie sich nicht um, schauen Sie nur nach vorne. Okay?«

Gianna setzte sich zögernd in Bewegung. Alles in ihr wehrte sich dagegen, diesen Ort zu verlassen. Nachdem die erste Angst verflogen war, hatte sie sich hier zunehmend geborgen gefühlt. Zu ihrem Entführer hatte sie Vertrauen entwickelt, weil er offen zu ihr war, zuvorkommend, höflich, anständig, sogar sanftmütiger als ihr Commissario. Jetzt sollte sie ihn auf diese Weise hintergehen? Einen Moment überlegte sie, diese junge Polizistin wegzuschicken und umzukehren. Als sie einen sanften Stoß in den Rücken spürte, ging sie weiter.

Sie hatten den Gang erreicht, Mauracher drehte sich um. Der Mann hatte sich hinabgebeugt, begann, den Reißverschluss des Zeltes zu öffnen. Es wurde höchste Zeit.

Sie stieß Gianna abermals an, schnell verschwanden sie beide im Gang. Im Gehen flüsterte Mauracher Gianna zu: »In ein paar Sekunden weiß er, dass Sie weg sind. Mit ein bisschen Glück schaut er sich zuerst in der Kaverne um. Unser Vorsprung ist hauchdünn. Also vorwärts!«

Der Mann blickte irritiert in das leere Zelt. Es dauerte einige Sekunden, bis er begriff. Er suchte die Kaverne nicht ab, sondern drehte sich um die eigene Achse und sagte mit einer schaurig angehobenen Stimme: »Gianna, Gianna, wo sind Sie denn? Haben Sie sich versteckt? Sie wissen doch, dass Sie ohne mich hier nicht wegkommen. Sie müssen mir vertrauen, verstehen Sie? Wir sind doch so ein tolles Team. Ich bringe Sie jetzt raus! Gianna, Gianna, Gianna …«

Mauracher hörte seine Worte durch den Gang hallen und wurde von panischer Angst gepackt. Die Art, wie dieser Typ sprach, war krank. Da klang purer Sadismus durch. Wenn er sie zu fassen bekam, war es aus. Das stand fest. Ein lächerliches Pfefferspray würde ihn wohl kaum aufhalten. Er hatte einem erwachsenen Mann mit bloßer Hand das Genick gebrochen! Nichts wie weg. Sie erreichten den scharfen Linksknick.

»Schneller, Gianna, gleich rennt er los. Sie haben keine Vorstellung, was in den letzten Tagen in Bozen los war. Wenn Sie das wüssten, würden Sie um Ihr Leben rennen!«

Ungläubig drehte sich Gianna zu der jungen Polizistin um. Was erzählte die für einen Quatsch? Wenn er sie umbringen wollte, hätte er es längst getan. Dieses Mädchen kannte ihn nicht so gut wie sie. Trotzdem beschleunigte Gianna ihren Schritt.

Der Maskierte stand vor dem Zelt, blickte in alle Richtungen. Wo mochte Gianna sein? Im Eiskanal war sie ihm nicht begegnet, folglich musste sie in der Kaverne sein. Es spielte keine Rolle. Sie würde ohnehin verrecken. Diese Höhle war ihr Grab. Gianna, die Freundin des Commissario, tiefgekühlt und gut erhalten. Er hätte ihr zu gerne zum Abschied erklärt, dass sie das einzig und allein dem Geltungswahn ihres selbstgerechten Vincenzo zu verdanken hatte.

Die Frauen erreichten die zweite Eishalle. Mauracher hatte Gianna inzwischen mit ihrer Panik angesteckt. Die Mailänderin hatte zwar keine Ahnung, warum sie davonlief, aber sie spürte die Bedrohung. Die Polizistin eilte voran, sie hatte Gianna angewiesen, immer direkt hinter ihr zu bleiben. Sie liefen schneller.

Als sie fast am zweiten Eiskanal waren, der zum Fuß der Gletscherspalte führte, geschah es. Gianna, die nicht trittsicher und durch ihren langen Aufenthalt in der Eiswüste geschwächt war, rutschte trotz der Grödeln aus. Sie fiel der Länge nach hin, stürzte mit voller Wucht auf das harte Eis. Reflexartig riss sie die Hände nach vorn, dennoch schlug sie sich beide Knie auf. Vor Schmerz und Überraschung stieß sie einen lauten Schrei aus, der unwirklich vom Eis widerhallte und sich rasend schnell durch die engen Eiskanäle verbreitete. Mauracher blieb wie angewurzelt stehen, starrte auf die mit schmerzverzerrtem Gesicht am Boden liegende Gianna. Mit vielem hatte sie gerechnet, damit nicht.

***

Val Vermiglio, 15.50 Uhr

Das Wetter wurde zusehends schlechter. In die Wassermassen, die sich auf tausendzweihundert Metern Höhe über Vermiglio ergossen, mischte sich zunehmend Schnee. Dazu tobte der Sturm mit unverminderter Wucht. Baroncini hielt ständig Funkkontakt mit der Zentrale, die ihn laufend über die Entwicklungen informierte. Im Pustertal hatte es erste Erdrutsche gegeben, kleinere Dörfer in den Nebentälern waren von der Außenwelt abgeschnitten. In einigen Gebieten waren allein in der ersten Stunde bis zu dreißig Liter Regen gefallen. In dem Tal in der Nähe des Brenners schneite es schon fast bis an Brixen heran. Die Wetterberichte verstärkten ihre Unwetterwarnungen mit jeder Aktualisierung. Zwar sank die Schneefallgrenze schneller als angenommen, aber nichts deutete darauf hin, dass das Toben dieser Jahrhundertfront in den nächsten Stunden nachlassen würde.

Der Vice-Questore fühlte sich machtlos. Zuerst waren sie der Willkür eines Irren ausgeliefert gewesen, jetzt, wo sie ihn vielleicht hätten erwischen können, spielte das Wetter verrückt. Erstmals in seiner Karriere spürte er völlige Resignation. Bellini mochte ein durchtrainierter Bergsteiger sein, diesen Naturgewalten hatte auch er nichts entgegenzusetzen. Er ahnte, dass er seinen Commissario nicht lebend wiedersehen würde.

***

Vincenzo kämpfte sich durch den dichten Schneefall den Berg hinauf. Wenigstens hatten ihm die Kollegen hochwertige Ausrüstung mitgebracht. Ein ultraleichtes, wasserdichtes Beta FL Jacket von Arcteryx, einen hochwertigen Windstopper von North Face, hervorragende Funktionswäsche. Trotzdem hatte er das Gefühl, dass Wind und Nässe den Weg zu seiner Hautoberfläche fanden. Oder schwitzte er bloß so stark?

Noch war er auf der asphaltierten Straße, wo sich die Gefahren auf möglicherweise umstürzende Bäume beschränkten. Bald ging es jedoch auf den ausgesetzten Steig, der anfangs stets an einem steilen Hang entlangführte. Wie groß war die Gefahr, dass sich bei diesen Niederschlagsmassen Erdrutsche lösten? In dem Gelände gab es keine Deckung. Und er war noch lange nicht auf dem Gletscher. Nein, es war wohl nicht zu schaffen. Unmöglich. Diese Erkenntnis beruhigte sein Gewissen auf eine eigentümliche Weise. Hätte er Oberrautners letzten Spielzug ausgeführt, wäre es für Gianna trotzdem zu spät gewesen. Weder Vincenzo noch Oberrautner konnten Gianna aus diesem Inferno befreien. Und was hatte Mauracher sich bei ihrer sinnlosen Suchaktion bloß gedacht? Selbst wenn sie seine Freundin fand – wie wollte dieses dünne Persönchen mit Gianna im Schlepptau das sichere Tal erreichen?

Er stapfte weiter durch den sich auftürmenden, nassen Schnee, der inzwischen eine Höhe von fast zwanzig Zentimetern erreicht hatte. Vor ihm tauchte ein Pfeiler mit Hinweisschildern auf. Knapp zwei Stunden allein bis zum Rifugio Stavel. Bei gutem Wetter würde er keine Stunde brauchen. Heute schaffte er das nicht. Er ging weiter.

***

Im Gletscher, 15.55 Uhr

Der Schrei war aus dem Eistunnel gekommen. Wie hatte sie es geschafft, an ihm vorbeizukommen? Bemerkenswert. Aber sinnlos. Er lief los, schnell, geübt, trittsicher.

Nach Sekunden der Schockstarre half Mauracher Gianna auf die Beine. Sie hatte sich nichts gebrochen. Dann schob sie Gianna in den Tunnel, der in die Freiheit führte. »Los, Sie müssen gegen den Schmerz angehen. Wir müssen schnell raus, weg von hier, verstehen Sie?«

Gianna torkelte mehr als sie ging, langsam näherten sie sich dem

Ausgang. Fahles Licht schimmerte ihnen entgegen, ein Hauch von Tageslicht, sofern man angesichts des Schneesturms überhaupt von Tageslicht sprechen konnte. In diesem Moment hörte Mauracher die sich rasch nähernden Schritte ihres Verfolgers. Sie packte Gianna am Arm und rannte los.

Der Maskierte erreichte den zweiten Eisstollen, durch den er so sicher rannte, als liefe er eine Straße entlang. Da war der Ausgang, er blinzelte einen Moment gegen das schwache Licht. Dann sah er zwei Personen, die sich an einem Seil die Spalte hochzogen. Er war konsterniert. Wer war die zweite Person? War es tatsächlich möglich, dass sie Gianna gefunden hatten? Hatte Bellini deshalb nicht abgedrückt? Hatten sie ihn getäuscht? Das würden sie büßen! Dann gab es eben zwei Opfer, seine Schuld war es nicht.

Er sprintete los, erreichte in Sekundenschnelle das Seil, das die beiden Flüchtenden etwa zur Hälfte bewältigt hatten. Er analysierte die Seiltechnik der beiden. Die zweite Person hatte Gianna mit einigen Karabinern professionell gesichert. Obwohl sie kaum Armkraft einzusetzen schien, bewegten sich die beiden zügig nach oben. Er hatte es mit einem Profi zu tun. Interessante Herausforderung. Er unterließ den Versuch, seine Opfer durch bloßes Rütteln am Seil zu behindern. Das würde diesem Kletterprofi wenig ausmachen. Stattdessen setzte er an und zog sich ungesichert mit bloßer Muskelkraft an dem Seil hoch.

Mauracher hatte die Rechtsanwältin doppelt gesichert, mit einem Express-Set am Seil und mittels Reepschnur an sich. Gianna konnte nicht begreifen, wie jemand in Sekundenschnelle solche Sicherungen anbringen konnte. Sie versuchte, sich mit eigener Kraft hochzuziehen, doch ihre Kräfte waren begrenzt. Sabine Mauracher half ihr, sie hievte sich und Gianna mit den Armen und einer Fußschlaufe nach oben, die sie bereits vorbereitet hatte, nachdem sie sich in die Gletscherspalte abgeseilt hatte. Sie blickte nach oben. Ein fahles, düsteres Licht fiel herein, das Pfeifen des Sturmes war zu hören, dicke Schneeflocken wirbelten im oberen Teil der Spalte. Das Unwetter hatte begonnen.

Ihr Verfolger hatte die ersten Meter zurückgelegt, zog sich mit enormen Kräften schnell nach oben, kam näher. Unten ein Wahnsinniger, oben ein Jahrhundertsturm. Toll, wirklich großartig. Bloß nicht nachdenken, nur handeln. Mauracher spürte, wie ihr trotz der

Kälte, die wie ein Amboss auf sie herabfiel, der Schweiß in die Augen lief. Noch fünf Meter bis zum Rand der Spalte, der Maskierte war zwanzig Meter unter ihnen. Zu wenig, um das Seil durchzuschneiden. Vielleicht aber genug, um auf das Tandemboard zu springen und zu fliehen. Noch einmal stieß sie sich mit voller Wucht mit dem Fuß in der Seilschlaufe ab, dann waren sie oben.

Sie zog sich und Gianna aus der Spalte, sprang sofort auf das Snowboard. Das Inferno war in vollem Gange, über dem Gletscher tobte ein Schneesturm apokalyptischen Ausmaßes. Die Sicht betrug keine zehn Meter, daher sah sie auch nicht, dass die Skier des Verfolgers keine dreißig Meter weiter unten im Schnee steckten.

Mauracher ahnte, dass es dieser Sturm bis auf über einhundert Stundenkilometer brachte. Dagegen war das vorgelagerte Gewitter ein laues Lüftchen gewesen. Sie war fast froh, dass sie im Tandem abfahren konnten. Das minderte die Gefahr, dass der Sturm sie wie ein Blatt über das Eis schleuderte.

Die Polizeianwärterin schrie gegen den peitschenden Sturm an. »Gianna, das ist ein Tandemboard. Ich klinke Sie mit Ihrem Fuß hier ein. Halten Sie sich an mir fest, so kraftvoll, wie es geht. Achten Sie auf gar nichts, sehen Sie nicht nach unten, blicken Sie sich nicht um, versuchen Sie bloß, ein bisschen in den Knien zu federn und meinen Bewegungen zu folgen. Es wird hart, sehr hart, wir dürfen uns keine Fehler erlauben, sonst schmieren wir ab. Und wir haben kaum Vorsprung. Schalten Sie ab, lassen Sie es geschehen, bitte! Es ist unsere einzige Chance.«

Mauracher fixierte Gianna in Windeseile auf dem Snowboard, auf ihren Verfolger achtete sie nicht. Sie wollte nur noch abwärts, weg von diesem Gletscher, weg von diesem Geisteskranken, raus aus diesem Inferno. Sie wollte leben!

Verärgert nahm er zur Kenntnis, dass Gianna mit ihrem Retter den Spaltenrand erreicht hatte. Dieser Teufel in Menschengestalt war mit der Anwältin kaum langsamer als er allein. Unglaublich. Hoffentlich kam ihm seine absolute Überlegenheit auf Skiern zugute.

Er sprang aus der Spalte, blickte über den Gletscher hinab in die Wand aus Schneefall und aufgepeitschten Eiskristallen. Im Bruchteil einer Sekunde sah er noch, wie die Frauen mit hoher Geschwindigkeit in diese Wand eintauchten. Er stieß wüste Verwünschungen aus, rannte ein Stück den Hang hinab zu seinen Skiern, die er innerhalb von Sekunden angelegt hatte. Er raste los. Im Vorbeifahren nahm er wahr, dass die beiden den Rucksack hatten liegen lassen. Vernünftig, kein unnötiger Ballast, wenn man die Verantwortung für eine alpin unerfahrene Anwältin hatte.

Diese Gedanken schossen ihm durch den Kopf, während er bar jeglichen Gefühls über das Eis jagte, ohne sich um die Gletscherspalten zu kümmern, über die der Sturm vielleicht noch nicht genug Schnee gelegt hatte. Wer war das vor ihm? Bellini konnte es nicht sein, der war groß und kräftig. Er ging im Geiste die gesamte Besatzung der Questura durch. Ihm fiel niemand ein, der dazu passte. Diese Jungpolizistin kam nicht in Frage. Eine Frau war körperlich zu so etwas nicht in der Lage. Dieser Bergführer schied auch aus, der war größer und hatte eine lange Mähne.

Er wurde immer schneller. Die ganze Welt schien an ihm vorbeizurasen. Die Geschwindigkeit auf dem abschüssigen Gletscher, die Schneemassen, die auf ihn einstürmten und sein Gesicht vor Eis erstarren ließen, das Tosen des Sturms, all das versetzte ihn in einen rauschartigen Zustand. Er war frei von Zeit und Raum.

Mauracher blickte sich nicht um. Alle Angst war vergessen, nun wurde sie nur noch durch Adrenalin gesteuert. Diese Gianna machte ihre Sache verdammt gut. Sie hatte mehr Kraft als erwartet, krallte sich an ihr fest, unterließ heftige Bewegungen, die sie beide hätten ins Straucheln bringen können, folgte instinktiv dem Schwung ihrer Befreierin. Sie musste zumindest eine verteufelt gute Skifahrerin sein. Der Gletscher war äußerst steil. Nie zuvor war sie solch einen abschüssigen Hang hinuntergerast, schon gar nicht im Tandem und erst recht nicht bei einem Jahrhundertsturm.

Plötzlich tauchte vor ihnen eine Felsformation aus dem dichten Einheitsgrau auf, sie rasten direkt darauf zu. Was im Anstieg so harmlos aussah, dass die Polizeianwärterin gar nicht mehr daran gedacht hatte, war bei einer Kollision in diesem Tempo tödlich.

Reflexartig wich Mauracher nach rechts aus, verfehlte den Fels um Haaresbreite. Sie musste massiv abbremsen, um durch die Fliehkraft nicht auf die Seite zu fallen. Die Anwältin reagierte eine Zehntelsekunde zu spät, trotz des Bremsmanövers drohte das Snowboard zu kippen. Nur mit höchster Konzentration und Kraftanstrengung konnte die Polizistin einen Unfall verhindern. Hoffentlich hatte sie diese Aktion nicht ihren winzigen Vorsprung gekostet.

Im Schritttempo umrundete sie den Gesteinsbrocken, dann ging sie erneut in die Hocke, um das Snowboard maximal zu beschleunigen. Abgesehen von dem unerwarteten Ausweichmanöver folgte ihr Gianna in völliger Bewegungsharmonie. Vielleicht war sie doch nicht so unsportlich, wie es zunächst den Anschein hatte.

Mauracher erinnerte sich jetzt an die hinter ihnen liegende Felsformation und wusste, dass sie den Gletscher inzwischen verlassen hatten. Über zwanzig Zentimeter Neuschnee verhinderten, dass man den Unterschied zwischen dem Gletscher und dem darunterliegenden Gelände erkennen konnte. Das Refugio tauchte aus dem Nebel auf, sie befanden sich jetzt auf dem normalen Wanderweg. Aber einerseits war der Pfad nicht mehr als solcher zu erkennen, andererseits führte er weiter unten messerscharf am Abgrund entlang. Ein Fehler, ein Moment der Unachtsamkeit, und Bellini könnte die Knochen seiner Freundin in der Schlucht aufsammeln.

Er hatte sie gerade um den Fels brettern sehen. Perfekte Technik, das Ganze auch noch im Tandem. Respekt. Trotzdem war er schneller, holte auf. Das Rennen begann, ihm Spaß zu machen. Warum sollte er diesem blöden Fels ausweichen? Es gab doch irgendwo einen Spalt. Er hielt voll auf die Felswand zu. Dann sah er den schmalen Durchgang im Fels, nicht breiter als zwei Meter. Ohne abzubremsen bretterte er darauf zu, raste durch die schmale Lücke. Sein rechter Oberarm touchierte den Fels, seine Jacke riss auf, aber er blieb unverletzt. Was für ein Kick! Das Refugio rauschte an ihm vorbei, Sekunden später glitten seine Skier in den Bergwald hinein. Alles war tief verschneit, der Weg, die Bäume, die Felsen. Es existierte nur noch eine Farbe.

Die Frauen hatten den flacheren Teil des Weges erreicht. Obwohl sie langsamer wurden, schien die Felswand links an ihnen vorbei zu rasen. Die Polizistin kümmerte sich nicht um den Abgrund, sie konzentrierte sich auf den Weg unmittelbar vor ihr. Gianna hatte ihre Retterin mit beiden Armen umfasst, presste ihren ganzen Körper an sie. Ihre Kräfte schienen nachzulassen, die Reaktionen wurden langsamer. Wenn sie an diesem Abgrund einen Fehler machte, dann war es aus. Aus und vorbei.

Je tiefer sie kamen, desto weniger Schnee lag. Kurz bevor auf tausendachthundert Metern Höhe die asphaltierte Straße begann, wurde der Schnee pappig. Das bremste ihre Fahrt zusätzlich. Immerhin hatten sie es bis zu dem kleinen Tunnel geschafft, hinter dem der Abgrund endete. Mauracher stoppte das Board, sprang ab, löste mit einem Griff Giannas Sicherungen. »Los, durch den Tunnel, schnell! Dahinter steigen wir sofort wieder auf das Board, wir müssen die Straße erreichen!« Sie liefen los, Sabine Mauracher drehte sich zum ersten Mal um. Aus der Dunkelheit, aus Nebel und Schnee, tauchte wie ein Schatten ihr Verfolger auf. Ihr Vorsprung war nur noch hauchdünn.

***

Vincenzo überlegte einen Augenblick, ob er seine Skier anschnallen sollte, verwarf es jedoch. Der Schnee war zu nass für einen Aufstieg auf Skiern. Abwärts wäre es kein Problem gewesen, aber das nützte ihm im Moment nichts. Jede Minute kam ein weiterer Zentimeter Schnee dazu, selbst im Hochwinter hatte er solche Schneemassen noch nicht erlebt. Er marschierte durch die neunte Kehre. Er ging schnell, stieß sich zusätzlich mit seinen Skistöcken ab. Endlich tauchte der Abzweig vor ihm auf, im dichten Schneefall kaum zu erkennen. Er sah den Jeep, der mit der Schnauze talwärts mitten in der Kehre stand. Der musste Oberrautner gehören. Maurachers Punto parkte viel weiter unten im Tal.

Instinktiv griff er sich an die Seite, fühlte das Halfter. Jetzt brauchte er die Skier. Er zog sich in den Schutz der Bäume zurück, setzte die Bretter auf den Boden, klinkte den rechten Fuß ein. Er wollte gerade den linken aufsetzen, als plötzlich wie aus dem Nichts jemand mit irrem Tempo auf die Straße raste, direkt auf ihn zu. Es dauerte keine drei Sekunden, und zwei Menschen auf einem Snowboard rauschten an ihm vorbei. Im Nebel des Schneesturms, auf den Weg konzentriert, hatten Mauracher und Gianna den Commissario im Schutz der Bäume nicht wahrgenommen. Auch Vincenzo hatte nur realisiert, dass ein unförmiges Wesen auf einer Art Ski an ihm vorbeigerast war. Während er noch überlegte, was er tun sollte, ob er weiter ansteigen oder abfahren sollte, rannte ein einzelner Mensch über die schneebedeckte Straße direkt auf den Jeep zu. Er sprang ins Auto, fuhr los.

In diesem Augenblick hatte Vincenzo das gesamte Geschehen erfasst. Sabine hatte Gianna tatsächlich gefunden, aus dem Gletscher geholt und fuhr mit ihr auf einem Snowboard den Berg hinab. Dabei waren sie Oberrautner begegnet, der sie nun verfolgte. Eine nie dagewesene Euphorie und Tatkraft durchströmte Vincenzo. Gianna war gerettet! Jetzt war es an ihm, ihren Entführer, diesen Abschaum, zu erledigen, bevor er seine Opfer erreichte.

Vincenzo zog seine Waffe, sprang aus der Bindung und auf die Straße. Er zielte auf den Jeep, der ohne abzubremsen auf ihn zuhielt. Er konnte nicht in das Innere des Wagens sehen, die Scheiben waren getönt, der Schneefall tat ein Übriges. Da war der Jeep schon auf seiner Höhe, zu schnell, um noch abzudrücken. Mit einem Hechtsprung zur Seite rettete sich Vincenzo. Er war sofort wieder auf den Beinen, stieg in seine Skier, folgte dem Jeep talwärts, dessen Abstand rasch wuchs.

***

Er war wütend! Fast hätte er sie gehabt, sie waren keine zehn Meter mehr vor ihm. Im Tunnel waren sie viel zu lahm, er holte schnell auf. Er konnte ihren Angstschweiß förmlich riechen. Aber dann musste sich sein dämlicher Ski in dieser blöden Wurzel verfangen. Unfassbar. Wie konnte ein einzelner Mensch dermaßen vom Pech verfolgt sein? Wäre er nicht so reaktionsschnell und sportlich, hätte er sich garantiert den Knöchel gebrochen. Wenigstens das war ihm erspart geblieben. Er war weitergelaufen, ohne Skier, mitten durch den widerlichen Schneematsch.

Als er an seinem Jeep ankam, hatten die beiden schon wieder so viel Vorsprung, dass er sie nicht mehr sehen konnte. Stattdessen war Bellini aufgetaucht, der leider rechtzeitig zur Seite springen konnte. Dafür sah er ihn jetzt im Rückspiegel. Schön, auf diese Weise wurde er Augenzeuge, wenn gleich seine Gianna über den Haufen gefahren wurde. Aber wo Bellini war, war die Kavallerie nicht weit. Irgendwo da unten warteten sie auf ihn. Hoffentlich reichte die Zeit, um Gianna und ihren Retter zu erledigen. Wenn er sie nicht erwischte, war das ganze schöne Spiel für die Katz.

Er raste durch die Kehren, als wäre die Straße rappeltrocken. Die Schneemassen kümmerten ihn überhaupt nicht. Er hatte nur ein

Ziel: zu Ende bringen, wozu der feige Polizist nicht fähig gewesen war. Der Verlust des Einsatzes war das Mindeste, was er verdient hatte. Kam noch sein Kollege dazu, Giannas Retter, umso besser. Angestrengt schaute er nach vorne. Der Schnee fiel so heftig, dass die Scheibenwischer ihn gar nicht vollständig zur Seite schieben konnten. Die Windschutzscheibe war von einer durchgängigen Schneeschicht überzogen. Schrottauto, hätte er doch ein bisschen mehr auf Qualität geachtet.

Er bretterte durch die scharfe Rechtskehre, vor ihm lag das erste halbwegs gerade Stück. Dort sah er sie. Sie waren noch vor der vorletzten Kehre, der ein längeres gerades Stück folgte. Er drückte das Gaspedal bis zum Anschlag durch. Die Räder drehten auf dem glatten Untergrund durch, er hielt das Lenkrad fest umklammert. Die Räder fassten wieder, der Jeep machte einen Satz nach vorne. In diesem Moment fuhren die beiden durch die Kehre, er war keine fünf Sekunden hinter ihnen. Jetzt hatte er sie! Ein Blick in den Rückspiegel, keine Spur von Bellini. Seine Skier waren viel zu lahm. Er war viel zu lahm. Verabschiede dich von deiner Zukünftigen, du angstschlotternder Commissario. Was für ein grandioser Triumph, besser als ein einziger Schuss auf einer Bank! Jetzt lernst du deine letzte Lektion, bibbernder Hasenfuß. Feigheit ist eine ekelhafte, verachtungswürdige Eigenschaft!

Wenige Meter vor sich sah er Gianna, die sich an jemanden klammerte. Er konnte erkennen, dass sie ein Tandemboard hatten. Chapeau, keine schlechte Wahl für einen Gletscher. Aber ungeeignet für eine Straße. Denn hier, kurz vor der Hauptstraße, flachte die Holperstrecke ab. Das Snowboard wurde rasch langsamer. Glück im Unglück. Jetzt waren sie fällig. Er gab erneut Vollgas, hielt direkt auf seine Opfer zu. Warum schneite es bloß derart heftig? Er sah die Landschaft um sich wie durch einen dichten Schleier. Als er das Lenkrad fester packte und sich voller Vorfreude innerlich auf einen lauten Knall einstellte, tauchten plötzlich zwei Geländewagen nebeneinander aus dem Nebel auf, zwischen denen die Flüchtenden in diesem Augenblick durchfuhren.

Bellinis Kavallerie. Es war vorbei. In letzter Sekunde verlor er das Spiel. Was hatte er verbrochen, dass sich das Schicksal auf solch grausame Weise gegen ihn richtete? Die einzige Hoffnung, die ihm blieb, war die Aussicht, dass Gianna durch die Zeit im Gletscher so mitgenommen war, dass sie nie mehr dieselbe sein würde wie vorher. Vielleicht würde sie ihren Commissario verlassen, und er würde nie wieder glücklich werden. Zumindest das hatte er geschafft. Besser als nichts.

Er drückte das Gaspedal weiterhin voll durch, näherte sich den beiden Wagen. Er fühlte nichts mehr, dachte nichts mehr. Ein paar Uniformierte sprangen zur Seite. Noch ein paar Meter. Mit einem Ruck verriss er das Lenkrad nach rechts, eine Zehntelsekunde später donnerte der Jeep den Hang hinunter, durch ein paar Bäume hindurch. Er drehte sich um die eigene Achse, überschlug sich mehrfach, touchierte mehrere Bäume, schlug schließlich zweihundert Höhenmeter weiter unten auf, in unmittelbarer Nähe des Flusses. Es lag kaum Schnee, noch fiel auf dieser Höhe nur eine Art Schneeregen. Erst gegen Abend würde der Winter auch hier alle Spuren zudecken.

***

Die Carabinieri schauten mit offenem Mund den Hang hinunter. Das Geräusch von zerberstendem Blech und splitterndem Glas war im Heulen des Sturms beinahe untergegangen. Nun konnten sie auf den ersten Metern einen abgerissenen Kotflügel sehen, ein paar abgebrochene Äste, aufgewühlte Altschneereste. Bald würde der immer heftigere Schneefall alle Spuren zuwehen. Schon jetzt fielen die Flocken so dicht vom Himmel, dass die Polizisten den Jeep unten nicht erkennen konnten.

Sabine Mauracher hatte das Board sofort gestoppt, nachdem sie zwischen den beiden Geländewagen hindurchgefahren waren. Als sie sich umdrehte, sah sie den Jeep auf sich zurasen. Sie riss Gianna zur Seite in der sicheren Erwartung, dass der Irre versuchen würde durchzubrechen. Stattdessen hatte er sich selbst gerichtet. Eine realistische Überlebenschance hatte er nicht.

Endlich kam auch Vincenzo auf seinen Skiern an, fluchend, weil er ohne Einsatz seiner Skistöcke gar nicht mehr vorankam. Er sah die kleine Gruppe von Menschen, die angestrengt den Abhang hinunterschauten. Dann erblickte er Gianna. Sie stand abseits an einem der Geländewagen.

Vincenzo wurde ganz plötzlich leicht ums Herz. Es war tatsächlich vorbei! Gianna war gerettet und unversehrt, Mauracher eine Heldin, Oberrautner tot. Er sprang von den Skiern, rannte zu den Einsatzfahrzeugen, riss Gianna an sich. Er drückte sie, überhäufte sie mit Küssen auf den Kopf und die Stirn. »Gianna, mein Schatz, mein Engel, du lebst! Es ist vorbei! Mein Gott, was habe ich mir Sorgen gemacht. Geht es dir gut? Hat er dir etwas getan?« Es sprudelte aus ihm heraus.

Gianna stand regungslos da, starr wie eine Puppe. Sie erwiderte Vincenzos Umarmung und Küsse nicht, schaute aus leeren Augen in das Schneegestöber. Vincenzo redete weiter auf sie ein, seine Erleichterung war zu groß, als dass er Giannas merkwürdige Regungslosigkeit bemerkt hätte. Er küsste sie ins Gesicht, auf den Mund. Sie hielt still, sagte kein Wort. Schließlich riss sie sich mit einem Ruck los, stieg wortlos in einen der Einsatzwagen und verriegelte ihn von innen, ohne ihren Freund anzusehen.

Perplex stand Vincenzo da und sah auf Gianna, die mit unbeweglichem Blick ein imaginäres Ziel in den Wipfeln der vom Sturm geschüttelten Bäume zu fixieren schien. In diesem Augenblick begriff er, dass das Schwein doch gewonnen hatte.

Es schien, dass er seine Gianna verloren hatte, aber auf eine andere Weise als durch den Tod. Oberrautner hatte sich nicht damit zufriedengegeben, sie zu entführen, er hatte sie offenbar einer Gehirnwäsche unterzogen. Und vielleicht hatte er noch ganz anderes mit ihr angestellt, sie unter Drogen gesetzt, verletzt, vergewaltigt … Vincenzos Magen krampfte sich zusammen, die Erleichterung wich unendlicher Trauer. Er sah in den Jeep zu Gianna, die seinen Blick nicht erwiderte. Er begann zu weinen.

20

Val Vermiglio, Montag, 18. Oktober

Nach dem Sturz des Jeeps in die Schlucht mussten die Polizisten abziehen. Der Sturm legte weiter zu, die Gefahr, dass sie von umstürzenden Bäumen getroffen wurden, war zu groß. Die beiden Frauen wurden sofort zurück nach Bozen gebracht, zur Untersuchung in einer Klinik. Vincenzo, Marzoli und Baroncini blieben in Vermiglio und mieteten sich in einem Hotel ein.

Über Nacht sank die Temperatur weiter, in den Morgenstunden schneite es bis auf siebenhundert Meter herab. Am Vormittag, als die hiesigen Carabinieri mit schwerem Räumfahrzeug vormittags erneut anrückten, um den Jeep zu untersuchen und Oberrautners Leichnam zu bergen, war der Ort von einer sechzig Zentimeter dicken Schneedecke überzogen, die Temperatur betrug minus drei Grad. Nur der Wind hatte spürbar nachgelassen. Sämtliche Nebenstrecken und Pässe waren gesperrt, die schweren Kettenfahrzeuge kämpften sich langsam durch den Schnee, der weiterhin in dichten Flocken vom Himmel fiel.

Der Trupp, dem sich auch die Bozener Polizisten und die inzwischen eingetroffene Spurensicherung unter Leitung von Reiterer angeschlossen hatten, erreichte um elf Uhr das Ende des befestigten Weges auf Höhe des »Masi Stavel«. Wenige hundert Meter taleinwärts fanden sie das Wrack. Es lag auf dem Dach, ein paar Meter vom Fluss entfernt, der durch die Dauerniederschläge bedenklich angeschwollen war. Die Spurensicherung begann sofort mit der Arbeit. In dem völlig zerstörten Wagen entdeckten sie eine übel zugerichtete männliche Leiche, die dem Augenschein nach nicht angeschnallt gewesen war.

Die Bozener Polizisten überließen den Unfallort der Spurensicherung und fuhren in den Ort zurück. Im Hotel verteilte Baroncini die dringlichsten Aufgaben. »Wir fahren zurück nach Bozen, hier können wir nichts mehr ausrichten. Commissario, versuchen Sie mit Gianna zu sprechen. Ich will wissen, was in den letzten zwei Wochen geschehen ist. Danach können Sie nach Hause fahren. Sie brauchen Ruhe. Ohne die Ergebnisse von Spurensicherung und Gerichtsmedizin kommen wir ohnehin nicht weiter.«

Baroncini wollte später mit Reiterer zurückfahren, Vincenzo und Marzoli setzten sich sofort ins Auto. Ab Malè regnete es, bis hier herunter war der frühe Wintereinbruch nicht gekommen. Die schweren Regentropfen hämmerten auf die Windschutzscheibe. Auf der Rückfahrt sprachen beide kaum ein Wort, sie waren vollkommen erschöpft. In seiner Sorge um Gianna hatte Vincenzo die ganze Nacht nicht schlafen können. Wie lange würde es dauern, bis sie ihren Schock überwunden hatte? Konnten sie jemals wieder ein normales Paar werden? Würden sie irgendwann einmal wieder entspannt am Auener Joch picknicken, sich küssen, sich lieben?

Als ihn Marzoli nachmittags an der Klinik absetzte, stieg Vincenzo mit wackeligen Knien und einem mulmigen Gefühl die Eingangsstufen hinauf. Gianna und Mauracher waren in Einzelzimmern untergebracht.

Vincenzo war zunächst mit der Gerichtsmedizinerin in der Cafeteria der Klinik verabredet. Dottoressa Paci hatte Gianna am Vormittag einer ersten Untersuchung unterzogen.

»Soweit ich es beurteilen kann, hat Oberrautner Ihrer Freundin nichts angetan, Commissario. Keinerlei Verletzungen, keine Abwehrspuren, keine Hinweise auf sexuelle Übergriffe. Aber sie ist schwer traumatisiert. Sie hat nicht mit mir gesprochen, war während der Untersuchungen abwesend, beinahe apathisch. Natürlich hat eine solche Isolationshaft immer traumatische Folgen, voraussichtlich benötigt sie eine längere Therapie, um das Geschehen zu bewältigen. Sie brauchen viel Geduld.« Oberrautners Leichnam wollte Paci am Dienstag obduzieren, mit ersten Ergebnissen rechnete sie am Mittwoch.

Obwohl ihn Paci gewarnt hatte, ging Vincenzo zu Gianna. Vielleicht konnte er ihr keine Fragen stellen, aber er wollte sie unbedingt sehen. Wie gern hätte er sie in den Arm genommen, getröstet, ihr gesagt, dass er sie liebte, dass er immer für sie da sein würde. Sie hatten beide so viel durchgemacht, sie mussten doch zusammenhalten!

Aber Gianna sprach nicht mit ihm, sie sagte kein einziges Wort. Zwar ließ sie zu, dass er sie umarmte, blieb aber, wie Paci es beschrieben hatte: apathisch. Vincenzo war, als hätte er nur ihre lebende Hülle vor sich, der Rest schien in den Bergen geblieben zu sein.

Dottoressa Paci hatte ihn darauf hingewiesen, dass ihr Zustand auch eine Folge des Stockholmsyndroms sein konnte. Da Giannas Entführer über so lange Zeit ihr einziger Kontakt zur Außenwelt war und sie von ihm vollständig abhängig war, um zu überleben, hatte sie möglicherweise positive Gefühle zu ihm entwickelt. Wer weiß, was er ihr über das Verhalten der Polizei und über Vincenzo selbst erzählt hatte! Aber was in jenen zwei Wochen in den eisigen Tiefen des Presanellagletschers tatsächlich geschehen war, würde man möglicherweise nie ganz herausfinden.

Sein letzter Besuch galt an diesem Tag Sabine Mauracher, der jungen Kollegin in Ausbildung, deren außergewöhnlicher Mut Gianna das Leben gerettet hatte. Er selbst wäre mit Sicherheit zu spät gekommen.

Mauracher erzählte ihm, was geschehen war. Sie hatte kaum Gelegenheit gehabt, mit Gianna zu sprechen, alles war so schnell gegangen. Kaum hatte sie Gianna gefunden, tauchte der Entführer auf, das Gesicht mit einer Sturmmaske getarnt. Sie waren ihm nur um Haaresbreite entkommen. Mauracher betonte noch einmal, dass es nie und nimmer dieser Junkie gewesen sein konnte, der wie ein Irrer hinter ihnen her gerast war. Das hätte der seinem ganzen Lebenslauf zufolge überhaupt nicht draufgehabt!

Für Vincenzo hingegen war die Sache klar. Trotz der zahlreichen Verletzungen infolge des Sturzes hatte er in dem Toten am Fluss Oberrautner erkannt. Spätestens am Mittwoch würde ihn auch seine Frau identifizieren. Alle Indizien sprachen gegen ihn, der Fall würde am Donnerstag abgeschlossen werden.

Die Folgen von Giannas Gefangenschaft aber würden wohl kein so schnelles Ende finden. Das wird sie ihr Leben lang verfolgen, dachte Vincenzo traurig. Er sah Mauracher an, die ungeduldig auf ihrem Krankenbett hin und her rutschte und das Krankenhaus wohl am liebsten sofort verlassen hätte. »Eines müssen Sie mir verraten, Sabine. Warum haben Sie sich auf diesen Wahnsinn eingelassen? Sie hätten dabei draufgehen können, das wissen Sie!«

Sie lächelte ihn an. »Schon möglich, aber ich will Polizistin werden. Dazu gehören auch solche Einsätze. Außerdem lässt man einen

Kollegen nicht hängen. Ist doch so, oder? Hätten Sie umgekehrt nicht dasselbe getan?«

Auch wenn Vincenzo ihr gern einen Vortrag gehalten hätte über die Notwendigkeit, bei solchen Alleingängen die Kollegen zu informieren, kam er doch nicht umhin, Mauracher zu bewundern. Hinter ihrer lockeren, für konservativere Kollegen provokanten Art verbarg sich ein großes Herz. Er nahm sich vor, der jungen Kollegin auf ihrem Weg jede erdenkliche Hilfe zuteilwerden zu lassen.

Abends saß er in seiner Wohnung, blickte durch das Panoramafenster in das triste Grau. Auch in Sarnthein hatte es den ganzen Tag geschneit, allerdings nicht allzu heftig. Es lagen nur dreißig Zentimeter Schnee, und die Straßen waren frei. Das Außenthermometer zeigte knapp unter null Grad an. Für die nächsten Tage waren noch gelegentliche Schneefälle ab siebenhundert Meter Höhe angesagt, insgesamt würde es jedoch ruhiger werden. Vincenzo kannte das. Egal, wie heftig ein früher Wintereinbruch gewesen sein mochte, irgendwann kehrte der Spätsommer nach Südtirol zurück.

Er schenkte sich das dritte Glas Lagrein ein und ließ die Ereignisse noch einmal Revue passieren. So hatte er sich seine Zeit in Bozen nicht vorgestellt: Innerhalb eines Jahres hatte er es gleich zweimal mit Wahnsinnigen zu tun bekommen.

Warum passierte das ausgerechnet ihm, einem Commissario im friedlichen Südtirol? Gab es etwas an ihm, das solche Typen anzog? Er musste sich eingestehen, dass er Mauracher insgeheim zustimmte. Das konnte kein Zufall sein, auch wenn alle Indizien darauf hinwiesen. Aber wie sollte er jetzt, nachdem der Täter tot war, jemals herausfinden, wie all das wirklich zusammenhing?

Was wurde nun aus Gianna und ihm? Am späten Nachmittag hatte ein Psychologe ihm erklärt, Giannas Realitätswahrnehmung sei vollkommen aus den Fugen geraten. Sie glaubte weder ihm noch ihren Eltern, und erst recht nicht der Polizia di Stato. Stattdessen war sie davon überzeugt, dass es ein Komplott gegen ihren Entführer gegeben habe, der von Vincenzos Polizei in den Tod getrieben worden war. Die Briefe des *Spielführers* an ihren Freund hielt sie für eine Fälschung, die nur dem Zweck dienen sollte, sie zu beeinflussen. Wahrscheinlich würde diese Bewusstseinsverzerrung durch die

Therapie allmählich beseitigt, aber es war offen, ob sie jemals wieder in der Lage war, ihren Freund zu lieben.

Er goss sich erneut nach. Beeindruckend, wie schnell eine Flasche Wein leer war. Er entkorkte die nächste.

Während er wieder in die Dunkelheit hinausstarrte und ab und zu einen Schluck Wein trank, liefen ihm stille Tränen übers Gesicht. Er bereute aus tiefster Seele, dass er Polizist geworden war.

21

Gerichtsmedizin, Donnerstag, 21. Oktober

»Frau Oberrautner, ist das Ihr Mann?«

Am Donnerstag lagen die Ergebnisse der Obduktion vor. Vor der Besprechung mit Paci hatte Vincenzo Elisabeth Oberrautner gebeten, ihren Mann zu identifizieren. Mit versteinerter Miene und bemerkenswerter Contenance blickte sie auf den Toten vor sich. »Ja, das ist Michael. Michael Oberrautner, geboren am 18. April 1962. Ein sanftmütiger, gutherziger, sensibler Mensch, der niemals die Sonnenseite des Lebens kennenlernen durfte. Michael Oberrautner, mein Mann und das geborene Opfer.« Sie blickte auf und sah Vincenzo in die Augen. »Eines ist er gewiss nicht: ein Täter.«

Vincenzo empfand tiefes Mitleid mit dieser Frau, die ihren Mann offensichtlich so sehr liebte, dass sie seine Taten verleugnete. Eine normale Reaktion. »Vielen Dank, Frau Oberrautner. Sie haben uns sehr geholfen.«

Sie ging um den Tisch herum, trat nah an Vincenzo heran und sagte ebenso leise wie eindringlich: »Finden Sie den Mörder meines Mannes, Commissario!« Dann drehte sie sich um und verließ wortlos die Gerichtsmedizin.

Marzoli, dem der Stress und die Anstrengungen der vergangenen Tage noch anzusehen waren und der die Szene beobachtet hatte, bemerkte: »Ich weiß nicht, das war jetzt direkt unheimlich, wie sie das gesagt hat. Aber ich kann mir nicht helfen, auch ich habe inzwischen durchaus Zweifel daran, ob dieser Mann das wirklich alles allein durchgezogen haben kann.«

Ehe Vincenzo auf die Faktenlage verweisen konnte, meldete sich Paci zu Wort, der es erstmals gelungen war, ihre Löwenmähne in einer aparten Hochsteckfrisur zu bändigen. Sie sah auf einmal ganz anders aus, weiblicher, weicher. »Ich wusste, wie unsicher Sie sich trotz zahlreicher Indizien in der Frage waren, ob tatsächlich Michael Oberrautner der alleinige Täter ist. Dementsprechend gründlich habe ich gearbeitet.«

Die Obduktion hatte zu eindeutigen Ergebnissen geführt. Als

der Leichnam in dem zerstörten Jeep gefunden wurde, hatte die Leichenstarre eingesetzt. Sie begann meistens wenige Stunden nach Eintritt des Todes und dauerte ein bis zwei Tage.

Bei der Einlieferung von Oberrautners Körper in der Gerichtsmedizin begann sich die Leichenstarre gerade zu lösen. Das deutete darauf hin, dass der Mann, als der Wagen in die Schlucht gestürzt war, wahrscheinlich noch gelebt hatte, zumal Paci als Todesursache zahllose Knochenbrüche und schwere innere Verletzungen festgestellt hatte, die Folge des Sturzes gewesen sein mussten. Der Tote wies außerdem eine Reihe äußerer Verletzungen auf, die zu sichtbaren Blutungen geführt hatten – ein weiteres Indiz dafür, dass Oberrautner zum Zeitpunkt des Unfalls noch am Leben gewesen war.

Paci rieb sich müde ihre Augen. Es gab kaum jemanden in der Questura, der in den vergangenen Wochen nicht diverse Sonder- und Nachtschichten eingelegt hatte. »Der Fall scheint also eindeutig zu sein. Dennoch bin ich auf Ungereimtheiten gestoßen, die mich stören.«

Vincenzo konnte seine bange Ungeduld nicht im Zaum halten. »Dann reden Sie, spannen Sie uns nicht auf die Folter, Signora!«

»Oberrautner hatte eine nicht unerhebliche Menge Diazepam im Blut.« Beide Polizisten sahen Paci verständnislos an, abwehrend hob sie die Hände. »Sie kennen das Medikament vermutlich besser unter dem Handelsnamen Valium. Diazepam ist ein Wirkstoff aus der Gruppe der Benzodiazepine. Es hat eine angstlösende, krampflösende, beruhigende und schlafanstoßende Wirkung. Man setzt es gerne ein, weil es wenige Nebenwirkungen hat. Es kann aber schnell abhängig machen und hat ein paar unerwünschte Effekte. Die Patienten werden davon träge, ihre Reaktionen verlangsamen sich. Da liegt mein Problem. Einerseits mag das Diazepam Oberrautners Angst herabgesetzt haben, bei seinen wahnwitzigen Aktionen zu verunglücken. Vielleicht hat er es deshalb überhaupt eingenommen. Andererseits kann ich mir nicht vorstellen, dass er, egal wie sportlich, mit dieser Menge Valium im Körper in einer undurchdringlichen Nebelsuppe mit solchem Affenzahn einen spaltendurchsetzten Gletscher hinunterrasen konnte.«

Vincenzo wurde noch ungeduldiger. Er wollte diesen Fall abschließen, endgültig. Bloß keine Ungereimtheiten mehr! »Der Mann ist seit Ewigkeiten drogenabhängig. Der ist daran gewöhnt.«

»Nein, Commissario, das tut nichts zur Sache. Die Wirkung ist dieselbe. Ich sage es in aller Deutlichkeit: Ich halte es für ausgeschlossen, dass Michael Oberrautner unter dem Einfluss dieses Medikaments tausend Meter im Schneesturm aufgestiegen, in einen Gletscher geklettert und dann auf Skiern einen Steilhang hinuntergerast ist. Tut mir leid.«

***

Spurensicherung

Voll innerer Unruhe machte sich Vincenzo nun auf den Weg zur Spurensicherung. Was ihm Paci gerade erzählt hatte, gefiel ihm überhaupt nicht. Spontan machte er einen Abstecher in sein Büro, um Albertazzi anzurufen. Er wollte die Gewissheit, dass das Monster noch immer in seiner Zelle saß.

Albertazzi konnte es ihm bestätigen, denn er hatte den Mann heute Vormittag zusammen mit drei Sicherheitskräften sogar in seiner Zelle besucht. Er hatte ihm mitgeteilt, er werde in der kommenden Woche als letzter Patient in die neue Psychiatrie verlegt.

Also wurde der alte Bau doch endlich geschlossen. Dann hatten sich der Chefarzt und die Gattin des Mailänder Fabrikanten nach ihrer Entdeckung offensichtlich ein neues Liebesnest gesucht.

Als Vincenzo die Spurensicherung betrat, stand Marzoli ein wenig verloren vor Reiterers Schreibtisch und sah sich genötigt, einer Kaffeetasse zu huldigen. Der arme Marzoli, das nächste Opfer des erbarmungslosen Kunstkenners Reiterer.

Bei Vincenzos Eintreten begann der oberste Spurensicherer zu strahlen. »Ah, Commissario, treten Sie näher, es gibt viel zu erzählen. Meine außergewöhnlichen Fähigkeiten haben wie immer zu schnellen und einzigartigen Ergebnissen geführt. Aber nehmen Sie sich doch eins von meinen Kunstwerken und befüllen es mit Espresso von Izzo.«

»Sie sind heute aber bester Laune, mein Lieber.«

Reiterer lachte. »Stimmt. Ich habe diesem selbstherrlichen Kundendienst kräftig in den Arsch getreten. Was meinen Sie, wie schnell die da waren! Mein Crosstrainer war im Handumdrehen repariert. Trinkgeld habe ich natürlich nicht gegeben! Ich habe schon zwei Kilo runter. Das ist Ihnen hoffentlich bereits aufgefallen?«

Vincenzo wollte unter allen Umständen vermeiden, sich Reiterers Zorn zuzuziehen. »Gewiss, Signore. Gleich beim Reinkommen! Sie wirken außerdem fünf Jahre jünger, mindestens! Was haben Sie denn an Fachlichem für uns?«

Zufrieden mit Vincenzos Schmeichelei zeigte sich Reiterer auskunftsfreudig. Der Jeep war übersät mit Spuren von Oberrautner. Überall gab es Fingerabdrücke, auch auf den Briefen, merkwürdigerweise jedoch nicht auf dem Handy, das man ebenfalls in dem Wagen sichergestellt hatte. Im Kofferraum lagen Jacken, Schal und Handschuhe, die alle eindeutig ihm gehörten. Außerdem befand sich in seiner Jackentasche eine Armbanduhr. Vincenzo erkannte sofort, dass es Giannas Uhr war. Eines allerdings war nicht aufgetaucht: Zabatinos Codekarte. Sie blieb verschollen, man hatte sie weder in Zabatinos Wohnung noch in seinen Kleidern gefunden. Aber so eine kleine Codekarte konnte sehr leicht verloren gehen. Vermutlich hatte ihr Verschwinden keinerlei Bedeutung.

Vincenzo seufzte. Ohne dieses blöde Diazepam würde alles perfekt passen. Im Gegensatz zu Elisabeth Oberrautner war Vincenzo keineswegs der Meinung, dass ein Mann, der Trost bei Stofftieren suchte und Insekten verschonte, nicht zugleich ein brutaler Mörder sein konnte. Und ein Motiv – nämlich Rache am Polizeiapparat – lag schließlich auch vor.

Die Akte wurde geschlossen, mit Michael Oberrautner als Täter. Er hatte sich selbst gerichtet, als er keinen Ausweg mehr sah. Der »Feuerteufel« Filippo Garoffolo, der Bozen zu keinem Zeitpunkt verlassen hatte, wurde erneut festgenommen.

Hochzufrieden stellte der Capo della Polizia fest, dass es der Bozener Polizei gleich zweimal innerhalb eines Jahres gelungen war, einen Wahnsinnigen zu stoppen, neben dem die Taten der Mafia wie harmlose Streiche wirkten. So etwas liebte Dottore Luciano Patricello, und nachdem die Medien die Polizei und damit auch ihn ausgiebig lobten, zeigte er sich nachsichtig, dass bei den Ermittlungen der eine oder die andere eigenmächtig gehandelt und ein paar kleinere Vorschriften übertreten hatte.

22

Sarnthein, Samstag, 23. Oktober

Vincenzo hatte sich am Freitagabend noch mit ein paar Freunden getroffen. Lachen, zusammen Bier trinken, Bergtouren planen, ganz normaler Alltag, das tat gut. Das Wetter war wieder besser geworden, entgegen aller Vorhersagen hatte ein straffer Nordföhn eingesetzt, und in Südtirol war es kühl, aber trocken. Für heute hatte Vincenzo eine lange Bergtour geplant.

Er hatte den Frühstückstisch sorgsam gedeckt und sich sogar ein Glas Prosecco eingeschenkt, um sich vorzustellen, dass Gianna bei ihm wäre. Wenn sie bei ihm zu Besuch war, tranken sie morgens oft ein Glas zusammen. Nun fehlte nur noch die Wochenendausgabe der »Dolomiten«. Er liebte es, beim Frühstück in Ruhe Zeitung zu lesen.

Er trat vor die Haustür, um zum Briefkasten zu gehen, und atmete ein paarmal tief ein. Jeder Wind hatte seinen eigenen Geruch, je nachdem, aus welcher Richtung er wehte. Der föhnige Nordwind roch nur sehr schwach, aber er erzeugte ein angenehmes, leicht prickelndes Gefühl im Gesicht, das Vincenzo genoss. Hatte er vor wenigen Tagen die winterlichen Böen noch als unheilvolles Omen gedeutet, empfand er nun den kühlen, frischen Föhnwind als ein Zeichen des Aufbruchs, ein Versprechen darauf, dass alles gut werden würde.

Er hatte die schlimmste Zeit seines Lebens überstanden, so etwas würde wohl nie wieder passieren. Gianna sprach seit gestern Nachmittag wieder mit ihm, auch wenn sie ihm lediglich bittere Vorwürfe machte und seine Zärtlichkeiten zurückwies. Aber er war sicher, sie würde ins Leben zurückkehren, Schritt für Schritt. Vielleicht saßen sie im nächsten Sommer doch wieder zusammen am Auener Joch, um zu picknicken, sich zu küssen, sich leidenschaftlich zu lieben, ihre gemeinsame Zukunft zu planen.

Er öffnete den Briefkasten und wollte nach der Zeitung greifen, als er erstarrte. Da lag ein Brief. Ein weißer Umschlag, nicht adressiert. Er nahm ihn mit zitternden Händen heraus, vergaß die Zeitung, ging mit schwachen Knien in die Wohnung zurück. Dort öffnete er mit einem Gefühl der Ohnmacht das Kuvert.

Mein heißgeliebter Vincenzo,
wenn du diese Zeilen liest, ist es vorbei. So oder so. Leider kann ich dir meine Nachricht nicht persönlich überbringen. Ich finde es schade, dass wir gar keinen direkten Kontakt hatten. Und das, obwohl wir uns auf einer höheren Bewusstseinsebene begegnet sind, die Menschen wie uns vorbehalten ist.
Du und ich, was für ein Gespann! Vincenzo, mit dir hatte ich die beste, schönste, intensivste Zeit meines Lebens.
Apropos Leben: Was meinst du – weiß ich, ob du in diesem Moment noch dein unbedeutendes irdisches Leben besitzt, das dir erlaubt, diesen Brief zu lesen? Wen oder was hast du im Schneesturm gesehen?
Ich habe viel über dich gelernt, mein teurer Freund. Nicht nur deshalb weiß ich, dass du heute, an diesem Samstag, meine Zeilen liest. Zeilen, die dir zeigen sollen, dass du nicht allein bist, Vincenzo. Ich bin bei dir, immer, überall. Weil du mich brauchst, verstehst du?
Mach dir nicht so viele Gedanken, zermartere dir das Hirn nicht mit unnützen Fragen wie: »Woher kommt der Brief?«, »Wer hat ihn eingeworfen und wann?« (Es könnte jeder gewesen sein, Vincenzo, jeder. Hast du eine Vorstellung, was die Menschen für lächerliche fünfzig Euro zu tun oder zu sagen bereit sind?) Nichts ist, wie es scheint.
Aber all das ist nicht wichtig. Wichtig ist nur, dass wir in unserem Spiel zu einer Einheit verschmolzen sind. Eine Einheit, die den Göttern zur Freude gereichen würde. Du bist viel zu bescheiden, mein lieber, einzigartiger Freund!
Was macht eigentlich dein Einsatz? Hast du ihn zurück? Wie geht es ihm, oder besser gesagt, ihr? Hat sie dir von mir erzählt? Von unseren Begegnungen im Eis? Oder schämt sie sich zu sehr? Ich kann dich gut verstehen, Vincenzo, eine tolle Frau. Ich glaube, für sie würde ich doch abdrücken.
Na ja, was soll's, Vincenzo, mein leuchtendes Vorbild, mein Bruder! Es heißt Abschied nehmen. Spürst du bei diesem Gedanken nicht auch tiefe Trauer in dir aufsteigen? Ich kann das nachvollziehen. Ich habe sogar ein paar Tränchen verdrückt. Ich will diesen letzten Brief mit einem Appell der Hoffnung beenden, mit dem Blick in eine bessere Zukunft, mit einer wahren Vision!
AUF WIEDERSEHEN!!!!!!!!!!!!!!!!!!!!

Danksagung

Ich bedanke mich bei all den Freunden und Bekannten, die mein Manuskript vorab gelesen und mir mit vielen guten, interessanten Anregungen geholfen haben. Diese Unterstützung ist sehr wichtig, weil sie ein direktes Feedback seitens der Leserschaft darstellt. Eine bessere Kritik gibt es nicht. Bei meinem Aufenthalt in Südtirol habe ich einige Menschen kennenlernen dürfen, die mir viel über Mentalitäten, Sprachunterschiede und Kultur erzählt haben.

Mein besonderer Dank gilt denjenigen, die mit ihrem Fachwissen einen wichtigen Beitrag zur Realitätsnähe meines Romans geleistet haben:

Dottore Robert Perger, Questura Sarnthein, der mir einen umfassenden Überblick über den Aufbau und die Zuständigkeiten der italienischen Polizeibehörden verschafft hat.

Michael Wachtler aus Innichen, Naturdenker, Schriftsteller, Filmemacher, Entdecker. Michael hat mir mit seinem Wissen und seinem Buch »Die Stadt im Eis« sehr geholfen, die Szenen, die sich im Inneren des Gletschers abspielen, realistisch zu schildern. Tatsächlich gibt es diese verborgenen Höhlen und Gänge in den Gletschern der Alpen noch immer. Und tatsächlich hat es jene Stadt im Eis im Ersten Weltkrieg gegeben. Die Rückblicke auf die Bauzeit des Eislagers sind unter Verwendung von Originalzitaten von Soldaten entstanden. Wer mehr über diese bizarre Seite des Bergkrieges erfahren möchte, dem sei das Buch von Michael Wachtler wärmstens empfohlen. *www.michaelwachtler.com*

Dr. med. Benedikt Vennemann, Oberarzt in der Außenstelle Oldenburg des Instituts für Rechtsmedizin an der Medizinischen Hochschule Hannover. Er hat mich umfassend über die Tätigkeiten und Abläufe in der Rechtsmedizin informiert und die Todesfälle in meinem Roman ausführlich unter dem Aspekt der Realitätsnähe beurteilt. Es hat Spaß gemacht, mit ihm zusammen aus einem unglaubwürdigen Mord einen nahezu perfekten Mord zu machen. Ich hoffe, Dr. Vennemann unterstützt mich auch bei meinen nächsten Buchprojekten.

Professor Dr. Christian Pfeiffer, Vorstand und Direktor des Kriminologischen Forschungsinstituts Niedersachsen e.V. Professor Dr. Pfeiffer hat mir erläutert, wie sich eine Entführung auf die Psyche des Opfers auswirken kann, abhängig von den Persönlichkeiten von Entführer und Opfer. Er hat konkret Bezug genommen auf die bizarre Konstellation der Beteiligten in meinem Buch. Außerdem hat mich Professor Dr. Pfeiffer über die typischen Symptome des Stockholmsyndroms aufgeklärt, das vor allem dadurch gekennzeichnet ist, dass das Opfer einer Entführung eine positive emotionale Bindung zu seinem Entführer aufbaut.

Uta Rupprecht, meine Lektorin. Mit ihrer Erfahrung und Sprachkompetenz hat sie wie schon beim »Monster von Bozen« einen wichtigen Beitrag zu meinem Buch geleistet.

Burkhard Rüth

Burkhard Rüth
DAS MONSTER VON BOZEN
Broschur, 288 Seiten
ISBN 978-3-89705-904-7

»Burkhard Rüths Südtirol-Krimi ist sowohl eine spannende Lektüre als auch eine ganz spezielle Art von Reiseführer.«
Westdeutsche Zeitung

»Ein temporeiches Krimidebüt.« Dolomiten